**Denzil Meyrick**

*Der Tote im Kamin*

# Denzil Meyrick

*Der Tote im Kamin*

*Ein Fall für*
*Inspector Frank Grasby*

*Aus dem Englischen*
*von Sibylle Schmidt*

DUMONT

*Für meinen verstorbenen Großvater Cyril Pinkney,*
*vom Scheitel bis zur Sohle ein Yorkshire-Mann.*

# *Prolog*

Bisweilen gelangt man auf höchst eigentümliche Weise an Informationen über das Leben anderer Menschen.

Der Name Frank Grasby war mir zwar bereits zu Ohren gekommen – ein entfernter Cousin mütterlicherseits –, doch eigentlich wusste ich über Frank nur, dass er ab dem Ende des Zweiten Weltkriegs bis irgendwann in die Sechziger für die Kriminalpolizei von York gearbeitet hatte.

In den Geschichten meiner Mutter hat er nie eine große Rolle gespielt. Ich gehe davon aus, dass Fehltritte oder fragwürdige Charakterzüge dazu geführt hatten, dass sie ihn nur selten erwähnte. Jedenfalls hatte ich nie den Eindruck gewonnen, dass der Mann ein interessantes oder auch nur bemerkenswertes Leben geführt hatte. Das änderte sich schlagartig, als mir nach dem Tod meiner Eltern mitsamt ihren anderen Habseligkeiten zwei kleine Holzkisten zugesandt wurden.

Als ich sie öffnete, erwachte mein Interesse an dem entfernten Verwandten. Denn die Kisten enthielten nicht nur Franks handschriftlich verfasste Memoiren, sondern auch eine Art Archiv, bestehend aus Polizeiberichten, Telexen, Zeugenaussagen, Notizen und anderen Erinnerungsstücken an Fälle, mit denen er als Inspector befasst gewesen war. Diese Dokumente füge ich im Folgenden hie und da ein, in der Hoffnung, dass sie erhellend sein mögen.

Über den guten Zustand der zahlreichen Notizbücher, in denen der Inspector über seine Laufbahn berichtete, war ich angenehm überrascht. Noch erstaunlicher fand ich, dass es mir trotz seiner nicht allzu leserlichen Handschrift ziemlich mühelos gelang, seine Texte zu entziffern. Da aber bekanntlich nichts auf der Welt vollkommen ist, stieß ich an ein paar besonders ungünstigen Stellen auf herausgerissene oder durch Wasserschäden unlesbar gewordene Seiten. Es bereitete mir großes Vergnügen, mich in Frank hineinzuversetzen und die fehlenden Elemente anhand des vorliegenden Materials zu ergänzen.

Frank Grasby ist ein geborener Schriftsteller, der unterhaltsam zu erzählen vermag. Nur hie und da neigt er zu Abschweifungen, die ich behutsam eingedämmt habe.

Deshalb entspricht alles Folgende im Großen und Ganzen dem Original. Einige Namen habe ich geändert, um den Ruf der Betreffenden, ob lebendig oder tot (die meisten Letzteres), zu schützen. Ferner war ich so frei, allzu ›explizite‹ Inhalte wie Kraftausdrücke oder Schilderungen Grasbys pikanterer Abenteuer ein wenig zu glätten. Mein Bestreben war es, den Text den Bedürfnissen der modernen Zeit anzupassen.

Die Memoiren springen zeitlich vor und zurück. Ich habe diesen Fall als ersten ausgewählt, da er das beste Bild dieses großartigen Kerls vermittelt. Außerdem hat er das selbst so beabsichtigt (siehe sein Vorwort im Folgenden).

Hiermit erhalten Sie nun einen Einblick in das abenteuerliche Leben des Inspector Frank Grasby.

# *Vorwort des Autors*

*Werte Leserschaft,*
*willkommen in meinem Sammelsurium an Erinnerungen. Ich möchte nicht der Reihe nach erzählen, sondern mit einem Fall beginnen, in den ich unwillentlich hineingeriet und der sich als Wendepunkt erwies, nicht nur für meine Berufslaufbahn, sondern für mein gesamtes Leben. Ein guter Anfang, wie Sie sehen werden.*

*Es kommt immer wieder vor, dass man ebenso unvorbereitet wie schlecht informiert in Situationen hineinstolpert. Heute wünschte ich mir, ich hätte damals, als ich von Superintendent Arthur Juggers in das Dorf Elderby geschickt wurde, Kenntnis vom folgenden Polizeibericht gehabt. Bedauerlicherweise bekam ich ihn jedoch erst sehr viel später zu Gesicht. Er enthält – zwischen den Zeilen jedenfalls – Informationen, die Einfluss auf mein Verhalten und meine Entscheidungen unmittelbar nach meiner Ankunft in Elderby gehabt hätten. Aber hinterher schlauer zu sein ist ziemlich typisch für mich.*

*Als ich gerade im Begriff war, diesen ersten Teil meiner Erinnerungen zu vollenden, entdeckte ich den Bericht im Polizeiarchiv. Ich füge ihn hier ein als Zeugnis der mörderischen Gefahr, in die ich mich damals unwissentlich begab.*

*Ich hoffe, Sie finden Gefallen an dieser packenden Geschichte aus meinem ereignisreichen Leben.*

*Frank Grasby*
*York, März 1975*

*****

Polizeibericht

North Yorkshire, 17. Mai 1949

*****

Per Telex, 1050 Std.

Am Abend des 16. Mai 1949 gegen 2000 Std. ging bei der Polizei von Elderby ein Anruf aus dem ortsansässigen Pub Hanging Beggar ein. Die Wirtin meldete randalierende Gäste, die sich weigerten, das Lokal zu verlassen.
Der Diensthabende, Inspector D.P. Moore, nahm den durchgestellten Anruf zu Hause entgegen und traf um circa 2015 Std. im Pub ein.
Bei seiner Ankunft hatte sich die Lage in dem Lokal bereits beruhigt. Vorschriftsmäßig blieb Inspector Moore jedoch vor Ort, um Aussagen von der Wirtin und den Gästen aufzunehmen und sicherzugehen, dass keiner der Unruhestifter zurückkehrte.
Nach Erledigung dieser Aufgabe verließ er den Hanging Beggar um circa 2215 Std. und begab sich auf den Heimweg.
Obwohl ich dem Dienstplan gemäß einen freien Tag hatte, nahm ich gegen 2355 Std. am selben Abend einen Anruf vom Hauptquartier in Pickering entgegen. Die Ehefrau des Inspector, Mrs Moore, hatte die Nachtschicht telefonisch benachrichtigt, dass ihr Mann noch nicht nach Hause zurückgekehrt und sie sehr besorgt sei. Die Nachricht, dass er den Pub verlassen und den Rückweg antreten würde, liege bereits einige Zeit zurück.
Kurz nach Mitternacht unternahm ich eine rasche Durchsuchung der betreffenden Umgebung, auch des

Polizeireviers von Elderby – für den Fall, dass Inspector Moore sich dort aufhielt, um einen Bericht über die Ereignisse zu verfassen, und nach diesem anstrengenden Tag über der Arbeit eingeschlafen war.

Da ich Inspector Moore jedoch weder dort noch im Dorf und Umgebung ausfindig machen konnte, rief ich im Hauptquartier in Pickering an und meldete ihn um 0222 Std. am Morgen des 17. Mai als vermisst. Ich und sieben Kollegen aus Pickering trafen uns um 0500 Std. am Morgen des 17. Mai und bereiteten eine groß angelegte Suche vor, die im Morgengrauen begann, circa um 0620 Std.

Gegen 0745 Std. sprach ein Dorfbewohner, ein vertrauenswürdiger Mann namens Andrew Moleston, die Constables aus Pickering an und berichtete, er habe beim Angeln am Wehr etwas Merkwürdiges bemerkt. Das Wehr befindet sich circa drei Kilometer östlich von Elderby.

Dort fanden die Constables Rickmannsworth und Hastie um 0824 Std. die Leiche von Inspector Moore auf, die sich am Flussufer in den Algen verfangen hatte.

Nach einer kurzen Untersuchung des Geländes, beginnend um 0931 Std., bei der ich selbst zugegen war, wurde von Militärarzt Dr. Terrance Clancy um 0935 Std. offiziell der Tod festgestellt.

Inspector Moores sterbliche Überreste wurden um 1005 Std. unter meiner Aufsicht zur Obduktion nach Pickering verbracht.

**Sgt. E.M.P. Bleakly**
**Polizeirevier Elderby**

*York, Dezember 1952*

# 1

Jeder Wochentag geht mit einem bestimmten Gefühl einher, finde ich. Montage werden gemeinhin verabscheut, Freitage sorgen für gute Laune. Und Sonntage erinnern mich auf unangenehme Weise an meine eingebüßte Frömmigkeit. Der engelsgleiche Chorknabe, der ernsthaft erwogen hat, die kirchliche Laufbahn von Vater und Großvater einzuschlagen, existiert schon lange nicht mehr. Ich habe trotzdem ein schlechtes Gewissen, dass ich die Kirche nur noch um diese Jahreszeit aufsuche – von anderen Feiertagen, Hochzeiten und Beerdigungen abgesehen. Und von Letzteren habe ich reichlich zu viele erlebt.

Mein Beruf als Inspector bei der Kriminalpolizei verschafft mir vielleicht ein wenig Nachsicht in der Gemeinde, aber nie genug, um den Zorn meines geistlichen Vaters zu beschwichtigen. Selbst die Hölle kann nicht schlimmer wüten als ein Dorfpfarrer, der von den Bischöfen seiner Kirche geschasst wurde.

Aber da Weihnachten vor der Tür steht, habe ich beschlossen, als Kirchgänger zu besserer Form aufzulaufen. Wenn ich aufrichtig bin, brauche ich nämlich jede Hilfe, die ich kriegen kann, da ich mal wieder in der Patsche sitze.

Ich bemühe mich, daran nicht zu denken, während ich durch die verqualmten Korridore des Polizeireviers von York marschiere. Mein Vorgesetzter, der mich heute wohl in die Mangel nehmen wird, hat durchaus Ähnlichkeit mit dem Mann, dem ich mein Dasein verdanke, wenn auch nicht körperlich. Mein Vater, Reverend Cecil Grasby, ist groß, mager und so bleich wie ein Geist. Superintendent Arthur Juggers dagegen ist stämmig und rotgesichtig, ein bodenständiger, gedrungener Mann mit einer Schwäche für Pfeifentabak und Bier. Er wirkt, als könnte er eine dicke Mauer durch reine Willenskraft zum Einsturz bringen. Bestimmt kennen Sie diesen Menschenschlag. Wir vertragen uns aber ganz anständig – zumindest manchmal.

Vor der schweren Eichentür rücke ich meine Krawatte zurecht und drücke meine Zigarette in einem Aschenbecher aus. Ein glänzendes Messingschild verkündet Name und Rang meines Vorgesetzten.

»Wer lungert da draußen herum?«, höre ich ihn von drinnen brüllen. »Hier weiß doch jeder, dass ich das nicht ausstehen kann!«

Er scheint das Gehör einer Fledermaus zu haben – einer grimmigen, übellaunigen Fledermaus.

Ich klopfe an. Als mir in grollendem Tonfall Einlass gewährt wird, betrete ich das Büro. Es sieht so aus, wie man es erwarten würde: holzgetäfelte Wände, gerahmte historische Fotografien, diverse Ehrenurkunden für Tapferkeit und andere Leistungen. Der Geruch von Tabak und Bier ist allgegenwärtig, aber nicht unangenehm. An der Wand hinter Juggers hängt ein Gemälde vom Cricket-Stadion in Headingley. Cricket ist eine Sache, die uns beide verbindet, und ich beabsichtige, diesen Umstand für meine Verteidigung zu nutzen. Wäre der Zweite Weltkrieg nicht dazwischengekommen und hätte ich nicht eine unselige Neigung zu regelwidrigen Würfen gehabt, würde ich jetzt für Yorkshire spielen, anstatt Missetäter und Schurken zur Strecke zu bringen. Aber das Leben kann grausam sein, wie wir alle wissen.

»Nicht hinsetzen«, blafft mein Vorgesetzter, ohne von seiner Zeitung aufzublicken.

Ich gehorche und lege mit meiner Taktik los. »Heute Morgen habe ich den jungen Fred Trueman getroffen, Sir.« Ich habe den Eindruck, dass mein Vorstoß in Richtung des Yorkshire County Cricket Club den erwünschten Effekt hat, denn Juggers blickt auf und fixiert mich über den Rand seiner Halbbrille hinweg.

»Kein Geplauder, Grasby – diesmal nicht. Wären Sie nicht so untauglich, könnten Sie da draußen sein, trotz Ihres Alters. Mit dem Schläger werden Sie wohl kaum schlechter sein als mit dem Notizbuch.«

»Sir?«, frage ich scheinheilig, als hätte ich keine Ahnung, worum es geht.

»Lady Winthorpe, zum Teufel. Klingelt da etwas?«

»Ah.«

»Sie wollen in Admere House einen diebischen Dienstboten schnappen, und im Nu rennen zwanzig Pferde frei in der Gegend herum – die wertvollsten Vollblüter Englands!« Die Zeitung wird zur Seite gefeuert. »Sieben sind immer noch verschwunden!«

»Nur ein Missgeschick mit dem Stallknecht, Sir.«

»Missgeschick? Sie haben den Burschen verhaftet und vergessen, die Stalltür zu schließen. Verfluchte Blödheit nennt man so was!«

»Dazu muss man aber sagen, dass Constable Armley auch anwesend war, Sir. Solche Dinge sind eigentlich seine Aufgabe.«

»Der Constable war mit Handschellen an den Verhafteten gefesselt. Wie hätte er da noch die Ställe sichern sollen?«

»Nun …«

»Wenn diese verdammten Pferde nicht gefunden werden, wird Seine Lordschaft den Chief Constable verklagen. Was sagen Sie dazu?«

Ich versuche, mir eine geeignete Antwort einfallen zu lassen, verziehe aber letztlich nur das Gesicht.

»Kein Wunder, dass Sie Grimassen schneiden, Grasby. Ich bin gegenwärtig das Einzige, was Sie vor der Erwerbslosigkeit bewahrt. Mit der Aristokratie darf man es sich nicht verscherzen. Als Nächstes steht hier die junge Königin vor der Tür und verlangt Ihren Kopf. Und den werde ich ihr auch servieren – hübsch angerichtet. Die hat schon genug Sorgen, das arme Mädchen, und soll sich nicht auch noch über unfähige Polizisten aus Yorkshire den Kopf zerbrechen.«

Es folgt eine Aufzählung verheerender etwaiger Konsequenzen, die mich das Fürchten lehrt, während Juggers' Gesicht zusehends die Farbe von Roter Bete annimmt. Um sich zu beruhigen, greift er nach seiner Pfeife und beginnt, sie zu stopfen. Währenddessen kommt bei mir die Sorge auf, dass man mich nach East Yorkshire zwangsversetzen könnte – vor meinem inneren Auge sehe ich einen regnerischen Dienstagabend am Hafen von Hull. So etwas ist schon vorgekommen, müssen Sie wissen. Mumford, ein Kollege von mir, endete dort als Bobby an der berüchtigten Hessle Road. Nichts für schwache Nerven, kann ich Ihnen versichern.

»Wollen Sie, dass ich nach den Pferden suche, Sir?«, biete ich an.

»Grundgütiger, bloß nicht! Den Chef würde der Schlag treffen! Nein, Grasby, das war eine Stümperei zu viel, jetzt ist Schluss.«

O nein, die Hessle Road! Mir werden die Knie weich.

»Er will Sie eine Zeit lang aus dem Weg haben. Bis sich die Lage beruhigt hat.«

»Aber ich habe doch einen guten Ruf, Sir. Habe etliche Halunken ihrer gerechten Strafe zugeführt, seit ich aus dem Krieg zurück bin.«

Juggers steht auf. Sein Bauchumfang strapaziert mächtig

die Uniformhose. »Daran gibt es keinen Zweifel. Aber Sie haben auch jede Menge Scherereien verursacht.«

»Nicht mehr als andere, würde ich sagen. Von den Pferden vielleicht abgesehen.«

Er deutet mit dem Zeigefinger auf mich. »Und was war mit der alten Mrs Stank?«

»Ach so, das Zitat in der *Yorkshire Post.*«

»Ganz genau. ‚Nach dem verdächtigen Todesfall äußerte sich Inspector Grasby von der Kriminalpolizei York: ›Grandma Stank tatsächlich, warum nur.‹'«

»Ein unpassender Kommentar, das gebe ich zu. Aber ich wollte das Prozedere etwas auflockern.«

Als hätte er meinen Einwand nicht vernommen, fährt Juggers fort: »Und was war mit der Tochter des Oberbürgermeisters, bitte schön?«

»Das war eine komplizierte Angelegenheit, Sir.«

»Sie haben Sie wegen Trunkenheit und Belästigung der Allgemeinheit *einsperren* lassen!«

»Weil sie sich im Minster Inn auf dem Boden wälzte!«

»Sie hatte einen epileptischen Anfall!«

»Sie müssen aber zugeben, dass das erst später vom Arzt festgestellt wurde. Das war für niemanden ersichtlich, auch für den Wirt nicht.«

Der Superintendent schüttelt nachdrücklich den Kopf, was seine Hängebacken in Bewegung versetzt. »Dann erzählen Sie mir doch was über James Thomas Goss.«

»Ein Vertrauensbruch, Sir. Ehre unter Dieben scheint der Vergangenheit anzugehören.«

»Ihre Dummheit wohl leider nicht. Sie bringen einen der meistgesuchten und raffiniertesten Diebe, nach dem die Metropolitan Police jemals gefahndet hat, nach London und lassen ihn dann entkommen!« Juggers' Gesicht läuft wieder purpurrot an.

»Unpünktlichkeit, Sir. Er sollte am Bahnhof Euston übergeben werden, und die Kollegen waren zu spät dran.«

»Und Sie mussten mal austreten, weil Sie die gesamte Zugfahrt damit verbracht haben, mit dem Verbrecher Bier zu saufen!«

»Wir brauchten eine Erfrischung – es war ein heißer Tag, Sir.«

»Sie hätten ihn mit zur Toilette nehmen müssen! Den Kerl mit Handschellen irgendwo fixieren, während Sie sich erleichtern.«

Obwohl das ein heikles Thema ist, bleibe ich hartnäckig. »Das wäre hinderlich gewesen, offen gestanden. In Gesellschaft kann ich nicht, Sir.« Ich denke, dass die meisten Männer das auf einer belebten Herrentoilette schon einmal erlebt haben. Juggers sieht das anders.

»Waschlappen! Nein, Sie haben die prächtige Idee, den Halunken an die Bar zu schicken, um dort noch ein paar Bier zu bestellen, während Sie abwesend sind. Worauf der sich natürlich im Nu aus dem Staub macht.«

»Und das auch noch mit meinem Zehnpfundschein, den ich ihm gegeben hatte!«

»Ja, was haben Sie denn erwartet?«

»Dass er sein Wort hält.«

»Das ist ein verfluchter Verbrecher! Was würden *Sie* denn tun, wenn Ihnen zehn Jahre im Bau drohen, Ihnen ein Volltrottel die Chance zum Abhauen gibt und Sie obendrein noch mit dem nötigen Fahrgeld ausstattet?«

»Er wurde ja noch geschnappt.«

»Zwei verfluchte Jahre später! Und in der Zwischenzeit ist er in zahllose Häuser eingebrochen!«

Ich kann mich des Eindrucks nicht erwehren, dass dieses Gespräch keine gute Wendung nimmt, und flehe stumm, dass Juggers die Aufzählung meiner Verfehlungen hier beendet. So oder so beschließe ich, meine Verteidigungsversuche aufzugeben. Sie scheinen meine Lage nur zu verschlimmern. Aber wie sich herausstellt, ist am Urteil ohnehin nichts mehr zu rütteln.

»Nein, Grasby, die Würfel sind gefallen – obwohl ich es trotz allem bedaure, Sie zu verlieren. Wenn Sie sich nicht gerade dämlich anstellen, sind Sie ein durchaus fähiger Polizist.«

»Nicht Hull, Sir. Bitte tun Sie mir das nicht an, um der alten Zeiten willen.« Ich wäre bereit, flehentlich auf die Knie zu sinken. Doch das würde meinen Vorgesetzten vermutlich noch mehr auf die Palme bringen. Stattdessen setze ich eine bittende Miene auf, die an Juggers' guten Willen appellieren soll. Ich stelle mir die schlimmsten Kaschemmen von Hull vor – an einem Freitagabend, wenn die Fischerboote in den Hafen einlaufen –, und mich schaudert. Außerdem hat mir dieser bizarre Helm, den man auf Streife tragen muss, noch nie gestanden, und da ich die lange, schlaksige Statur von meinem alten Herrn geerbt habe, sehe ich in Uniform aus wie ein Laternenpfahl. Die Leute lachen über mich.

»Elderby, da geht's für Sie hin.«

»Sir?« Ich zermartere mir das Hirn. Wo um alles in der Welt soll das sein? In Hull entsteht ein neues Viertel mit Sozialwohnungen. Ich hoffe, das trägt einen anderen Namen.

»Es ist weit genug entfernt vom Chief Constable, kann ich Ihnen versichern. In den North York Moors. Sie sind fürs Erste versetzt.« Juggers wendet sich ab und blickt zum Fenster hinaus auf die Schneeflocken, die langsam auf die Passanten und Fahrzeuge herabsinken. »Sie waren ein passabler Spieler, guter Umgang mit dem Schläger. Und Ihr Oberarmwurf konnte sich sehen lassen.« Er nickt nachdenklich, spielt innerlich zweifellos gerade eines meiner gelungenen Innings für die zweite Mannschaft Yorkshires nach. »Ein Pech war das mit den Wrist Spins, wie? Die haben Sie einfach nie richtig beherrscht.«

Verflucht.

»Sie behalten Ihren Rang und Ihre Anstellung als Inspector. Danken Sie mir nicht.«

»Danke«, sage ich automatisch.

Er dreht sich um. Seine Schweinsäuglein funkeln, als er sagt: »In der Gegend von Elderby hat es etliche Diebstähle auf den Farmen gegeben. Wir sind den Kollegen gegenüber zur Unterstützung verpflichtet. Sie haben nicht unsere Mittel und unser Personal. Die meisten der betroffenen Farmen gehören Lord Damnish.«

O nein, nicht schon wieder der Adel.

»Sorgen Sie für Ordnung, bringen Sie den oder die Schuldigen zügig zur Strecke, damit ich die Chance habe, Sie zurückzuholen, wenn sich hier alles beruhigt hat. Und diese Gäule eingefangen wurden, natürlich.«

Mein Gehirn arbeitet auf Hochtouren. Sie können es sich bestimmt denken: die Fragen, die ein solcher Umzug aufwirft – wo soll ich schlafen, und wie komme ich überhaupt dorthin? Außerdem: Was mache ich an Weihnachten? Die Gegend ist nicht so weit entfernt, aber wenn es in den North York Moors schneit, dann schneit es *wirklich*, das können Sie mir glauben.

Als hätte er meine Gedanken gelesen, lässt Juggers sich wieder an seinem mächtigen Schreibtisch nieder und blättert seine Papiere durch. »Wir haben Sie bei einer Mrs Hetty Gaunt einquartiert. Sie wird dafür sorgen, dass Sie es über die Feiertage behaglich haben.« Er beäugt mich finster. »Sie ist eine Witwe gewissen Alters, also kommen Sie gar nicht erst auf Gedanken niederer Natur, Grasby. Sie sind einer der wenigen ledigen Männer hier auf dem Revier. Jedenfalls von denen mit ausreichend Rang und Erfahrung, um mit Lord Damnish umzugehen. Dem kann ich schließlich keinen Grünschnabel schicken, nicht wahr?«

»Gewiss nicht, Sir. Schon allein der Gedanke.« Ich bedaure

allerdings, dass keine verheißungsvollere Vermieterin in Aussicht steht. Eine junge Witwe wäre erfreulich gewesen. Davon gibt es seit dem Krieg jede Menge. Ich bin noch völlig ungebunden, müssen Sie wissen. Und da mein vierzigster Geburtstag näher rückt, fürchte ich inzwischen, als Junggeselle zu enden. Mrs Gaunt ist vermutlich eine strenge alte Dame. Aber die Aussicht auf eine triste Weihnachtszeit allein mit meinem Erzeuger lässt einen Tapetenwechsel gar nicht so übel erscheinen.

»Nehmen Sie den Rest des Tages frei, packen Sie Ihre Sachen. Stubby Watts stellt Ihnen einen Wagen zur Verfügung. Elderby ist ein nettes Örtchen, wenn auch etwas entlegen.« Juggers greift wieder nach der Zeitung. »Und verbocken Sie es diesmal nicht. Beim nächsten Mal gibt's die Hessle Road!«

Und das war's. Ich beschließe, mir auf der Stelle eine Landkarte zu beschaffen.

# 2

Stubby Watts, ein kleiner Bursche im Blaumann, setzt seine ölverschmierte Kappe ab und reibt sich die blasse Glatze. Er ist Automechaniker und für den Fuhrpark der Yorker Polizei zuständig. Stubby gilt als griesgrämig, hat heute aber einen guten Tag.

»Viel haben wir nicht im Angebot.« Er lässt den Blick durch die riesige Werkstatt schweifen, dem Anschein nach ein Autofriedhof. »Ich hab da noch diesen Austin A30, der war aber im Krieg.«

Er führt mich zu einem grünen Wagen im üblichen ramponierten Zustand. *Üblich* sage ich, weil das bei Polizeiwagen meistens so ist, ob sie als solche erkennbar sind oder nicht. Die Kollegen am Steuer bringen den Fahrzeugen wenig Achtung entgegen, weshalb sie in aller Regel zerdellt und verschrammt sind und Brandlöcher in den Sitzen haben.

»Wie läuft der?«, frage ich hoffnungsvoll.

»Nicht so gut wie früher mal. Ein Unfallwagen, wissen Sie?«

»Aber Sie haben ihn wieder hingekriegt?«

»Ich bin Mechaniker, kein verdammter Zauberkünstler. Aber ja, ich hab getan, was ich konnte.«

Ich spähe durchs Seitenfenster und bin angenehm überrascht, dass nirgendwo alte Kippen oder fettiges Zeitungspapier mit Resten von Fish and Chips herumliegen. Stubby überreicht mir die Schlüssel, und ich beuge mich durchs Fenster und starte den Motor. Der Wagen erwacht mit ungesundem Ächzen zum Leben.

»Das hört sich aber nicht sehr überzeugend an, Stubby.«

»Was Besseres gibt's gerade nicht, junger Mann. In 'nem Schneesturm sind Sie dankbar dafür. Und der wird kommen, das können Sie mir ruhig glauben.«

Die pessimistische Wettervorhersage geflissentlich überhörend, steige ich ein. Kleine Autos haben die unangenehme Eigenschaft, großen Menschen das Gefühl zu vermitteln, sie befänden sich in einer Sardinenbüchse. Meine Knie kommen meinen Ohren unbehaglich nah, aber das ist bei meiner Länge nun mal nicht zu vermeiden. Der Austin vollführt eine Fehlzündung mit den üblichen Tücken wie einer schwarzen Qualmwolke und einem lauten Knall, der mich an den Krieg erinnert. Bei solchen Lauten fängt mein Gesicht zu kribbeln an, was sich äußerst unerfreulich anfühlt. Dieses scheußliche Kribbeln war mein ständiger Begleiter während meiner Militärzeit.

»Macht er das öfter?«, erkundige ich mich.

»Glaub ich nicht. Muss einfach mal ordentlich ausgefahren werden, um die Spinnweben rauszupusten.«

Wenn Männer der Technik wie Stubby sich in blumigen Formulierungen ergehen, um die Eigenheiten von Fahrzeugen zu beschreiben, werde ich grundsätzlich misstrauisch. Die »Spinnweben« sind für mich ein klassisches Beispiel dieser Art. Und als ich den Motor aufheulen lasse, wiederholt sich das Spektakel mit Knall und Rauch.

»Wie gesagt: Muss nur mal ordentlich ausgefahren werden.« Bei diesen Worten streicht sich Stubby zweifelnd übers Kinn.

Traue niemals einem Automechaniker. Mit diesem Motto kommt man gut durchs Leben.

Da ich aber gegenwärtig keine andere Wahl habe, fahre ich den Austin vom Gelände. Im Rückspiegel sehe ich Stubby den

Mund bewegen, er scheint etwas zu rufen. Einen freundlichen Abschiedsgruß vermutlich. Ich winke dankend durchs offene Fenster.

Die Fahrt nach Hause dauert nicht lang. »Zu Hause« ist das Domizil meines Vaters, ein kleines Cottage im Norden von York, das ihm von der Church of England bei seiner vorzeitigen Entlassung in den Ruhestand zugeteilt wurde. Umsonst gibt es aber bekanntlich nichts im Leben, und als Gegenleistung muss er für geistliche Kollegen aus der Region einspringen, wenn sie krank oder im Urlaub sind. Es gibt einen Ausdruck dafür, aber den vergesse ich ständig.

Dass mein alter Herr diese Aushilfsdienste verabscheut, lässt er die Gemeinden spüren. Bei seinen Gottesdiensten erschreckt er die ihm anvertrauten Schäfchen mit Androhungen von Hölle und Fegefeuer fast zu Tode. Das ist seine Methode, sich an der Kirche zu rächen, die ihn mit einer kläglichen Rente und kaum mehr als Spesen für diese Pflichten abspeist. Wenn die jeweiligen Herren Pfarrer wieder vor ihre Gemeinden treten, finden sie selbige bestimmt erheblich reduziert vor, da gehe ich jede Wette ein.

Als ich mich in einer Rauchwolke und unter kleineren Explosionen dem Haus nähere, sehe ich meinen Erzeuger in seinem winzigen Vorgarten stehen und zur Regenrinne hinaufstarren. Mein Vater trägt einen langen Mantel, der mir gehört, und obwohl ich keinesfalls als breitschultrig gelten kann, hängt das Kleidungsstück so schlapp an ihm herunter wie das weite Gewand an einem Chorknaben. Er erinnert mich an eine unterernährte Krähe. Ich hatte zuvor eine anständige Wohnung in der Stadtmitte, habe es aber als meine Pflicht angesehen, sie nach dem Tod meiner Mutter aufzugeben. Obwohl mein Vater protestierte, wusste ich, dass er froh sein würde, seinen Sohn bei sich zu haben.

»Da würde ich ja lieber mit Abimelech zusammenwohnen«, sagte er damals.

Zum Glück bin ich nicht bibelfest genug, um diese Bemerkung deuten zu können.

»Was ist das denn?«, will er jetzt wissen und beäugt argwöhnisch mein Gefährt. Er besitzt einen deutlich vornehmeren Wagen: einen betagten Bentley, geerbt von seinem Vater, der nichts Geringeres als ein Bischof gewesen war.

»Ich habe Neuigkeiten!«, verkünde ich leichthin.

»Ah.« Die Äußerungen meines Vaters geraten nicht selten einsilbig.

»Ich muss für eine Weile weg, fürchte ich. Und ich weiß noch nicht, für wie lange. Tut mir leid wegen Weihnachten und so.«

»Musst du ins Gefängnis?«, fragt er wenig mitfühlend.

»Nein, ist eine vorübergehende Versetzung in die North York Moors. An einen Ort namens Elderby.«

»Ich vermute eher, die haben dich endlich durchschaut und wollen dich aus dem Weg schaffen.«

Mein Vater kann entnervend hellsichtig sein, was ich schon immer sehr lästig fand.

»Nein, keineswegs.« Ich hebe überlegen das Kinn – das kann ich ziemlich gut. »Ich soll für Lord Damnish ein Verbrechen aufklären.«

»Hört, hört.« Vaters Nase tropft, und er wischt sie mit dem Ärmel meines Mantels ab. »Na, da kann ich nur hoffen, dass du dich geschickter anstellst als mit den Pferden von Lady Winthorpe. Das stand in der *Post*, hast du das gesehen?«

Ich murmle etwas von einem Missverständnis und versuche, mich ins Haus zu verziehen. Aber mein Vater kann sich so stur in etwas verbeißen wie ein dürrer Windhund in seinen Knochen und heftet sich sofort an meine Fersen.

»Ich weiß wohl, dass du dich mit diesem Adelsgesocks auf

Augenhöhe fühlst. Daran ist diese elende Schule schuld, auf die deine Mutter dich unbedingt schicken wollte. Aber ich kann dir versichern, für diese Leute bist du nicht mehr wert als ein Fleck auf einem weißen Kragen.«

Mein geschätzter Herr Vater verweist auf meine Zeit am Hymers College, einer elitären Privatschule in Hull. Das war kein Zuckerschlecken, kann ich Ihnen sagen. Ich wurde dort zwar zu einem passablen Cricket-Spieler, habe mir aber auch einen ziemlich blasierten Akzent zugelegt. Alles in allem jedoch war die Schulzeit von Vorteil für mein Leben. Ich bezweifle stark, dass ich es ohne sie in den Rang des Inspector geschafft hätte. Von meinen Polizeikollegen musste ich mir zwar anfänglich einiges anhören. Aber als sie feststellten, wie trinkfest ich war, rauften wir uns zusammen. Außerdem stieg die Cricket-Mannschaft des Reviers dank mir in bislang unbekannte Sphären auf. Das stärkt die Moral und sorgt für reichlich Freunde.

Ja, ich habe bereits erwähnt, dass ich noch ungebunden bin. Das liegt nicht daran, dass ich mich nicht bemüht hätte. Ich würde gern behaupten, einfach noch nicht die richtige Frau gefunden zu haben, doch das wäre gelogen. Leider muss ich zugeben, dass jede sympathische Frau mit rekordverdächtiger Geschwindigkeit das Weite sucht, sobald sie mich besser kennenlernt. Die traurige Wahrheit ist, dass Frauen mich für einen Nichtsnutz halten. Meine Liebe zu Cricket und allem, was damit einhergeht, erweist sich zusätzlich als Stolperstein, denn sie sorgt häufig für Ebbe in der Kasse. Aber sei's drum, ich gebe die Hoffnung nicht auf.

Bedauerlicherweise kann der neue Chief Constable, Sohn eines Fischers aus Whitby, Menschen mit kultivierter Sprechweise nicht ausstehen. Trotz meiner Nobelschule befinde ich mich nun also in dieser misslichen Lage.

Mein Vater verabscheut die privilegierten Schichten gleichermaßen. Vor einigen Jahren hatte er offenbar eine theologische

Meinungsverschiedenheit mit König George V. Der Streit trug nicht dazu bei, das Ansehen meines alten Herrn in der anglikanischen Kirche zu verbessern, und seither hasst er hartnäckig sämtliche blaublütigen Menschen. Und ich kriege davon auch was ab wegen meiner Eliteschule. Aber was soll ich denn machen? Sie haben mich schließlich dorthin geschickt. Es gab da ein Stipendium für Söhne von Geistlichen. In den ersten Trimestern wurde ich von den anderen nur »Erzbischof von York« genannt, aber das ließ ich an mir abprallen. Ich habe ein heiteres Gemüt, müssen Sie wissen.

Auch jetzt beschließe ich, mich nicht um die Kommentare meines Vaters zu kümmern, und begebe mich in die kärgliche Dachstube, die mein Schlafzimmer darstellt. Die Tür ist unglaublich niedrig, und etliche Beulen und blaue Flecken haben mich gelehrt, den Kopf einzuziehen, wenn ich den Raum betrete. Vermutlich wurde das Haus zu einer Zeit erbaut, als die Bürger von York noch ein gutes Stück kleiner waren.

Anlässlich meines neuen Auftrags packe ich meinen zweiten Anzug und ein paar andere Habseligkeiten in den alten Koffer, der meiner Mutter gehört hat. Wenn ich an sie denke, empfinde ich mehr als nur einen Anflug von Traurigkeit. Sie war eine liebevolle Frau, immer darum bemüht, ihrem Sohn die Wunder der Welt nahezubringen. Auf ihre Unterstützung konnte ich mich verlassen, sogar für mein Cricket-Spielen, was mein Vater verabscheute. Ich vermisse sie sehr, seit sie vor sieben Jahren dahingeschieden ist, und denke noch immer täglich an sie, besonders in dieser Jahreszeit. Ein weiterer Grund, sich aufs Land zu verziehen, denke ich bei mir.

Ich schüttle die tristen Gedanken ab und tappe nach unten, in der Hoffnung auf Abendessen. Erfreut stelle ich fest, dass wir Gesellschaft haben. Ich war so mit meiner Packerei und der bevorstehenden Reise beschäftigt, dass mir durch das Plappern des Radios die Ankunft von Lord Parsley entgangen ist –

oder Mitch, wie ich ihn seit der Zeit nenne, als ich noch ein kleiner Knirps war.

Lord Parsley verdankt den Titel seiner steilen Karriere beim Militär. Er und mein Vater sind zusammen aufgewachsen und, obwohl sie grundverschieden sind, Freunde geblieben. Mitch ist klein, stämmig und rotgesichtig und mittlerweile beim militärischen Geheimdienst tätig. Darüber spricht er allerdings kaum – nur zu verständlich. Die Geheimnisse, mit denen er zu tun hat, möchte man schließlich nicht Hinz und Kunz auf die Nase binden.

Mein werter Vater, gut einen Kopf größer als unser Gast, kredenzt diesem gerade in der Küche ein Glas des hausgemachten höllisch starken Holunderweins.

»Nun, junger Francis«, sagt Mitch, der mich seit jeher mit meinem Taufnamen anspricht, herzlich lächelnd, »ich höre, du reist ins Niemandsland.«

»So sieht's aus, Mitch. Ich konnte doch nicht zulassen, dass Ehemänner um diese Jahreszeit von ihren Familien getrennt werden. Da hab ich mich freiwillig gemeldet«, flunkere ich.

»Das ehrt dich. Du warst immer schon ein anständiger Kerl.«

»Von wegen. Ein Taugenichts«, bemerkt mein Vater.

»Hör nicht auf ihn, Francis«, sagt Mitch. »Vielleicht findest du da in den Hügeln endlich eine Frau. Ein Mann braucht eine Frau, weißt du? Ohne meine Jess wäre ich verloren, das kann ich dir sagen. Wird dir bestimmt gefallen dort.«

»Ehrlich gesagt, weiß ich noch nicht viel über diesen Ort«, gestehe ich.

Er wirft mir einen merkwürdigen Blick zu, und seine Miene verdüstert sich einen Moment. Doch dann ist Mitch sofort wieder so heiter wie zuvor. »Auf dich und Elderby!« Er prostet mir zu, worauf mein Vater mir widerwillig auch ein Glas einschenkt.

Bei all seinen Unarten muss man meinem alten Herrn lassen, dass er ein guter Koch ist. Was vermutlich daran liegt, dass Kochen meiner Mutter gar nicht lag. Sie hat es fertiggebracht, einen Salat anbrennen zu lassen. Heute Abend tischt mein Vater Rotzunge mit Nusssoße, Kartoffeln und Erbsen auf. Ein durchaus eindrucksvolles Mahl, vor allem angesichts der anhaltenden Rationierung von Lebensmitteln.

Obwohl er als Sohn eines Bischofs im Wohlstand aufgewachsen ist, geriert sich mein alter Herr gern als Teil der Arbeiterklasse. Deshalb gibt es zu der erfreulichen Mahlzeit nicht etwa einen guten Sauvignon Blanc oder Spätburgunder, sondern ein weiteres großes Glas Holunderwein. Wobei ich nicht behaupten möchte, dass der nichts taugt: Durch den Zusatz von Honig erzeugt mein Vater einen durchaus angenehmen Geschmack. Zu angenehm, offen gestanden. Der Honig täuscht nämlich darüber hinweg, wie hochprozentig das Gebräu tatsächlich ist.

Nach einigen Gläschen und angeregten Plaudereien habe ich ordentlich einen sitzen, ebenso mein Vater und unser Gast. Schließlich wirft Mitch einen Blick auf seine noble Uhr und zeigt sich überrascht. »In guter Gesellschaft verfliegt die Zeit im Nu, nicht wahr? In zehn Minuten soll mein Chauffeur hier sein.« Er versucht, sich zu erheben, fällt aber auf den Stuhl zurück und lacht lauthals.

»Du verträgst immer noch nichts, wie ich sehe«, lallt mein Vater, während er vergeblich versucht, eine Kartoffel aufzuspießen, die vom Teller gerutscht ist.

»Ganz im Gegenteil«, entgegnet Mitch. »Seit ich regelmäßig deinen Hausgemachten trinke, ist meine Toleranz für alles gestiegen, was mir sonst noch so vorgesetzt wird.«

Das leuchtet mir ein. Da ich eine liberale Mutter hatte, führe ich mir seit meinem zehnten Lebensjahr alkoholische Getränke zu Gemüte. Meine Frau Mama war der Ansicht, man solle sich möglichst früh daran gewöhnen, was mir seither den einen oder anderen Kater eingebracht hat. Aber ich kann jedenfalls mit Fug und Recht behaupten, dass ich was vertrage.

»Elderby, sagtest du?« Mein Vater beäugt mich vom Tischende aus über den Rand seines Glases hinweg.

»Ja, in den North York Moors, Vater«, antworte ich.

»St. Thomas's-on-the-Edge.«

»Was soll das denn heißen?«, frage ich, worauf Mitch wieder vor Lachen prustet.

»Das ist die Kirche von Elderby, du Holzkopf.«

»Klingt ja ziemlich albern.«

Mein alter Herr lächelt jetzt auf eine Weise, die mir verdächtig vertraut ist.

»Heißt das etwa, du warst schon mal dort?«

»In letzter Zeit nicht«, antwortet er ausweichend und widmet sich eingehend den Resten seines Fischs.

Dieses Verhalten kenne ich schon mein Leben lang. Ich sehe ihm an, dass er etwas über dieses Kaff weiß, aber er wird es mir nicht sagen. Früher hätte ich nachgebohrt, aber inzwischen spare ich mir die Mühe.

»Ich freue mich jedenfalls darauf«, betone ich. »Es ist bestimmt herrlich, mal wieder auf dem Land zu sein.«

»Ach, Francis«, meldet sich Mitch zu Wort, »sei doch so gut und hilf mir auf, ja?«

Ich komme der Aufforderung nach und reiche Mitch seinen schweren Wollmantel. Unser Gast bedankt sich fürs Essen und macht noch einen letzten Scherz. Als ich ihn hinausbegleite, steht der Wagen mitsamt Chauffeur bereits vor dem Eingang.

Mitch Parsley kramt in seinen Taschen, und einen peinlichen Moment lang fürchte ich, er sei so betrunken, dass er mir Trinkgeld geben wolle. Doch dann reicht er mir seine Visitenkarte, auf der allerlei militärische Ränge aufgelistet sind. »Gib auf dich acht da oben, mein Junge.« Er zieht vielsagend die

Augenbrauen hoch, rülpst und sagt schließlich: »Kannst mich jederzeit anrufen, vergiss das nicht.« Dann wankt er Richtung Auto, und der Chauffeur springt gerade rechtzeitig heraus, um seinen Fahrgast am Arm zu packen und auf die Rückbank zu verfrachten.

Durchs Fenster kann ich noch immer Mitchs seltsam bedeutungsschwangere Miene sehen. Das gibt mir Rätsel auf. Warum benehmen sich alle so geheimniskrämerisch, sobald von Elderby die Rede ist? Nun, das bleibt wohl abzuwarten.

Als ich in die Küche zurückkomme, drückt mein alter Herr gerade eine Zigarette in seinem Weinglas aus. Er murmelt etwas Unverständliches und sackt langsam mit offenem Mund nach vorne. Das macht er schon seit Jahren so – er betrinkt sich und schläft dann von einem Moment auf den anderen ein. In ein paar Stunden wird er auf dem Sofa aufwachen und ins Bett gehen. Ich packe ihn am Arm, und wir stolpern in das kleine Wohnzimmer, wo ich den alten Knaben auf das rissige alte Ledersofa bette und eine Wolldecke über ihn breite.

So geht das jeden Abend. Wir essen, genehmigen uns ein paar Gläser, und ich bringe ihn hierher, damit er seinen Rausch ausschlafen kann. Ich bin froh, dass mein Vater noch ein paar gute Freunde in der Nähe hat. Wie er da so auf dem Sofa liegt, sieht er plötzlich sehr alt aus. Das Alter ist kein Zuckerschlecken, so viel steht fest.

Ich ziehe die Visitenkarte von Mitch Parsley aus der Tasche und studiere sie. Zwei Telefonnummern sind angegeben und die Adresse seines Büros in der Catterick-Kaserne in Richmond. Ich überlege, warum er mir die Karte gegeben hat, und führe es auf den fortgeschrittenen Zustand seiner Trunkenheit zurück.

Auch ich sollte jetzt schleunigst ausnüchtern, denn morgen steht meine Reise nach Elderby an.

# 3

Die Fahrt in den Norden wäre gewiss vergnüglich gewesen, hätte mein Wagen nicht diese unangenehme Neigung zu Fehlzündungen. Eine Heizung hat er auch nicht, und die Schneefälle sind heftig. Wie ich schon geahnt habe, muss dieses Gefährt nicht »nur mal ordentlich ausgefahren werden«, wie Stubby Watts behauptet hatte. Während ich an drollig mit Schnee bedeckten Kühen und Schafen auf den Feldern vorbeifahre und durch ein Dorf nach dem anderen gondle, die unter der weißen Decke alle gleich aussehen, erlaubt sich das Auto in den ungünstigsten Momenten ohrenbetäubende Knallerei mitsamt Rauchschwaden.

Die Einwohner von Thirsk und Helmsley kommen noch ungeschoren davon. Aber als ich durch Pickering tuckere – eine Kleinstadt, die ich besonders mag, seit ich dort einmal eine kleine Liebelei hatte –, erschreckt der Austin eine alte Dame so sehr, dass sie sich ans Herz greift und ein paar Schritte rückwärtstaumelt. Ein bäuerlich wirkender Mann droht mir mit seinem Stock.

Willkommen in den North York Moors, denke ich mir. Ich muss gestehen, dass ich etwas besorgt bin um die alte Dame. Sie sah aus, als erleide sie gerade einen Herzinfarkt. Ich gebe ordentlich Gas, um Pickering zügig hinter mir zu lassen.

Was mir überdies Sorgen bereitet, ist die Frage, ob ich mein Reiseziel überhaupt erreichen werde, die schmale Straße ist zunehmend verschneit. Doch als ich auf der Hochebene ankomme und mich umsehe, besticht die Landschaft durch atemberaubende Schönheit. Die Heidesträucher haben sich in weiche weiße Hügel verwandelt, die Szenerie erinnert an eine prachtvolle Hochzeitstorte. Ein Falke schwebt über einer kleinen Anhöhe und stößt dann blitzschnell nieder. Als er wieder aufsteigt, sind seine Klauen jedoch leer, und er scheint enttäuscht zu sein. Das kommt mir irgendwie bekannt vor. Nicht auszuschließen, dass der Pechvogel mit den Grasbys verwandt ist.

Dennoch bin ich guter Stimmung und beschließe anzuhalten, um mir eines der Schinkensandwiches zu genehmigen, die ich mir heute früh in Eile zubereitet habe. Mein Vater, der gestern ausgiebig von den alkoholischen Früchten seiner Arbeit gekostet hatte, bereitete mir keinen feierlichen Abschied. Er hob lediglich den Kopf wenige Zentimeter vom Kissen und verbot mir, die letzte Milch aufzubrauchen. Er hat im Umgang mit Familie, Freunden und eigentlich sämtlichen Mitmenschen noch nie ein gewinnendes Wesen an den Tag gelegt. Ich habe keine Taufe von ihm erlebt, bei der der Täufling angesichts seiner grimmigen Miene nicht in entsetztes Geschrei ausgebrochen wäre.

Jedenfalls, wie er wohl sagen würde, bin ich nicht auf einer Mission ans andere Ende der Welt und beabsichtige, so schnell wie möglich nach York zurückzukehren. Ich hoffe, dass ich die Diebstähle schnell aufklären kann und dass die entlaufenen Gäule inzwischen den Weg nach Hause finden.

Wie sich herausstellt, hat der Schinken auf meinem Sandwich schon bessere Tage gesehen. Er ist leicht schleimig und verströmt einen unappetitlichen Geruch. Nachdem ich zwei kleine Bissen zu mir genommen habe, schleudere ich den Rest aufs Feld. Vielleicht freut sich der erfolglose Grasby-Falke über die kleine Mahlzeit. Ein Quäntchen Glück braucht schließlich jeder mal, auch ein Vogel.

Meinen Notizen zufolge muss ich in wenigen Kilometern links abbiegen. Da ich bereits auf der Straße nach Whitby bin, kann es nicht mehr weit sein. Ich bin gespannt auf meine Kollegen im Polizeirevier – und natürlich auf meine Gastgeberin, Mrs Gaunt. Und ich habe die feste Absicht, diese vorübergehende Versetzung als Urlaub zu betrachten, als Tapetenwechsel und angenehme Pause vom täglichen Einerlei und den wiederholten Zwangsbesuchen in Superintendent Juggers' Büro.

Als ich das Fenster einen Spalt öffne, um den Zigarettenrauch rauszulassen, und die kalte Luft tief einatme, in der ich einen Hauch des salzigen Meeres schmecken kann, erinnere ich mich daran, wie viel schlimmer meine Lage sein könnte. Es hätte nach Hull gehen können statt nach Elderby. Es empfiehlt sich, immer das Gute an einer Situation zu sehen. Und ich weiß, wovon ich rede, ich muss das schon mein Leben lang so handhaben.

Ich setze meine Fahrt fort und verpasse, wie es mir ähnlich sieht, um ein Haar den Abzweig. Wobei ich zu meiner Ehrenrettung vorbringen kann, dass das rostige Eisenschild schneebedeckt und deshalb leicht zu übersehen ist. Ich weiß, dass ich zu Übertreibungen neige, aber ich kann mir bildlich vorstellen, wie mittelalterliche Schmiede stolz auf ihr frisch erschaffenes Werk geblickt haben. Jedenfalls ist das Schild uralt und wurde garantiert seit dem Bau dieser Straße nicht ausgetauscht.

Mir wird nun auch klar, warum diese angebliche »Straße« auf der Karte, die ich heute früh studiert habe, nur gestrichelt dargestellt war. Stellen Sie sich den holprigsten Feldweg vor, den Sie je zu Gesicht bekommen haben, und zwar in einem heftigen Schneetreiben. Im Schneckentempo zockle ich über das Geröll vorwärts, alle paar Meter lauern unvermutet tiefe Schlaglöcher. So ähnlich stelle ich mir eine Tour im Himalaja vor. Erstaunlicherweise ist der Austin jetzt mucksmäuschenstill. Konzentriert sich wahrscheinlich angestrengt darauf, die Buckelpiste nach Elderby zu überleben. Ich gebe mich der Hoffnung hin, dass dies die Art von »Ausfahren« ist, die Stubbys Ansicht nach die »Spinnweben aus dem Motor pustet«.

Mir kommt der Gedanke, dass ein Schurke, der aus Elderby fliehen will, auf dieser Straße und bei solchen Witterungsverhältnissen ganz schlechte Karten hätte.

Sie sehen, da kommt prompt mein sonniges Gemüt wieder zum Vorschein.

Nach einer Höllenfahrt, die Stunden zu dauern scheint, ist endlich ein lang gestreckter Bergrücken in Sicht. Ein Turm ragt aus dem Schnee auf. Das muss die Kirche mit dem absonderlichen Namen sein, von der mein Vater erzählt hat, St. Thomas's-on-the-Edge. Erneut überlege ich, woher mein Vater dieses Dorf kennen könnte, gebe aber rasch wieder auf. Ich werde es wohl ohnehin nie erfahren.

Als hätte ich nicht bereits Mühsal genug, steigt die unsägliche Straße nun auch noch steil an. Nicht nur gerät der kleine Wagen immer wieder gefährlich ins Schlingern, auch der Motor scheint an seine Grenzen zu stoßen. Er gibt ein schrilles Heulen von sich, das jedem Unglücklichen, der während des Kriegs die Sirenen der Stuka-Bomber vernommen hat, bekannt vorkommen dürfte.

Am Ende der Steigung kann ich ein weiteres Schild ausmachen, von dem ich stark vermute, dass es auf den Ortseingang hinweist. Doch knapp zweihundert Meter vor Erreichen dieses Ziels beschließt der Austin, mit einem tiefen Seufzer und einem letzten Ächzen zum Erliegen zu kommen.

Obwohl ich sofort die Handbremse ziehe, fürchte ich angesichts der Steigung, dass das Gefährt sich rückwärts überschlagen und mich unsanft wieder zum Fuße des Abhangs befördern könnte. Während mir Schweißperlen auf die Stirn treten (die übliche Reaktion, wenn ich mich in lebensbedrohlichen Situationen befinde), versuche ich angestrengt, den Motor erneut zu starten. Doch das hat nicht den gewünschten Effekt, lediglich ein erschöpftes Seufzen und ein Rasseln ist zu vernehmen. Der letzte Atemzug eines Sterbenden.

Verflucht!

Aufgrund allerlei unerfreulicher Erfahrungen mit Maschinen ist mir klar, dass der Rest des Wegs *à pied* zurückgelegt werden muss. Ich nehme meinen Trilby ab, bevor ich mich mit aller Kraft gegen das nutzlose Vehikel stemme, um es an den Straßenrand zu schieben. Nachdem das gelungen ist, setze ich den Hut wieder auf, hole den Koffer meiner geliebten Mutter aus dem Kofferraum und beginne mit dem Aufstieg nach Elderby.

Bemerkenswert an diesem Teil der Reise ist, dass ich erheblich schneller vorwärtskomme als mit dem Auto, obwohl ich sehr vorsichtig gehe, um nicht auszurutschen oder in eine Schneewehe zu geraten. Das veranlasst mich dazu, meine Erwägungen über etwaige flüchtige Verbrecher zu korrigieren. Wenn sie ein wenig Tempo vorlegten, würden sie die Hauptstraße vermutlich schneller erreichen als jeder, der ihnen in einem Fahrzeug auf den Fersen wäre. Inzwischen wünsche ich mir, ich hätte die elende Karre an der Hauptstraße stehen lassen und mich gleich zu Fuß auf den Weg gemacht.

Sehen Sie, das ist das Problem mit der modernen Welt. Wir gehen davon aus, dass der Fortschritt gleichbedeutend ist mit Annehmlichkeiten und Effizienz. Dabei hätte ein gutes Pferd diese Strecke im Nu bewältigt. Ich bin nun wahrlich kein Maschinenstürmer, frage mich aber manchmal, wie unsere Zukunft aussehen soll. Unlängst las ich, dass die indigene Bevölkerung von Nordamerika schlimme Folgen prophezeit hat, sollte die Menschheit nicht anders mit dem rasanten technologischen Fortschritt umgehen, der mit der Industriellen Revolution seinen Anfang nahm. Ich habe nicht wenige Wildwestromane verschlungen. In denen wird das immer so dargestellt, dass die Sioux in Ruhe nachdenken und eine Friedenspfeife rauchen, während sich die Cowboys die Hucke vollsaufen. Meiner reichlichen Erfahrung nach vernebelt Alkohol das Hirn, und im nächsten Moment sind die Burschen dann auch schon umzingelt. Die haben es nicht besser verdient, würde ich mal sagen! Hatten schließlich keinerlei Recht, sich dieses Land anzueignen.

Als ich noch einen letzten Blick auf den nutzlosen Schrotthaufen werfe, den ich am Straßenrand zurückgelassen habe, frage ich mich, ob all das, was wir technisch erreicht haben, einmal für unseren Untergang sorgen wird. Mächtig düsterer Gedanke.

Just als meine Beine zu protestieren beginnen und meine Füße schon taub sind vor Kälte, erreiche ich den Höhenrücken. Und von dort aus sehe ich unter mir wahrhaftig eine Straße mit Läden, Wohnhäusern und anderen Gebäuden. Aus ein paar Dutzend Schornsteinen steigt Rauch zum bleigrauen Himmel auf. Das muss Elderby sein, unterhalb dieser Anhöhe gelegen wie Häuser von Tagelöhnern vor einer Burg. Und tatsächlich befindet sich hier die Kirche, deren Turm nur knapp über den Gipfel des Hangs hinausragt. Merkwürdiger Ort für ein Gotteshaus. Und wieder frage ich mich, was mein Vater wohl mit diesem Ort zu schaffen hat. Er schien mir verdächtig viel zu wissen.

Beflügelt vom nahenden Ende der Reise stapfe und schlittere ich hangabwärts. Ich nehme mir vor, im Polizeirevier als Erstes Stubby Watts anzurufen und ihm gehörig den Marsch zu blasen.

Mir gefällt der Gedanke, dass die braven Bürger dieser kleinen Ortschaft gewiss nachts ruhiger schlafen werden, wenn Frank Grasby hier erst mal für Ordnung sorgt. Doch während ich die Hauptstraße entlanggehe, erfasst mich unversehens Beklommenheit. Es kommt mir beinahe vor, als würde ich beobachtet, von vielen Augenpaaren, die geradewegs in meine Seele starren. Ich beruhige mich damit, dass die Ursache für das mulmige Gefühl gewiss nur mein Unbehagen vor der nächsten Begegnung mit einer Adelsfamilie und meine religiöse Erziehung sind, und stapfe tapfer weiter.

*****

**Polizei von North Riding of Yorkshire**

**Bericht: 18. Dezember 1952**

*****

**an: DIV HQ, 09277345, 1031 Std.**

Anruf von Holly House, Elderby, eingegangen um 1015 Std. im Polizeirevier Elderby.
Einbrecher im Anwesen von Lord Damnish gemeldet.
Fahre sofort hin, Bericht folgt.

**Sgt. E.M.P. Bleakly**
**Polizeirevier Elderby**

# 4

Zunächst scheint es mir, als würden sämtliche Einwohner des Dorfs noch an ihren Matratzen horchen – weit und breit keine Menschenseele zu sehen. So muss es in Spanien oder Südfrankreich um die Mittagszeit sein; dort machen die Leute wohl ein geruhsames Schläfchen, um der Mittagshitze zu entgehen. Aber das kann hier kaum der Grund sein. Es ist gerade mal halb zehn Uhr morgens. Und Winter.

Doch als ich mich einer Reihe kleiner Geschäfte mit weihnachtlich dekorierten Schaufenstern nähere, sehe ich endlich einen Menschen. Eine junge, blonde Frau kommt aus der Metzgerei Fletcher und entfernt sich flotten Schrittes.

Ich bleibe einen Moment stehen, um die Szenerie auf mich wirken zu lassen. Die Läden sehen allesamt gepflegt aus, Schilder verweisen auf Angebot und Besitzer. Neben dem Schlachter befindet sich der Gemüseladen Vine's, der wiederum an Swaddles angrenzt, ein kleines Postamt mitsamt Zeitungskiosk. Die Schlagzeile der heutigen *Yorkshire Post* wurde auf das Aufstellschild vor dem Eingang gepinselt, und als ich sie lese, wird mir ganz anders.

*Noch immer keine Spur von teuren Rassepferden.*

Aber ich versuche, mich davon nicht irritieren zu lassen, gewiss haben die Bürger von Elderby ohnehin keinerlei Interesse an diesem Thema.

»Haben Sie sich verlaufen?« Die Stimme gehört zu einem stämmigen, rotgesichtigen Mann mit einer blutbefleckten Schlachterschürze, der in der offenen Tür der Metzgerei steht.

»Bei der überschaubaren Anzahl an Straßen hier eher schwierig«, erwidere ich. »Sie sind Mr Fletcher, vermute ich?«

»Nee, der ist tot. Ich bin Braithwaite.« Er beäugt mich argwöhnisch, wobei er ein Auge zukneift, als wollte er mich ins Visier nehmen. »Sie sind der neue Polizist.« Seine finstere Miene und der verdrossene Tonfall erinnern mich in Kombination mit seiner Statur massiv an Superintendent Juggers.

»Ja, der bin ich.« In Elderby scheint es keinerlei Geheimnisse zu geben.

Braithwaite, der *neue* Schlachter, mustert mich von Kopf bis Fuß, schüttelt den Kopf, wendet sich abrupt ab und marschiert in seinen Laden zurück.

Als ich hinter mir das Klacken hoher Absätze höre, drehe ich mich um. Eine Frau, schätzungsweise in ihren Vierzigern, stöckelt auf mich zu. Sie trägt einen dicken schwarzen Mantel über einem geblümten Kleid, und ihre Haare sind so leuchtend rot wie ihr Lippenstift.

»Der gute Bert. So liebenswürdig wie immer.« Sie zieht an ihrer Zigarette und pustet den Rauch aus. »Als Schlachter ist der nicht halb so gut wie sein Vorgänger. Sie sind also der Neue?«

Ich gewinne den Eindruck, dass meine geplante Ankunft hier allgemein bekannt ist. »Inspector Grasby«, sage ich und strecke der Dame die Hand hin. »Erfreut, Sie kennenzulernen.«

»Gute Manieren, muss ich ja sagen«, lautet die Erwiderung. »Kommt hier nicht oft vor. Ich bin Ethel. Ethel Robson, die Wirtin vom Pub da drüben.« Sie weist über ihre Schulter auf die gegenüberliegende Straßenseite, während sie meine Hand ergreift.

Das Lokal mit der malerischen Fassade und den Schneehäubchen auf den Erkerfenstern sieht zwar einladend aus, der Name ist jedoch äußerst abschreckend – der Hanging Beggar.

Ich meine, ich trinke bekanntlich gern mal ein Gläschen oder zwei. Aber in einem Etablissement, das nach einem erhängten Bettler benannt ist, kommt wohl nicht die rechte Behaglichkeit auf, fürchte ich.

»Sagen Sie's nicht, Inspector Grasby«, bemerkt Ethel prompt. »Abscheulicher Name, ich weiß. Aber wir haben ihn nun mal mit dem Pub übernommen. Haben überlegt, ihn zu ändern, aber da gäbe es bloß einen Aufstand.«

Zumindest ist die Dame gesprächiger als der Schlachter. »Nun, hat einen eigenen Charme, könnte man sagen.«

»Ja, ist nun mal der Hanging Beggar, da ist nichts dran zu rütteln. Ich weigere mich aber, das Originalschild wieder aufzuhängen. Da lass ich auch nicht mit mir reden.«

»Ich vermute mal, es gab darauf einen Bettler am Galgen zu sehen?«

»Ganz genau. Und noch schlimmer: Drumherum stehen feixende Dorfbewohner, während er da noch zappelt. Das spricht doch Bände über diesen Ort. Angeblich hieß der Pub früher ›Der fröhliche Ackermann‹. Ist geändert worden, als sie hier irgendeinen armen Teufel aufgehängt haben, und seither so geblieben.« Sie verzieht das Gesicht.

»Darf ich Sie um einen Gefallen bitten?«

»Na, gewiss doch.«

»Wo befindet sich das Polizeirevier?«

»'n Polizist, der nicht weiß, wo er hinmuss. Sie passen gut zum Rest der Truppe.«

»Ah.« Das klingt nicht vielversprechend.

»Straße runter, dann rechts. Sie können's nicht verfehlen.«

»Verbindlichsten Dank.«

»Ich hoffe doch, Sie schauen nach der Arbeit auf ein Glas vorbei? Das Bier ist gut, und ein schmucker Mann ist in Elderby immer gern gesehen. Wenn es so weiterschneit, wird auch mächtig was los sein. Die Gäste schauen beim Trinken gern dem

Schnee zu. Alle wunderlich hier, kann ich Ihnen nur sagen.« Sie lächelt, winkt zum Abschied und betritt die Metzgerei.

Während ich die Straße entlangschlendere, bekomme ich das weitere Angebot an Geschäften zu Gesicht. Hier gibt es tatsächlich alles, was man braucht: eine Bäckerei, einen Fischhändler (gewiss dank der Nähe zum Küstenort Whitby), einen Eisenwarenladen, eine Arztpraxis, gleich daneben einen Tierarzt und erstaunlicherweise ein Hutgeschäft. Wenn man nun noch das Polizeirevier und die Filiale der Martins Bank dazunimmt, hat man das, was meine Mutter ein »Bilderbuchstädtchen« genannt hätte. Und für das Seelenheil der Bewohner wird in St. Thomas's-on-the-Edge gesorgt.

Jetzt wird mir auch klar, dass das Dorf nicht so winzig ist, wie ich anfänglich vermutet hatte. Von der Hauptstraße zweigen etliche schmale Straßen ab, die von rustikalen Cottages gesäumt sind. Wirklich ein nettes Örtchen.

Die düsteren Gedanken an Hull sind schon vergessen.

Wäre am Eingang des dunklen Sandsteingebäudes nicht die übliche blaue Lampe angebracht, könnte man das Polizeirevier von Elderby auch für ein Wohnhaus halten.

Ich steige drei Stufen hinauf und finde mich in einem engen Empfangsraum wieder, in dem ein uniformierter junger Mann hinter der Theke eifrig mit Telefonieren beschäftigt ist. Er spricht einen Dialekt, den ich kaum verstehe, scheint aber danach zu verlangen, dass sofort ein Wagen beim Revier eintrifft.

Da mein Kollege mir keinerlei Beachtung schenkt, lasse ich ein Hüsteln vernehmen. Als auch das keine Reaktion erbringt, bleibt mir nur ein deutliches: »Guten Tag!«

Der Bursche bewegt den Kopf in meine Richtung, legt eine Hand auf die Sprechmuschel und grunzt etwas Unverständliches. Ich stelle mich vor und frage nach dem diensthabenden Vorgesetzten.

Der genaue Wortlaut seiner Antwort bleibt mir ein Rätsel, doch ich kann ihr scharfsinnig entnehmen, dass ich im Flur durch eine Tür auf der rechten Seite gehen soll. Ich bedanke mich, obwohl das Gespräch wenig ergiebig war, und begebe mich in einen Gang, der am Ende eine Biegung nach links macht. Es riecht hier wie in jedem mir bekannten Revier: nach Desinfektionsmittel, Tabak, altem Holz und Schweiß. Wiewohl ich mir noch unsicher bin, wann hier zuletzt jemand ins Schwitzen gekommen ist.

Diese Zweifel finde ich kurz darauf bestätigt. Rechter Hand entdecke ich eine Tür mit der Aufschrift »Sergeants«, und in der Hoffnung, hier jemanden anzutreffen, mit dem ich mich verständigen kann, klopfe ich und trete ein, ohne auf ein Zeichen zu warten. Ich bin schließlich Inspector, habe also jedes Recht dazu.

Mein Blick fällt als Erstes auf eine Gestalt, die, den Kopf auf den verschränkten Armen, tief und fest an ihrem Schreibtisch schläft. Das graue Haar ist mit Pomade zurückgekämmt, doch eine Strähne hat sich gelöst und ruiniert die ordentliche Frisur. Der Mann schnarcht leise. Neben ihm befinden sich eine Ausgabe des Revolverblatts *Daily Sketch*, eine halb gefüllte Blechtasse und ein Aschenbecher, in dem eine abgelegte Pfeife vor sich hin qualmt.

Ich vollführe wieder meinen zurückhaltenden Auftritt, hüstle und scharre mit den Füßen. Ich bin gut erzogen, müssen Sie wissen. Aber als der Erfolg wiederum ausbleibt, gewinne ich den Eindruck, dass sämtliche Kollegen hier taub sind. Deshalb melde ich mich erneut mit einem lauten: »Guten Tag!«

Die schlummernde Gestalt hebt den Kopf und schmatzt ein paarmal unappetitlich, um ihren trockenen Mund zu befeuchten. Immerhin kann ich jetzt die Streifen auf der Uniform erkennen, die den Träger als Sergeant ausweisen. Ich habe also zumindest jemanden von Rang gefunden.

»Was zum Teufel ist jetzt wieder los, Lumpwold? Ich hatte Sie doch zu Holly House geschickt!« Der langgesichtige Mann, der in seinen Fünfzigern sein dürfte, blinzelt irritiert. Dann fischt er aus seiner Tasche eine Brille heraus, setzt sie auf und mustert mich von Kopf bis Fuß. »Wer sind Sie denn, um alles in der Welt?«

»Inspector Frank Grasby – von der Kriminalpolizei York. Ich soll behilflich sein, dieser Diebstahlserie auf den Farmen ein Ende zu setzen.« Es erstaunt mich, dass sämtliche Dorfbewohner über meine erwartete Ankunft im Bilde zu sein scheinen, meine neuen Kollegen jedoch nicht.

»Ach so, ja. Richtig. Erinnere mich, die Mitteilung bekommen zu haben. Grasby, oder?«

»Ja, *Inspector* Grasby.« Ich muss mir gleich den gebührenden Respekt verschaffen. Auch auf ein höfliches »Sir« warte ich bislang vergeblich.

»Aber Sie sollten doch erst morgen eintreffen. Heute ist der Siebzehnte.«

»Bedaure, aber ich muss widersprechen. Heute ist der Achtzehnte.«

»Lumpwold, dieser Nichtsnutz! Hat wieder das Datum nicht geändert.« Der Sergeant weist mit dem Kopf auf einen holzgerahmten Kalender, der in großen roten Ziffern das gestrige Datum anzeigt. »Weiß nicht, wie oft ich ihm das schon gesagt habe. Ich selbst hab ein Gedächtnis wie ein Sieb. Muss mir immer alles aufschreiben.«

»Ist Constable Lumpwold der Kollege am Empfang?«

»Ja. Und er sollte längst in Holly House sein, dort wurde eingebrochen. Er ist keine große Leuchte, Inspector.«

Mein Dienstrang, wenigstens etwas!

»Er schien nach einem Wagen zu schicken«, berichte ich. »Verzeihung, aber Sie haben mir noch nicht verraten, wie Sie heißen, Sergeant.«

Der Bursche überlegt einen Moment, als könnte er sich nur mit Mühe an seinen eigenen Namen erinnern. »Bleakly, Elphinstone Bleakly. Ich weiß, ich weiß. Meine Mutter war eine Gelehrte, daher der Vorname.«

Ich zucke wortlos mit den Schultern, ich kann sein Problem nachfühlen. Grasby ist auch ziemlich seltsam, ich wurde deshalb häufig gehänselt. Aber an Nachnamen ist nun mal nichts zu ändern. Ich bin jedoch strikt der Meinung, dass Eltern ihren Grips nutzen sollten, damit ihre Kinder nicht mit absonderlichen Vornamen fürs Leben gestraft sind.

Bleakly ergreift den Hörer des Telefons auf dem Tisch und wählt eine einzige Ziffer.

»Lumpwold, warum sind Sie nicht bei Lord Damnish?«, bellt er, lauscht mit gequälter Miene und gibt dem Constable dann den Befehl, sich umgehend auf den Weg zu machen. »Ich versteh kaum ein Wort von dem, was er sagt«, murmelt Bleakly kopfschüttelnd, nachdem er aufgelegt hat. »Hier kriegt man wirklich nur den Bodensatz.« Er überlegt einen Moment. »Anwesende natürlich ausgeschlossen.«

Dann zieht er eine Schublade des Schreibtischs auf und bringt drei große Umschläge zum Vorschein. Ah, endlich das Handwerkszeug eines jeden Polizisten – die Akten!

»Wir genehmigen uns ein Tässchen Tee, dann sehen wir uns die gemeinsam an, Inspector Grasby«, schlägt er vor. »Ziemlich seltsame Angelegenheit, muss ich sagen. Hier gibt's normalerweise keine Verbrechen, höchstens mal eine Keilerei im Hanging Beggar, wenn einer der jungen Farmer ein Bier zu viel hatte. Aber dann sorgen Lumpwold und Constable Withers im Handumdrehen wieder für Ordnung.«

»Wie viele sind Sie hier im Revier?«

»Ich und die zwei Constables. Normalerweise mehr als genug. Aber diese Diebstähle stellen mich vor ein Rätsel. Von den Ladeninhabern abgesehen, arbeiten hier fast alle in der

Landwirtschaft. Die bestehlen sich nicht gegenseitig – wäre doch sinnlos.«

»Dem entnehme ich, Sie vermuten, dass die Diebstähle von Auswärtigen verübt wurden?«

»Muss so sein.«

Ich setze mich Bleakly gegenüber auf den zweiten Stuhl am Schreibtisch. Abgesehen davon, dass er sich bei meinem Eintreten im Tiefschlaf befand und zu den einzigen zwei Menschen weit und breit gehört, die meine Ankunft unvorbereitet traf, war mir der Mann auf Anhieb sympathisch. Ich habe eine hervorragende Menschenkenntnis – nun ja, vergessen wir dieses Charakterschwein Goss, das mit meinem Geld und meiner Berufsehre im Gepäck am Bahnhof Euston das Weite suchte. Es muss jedenfalls beunruhigend sein, wenn ein idyllisches Dörfchen wie dieses von Langfingern heimgesucht wird. Ich bin allerdings nicht der Meinung, dass diese zwingend von auswärts stammen. Nein, meiner Erfahrung nach sind die Menschen, die einem am nächsten stehen, auch die gefährlichsten – ob es nun um den Diebstahl einer Schaufel geht oder um heimtückischen Mord.

»Grasby, nicht?« Bleakly wirkt plötzlich nachdenklich. »Sie sind aber nicht der, dem die ganzen Gäule weggerannt sind, oder? Stand in der *Yorkshire Post*.«

Ich bereue meine Neigung zu voreiligen Urteilen augenblicklich. Dieser Provinzpolizist hat zweifellos seit Ewigkeiten keinen Missetäter mehr geschnappt.

Doch noch während ich die entlaufenen Pferde zu vergessen versuche, kommt der Tee, und im Büro geht plötzlich die Sonne auf. Ursache dafür ist natürlich nicht dieser Neandertaler Lumpwold, sondern die hübscheste Frau, die ich jemals zu Gesicht bekommen habe.

# 5

Ich empfinde es als angebracht, den Hut abzunehmen, mein Haar zu glätten und mich kerzengerade hinzusetzen, während die junge Dame, einer Göttin gleich, wie aus dem Nichts erscheint. Sie wirft mir aus kornblumenblauen Augen einen Blick zu und schenkt mir ein gewinnendes Lächeln.

»Also, Inspector, das …«, beginnt Bleakly und fragt dann die bezaubernde Dame: »Was machen Sie hier gleich wieder?«

»Ein Praktikum! Herrjemine, wie oft denn noch?«, lautet die ungehaltene Antwort.

Ich weiß nicht, was mich mehr überrascht – ihre Respektlosigkeit oder ihr amerikanischer Akzent. Hastig springe ich auf, deute eine Verbeugung an und strecke die Hand aus.

»Wie galant, Inspector Grasby.« Sie ergreift meine Hand enthusiastisch und drückt sie.

»'tschuldigung, Inspector«, sagt Bleakly matt. »Darf ich vorstellen: Miss Daisy Dean.«

»Aber Sie können mich Deedee nennen«, fügt sie hinzu.

Gute Güte, ihre Grübchen. Mein Vater pflegt immer zu sagen, Gott habe für alle einen Plan, außer für mich. Er behauptet, der Allmächtige hätte mich wegen allgemeiner Nutzlosigkeit aussortiert. Und obwohl ich zugeben muss, dass es mir gegenwärtig schwerfiele, das Gegenteil zu beweisen, glaube ich, dass sich das Blatt gerade gewendet hat. Wenn ich mir überlege, dass die Versetzung als Strafe gedacht war! Ich habe eindeutig bisher alles falsch gemacht. Ich hätte in meiner Berufslaufbahn deutlich öfter Pferde aus ihren Ställen befreien sollen, dann wäre ich vermutlich längst Chief Constable!

»Sehr erfreut, Sie kennenzulernen, *Deedee*«, sage ich mit meinem charmantesten Lächeln. »Ein ›Praktikum‹, könnten Sie mir das genauer erklären? Das Wort ist mir natürlich schon untergekommen. Aber nicht im Zusammenhang mit der englischen Polizei, muss ich gestehen.«

In Wahrheit habe ich keinen blassen Schimmer, was ein Praktikum ist. Ich bin gerade nur enorm froh, dass so etwas existiert.

Bleakly seufzt, und die reizende Deedee lehnt sich an den Tisch.

»Ach, in den Staaten ist das inzwischen gang und gäbe. Ich studiere in Yale Kriminologie.«

Ich hoffe inständig, dass sie weiterspricht, denn ich habe auch keine Ahnung, was »Kriminologie« sein soll. Aber stattdessen sieht sie mich mit der Erwartung an, sicherlich eine lobende Bemerkung für diese herausragende Leistung zu erhalten. Da ich aber nicht auf den Kopf gefallen bin, zerlege ich das komplizierte Wort rasch in seine Einzelteile. Krimi-no-logie. Da Deedee jetzt bei der Polizei tätig ist, schlussfolgere ich messerscharf, dass sie etwas mit Kriminellen zu tun haben muss. Außerdem leite ich daraus ab, dass sie nicht studiert, wie man besonders erfolgreich kriminell wird – obwohl man in Amerika eigenartige Ideen hat –, sondern wie man das Verbrechen bekämpft.

»Ah ja. Sie tauchen ein in den Geist von Kriminellen, das finde ich hochinteressant. An unseren Universitäten wird dieses Fach bedauerlicherweise noch nicht gelehrt.«

»Wow! Mein Fach sagt Ihnen etwas! Das passiert mir in England zum allerersten Mal.«

»Ach, wissen Sie.« Hätte ich einen Schnurrbart, würde ich ihn jetzt geschmeichelt zwirbeln. »Woher kommen Sie, Deedee?«

»Aus New York. Von der Upper East Side in Manhattan. Fehlt mir manchmal, aber es ist wunderschön in England. Und jetzt schneit es auch noch, herrlich!«

»Das sagen Sie bestimmt nicht mehr, wenn Sie erst knietief in dem Zeug feststecken«, bemerkt Bleakly. Er hat offenbar ein heiteres Gemüt.

»Ich hatte noch nie das Vergnügen, in die Vereinigten Staaten zu reisen«, sage ich. »Das muss sich ändern.« Und zwar postwendend, wenn es dort so umwerfende Frauen gibt.

»Ich kann nur sagen, dass die da drüben viel zu lang studieren. Sie ist fast dreißig, Inspector«, wirft Bleakly ein, der beim Teetrinken so laut schlürft wie ein Elefant am Wasserloch. »Die können doch gleich in Rente gehen, wenn sie mit ihrer Ausbildung fertig sind.«

»Ich habe einen Doktortitel«, sagt Deedee indigniert.

»Das ist großartig, alle Achtung.« Ich beuge mich zu ihr und ziehe das untere Lid meines rechten Auges herunter. »Ich muss gestehen, dass ich diese Äderchen auf meinem Augapfel ziemlich beunruhigend finde. Wissen Sie, woher die kommen?«

»Tut mir leid, keine Ahnung«, antwortet Deedee. »Liegt vielleicht am Alter? Mein Vater hat die auch.«

Daraufhin sinkt die junge Dame ein wenig in meiner Achtung – aber nicht sehr viel. Offenbar kann man in den USA Ärztin werden, ohne sich mit Augen auszukennen. Aber sie hat sich immerhin um eine Erklärung bemüht.

»Miss Dean hat einen Doktortitel in Politik, Sir«, meldet sich Bleakly wieder zu Wort. »Ist wohl ein kleines Genie, hab ich mir sagen lassen.« Sein vernichtender Blick steht in krassem Gegensatz zu den anerkennenden Worten.

Ich fühle mich unangenehm bloßgestellt. Ein klassischer Grasby-Scherz ist wohl zur Ehrenrettung angeraten. »Das war natürlich nur ein Witz. Den mache ich immer, wenn jemand Doktor, aber kein Arzt ist. Ich bitte um Verzeihung.«

»Nicht nötig. Ich fand ihn lustig.« Deedees Lächeln wirkt etwas bemüht. »Übrigens sind wir beide in derselben Unterkunft einquartiert, Inspector.«

Oh, wie sehr kannst du dich irren, Vater! Ich muss mich beherrschen, um nicht vor Freude in die Luft zu boxen. »Ach ja?«, sage ich stattdessen in ruhigem Tonfall. »Und wie finden Sie Mrs Gaunt?«

Deedee lächelt weiterhin, nagt aber an ihrer Unterlippe. »Sehr nett. Reizende alte Dame.«

Die unerschütterliche amerikanische Höflichkeit ist immer wieder erstaunlich. Um diese junge Frau in Rage zu versetzen, müsste man wohl mindestens zwei harmlose Großmütter ermorden. »Spüre ich da irgendwo ein ›Aber‹?«

»Na ja, der Rabe. Das geht mich natürlich nichts an, aber den finde ich schon etwas seltsam.«

»Rabe?«, wiederhole ich verständnislos.

»Die Frau ist völlig verrückt«, meldet sich Bleakly. »Läuft mit einer Krähe auf der Schulter durch die Gegend. Hat aber viel Ahnung von allerlei Hokuspokus«, fügt er bedeutungsschwanger hinzu.

»Ich denke, es ist ein Rabe, Sergeant«, korrigiert Deedee.

»Einigen wir uns doch einfach auf die Gattung Corvus«, schlage ich vor. Mein ausgleichendes Wesen habe ich nicht von meinem Vater geerbt.

»Dann lasse ich Sie jetzt besser allein«, sagt Deedee und geht zur Tür, worauf alles Licht aus dem Raum zu schwinden scheint. »Wir sehen uns spätestens beim Abendessen, Inspector Grasby.«

Bleakly wischt sich mit dem Ärmel Tee von den Lippen, und ich sehe ihn ernst an, das Kinn in die Hand gestützt. Jetzt wird er mir sicher von den Diebstählen berichten, und er soll gleich wissen, dass ich mehr auf dem Kasten habe, als teure Pferde zu verlieren.

»Was für eine nette junge Dame«, sage ich sinnend.

»Offen gestanden, weiß ich nicht, was ich mit ihr anfangen soll, Sir«, erwidert Bleakly. »Sie ist seit einem Monat hier. Ihr Vater ist ein hohes Tier in New York. Hat Geld wie Heu, hab ich aus Pickering gehört.«

»Nun, ich könnte durchaus Unterstützung bei der Suche nach diesen Dieben gebrauchen. Auch wenn Deedee noch nicht lange hier ist, kennt sie sich gewiss schon besser in der Gegend aus als ich.«

Bleakly nickt wenig überzeugt. Mir ist klar, dass er glaubt, hier noch das Sagen zu haben. Höchste Zeit, ihn eines Besseren zu belehren.

»Prächtig«, sage ich munter. »Dann wäre das geklärt, Miss Dean wird mir assistieren. Wenn Sie mich jetzt über die Fälle aufklären könnten? Wir haben keine Zeit zu verlieren.«

Ich bin zufrieden, meinen Rang demonstriert zu haben, aber Bleakly starrt plötzlich so seltsam ins Leere. Im nächsten Moment sackt er nach vorne auf den Tisch und rührt sich nicht mehr.

Es ist offensichtlich, dass in diesem verschlafenen Dörfchen wenig Aufregendes passiert. Aber man könnte doch wohl erwarten, dass die Kollegen sich zumindest während ihrer Arbeitszeit bemühen, wach zu bleiben. Das ist Bleakly gerade misslungen.

»Sergeant!« Keine Reaktion. Ich rüttle ihn unsanft an der Schulter, was auch keinerlei Wirkung zeigt.

Ich habe dem Tod schon ins Auge geblickt, müssen Sie wissen. Aber nach meinen jüngsten Fehltritten würde ich es nicht verkraften, auch noch binnen Minuten nach meinem Eintreffen den Tod des Reviervorstehers von Elderby verantworten zu müssen. Deutlich habe ich Juggers' wutrotes Gesicht vor Augen, während ich in den Flur hinausstürze und kläglich um Hilfe rufe.

Zum Glück erscheint die wunderbare Deedee erneut wie aus dem Nichts.

»Was ist passiert, Inspector Grasby?«

»Bleakly! Ich glaube, der arme Kerl hat das Zeitliche gesegnet!«

Obwohl ich erneut geblendet bin von Miss Deans strahlendem Lächeln, finde ich es in dieser Situation reichlich unpassend. Ich kenne natürlich die amerikanischen Gepflogenheiten im Umgang mit Todesfällen nicht. Aber wenn das hier das übliche Verhalten ist, sind die Amerikaner seit ihrer Unabhängigkeitserklärung 1776 in puncto Manieren auf dem Holzweg.

»Der Arme hat Narkolepsie oder so was Ähnliches«, erklärt Deedee.

»Was? Ich hoffe, das ist nicht ansteckend!« Ich fühle mir die Stirn, um zu prüfen, ob ich mir in der kurzen Zeit ein Fieber eingefangen habe. Mit seiner Gesundheit kann man nie vorsichtig genug umgehen, finde ich.

Deedee ergreift meine Hand, um mich in Bleaklys Büro zurückzuziehen, doch ich rühre mich nicht von der Stelle.

Sie ist kräftig, das muss ich zugeben. Aber nicht kräftig genug, um die Grasby'sche Angst vor Krankheiten zu bezwingen – die ich nun tatsächlich von meinem alten Herrn geerbt habe. Mein Vater verweist Teilnehmer des Gottesdienstes regelmäßig der Kirche, sobald sie nur ein leichtes Husten von sich geben.

Deedee wirft mir einen etwas ungeduldigen Blick zu.

»Das ist eine Schlafkrankheit«, fügt sie hinzu. »Die ist nicht ansteckend, Inspector. Wir müssen ihn vorsichtig wieder aufwecken.«

»Oje«, sage ich. »Das ist ja schlimm.«

Da ich nun sicher bin, dass keine Gefahr besteht, begeben wir uns gemeinsam in Bleaklys Büro.

Und dank Deedees sanftem Zureden beginnen die Lider des

Sergeants nach wenigen Minuten zu flattern. Bleakly richtet sich auf und scheint etwas verwundert, aber da er diese Anfälle wohl gewohnt ist, fährt er fort, als wäre nichts gewesen. Und das, obwohl sich jetzt eine Person mehr im Raum befindet als vor seinem Anfall.

»Zurück zu diesen Akten also«, beginnt er. »Am besten nehmen wir für die Durchsicht die Landkarte hinzu.« Bleakly steht langsam auf und schlurft zu einer großen Karte der Umgebung an der Wand. Er ist größer, als ich erwartet habe, kaum kleiner als ich.

Deedee verzieht das Gesicht, gewiss wegen seines Gebrechens.

»Im Stehen schläft er aber nicht ein, oder?«, raune ich ihr zu.

»Manchmal schon.«

Da ich ungern unter einem wuchtigen Polizisten begraben werden möchte, gehe ich so weit auf Abstand, wie die Höflichkeit es zulässt.

»Also«, sagt Bleakly, der zwar noch etwas benebelt, aber einigermaßen bei Sinnen zu sein scheint. »Ich erkläre Ihnen mal die Gegend. Hier sehen Sie die zwei Straßen, die nach Elderby hineinführen. Wobei natürlich niemand mehr die alte benutzt.«

»Sie ist nicht mehr befahrbar«, ergänzt Deedee.

»Augenblick mal«, sage ich. »Was meinen Sie mit ›zwei Straßen‹?«

Bleakly deutet mit dem Zeigefinger auf die Karte. »Das hier ist die alte Straße. Und das hier«, er weist auf eine Linie parallel zur Hauptachse von Pickering nach Whitby, »ist die Straße, die kurz vor dem Krieg gebaut wurde. Das Schild ist noch nicht wieder aufgestellt worden. Das Metall wurde zu Kriegszwecken benötigt, wie Sie sich denken können.«

Ich denke angestrengt darüber nach, ob ich etwas dazu sagen soll oder lieber nicht. Mir ist sonnenklar, dass ich auf der alten Straße unterwegs gewesen sein muss. Aber die andere habe ich weder gesehen, noch war sie auf meiner Karte eingezeichnet, der fehlende Wegweiser kam erschwerend hinzu. Ich muss aber zugeben, dass ich nicht nachgeschaut habe, aus welcher Zeit die Karte stammt. Für gewöhnlich ändert sich die Straßenführung in dieser Gegend nicht gravierend, da rechnet man doch nicht damit, Karten auf ihr Alter überprüfen zu müssen.

Ich überlege fieberhaft, wie ich mich aus dieser verzwickten Lage retten kann. Irgendwann muss ich den Wagen abschleppen lassen, und ich möchte nicht als Trottel dastehen.

Als ich einen Geistesblitz habe, lege ich los. »Ich muss Ihnen noch etwas Beunruhigendes erzählen, fürchte ich. Auf meinem Weg hierher hielt ich an, um einen Blick auf meine Karte zu werfen. Hier war das, glaube ich.« Ich deute auf etwas, das ich für einen Rastplatz halte. »Dann habe ich mir ein wenig die Beine vertreten, und als ich zurückkam, war doch wahrhaftig mein Wagen verschwunden!«

»Den Rastplatz gibt es nicht mehr, soweit ich weiß«, sagt Deedee.

Auf einmal finde ich sie nicht mehr so reizend.

Ich bemühe mich um einen angemessen erstaunten Gesichtsausdruck. »Dann irgendwo dort in der Nähe.«

»Also, in Elderby wurde mal ein Fahrrad gestohlen«, sagt Bleakly. »1947 war das, glaube ich. Aber ein Auto ist hier noch nie verschwunden. Können Sie mir die genaue Stelle zeigen, Sir?«

Verdammt.

»Kleinen Augenblick.« Ich starre auf die riesige Karte und warte verzweifelt auf eine Eingebung. Offen gestanden, verwirren mich moderne Landkarten. Ich verstehe nicht, warum man die nicht so anschaulich gestalten kann wie in den guten alten Zeiten. Eine Kirche oder einen Wald findet man ja noch, die malen sie drauf. Aber diese ganzen Linien, Schnörkel und Zahlen machen mich verrückt.

»Hier vielleicht?«, schlägt Deedee vor und deutet auf eine Stelle, die ich gern selbst gefunden hätte.

Nichts überstürzen, sage ich mir. Lass dir Zeit, Francis. Blinzelnd beäuge ich den Ort und zupfe an meinem Ohr, um Zeit zu schinden. »Wissen Sie, was, Miss Dean«, sage ich schließlich, »ich glaube, Sie haben recht. Gut gemacht!«

Bestens. Problem clever gelöst. Gut, eine kleine Flunkerei, aber keine schlimme. Den Missetäter wird man nicht finden, weil es ihn gar nicht gibt. Hoffentlich aber meinen Wagen. Spiel, Satz und Sieg!

Bleakly beschließt, seine besten Constables auf den Fall anzusetzen. Deedees Miene nach zu schließen ist das kein Anlass für Zuversicht. Und nach meiner Begegnung mit dem schwer zu verstehenden Constable Blob, oder wie er heißt, vermute ich, dass dieser nicht mal in der Lage wäre, eine Portion Fish and Chips im Yorker Polizeirevier zu finden – und das ist zu keiner Tageszeit eine schwere Aufgabe, kann ich Ihnen sagen.

Nachdem die Sache mit meinem Wagen geklärt ist, kehrt Bleakly zur Tagesordnung zurück, zeigt mir die Tatorte der Farmdiebstähle auf der Karte und zieht die jeweiligen Akten zurate.

Als ich just beginne, mich zu Tode zu langweilen, klingelt das Telefon.

Bleakly meldet sich mit wenig Enthusiasmus, nimmt jedoch blitzschnell Haltung an. »Oh, Eure Lordschaft«, sagt er bestürzt. »Ich versichere Ihnen, dass meine Männer unverzüglich vor Ort sein werden.« Er hält den Hörer vom Ohr weg.

Deedee wirft mir einen vielsagenden Blick zu, während die lautstarke Beschwerde des erzürnten Edelmanns im Raum erschallt.

Als Bleakly abrupt auflegt, steht außer Zweifel, dass es Lord Damnish war, der das Gespräch beendete, ohne dem Sergeant Gelegenheit für einen Abschiedsgruß zu geben.

»Elender Mist, ich muss selbst hinfahren«, flucht er. »Diesen beiden Hampelmännern werde ich heimleuchten, wenn ich wieder zurück bin.« Damit sind zweifellos seine beiden unzuverlässigen Constables gemeint.

Wie Sie bereits wissen, bin ich kein Freund der Aristokratie. Aber hier scheint sich eine Chance zu bieten, mich ausnahmsweise mal auf die richtige Seite zu schlagen.

»Das übernehme ich«, erkläre ich. »Und Miss Dean kann mich begleiten. Einen echten Inspector bei der Arbeit zu erleben ist sicher interessant.«

Bleakly sieht keineswegs begeistert aus. Doch ich bin der Vorgesetzte, die Entscheidung wurde getroffen, und der Sergeant ist schlau genug, nicht zu widersprechen. Ihm ist sicher auch klar, dass er bei Seiner Lordschaft gerade nicht in hohem Ansehen steht.

»Nehmen Sie am besten meinen Wagen. Das ist der dunkelblaue Rover im Hof hinten.« Bleakly greift in seine Hosentasche und überreicht mir die Schlüssel. Durch den Kontakt mit seinem Oberschenkel sind sie warm, was bei mir eine gewisse Abscheu hervorruft. Ebenso meldet sich der Ärger über die Ungerechtigkeit, dass man mir in York so ein lachhaftes Gefährt verpasst hat, während dieser Provinzsergeant mit einem Rover durch die Gegend kutschieren darf.

»Gut. Sie zeigen mir den Weg, Miss Dean«, verkünde ich.

# 6

Mein Neid steigert sich noch, als ich in Bleaklys Dienstwagen einsteige. Edle Ledersitze, ein Armaturenbrett aus Walnussholz und nicht der Hauch einer Fehlzündung, als ich den Motor anlasse. Ich hätte wohl lieber der Polizei von North Yorkshire die Treue schwören sollen als der von York. Tja, nicht die erste Fehlentscheidung meines Lebens.

Geleitet von Deedees Anweisungen, chauffiere ich uns durchs Dorf, und binnen kurzer Zeit befinden wir uns auf einer von winterlich kahlen Eichen und Ulmen gesäumten Landstraße. Rechter Hand taucht ein Hügel von passabler Höhe durch die Bäume auf, man könnte ihn beinahe als Berg bezeichnen. Er trägt den Namen Withernshaw Fell, wie Deedee mir mitteilt. Ich merke mir das, obwohl ich zu diesem Zeitpunkt freilich noch nicht ahnen kann, welch wichtige Rolle diese Anhöhe in meiner nahen Zukunft spielen wird.

Schließlich landen wir auf einer dieser langen Zufahrten, die üblicherweise zu hochherrschaftlichen Anwesen gehören. Es schneit nicht mehr, aber der Himmel hat noch immer diesen eigenartigen Farbton, der an Perlmutt erinnert. Mit weiteren Niederschlägen ist also zu rechnen. Jemand hat sich die Mühe gemacht, die Zufahrt zu räumen, weshalb sie wesentlich angenehmer zu befahren ist als die Landstraße. Aber in Yorkshire darf man ohnehin nicht zimperlich sein wegen ein bisschen Schnee.

Die Bäume im Park von Holly House wirken gespenstisch kahl, als wir uns dem Anwesen nähern. Zu meinem Entzücken sehe ich jedoch etliche Stechpalmensträucher mit ihren roten Beeren, hübsch verziert mit Schneehäubchen. Es ist immerhin bald Weihnachten, und ich liebe diese Jahreszeit mit allem, was dazugehört, obwohl ich meine verblichene Mutter genau dann besonders vermisse. Aber das Leben muss weitergehen.

Holly House ist ein stattliches Herrenhaus, ganz ohne die wehrhaften Bauelemente, die man bei den üblichen Anwesen des Adels häufig zu Gesicht bekommt. Deedee berichtet mir, dass Lord Damnish das einstige Gebäude abreißen und anschließend dieses Haus erbauen ließ. Ich habe die Vermutung, dass der Edelmann sich damit bei den Einheimischen vielleicht nicht gerade beliebt gemacht hat. Doch davon später mehr.

»Ich habe Fotos von damals gesehen«, fährt Deedee fort. »Das alte Herrenhaus war mächtig und ziemlich düster. Schade, dass es nicht mehr da ist.«

Diese Haltung ist meiner Erfahrung nach typisch für die Amerikaner. Ihrer Ansicht nach soll im guten alten England alles so bleiben, wie es war, im Gegensatz zu ihrer jungen, aufstrebenden Nation jenseits des Atlantiks. Ich würde an Lord Damnishs Stelle allerdings auch weitaus lieber im jetzigen Holly House leben als in einem zugigen alten Kasten mit jahrhundertealtem Staub und Mief. Hierzulande muss sich die halbe Bevölkerung noch mit Außentoiletten zufriedengeben. Würde man das den Amerikanern zeigen, träfe sie mit Sicherheit der Schlag.

Ich parke vor der Treppe zur Haupteingangstür und frage Deedee noch rasch, wie ich mir diesen Lord Damnish vorstellen kann. Wissen ist Macht, sage ich immer.

»Ach, er ist … na, Sie wissen schon.«

Sie zuckt entwaffnend mit den Schultern, was mir allerdings

rein gar nichts über die Persönlichkeit des Aristokraten verrät. Ich gehe davon aus, dass ich in Kürze eine Antwort bekommen werde.

Wir steigen die Treppe hinauf zur schweren Eichenholztür, wo ich an der Kordel ziehe, um die Glocke zu betätigen. Es ist allerdings kein Klingeln zu hören, und ich will gerade in energischem Polizeistil an die Tür hämmern, als sie sich knarrend öffnet. Vor uns steht ein Butler wie aus dem Bilderbuch, mit Frack und weißen Handschuhen, hochgewachsen und mit überheblicher Miene. Da ich ebenfalls einigermaßen lang geraten bin, muss er mir jedoch buchstäblich auf Augenhöhe begegnen.

»Was kann ich für Sie tun?«, fragt er argwöhnisch und kneift die Augen zusammen.

»Inspector Grasby. Das ist meine *Praktikantin*, Miss Dean.«

Ich stelle mit einer gewissen Genugtuung fest, dass ihm diese Vokabel ebenso fremd zu sein scheint wie mir bis zu diesem Tag. Dennoch nickt er.

»Darf ich fragen, wo Sergeant Bleakly ist?«, fragt er.

Das geht dich einen feuchten Kehricht an, denke ich. »Als Bleaklys Vorgesetzter sollte ich mich selbst mit dem Anliegen Seiner Lordschaft befassen«, gebe ich stattdessen zurück. Ich werde mich doch wohl nicht von einem Dienstboten aushorchen lassen.

Sichtlich widerwillig geleitet uns der Bursche einen langen Korridor entlang, von dessen Wänden eine Ahnengalerie herabblickt. Die Teppiche sind so dick, dass ich mehrmals fast ins Stolpern komme, und die gestreiften Tapeten haben gewiss ein Vermögen gekostet. Auch mangelt es nicht an Kristalllüstern, schnörkeligen Tischchen und allerlei Zierrat. Hier wurden keine Kosten gescheut, es stinkt förmlich nach Geld.

Vor einer weiteren Eichentür bleibt der Butler stehen, richtet sich kerzengerade auf und klopft dreimal an. Ein gedämpfter Ruf lässt darauf schließen, dass Zutritt gewährt wird. Der Butler weist uns an, im Gang zu warten, betritt den Raum und kündigt uns an.

»Inspector Grasby vom Polizeirevier Elderby und seine *Praktikantin*, Miss Dean.« Er muss unvermittelt husten und hält sich dezent die Hand vor den Mund.

Als wir eintreten, wird der Grund offensichtlich, denn der Raum ist voller Qualm. Auf zwei prachtvollen Kanapees – oder wie man diese chintzbezogenen Möbelstücke nennt – sitzen drei Gestalten. Ein korpulenter Mann und eine hagere Dame mittleren Alters belegen eine der Sitzgelegenheiten, während auf der anderen ein schlaksiger Jüngling mit ungekämmten Haaren herumlümmelt, wie es bei jungen Leuten heutzutage gang und gäbe zu sein scheint. Durch die Rauchschwaden sind die brennenden Kerzen eines stattlichen Weihnachtsbaums zu erkennen.

Der wohlgenährte Herr in seinem stramm sitzenden Tweedanzug erhebt sich und begrüßt uns mit hinter dem Rücken verschränkten Händen.

»Wie erfreulich, dass Sie in Ihrem vollen Terminkalender doch noch Zeit für die Suche nach unserem Einbrecher finden konnten.« Seine Worte triefen vor Sarkasmus. »Wo um alles in der Welt steckt Bleakly?«

Ich tue ein weiteres Mal kund, dass ich aufgrund meines höheren Rangs das Vergnügen dieses Besuchs habe.

»Ah, ja. Der Neue. Sie wurden hierher versetzt, um die Diebstähle aufzuklären.« Er beäugt mich feindselig und ruft dann den Butler herbei. »Harrison, sorgen Sie bitte dafür, dass der Inspector sich nicht in der Nähe der Pferdeställe aufhält, wenn's recht ist.« Der Lord lacht, wobei ihm eine fettige Locke seines dunklen Haars ins Gesicht fällt.

Verflucht, denke ich mir, weiß denn hier wirklich *jeder* Bescheid über diese elenden Gäule? Ich kann eine gewisse Häme nicht unterdrücken, als Seine Lordschaft nun von einem Hustenanfall geschüttelt wird, zweifellos wegen des dichten Qualms.

»Harrison, kümmern Sie sich um dieses verflixte Feuer. Der Kamin muss verstopft sein.«

»Es liegt sicher am Schnee, Vater«, bemerkt der Jüngling, der um die achtzehn zu sein scheint.

»Du hast zu warten, bis du zum Sprechen aufgefordert wirst, Beauregard«, tadelt ihn die Dame, bei der es sich zweifellos um Lady Damnish handelt. »Du weißt, wie sehr dein Vater es verabscheut, unterbrochen zu werden.«

Sie ist so dünn wie ihr Gatte dick, ein schmächtiges vogelartiges Persönchen mit scharf geschnittener Nase, kleinen Augen und nervösem Blick. Ihr Sohn schüttelt den Kopf und fläzt sich wieder auf das Kanapee.

Das Feuer scheint nicht mehr zu brennen, aber aus dem Kamin steigt weiterhin grauer Rauch auf.

»Ich hatte doch gesagt, es sei Unsinn, Wasser reinzuschütten, Harrison«, knurrt der Lord, der mich in diesem Moment stark an die Figur des Kröterichs aus *Der Wind in den Weiden* erinnert.

Der Butler eilt zum Kamin, er wirkt etwas hilflos.

»Nun, Gribley, oder wie immer Sie heißen …«

»Grasby, Sir.«

»Einer meiner Wildhüter hat gestern Abend einen Kerl gesichtet, der versuchte, an einem Fallrohr hochzuklettern«, fährt Lord Damnish fort. »Das ist äußerst beunruhigend. Ich habe mein Personal zur Wachsamkeit angehalten, aber in diesem Haus gibt es wertvolle Gemälde, Porzellanvasen und andere kostbare Gegenstände, und ich will verdammt sein, wenn sich ein Dieb damit aus dem Staub macht. Ich verlange, dass die Polizei hier ihre Arbeit ordentlich erledigt – nachdem sie bisher schon bei den Farmdiebstählen versagt hat. Wahrscheinlich ein und derselbe Halunke, der da am Werk ist.«

Bevor ich etwas erwidern kann, ist vom Kamin lautes Klappern zu vernehmen. Der Butler flucht leise und versucht vergeblich, seine weißen Handschuhe vom schwarzen Ruß zu säubern.

Nun betrachte ich mich zufällig als Experte für Kamine aller Art. Als ich ein kleiner Kerl war, wohnten wir in ständig wechselnden Pfarrhäusern, in denen regelmäßig Vogelnester, lose Dachziegel und anderer Unrat im Kaminschacht landeten. Da mein Vater rein gar nichts für die Höhe übrighat, bekam ich ab einem gewissen Alter die Aufgabe zugeteilt, aufs Dach zu kraxeln und mit einer langen Stange im Kamin zu stochern. Ein so fürstliches Exemplar wie dieses hier – mitsamt Sitznische davor – nannten wir allerdings nie unser Eigen. Dennoch biete ich im schamlosen Versuch, mich beim Hausherrn einzuschmeicheln, meine Dienste an.

»Ich könnte nachsehen, Eure Lordschaft. Es ist sicher nur eine Kleinigkeit.«

»Arbeiten Sie nebenbei als Schornsteinfeger, Gately?«, erwidert Damnish, der nachhaltig Schwierigkeiten mit meinem Namen zu haben scheint.

Ich überhöre das großzügig, marschiere zum Ort des Geschehens und schiebe Harrison beiseite. Der Kamin ist so gewaltig, dass drei Männer bequem darin Platz fänden – falls sie das Bedürfnis verspürten, sich rösten zu lassen. Ich muss mich kaum ducken, um nach oben in den Schacht zu spähen.

Dort ist es allerdings so verraucht, dass ich Mund und Nase mit einem Taschentuch bedecken muss; zum Glück habe ich heute früh ein frisches eingesteckt. Trotz des Qualms und meiner tränenden Augen bin ich mir sicher, über mir etwas Dunkles erkennen zu können. Und als ich die Hand ausstrecke, stößt sie prompt auf einen Widerstand.

Ich tauche wieder auf und verkünde: »Da steckt etwas fest. Könnte ein großer Vogel sein, Sir. Habe gehört, dass Gänse manchmal in Schornsteine hineingeraten.«

»Oh, wie schrecklich!«, ruft Deedee aus – was für ein feinfühliger Mensch sie ist.

Ich steige wieder in den Kamin, greife entschlossen nach oben und bekomme etwas Festes zu fassen.

Bis zum heutigen Tag ist mir unerklärlich, warum ich damals nicht gleich gemerkt habe, worum es sich dabei handelte. Als ich ruckartig ziehe, gerät das Objekt jedenfalls in Bewegung.

Rasch trete ich zurück, gerade rechtzeitig, bevor ein lebloser Mann mit gewaltigem Rumms auf den Überresten des Feuers landet und eine Aschewolke auslöst, die zunächst mich und dann einen Großteil des Zimmers einhüllt.

»Heiliger Strohsack!«, entfährt es dem Lord, und seine Gattin kreischt entsetzt auf.

Während ich mir noch den Ruß aus den Augen wische, fühlt sich Damnish junior berufen, die Ereignisse zu kommentieren.

»Meine Güte, der Weihnachtsmann hat es aber dieses Jahr gründlich vermasselt.«

# 7

Einen Moment lang scheinen alle Anwesenden vor Schreck erstarrt zu sein. Ich, der ich stets einen kühlen Kopf behalte, handle als Erster, indem ich Harrison beauftrage, sofort im Revier anzurufen und Bleakly mit seinen Constables herzubeordern. Folgsam macht sich der Butler auf den Weg zu dem Telefonapparat auf einem Beistelltischchen.

Anschließend lege ich Lady Damnish und ihrem Sohn nahe, den Raum zu verlassen. Ist schließlich kein erfreulicher Anblick – eine kohlschwarze Leiche im eigenen Salon. Mir entgeht nicht, dass Deedee kein bisschen erschüttert wirkt, sondern im Gegenteil vom Geschehen recht fasziniert zu sein scheint.

Ich bücke mich und entferne mit meinem mittlerweile fast schwarzen Taschentuch etwas Ruß vom Gesicht des Verblichenen. Er scheint etwa in meinem Alter zu sein, ist aber deutlich muskulöser und breiter gebaut. Nicht die richtige Statur, um sich in Schornsteine zu wagen.

»Der muss aufs Dach geklettert sein und hat dann versucht, sich durch den Kamin Zugang zum Haus zu verschaffen«, mutmaßt der Lord. Der Einbruchsversuch scheint ihm mehr zu schaffen zu machen als die Tatsache, dass in seinem Kamin eine Leiche liegt.

Behutsam hebe ich den Kopf des Toten an, um das Gesicht genauer zu betrachten. Er hat weit auseinanderstehende Augen, eine breite Nase und ein vorspringendes Kinn. Leicht zu identifizieren, denke ich mir. »Kennen Sie diesen Mann, Mylord?«, frage ich.

Damnish starrt mich an, als hätte ich Suaheli mit ihm gesprochen.

»Was?«, fragt er brüsk.

»Dieser Herr hier, Sir. Erkennen Sie ihn?«

»Weshalb um alles in der Welt sollte ich den kennen? Halten Sie ihn für einen Freund von mir?«

»Nein, selbstverständlich nicht. Ich dachte nur, Sie hätten ihn vielleicht in der Gegend schon einmal bemerkt.«

»Ich habe diesen Mann in meinem ganzen Leben noch nicht gesehen. Und ich möchte auch, dass er umgehend von hier entfernt wird. Harrison!«, brüllt Damnish.

Der Butler eilt herbei. »Ja, Sir?«

»Trommeln Sie ein paar Männer zusammen, und schaffen Sie den Dieb hier weg. Bringen Sie ihn aufs Polizeirevier.« Der Lord wendet sich mir zu. »Der ist jetzt Ihr Problem, Grantley.«

»Verzeihung, Lord Damnish, aber ich muss darauf bestehen, dass der Tote hier verbleibt, bis ich mich mit meinen Vorgesetzten ausgetauscht habe. Die Umstände sind höchst eigenartig, das kann ich nicht alleine entscheiden.«

Damnish sieht aus, als würde er gleich explodieren. »Tun Sie, was Sie tun müssen. Aber zur Mittagszeit ist dieser Verbrecher aus meinem Haus verschwunden, haben wir uns verstanden?« Er stürmt wutentbrannt hinaus.

Jetzt trete ich selbst zum Telefongerät und greife nach dem Hörer.

»Sie müssen Seine Lordschaft fragen, bevor Sie einen Anruf tätigen«, protestiert Harrison.

»Polizeiangelegenheit, ist dringend«, erwidere ich ungerührt und teile der Telefonistin mit, sie solle mich mit dem Polizeirevier in York verbinden. »Superintendent Juggers, bitte.« Ich nenne ihr meinen Namen und warte ab. Nachdem ich mich bereits einmal von der Aristokratie aus der Stadt habe jagen lassen, habe ich nicht die Absicht, mir eine solche Panne noch einmal zu leisten. Nach längerem Knacken in der Leitung höre ich endlich die Stimme meines Vorgesetzten, was eine ungewohnt beruhigende Wirkung auf mich hat.

»Was ist los, Grasby? Ich habe nicht viel Zeit, ich führe Mrs Juggers gleich zum Essen aus, und danach stehen Einkäufe an. Wir haben noch keinen Truthahn für die Feiertage.« Er klingt gereizt, also alles beim Alten.

Ich gebe meinen Bericht ab und begründe meine Entscheidung, ihn zu kontaktieren. Dann herrscht Stille in der Leitung, und ich erwäge kurz, nachzufragen, ob er noch dran ist. Das erübrigt sich jedoch.

»Zum Teufel aber auch, Grasby!«, jault er. »Sie sind doch wirklich eine wandelnde Abrissbirne! Haben Sie irgendetwas gegen den Adel?«

»Nein, Sir!« Auch ich gestatte mir jetzt etwas Empörung. »Sie können mir doch nicht die Schuld daran geben, wenn irgendein Kerl sich in einen Schornstein stürzt!«

»Gewiss, aber es ist nicht irgendein Schornstein, nicht wahr? Sondern der von Lord Damnish.« Ein kurzes Schweigen tritt ein. »Meiner Berechnung nach sind Sie noch nicht viel länger als eine Stunde vor Ort. Ich werde den Chief Constable unterrichten müssen. Er wird alles andere als erfreut sein. Würde mich nicht wundern, wenn er mich anweist, Sie auf der Stelle zu feuern!«

Nachdem Juggers sich einigermaßen gefangen hat, wage ich es, ihm mitzuteilen, dass irgendetwas mit dem Verstorbenen geschehen muss. Wir können ihn schließlich nicht im Kamin liegen lassen.

»Sind Sie ganz sicher, dass der Mann tot ist, Grasby?«

»Durchaus, Sir. Ich habe schon eine Menge Tote zu Gesicht bekommen als Soldat in einem Weltkrieg.«

»Werden Sie nicht frech, junger Mann«, erwidert er. »Beauftragen Sie einen Arzt aus der Gegend, er soll die Leiche untersuchen. Ich schicke einen Wagen von unserer Gerichtsmedizin, der den Toten abholt.«

»Aber sollten wir ihn nicht nach Northallerton bringen, Sir?«, frage ich verdutzt. »Das ist schließlich deren Einzugsbereich.«

»Was sollen die dort mit ihm machen, ihn in eine Zelle sperren? Tun Sie, was ich Ihnen gesagt habe. Dieser Bleakly soll vor Ort übernehmen. Und Sie fahren zurück und warten meine nächsten Anweisungen ab.« Mein Vorgesetzter beendet den Anruf ohne Abschiedsgruß.

Zum Glück trifft in diesem Moment selbiger Bleakly in Begleitung von Constable Blob ein. Ich überlasse es dem Sergeant, den Leichenwagen aus York abzuwarten und sich um Damnish und den Toten zu kümmern. Den Constable weise ich an, sich auf dem Dach von Holly House nach Spuren umzusehen. Bleakly kann unterdessen alle im Haus Anwesenden befragen, ob sie etwas Außergewöhnliches gehört oder gesehen haben. Wird Zeit, dass der sich mal nützlich macht.

Es mag nur ein Gefühl sein, aber als ich den Toten noch einmal betrachte, meine ich zu erkennen, dass er unter starken Schmerzen gestorben ist. Ich lasse eine Hand an seiner Wirbelsäule entlanggleiten bis zu seinem Hinterkopf.

Und obwohl meine Hand von Ruß bedeckt ist, als ich sie wieder hervorziehe, erkenne ich, dass Blut daran klebt. Die Verletzung könnte natürlich bei einem Sturz entstanden sein, doch etwas daran erscheint mir unstimmig. Nun ja, die Gerichtsmedizin wird sich in Kürze eine eigene Meinung bilden. Man wird den armen Kerl untersuchen, die Todesursache feststellen und danach entsprechend ermitteln. Dennoch verwahre ich meine Feststellung in meinem Gedächtnis.

Deedee, die alles still beobachtet hat, schlägt vor, mich zu meiner Unterkunft zu chauffieren.

»Sie sehen ziemlich wüst aus, Inspector«, bemerkt sie, nachdem sie mich von Kopf bis Fuß gemustert hat. »Sie sollten sich frisch machen.«

Als wir aus dem Haus treten, sehe ich zwischen den Bäumen einen Mann mit feindseligem Blick zu uns herüberschauen, eine Flinte unter den Arm geklemmt.

»Wer ist das?«, frage ich Deedee, während sie sich ans Steuer setzt.

»McGill, der oberste Wildhüter. Ich habe ihn ein paarmal im Pub gesehen. Dem Kerl möchte ich nicht allein im Dunkeln begegnen. Ungehobelter Bursche, wenn Sie mich fragen.«

# 8

Ich gehe äußerst ungern zu Fuß, muss ich gestehen. Als ich mir als junger Mann in York eine Wohnung suchte, gab den Ausschlag, dass sich ein anständiger Pub direkt gegenüber befand und mein Polizeirevier um die Ecke. Außerdem gab es einen Fish-and-Chips-Imbiss und ein Wettbüro in der Nähe, und so war ich vollauf zufrieden mit meiner Wohngegend. Von der Arbeit im Handumdrehen zu Hause sein, ein paar Scheine auf die Hottehüs setzen, ein bis drei Gläschen Bier trinken und das Ganze mit Fish and Chips abrunden, das war ganz nach meinem Geschmack.

Während wir durch Elderby gondeln, stelle ich erfreut fest, dass auch hier alles dicht beieinanderliegt. Zum Pub dürfte es von meiner Unterkunft nicht weit sein, und das ist ausgesprochen wichtig. Weitere Schneefälle sind bislang ausgeblieben, doch die Wolken hängen noch immer tief.

Wie bereits erwähnt, gehen von der Hauptachse durchs Dorf zahlreiche schmale Straßen ab, und Deedee, die vergnügt mit mir plaudert, biegt nun in eine Sackgasse mit nur drei Gebäuden ein. Zwei gepflegte Backsteinbungalows stehen einander gegenüber, doch das Haus am Ende der Straße lässt mich erschaudern: ein Gebilde aus dunklem Stein mit hohem Spitzdach, das geradewegs aus einem Roman von Edgar Allan Poe stammen könnte. Der verwilderte Garten gleicht einem Dschungel, das Holztor im Zaun hängt schief in den Angeln. Wir nähern uns der Haustür, von der die schwarze Farbe abblättert.

»Was für ein lauschiges Plätzchen«, bemerke ich.

»Es ist von innen nicht so schlimm wie von außen«, erwidert Deedee.

»Sieht aus, als würde hier der Geist des Duke of Buckingham persönlich spuken, um Vergeltung zu fordern.« Ich bin wahrlich kein Angsthase, aber dieser Ort würde selbst den mutigsten Kerl das Fürchten lehren.

»Meine Güte, Sie haben vielleicht eine lebhafte Fantasie, Inspector«, bemerkt die junge Dame und drückt auf den Klingelknopf. Etwas verzögert ertönt ein unheimliches Geräusch, das mich an die Glocke eines Geisterschiffs erinnert.

»Das wird ja von Minute zu Minute besser«, bemerke ich. Diese Unterkunft hat soeben jegliche Freude aus dem Tag vertrieben, und ich zucke unwillkürlich zusammen, als von innen Schritte zu hören sind.

Als die Tür aufschwingt, flattert eine große schwarze Gestalt über meine Schulter hinweg und stößt mir dabei beinahe den Hut vom Kopf. Ich ducke mich erschrocken, eine Geste, die man bei ehemaligen Kriegsteilnehmern häufig beobachten kann. Manche Gewohnheiten lassen sich schwer abschütteln, vor allem, wenn sie ursprünglich dazu gedient haben, die eigene Haut zu retten.

Eine kleine Frau steht im Eingang. Sie ist von Kopf bis Fuß in einen schwarzen Stoff gekleidet, den mein zugegebenermaßen unkundiges Auge für Spitze hält. Dazu trägt sie erstaunlicherweise eine schwarze Melone mit kurzer Krempe, wie sie seit Jahrzehnten nicht mehr modern ist. Am Hutband befindet sich der einzige Farbtupfer ihrer exzentrischen Kluft: eine rote Feder. Ich hatte mir Mrs Gaunt als alte Dame mit eingefallenen Wangen, fahler Haut und einem grauen Dutt vorgestellt. Irrtum. Meine Gastgeberin hat wettergegerbte, gebräunte Haut und geradezu unheimlich leuchtende hellblaue Augen.

Ich trete vor und strecke ihr die Hand hin.

Mrs Gaunt mustert mich. »Was ist Ihnen denn widerfahren? Sie sehen aus, als kämen Sie direkt aus der Kohlegrube.«

Ich berichte von dem verstopften Kamin, ohne jedoch den Toten zu erwähnen. Im Nu hat sie meine linke Hand gepackt, mustert die Innenfläche und streicht mit dem Zeigefinger über die Linien.

Mit einem Bischof als Großvater und einem Pfarrer als Vater kann ich dem Okkulten nichts abgewinnen, so nachsichtig man heutzutage auch damit umgehen mag. Wussten Sie, dass es mittlerweile sogar an der Strandpromenade vom vornehmen Scarborough eine Wahrsagerin gibt? Das würde man dort nun wahrlich nicht erwarten. Im verarmten Blackpool vielleicht, aber nicht in Scarborough. Um Wahrsagerei habe ich stets einen weiten Bogen gemacht, nicht zuletzt, weil ich notorisch abergläubisch bin. Mrs Gaunt lässt meine Hand los und starrt mich mit ihren eisblauen Augen an.

»Aus York sind Sie?«

Ich nicke stumm, in Erwartung unheilvoller Prophezeiungen.

»Das passt. Dann kommen Sie mal lieber herein, Sie beide.«

Ihre Stimme klingt heiser, fast wie ein lautes Flüstern.

Ich bin jetzt schon trübsinnig. In dieser Umgebung muss ich einige Zeit verbringen, und die Dame des Hauses hat bestimmt keine rosigere Zukunft in meiner Hand entdeckt. Nachdem ich meinen Vorgesetzten binnen kürzester Zeit nach Dienstantritt eine Leiche präsentiert habe, wird der Chief Constable mich bestimmt nach Frankreich oder an einen ähnlich schrecklichen Ort verbannen.

Als ich das Haus betrete, wird mir angesichts der Dunkelheit und der unheimlichen Bilder an den Wänden noch schwerer ums Herz. Auf ihnen ist nichts Konkretes zu erkennen, sie bestehen nur aus Farbklecksen – dunkles Rot und Blau, grüne Tupfer auf schwarzem Hintergrund.

»Gefallen Ihnen meine Gemälde?«, erkundigt sich meine Vermieterin, als sie mein unverhohlenes Starren bemerkt.

»Ja, sehr interessant – ausgesprochen originell.« Was soll man schon sagen zu diesen gruseligen Machwerken? Die aufrichtige Antwort hätte lauten müssen: »Schmeißen Sie die in den Müll, und hängen Sie ein paar hübsche Drucke von William Turner auf. Oder ein nettes Bild von einem Tier.« Aber das wäre unhöflich gewesen und hätte Mrs Gaunt mit Gewissheit nicht für mich eingenommen.

Wir werden in einen Raum geführt, der mich an ein Bestattungsinstitut erinnert. Dass die Hausherrin ein Faible fürs Dunkle hat, steht außer Frage: Alles ist in Schwarz gehalten bis auf einige rote Kissen, die in diesem Ambiente unweigerlich an Blut erinnern.

»Ich dachte mir, Inspector Grasby könnte hier seinen Koffer abstellen und sich dann frisch machen, Mrs Gaunt«, erklärt Deedee munter, offenbar nicht beeinträchtigt von der morbiden Atmosphäre. Mein Blick fällt auf eine große ausgestopfte Fledermaus, die in einer Glasglocke kopfüber an einem Ast hängt.

»Grasby heißen Sie also?«, fragt Mrs Gaunt.

»Ja. Ein ungewöhnlicher Name, ich weiß.« Ich bin es gewohnt, dass Leute sich nach der Herkunft meines Nachnamens erkundigen. Er ist dänischen Ursprungs und kam durch die Wikinger nach England. Allerdings tue ich mich schwer damit, mir Männer wie meinen Vater und Großvater vorzustellen, wie sie Äxte schwingend und unter Kampfgebrüll blutdurstig den Strand entlangstürmen. Ich vermute, die vielen Jahre in der sanften grünen Landschaft Englands haben die Mordlust der Seefahrer besänftigt. Ich für meinen Teil hasse Sand. Grässliches, lästiges Zeug, das einem ständig zwischen die Zehen gerät – und nicht nur dorthin. Müsste ich aus einem Langschiff springen und einen Strand entlangrennen, stünde mir anschließend mehr der Sinn nach einem heißen Bad als nach Plünderung und Massaker. Wie gesagt: Die Jahrhunderte scheinen einiges verändert zu haben.

Meine Mutter war schottischer Abstammung, daher mein rotbraunes Haar. Meine Vorfahren vertrieben sich also allesamt die Zeit damit, raubend durch die Gegend zu ziehen. Wussten Sie, dass es in York noch immer rechtens ist, einen Schotten zu töten, wenn er Pfeil und Bogen bei sich trägt? Jedes Mal, wenn ich dort einem Schotten begegne, frage ich mich, was passieren würde, wenn genau dieser Fall einträte. Zweifellos ein juristisches Dilemma.

»Ich habe früher einmal einen jungen Vikar namens Grasby kennengelernt«, sagt Mrs Gaunt.

»Mein Vater ist Pfarrer. Was für ein Zufall, nicht wahr?«, erwidere ich heiter. Der alte Halunke kennt Elderby also wirklich, ich hatte seinen wissenden Blick richtig gedeutet.

»Zufälle gibt es nicht, junger Mann«, entgegnet Mrs Gaunt. »Alles, was geschieht, ist schon einmal geschehen. Und wird wieder und wieder geschehen bis zum Ende aller Zeit.«

Sie starrt ins Leere. Die Aussicht, meine zahlreichen Fehler im Leben noch einmal durchlaufen zu müssen, ist wenig verlockend, gegen eine Wiederholung meiner vielen glücklichen Tage jedoch hätte ich nichts einzuwenden.

»Ich bringe Sie gleich zu Ihrem Zimmer. Vorher möchte ich jedoch einige Hausregeln klarstellen.« Ihr Blick huscht zwischen mir und Deedee hin und her. »Ich war auch einmal jung und erinnere mich daran, wie die Säfte in Wallung geraten können.«

Das klingt nicht vielversprechend.

»Junge Menschen verspüren den Drang nach geschlechtlicher Vereinigung. Das ist ganz natürlich.«

Ich hüstle peinlich berührt, während Deedees Gesicht einen entzückenden Rosaton annimmt.

»Aber unter meinem Dach wird es keine fleischlichen Zusammenkünfte geben«, verkündet Mrs Gaunt in dem strafenden Tonfall, mit dem Vater seine Gemeinden einzuschüchtern pflegt. »Außerdem soll man der körperlichen Liebe ohnehin unter freiem Himmel huldigen, unter der Sonne und den Sternen, wie der Schöpfer es vorgesehen hat.«

Jetzt blickt sie etwas wehmütig und lässt sich in einem Ohrensessel nieder. Zum Glück beendet Deedee die Stille.

»Inspector Grasby hat in Elderby sicherlich anderes vor als fleischliche Zusammenkünfte, Mrs Gaunt.«

Nun ja …

»Und außerdem ist er gar nicht mehr so jung«, fügt Deedee lächelnd hinzu und versetzt mir damit einen Stich ins Herz.

»Augenblick mal, Miss Dean«, bemerke ich. »Ich bin achtunddreißig.« Aus Höflichkeit verschweige ich, dass ich damit nur unwesentlich älter bin als sie selbst.

»Eben«, erwidert die Dame.

Es ist schon seltsam, wie die Jüngeren alle, die nur fünf Jahre mehr als sie auf dem Buckel haben, für steinalt halten. Deedee wird sich noch wundern. Ende dreißig ist man im Nu, kann ich Ihnen sagen. Im einen Moment spielt man noch in der Schulmannschaft Cricket, im nächsten ist man älter als die meisten Lehrer. Gerecht ist das nicht.

»Ich könnte ein Bad gebrauchen, Mrs Gaunt«, nehme ich das eigentliche Thema wieder auf. »Nur ein kurzes, um diesen Ruß loszuwerden.«

»Das ist wohl notwendig«, erwidert sie und erhebt sich für eine derart betagte Person mit erstaunlicher Grazie aus dem Ohrensessel. Sie scheint mir eine rastlose Seele zu sein.

Mrs Gaunt geht voraus in den Flur und eine knarrende Treppe hinauf. Oben bleibt sie auf dem schmalen Absatz stehen und deutet mit knochigem Finger auf eine Tür. »Hier befindet sich das Badezimmer. Der Heißwasservorrat ist begrenzt, deshalb gilt die Regel: nur ein Bad pro Woche. Normalerweise muss das Bad vorher angekündigt werden. Wegen Ihres gegenwärtigen Zustands mache ich eine Ausnahme.«

Sie blickt mich finster an. Ich erwäge vorzuschlagen, dass Miss Dean und ich uns das Badewasser teilen könnten, sodass wir in den Genuss von zwei Bädern pro Woche kämen. Aber angesichts des strengen Verbots von Intimitäten würde dieser Vorschlag wohl abgelehnt werden.

Wir wenden uns drei weiteren Türen zu.

»Das Zimmer am Ende des Gangs ist meines«, sagt Mrs Gaunt. »Linker Hand befindet sich Ihr Zimmer, Grasby, gegenüber das von Miss Dean.«

Ich bin alles andere als angetan, dass sie mich nur mit meinem Nachnamen anspricht. »Mr Grasby« wäre angebracht – oder noch besser: »Inspector«. So komme ich mir wie ein Kellner oder Stallknecht vor.

Sie geht zu meiner künftigen Schlafzimmertür, fördert aus den Falten ihrer Spitzengewänder einen großen Schlüsselbund zutage und schließt auf.

»Bitte sehr.«

Als ich den Raum betrete, stelle ich erleichtert fest, dass die Wände weiß gestrichen sind, nicht schwarz. Unter dem einzigen Fenster steht ein Bett mit Eisengestell, auf einem Nachttisch eine uralte Lampe. Auf der anderen Seite sehe ich einen schmalen Schrank, eine kleine Kommode und gegenüber der Tür ein winziges Waschbecken mit Spiegel darüber. Als Mann von beträchtlicher Größe komme ich mir zwar ein wenig vor wie in einem Puppenhaus, bin aber ansonsten zufrieden mit der schlichten Unterbringung – von der Heißwasserrationierung abgesehen.

»Es wird eine Woche im Voraus gezahlt, wenn Sie eine Weile bleiben«, stellt meine Vermieterin klar.

»Sergeant Bleakly kümmert sich darum, wie bei mir auch«, erklärt Deedee.

Ich lege meinen Koffer auf das Bett, um meinen zweiten Anzug auszupacken. Als ich aufschaue, bemerke ich eine Zeichnung. Sie hängt – sonderbar platziert – direkt neben dem muffigen grauen Vorhang. Es handelt sich um ein Porträt von drei Personen, einer jungen Frau zwischen zwei Männern etwa gleichen Alters. Mir stockt der Atem, denn der rechte Mann sieht genauso aus wie mein Vater auf Fotos von früher.

»Dieses Bild hier gefällt mir, Mrs G«, sage ich leutselig, um sie in Sicherheit zu wiegen und zum Reden zu bringen. Eine etwas veraltete Verhörtechnik, aber ich bin fest entschlossen, dieses Geheimnis um Elderby und meinen Vater aufzudecken.

»Sicher«, entgegnet sie trocken.

»Dürfte ich fragen, wer diese Personen sind?«

»Nein, das geht Sie nicht das Geringste an.«

Besonders höflich ist sie wahrlich nicht, denke ich mir. Ich unternehme einen neuen Versuch, diesmal ein wenig deutlicher.

»Der Mann rechts erinnert mich an meinen Vater.«

»Na, ist doch nett, dann fühlen Sie sich gleich zu Hause.« Mit diesen Worten macht Mrs Gaunt auf dem Absatz kehrt und bedeutet mir, ihr zum Badezimmer zu folgen. Dort fischt sie zwei weitere Schlüssel, befestigt an einem simplen Holzanhänger, aus einer Tasche ihres Gewands.

»Der kleinere ist für die Haustür – nur für alle Fälle.« Ihr Blick ist vernichtend. »Ich erwarte, dass meine Gäste um zehn Uhr zu Hause sind.«

»Verzeihung«, sage ich, der ganzen Regeln und Vorschriften bereits überdrüssig. Hier geht es schlimmer zu als bei der verdammten Armee. »Aber wie soll ich Zeit für mein Liebesleben unter den Sternen finden, wenn ich um zehn in die Federn muss?«

Die Hausherrin sieht nun ziemlich entrüstet aus.

»Das war nur ein Scherz«, füge ich hinzu. »Aber bei meinem Beruf kann man keine festen Arbeitszeiten einhalten, Mrs Gaunt. Ganz im Gegenteil: Die Verbrechen, die ich hier aufklären soll, werden mir aller Voraussicht nach einige Nachtschichten abverlangen.«

»Dann brauche ich dazu ein Schreiben von Sergeant Bleakly.«

»Das werden Sie aber nicht erhalten«, entgegne ich verärgert. Es reicht. Höchste Zeit, mich durchzusetzen. »Ich bin Sergeant Bleaklys Vorgesetzter, und wir sind hier nicht in der Schule. Entweder Sie finden sich mit meinen Anforderungen ab, oder Miss Dean und ich suchen uns eine andere Unterkunft. Habe ich mich verständlich ausgedrückt?«

Mrs Gaunt fixiert mich einen Moment lang, der mir allerdings vorkommt wie eine Ewigkeit. Ihre Augen haben eine beängstigend hypnotische Wirkung. Ich habe plötzlich das Gefühl, mich nicht mehr rühren zu können, bin gebannt wie ein dem Untergang geweihtes Reh im Scheinwerferlicht eines nahenden Fahrzeugs.

»Machen Sie, was Sie für richtig halten, Grasby. Aber ich sage Ihnen: Nachdem die Kirchturmuhr Mitternacht geschlagen hat, sollten Sie in diesem Dorf – und auch in der Umgebung – nicht mehr unterwegs sein.« Ihre Augen haben sich geweitet.

»Warum denn das nicht?«

»Ich sage Ihnen das jetzt ein einziges Mal. Hier gehen unheimliche Dinge vor sich. Mehr Blut wird vergossen werden. Merken Sie sich meine Worte.« Ihr knochiger Zeigefinger ist auf mein Gesicht gerichtet. »Ich versuche nur, Sie beide zu schützen.«

»Was für ein Humbug!«, erwidere ich. Doch wieso hat sie von »mehr Blut« gesprochen? Ich weiß, dass sich Neuigkeiten in Dörfern schnell herumsprechen, aber so rasant doch wohl auch nicht, oder? Ich beschließe, mich nicht weiter dazu zu äußern.

Mrs Gaunt zuckt mit den Schultern. »Sie werden schon sehen. Es gibt Dinge, die Leute aus der Stadt nicht verstehen.«

Bevor ich etwas entgegnen kann, flattert erneut dieser fürchterliche Rabe herbei und lässt sich auf der Schulter seiner Herrin nieder.

»Wo kommt denn der jetzt her?«, fragt Deedee stirnrunzelnd. »Wir hatten doch die Haustür geschlossen.«

»Er kommt und geht, wie es ihm beliebt«, lautet die Antwort. »Es gibt mehr Zugänge zu diesem Haus als nur Türen, Fräulein.«

Ich könnte sie jetzt wegen der Sicherheitsmängel belehren. Wenn derart große Vögel hier hineingelangen können, ohne die Haustür zu benutzen, gilt das wohl auch für Menschen. Und wenn Elderby tatsächlich so ein gefährlicher Ort ist, wie meine Vermieterin behauptet, ist das förmlich eine Einladung, uns nachts die Kehlen durchzuschneiden. Aber meine Ausführungen wären vergebliche Mühe, befürchte ich, und sie steht immerhin noch quicklebendig vor mir, mit diesem monströsen Raben auf der Schulter, der sie noch kleiner wirken lässt. Ich bin über die Jahre in einigen miserablen Absteigen gelandet, aber diese stellt alles bisher Dagewesene in den Schatten. Und ich habe hier noch keine einzige Nacht verbracht.

Jedenfalls weiß ich genau, dass mein Vater der Erste wäre, der diese Dame wegen ihres mysteriösen Geschwätzes zurechtweisen würde. Ich versuche, mir Mrs Gaunt als junge Frau vorzustellen, aber es will mir beim besten Willen nicht gelingen. Sie wirkt wie aus einer anderen Zeit – so wie das gesamte Dorf.

»Ich muss mich jetzt dringend waschen«, sage ich mit Blick auf meine Uhr. Der Hunger macht mir allmählich zu schaffen. Da Bleakly den Toten bewacht, bis der Leichenwagen aus York eintrifft, habe ich vorerst nichts zu tun. Morgen werde ich dann Damnish, die Hausangestellten und vor allem diesen Wildhüter noch einmal befragen, denn meinem schlafsüchtigen Kollegen traue ich die nötige Sorgfalt nicht zu.

Ich trage Deedee auf, das Revier zu informieren, dass ich mit dringenden Ermittlungen befasst bin und Juggers zurückrufe, falls er sich meldet. Bevor hier Schwung in die Sache kommt, werde ich ein Bad nehmen und meinen ersten Ausflug in den Hanging Beggar machen.

Wer weiß, vielleicht kann ich mich dort unauffällig umhören. Außerdem macht sich mein Magen nun mit lautem Knurren bemerkbar.

# 9

Den Klauen der unheimlichen Mrs Gaunt vorerst entronnen, spaziere ich in Begleitung von Deedee sauber und erfrischt zum ersten Mal in den Hanging Beggar.

Wie in einem Pub zu erwarten sind die Decken niedrig, und das Licht ist schummrig. Von dunklen Balken hängen farbenfrohe Girlanden, die Wände sind mit Pferdezubehör dekoriert, und in einer Ecke steht der obligatorische Weihnachtsbaum. Auch an Stechpalmen- und Mistelzweigen fehlt es nicht, und ein knisterndes altes Bakelitradio dudelt Weihnachtsweisen. Zwei Gäste sitzen am Tresen, ein altes Paar teilt sich an einem Tisch eine kalte Platte, und ein Mann mit einer Mütze, deren Schirm seine Augen überschattet, trinkt in einer Nische am Erkerfenster ein Bier.

Hier drin ist es zwar ebenso dunkel wie in Mrs Gaunts Gruselhaus, aber um Welten behaglicher. Im offenen Kamin prasselt ein lebhaftes Feuer, das zum Verweilen einlädt. An einem verschneiten Wintertag wie diesem dürfte es besonders schwerfallen, den gemütlichen Pub wieder zu verlassen. Doch wir dürfen hier nur kurz Essen fassen, wie wir in der Armee zu sagen pflegten. Wenn mein Vorgesetzter sich entschieden hat, wie es weitergeht, ist es vorbei mit der Gemütlichkeit. Wir sollten sie genießen, solange sie währt.

»Schön, Sie wiederzusehen«, sagt Ethel, die hinterm Tresen zwei Gläser Bier gleichzeitig zapft, und lächelt mich an, die

Lippen wieder knallig rot geschminkt. »Ich hatte gehofft, dass Sie uns bald einen Besuch abstatten, Inspector Grasby.«

»Ach, Sie kennen sich schon?«, fragt Deedee.

»Schon ewig, nicht wahr?« Die Wirtin zwinkert mir verschwörerisch zu.

»Wir haben uns heute früh auf der Straße kennengelernt«, erkläre ich und beschließe, zügig das Thema zu wechseln. Deedee schaut bereits so forschend zwischen mir und Ethel hin und her, als wäre ich heute Morgen aus ihrem Bett gekrochen. »Wir würden gern einen Happen essen, ist das möglich? Irgendetwas Kleines, das schnell geht.«

»Ja, natürlich«, antwortet Ethel, ohne sich von der Stelle zu rühren.

»Könnten wir einen Blick auf die Karte werfen, bitte?«

»Hier gibt es einfache Küche, Inspector. Die Rationierungen wurden noch nicht aufgehoben, wie Sie wissen. Da braucht es keine Speisekarten.« Sie deutet auf ihre Stirn. »Ist alles hier drin.«

»Ah, verstehe.«

»Sie können eine Brotzeit mit gutem Wensleydale-Käse, Pickles und einer Schweinepastete vom Schlachter haben.« Ethel beugt sich über den Tresen. »Ich würde gern behaupten, dass ich meine Zwiebeln selbst einlege, aber das wäre gelogen.« Sie wirft mir einen bedeutungsvollen Blick zu. »Und es gibt eine Tagessuppe, meistens Linsensuppe.«

»Fabelhaft, dann nehme ich die Linsensuppe«, sage ich.

»Bedauerlicherweise ist es heute Ochsenschwanzsuppe. Ich habe nicht gesagt, dass es die Linsen jeden Tag gibt.«

»Ah.«

»Und Sandwiches.«

»Mit was?«

»Käse oder Schinken.«

»Und …?«

»Sandwich mit Käse *oder* mit Schinken, das ist die Auswahl.«

»Aha. Noch etwas anderes?« Mir dämmert langsam, dass das Angebot äußerst überschaubar ist.

»Rindfleischpastete mit Kartoffel- und Erbsenpüree.«

Da ich ordentlich Kohldampf habe und ohnehin beträchtliche Mengen verdrücken kann, obwohl man mir das bei meiner schlaksigen Gestalt nicht ansieht, scheint mir das am verlockendsten.

»Aber die Pastete gibt's heute nicht, Bill geht es nicht gut. Der Ärmste hat die ganze Nacht kein Auge zugetan«, fügt Ethel hinzu.

Eine gute Gelegenheit, meine raffinierten Ermittlungsmethoden anzuwenden. »Bill der Bäcker?«

Ethel blickt verdutzt. »Nein, der Bäcker heißt Wally.« Sie schaut mich an, als hätte ich nicht alle Tassen im Schrank.

»Wer ist dann Bill?«

»Na klar, das können Sie nicht wissen. Bill ist Wallys Irish Setter. Hat wunderschönes Fell, etwa die Farbe Ihrer Haare. Das arme Ding musste sich die ganze Nacht übergeben. Hatte wahrscheinlich eines von Berts Koteletts gefressen.« Ethel lacht schallend über ihren eigenen Scherz.

Mein Haar sieht also aus wie Hundefell. Nun ja, von meinem alten Herrn habe ich mir schon Schlimmeres anhören müssen. Ich erkundige mich, ob noch weitere Speisen erhältlich wären.

»Das ist alles, junger Mann. Ist hier nicht das Ritz.«

»Ich nehme gerne Ihre Suppe«, sagt Deedee.

»Ich auch«, schließe ich mich an. »Aber ich habe einen Riesenhunger, könnte ich auch noch ein Käse-Schinken-Sandwich dazubekommen, bitte?«

»Wie meinen Sie das?«

»Na ja, Käse und Schinken auf einem Sandwich, wie Sie sagten.«

Ethel blickt mich finster an. »Wie oft denn noch? Es gibt *entweder* Käse *oder* Schinken auf die Sandwiches.«

Jetzt erstirbt jegliches Gespräch im Raum, und alle starren mich an, als hätte ich den Laden unbekleidet betreten. Die beiden Männer am Tresen – in Arbeitskluft mit Lederflicken auf den Ellbogen der Jacken – schütteln die Köpfe.

Deedee flüstert mir ins Ohr: »Es gibt kein Sandwich mit beidem zusammen, keine Ahnung, warum.«

»Verstehe«, sage ich. »Dann nehme ich eines mit Käse und eines mit Schinken, bitte.«

»Und Suppe?«

»Ja, Suppe auch.«

»Was zu trinken?«

Deedee bestellt sich eine Limonade, ich genehmige mir ein Bier. Es gibt nur zwei Zapfhähne, einen für helles und einen für dunkles Bier, beides von einer Brauerei, die ich noch nicht kenne.

»Ein großes Helles, bitte.«

Ethel macht sich ans Werk, während Deedee und ich uns an einem Ecktisch niederlassen. Mein Gott, sie ist wirklich ein Anblick für die Götter. Dass sie mich als »nicht mehr so jung« bezeichnet hat, schmerzt allerdings noch immer.

»Erzählen Sie mir doch ein bisschen was über sich«, eröffne ich das Gespräch.

»Da gibt es eigentlich nicht viel zu erzählen.«

»Bleakly hat durchblicken lassen, dass Ihr Vater sehr wohlhabend ist.« Ich lächle gewinnend. Ist nie schlecht, sich mit den Reichen gutzustellen.

Deedee nagt an ihrer Unterlippe. »Tja, das ist wohl so. Ich mache mir nie Gedanken darüber. Whiskey ist sein Leben, für anderes bleibt nicht viel Zeit.« Sie sieht traurig aus, und ich stelle mir vor, wie diese bedauernswerte junge Frau immer wieder die Exzesse ihres trunksüchtigen Vaters miterleben musste.

»Tut mir sehr leid zu hören«, erwidere ich betroffen. »Der Alkohol kann ein Fluch sein, wenn man ihm verfallen ist.« Ich denke an meinen eigenen Vater und seinen Hang zum Rausch.

Deedee blickt erstaunt auf. »O nein, er ist kein Trinker. Er besitzt mehrere Whiskeybrennereien, hauptsächlich in Kentucky. Das ist seine Arbeit.« Sie lacht.

Ich komme mir wieder vor wie ein Volltrottel. Mir hätte natürlich klar sein müssen, dass der Vater dieser jungen Dame, die gerade in Yale ihr zweites Studium abschließt, kein Versager sein kann. Als Polizist neigt man leider dazu, immer gleich das Schlimmste zu vermuten.

Ich wechsle das Thema, um meine peinliche falsche Schlussfolgerung zu überspielen. »Wo wohnen Sie denn, wenn Sie nicht gerade in Mrs Gaunts Spukhaus unterkommen?«

»Noch bei meinen Eltern. Als Studentin hat man ja nicht viel Geld.«

Mach dir mal keine Sorgen, denke ich mir. Wenn dein Vater das Zeitliche segnet, bist du schwerreich.

»An der Upper East Side, sagten Sie?«

»Ja, genau. Das haben Sie sich gut gemerkt. Außerdem haben wir ein Sommerhaus auf Long Island.«

»Wie schön.«

»Und eine Villa in Florida.«

»Ach was.«

»Und ein großes Apartment mit Blick auf die Bucht von San Francisco.«

»Allerhand.«

»Ach ja, und diese wundervolle Blockhütte in Aspen. Wobei Hütte vielleicht nicht das richtige Wort ist, sie hat zehn Zimmer.«

Das ist eine weitere Eigenart, die mir bereits an den Amerikanern aufgefallen ist, denen ich während des Krieges begegnet bin. Ihre Äußerungen klangen grundsätzlich danach, als sei in ihrem Land alles größer und besser.

»Na, dann haben Sie ja reichlich Auswahl«, erwidere ich säuerlicher als beabsichtigt. Ich hoffe, dass man es mir nicht ansieht. Meine Mutter hat mich immer wieder darauf hingewiesen, dass man in meinem Gesicht lesen könne wie in einem Buch.

»Aber all diese langen Fahrten.« Deedee seufzt geplagt.

»Ja, die müssen eine Qual sein.« Ich denke an das bescheidene Leben, das ich mit meinem Vater führe.

»Und Sie?«, fragt Deedee.

»Na ja, bei mir geht's so ähnlich zu wie bei Ihrem Vater, aber mit weniger Geld. Ich lebe für meinen Beruf.«

»Und was ist mit Ihrem Mädchen?«

»Mädchen?«

»Ihre Lady ... oder bessere Hälfte ... Den Ausdruck habe ich Leute hier sagen hören.«

»Diesbezüglich sieht es gegenwärtig etwas mau aus.« Ich erkläre, dass mein Beruf ein Hindernis für eine dauerhafte Liaison darstellt. Die sonderbaren Arbeitszeiten und so weiter. Natürlich könnte ich auch ehrlich zugeben, dass potenzielle Gefährtinnen rasch das Weite suchen, wenn sie mich betrunken schnarchend inmitten von zerrissenen Wettscheinen vorfinden. Aber ich will die Stimmung nicht verderben.

Bevor Deedee mich noch weiter in Bedrängnis bringen kann, erscheint Ethel mit unserem Essen. Die Teller, für die sie keine Hand mehr frei hat, balanciert sie nahezu akrobatisch auf ihren Unterarmen.

»Machen Sie sich nützlich, Inspector, und nehmen Sie mir etwas ab, bevor alles auf dem Boden landet.« Ethel wendet sich mir zu, und ich komme der Aufforderung nach. »So ist es recht. Lassen Sie es sich schmecken.« Ihre rechte Hand ruht einen Moment auf meiner Schulter.

»Und die Getränke?«, frage ich.

»Immer langsam mit den jungen Pferden, ich kann mich

nicht zweiteilen. Aber von Pferden wollen Sie vermutlich nichts mehr hören, wie?« Sie schlägt mir mit einem kernigen Lachen auf den Rücken.

Ich schwöre, wenn noch eine Person Witze über diesen Vorfall macht, kann ich für nichts mehr garantieren.

»Ich glaube, Sie haben eine Verehrerin«, raunt Deedee, als Ethel auf ihren hochhackigen Schuhen davonstöckelt.

»Sie ist aber deutlich zu alt für mich.«

»Meinen Sie?«

»Allerdings! Sie muss mindestens Ende fünfzig sein, wenn nicht noch älter.«

»Glauben Sie wirklich?«, erwidert Deedee erstaunt. »Ich kann das Alter älterer Menschen schlecht schätzen …«

Was du nicht sagst.

»Für mich«, fügt sie hinzu, »sehen Leute über fünfunddreißig irgendwie alle gleich aus – was das Alter angeht, meine ich.«

»Nun mal halblang«, entgegne ich.

»Ich meine natürlich nicht *richtig* alte Leute.« Sie nimmt einen Löffel Suppe zu sich und beugt sich verschwörerisch vor. »Es gab da diesen Ethikprofessor an meiner Uni. Hat mir Avancen gemacht.«

»Das gehört sich nicht«, beeile ich mich, ihr zu versichern. »Dem sollte mal jemand den Hosenboden stramm ziehen.«

Deedee kichert erheitert. »Sie sind so witzig! Sie erinnern mich an meinen Dad.«

Ein weiterer Schlag in die Magengrube. Die junge Dame hält mich anscheinend für einen Greis. Zweifel nagen an mir. Vielleicht bin ich wirklich alt geworden. Der verdammte Krieg; so viel vergeudete Zeit.

Das Gespräch wendet sich dem Geschehen in Holly House zu. Deedee stellt einige erstaunlich unbefangene Fragen zu unserem Toten aus dem Kamin, was mich ein wenig irritiert. Sie ist schon vorhin bemerkenswert ruhig geblieben, als der arme

Bursche aus dem Schacht plumpste. Ich hätte eine andere Reaktion erwartet.

Wir unterhalten uns angeregt weiter, während wir unsere Mahlzeit zu uns nehmen. Die Suppe ist passabel, das Brot dagegen ebenso hart wie der Käse und der Schinken so zäh wie eine Schuhsohle.

Über der Eingangstür klingelt eine kleine Glocke, und ein Paar mittleren Alters tritt in Erscheinung. Die Frau, angetan mit einem Tweedkostüm, ist gertenschlank und hat langes braunes Haar. Der Mann, mittelgroß, trägt einen Zweireiher, Budapester und einen schief aufgesetzten Filzhut.

»Chuck, wie geht es Ihnen?«, ruft Deedee aus.

»Sieh mal, Liebling, da ist Miss Dean«, sagt der Mann mit unüberhörbar amerikanischem Akzent zu seiner Begleitung. Anhand seines Hutes hätte ich seine Herkunft erraten können – traue niemandem mit verwegener Kopfbedeckung.

»Sie waren eine Ewigkeit nicht mehr bei uns zum Essen«, sagt jetzt die Frau, dem Akzent nach Engländerin.

»Ich habe jede Menge zu tun im Polizeirevier«, erwidert Deedee.

Vor allem wahrscheinlich, Bleakly vom Einschlafen abzuhalten, denke ich mir.

»Stellen Sie mich gern vor«, mache ich mich bemerkbar.

»Inspector Grasby, das sind Dr. Starr und Mr Starr.«

»Chuck, bitte.« Mr Starr hat einen festen Händedruck.

»Ich bin Elizabeth.« Die Frau lächelt mich an und sagt dann mit gedämpfter Stimme: »Sie wissen sicher, wo ich gerade herkomme.«

»O ja, wie schrecklich«, murmelt Deedee.

»Sie sind also die Ärztin hier im Dorf?«, frage ich.

»Ja.« Elizabeth nickt lächelnd.

»Wir haben uns während des Krieges kennengelernt«, erklärt Chuck.

Kann ich mir lebhaft vorstellen. Kaugummi und Nylonstrümpfe gratis, jede Wette.

»Das ist ja schön. Sie sind beim Militär, Chuck?« Ich bin jederzeit bereit, mit meinem eigenen Kriegseinsatz zu prahlen.

»Nein, ich bin Journalist. Ich habe während der Auseinandersetzungen für die *Chicago Tribune* gearbeitet.«

Puh, ich kann verharmlosende Begriffe für den Krieg nicht ausstehen. Er ist eine entsetzliche blutige, höllische Angelegenheit. Typisch Schreiberling.

»Das war bestimmt furchtbar aufreibend«, bemerke ich heuchlerisch.

»Teilweise schon, ja. Vor allem die Invasion in der Normandie. Das war was, kann ich Ihnen sagen.«

Ich beschließe, das Thema zu wechseln, denn der Schmierfink brennt sicher darauf, heroische Geschichten zum Besten zu geben. Wer mit Worten arbeitet, liebt es für gewöhnlich, sich reden zu hören. Langweilige Zeitgenossen. Da wäre mir die Gesellschaft der pferdelosen Lady Winthorpe noch lieber. Und als Journalist wird Starr garantiert gleich meinen Namen mit diesen Gäulen in Verbindung bringen, und die ganze Chose geht wieder von vorne los.

»Leben Sie schon lange in Elderby, Elizabeth?«, frage ich deshalb rasch.

»Ich hatte hier vor zwei Jahren die Vertretung für Dr. Clancy gemacht. Aber der Ärmste ist während seines Urlaubs auf dem Withernshaw Fell verstorben, er wollte dort Vögel beobachten. Deshalb habe ich seine Praxis übernommen.«

Urlaub kann sehr ungesund sein, denke ich mir.

»Aber Sie fühlen sich wohl in Elderby, nicht wahr, Elizabeth?«, wirft Deedee ein.

»Ja, die Leute sind sehr freundlich.«

Ach ja?

»Und die frische Luft tut Chuck gut.«

O nein, ein verwundeter Held. Die Geschichte wird nicht lang auf sich warten lassen.

»Besuchen Sie uns doch mal, Inspector Grasby«, schlägt Elizabeth vor.

»Frank. Und ja, sehr gern«, lüge ich. Es lockt mich nicht im Mindesten, mir einen Abend lang sein Geschwätz anzuhören.

»Heute habe ich meinen freien Tag, Inspector, da genehmigen wir uns nachmittags immer ein paar Drinks im Beggar«, erklärt die gute Frau.

Merke: Donnerstags nicht krank werden, da ist die Dorfärztin betrunken.

Die beiden entschuldigen sich und steuern auf den Tresen zu, um zu bestellen. Vorher fällt mir noch auf, dass Deedee und Chuck sich einen eigenartigen Blick zuwerfen. Nur für den Bruchteil einer Sekunde, aber einem geübten Beobachter wie mir entgeht dergleichen nicht. Vielleicht äußert sich die junge Dame nur so abfällig über ältere Männer, um den Schein zu wahren. Wäre ja möglich, dass die beiden mehr verbindet als ihre Herkunft aus dem Land der Freiheit. Und mehr, als der Anstand erlaubt.

Die ganze Episode verdirbt mir den ohnehin nur mäßig genießbaren Lunch. Nach einem weiteren Bissen vom schlechtesten Sandwich aller Zeiten höre ich hinter dem Tresen das Telefon klingeln.

»Für Sie, Inspector Grasby!«, schreit Ethel kurz darauf.

Als ich mich zu ihr begebe, steht der Bursche mit der Schirmmütze auf und verlässt wortlos den Pub. Merkwürdig, so ganz ohne Abschiedsgruß zu verschwinden.

Die beiden Männer an der Bar scheinen jetzt die Ohren zu spitzen, und sogar Ethel ist still, zum ersten Mal seit unserer Ankunft.

»Hallo?«

»Ja, auch hallo. In Elderby liegt ein Toter herum, und Sie sitzen im Pub!«

Juggers. Ich hatte gehofft, dass er mir eine Nachricht im Polizeirevier hinterlässt. Doch nein, er verfolgt mich bis hierhin.

»Nur wegen der Ermittlungen, Sir.«

»Versuchen Sie nicht, mich für blöd zu verkaufen, Mann.«

»Da Sergeant Bleakly auf den Leichenwagen wartet und Sie Ihre Vorgesetzten konsultieren mussten, hielt ich die Gelegenheit für günstig, eine Kleinigkeit zu essen«, versuche ich, mich zu rechtfertigen.

»Sie kriegen was auf die Nase, wenn Sie nicht aufpassen. Ich habe mit dem Chief Constable gesprochen und mich regelrecht versündigt dabei. Habe ihm nur mitgeteilt, dass wir einen Mann vor Ort haben. Wenn ich dem gesagt hätte, dass Sie das sind, hätte er einen Herzinfarkt gekriegt. Fahren Sie sofort zu Holly House zurück, und befragen Sie da jeden, den Sie finden können.« Ich höre ihn einen Zug von seiner Pfeife paffen. »Und haben Sie ein besonderes Auge auf den Sohnemann und den obersten Wildhüter. Fragen Sie mich nicht, warum, machen Sie's einfach.« Und damit endet der Anruf so abrupt, wie es in letzter Zeit zur Manier wird.

Ich schaue mich um und sehe, wie einer der Männer mit den Flicken auf den Ellbogen hastig einen Zettel vom Tresen nimmt und in die Tasche steckt. Der hat doch garantiert was zu verbergen, so etwas merke ich sofort.

»Sie da!«, rufe ich und stürze auf ihn zu. »Her mit dem Zettel, sofort!«

Er zuckt mit den Schultern. »Und wenn ich nicht will?«

Ah, damit hat er mich rechtlich in die Klemme gebracht. Aber gewitzt, wie ich nun mal bin, fällt mir blitzschnell etwas ein. »Es geht hier um die nationale Sicherheit. Sie wissen ja bestimmt, was das heißt.« Ich setze meine autoritärste Miene auf und sehe ihn mit bohrendem Blick an.

»Wenn Sie meinen, Constable.« Er fischt einen knittrigen Zettel, der eindeutig schon mehrfach gefaltet wurde, aus der Innentasche seiner Jacke.

Ich schnappe mir den Fetzen und beäuge ihn kritisch. Im ersten Moment halte ich die sinnlosen, ungeordneten Zeichen für eine Art Geheimcode. Doch dann geht mir auf, dass der Mann einfach eine schauderhafte Handschrift hat, und ich kann einige Worte entziffern: *Brot, Milch, Schinken (siehe Lebensmittelkarte), Tee …*

»Ist mein Einkaufszettel. Kann ich den jetzt zurückkriegen, Constable?«, fragt der Bursche und grinst höhnisch.

»Lassen Sie sich das eine Lektion sein«, erwidere ich. »Der Krieg ist vorbei, aber es sind immer noch etliche Halunken unterwegs, verstehen Sie? Und die korrekte Anrede lautet *Inspector.*«

»Halunken wie Sie, zum Beispiel?« Er lacht lauthals und wendet sich wieder seinem Kumpan zu.

Ich höre jeden meiner eigenen Schritte, als ich zum Tisch zurückgehe. Im Hanging Beggar ist es still wie auf dem Friedhof, und ich kann mir gerade gut vorstellen, wie dem unglückseligen Bettler zumute gewesen sein muss.

»Man kann wirklich nicht vorsichtig genug sein«, bemerkt Chuck Starr lächelnd.

Ich bin mir durchaus nicht sicher, ob der Mann sich über mich lustig macht.

# 10

Also geht es nun wieder zu Holly House. Ich bin zwar froh, den Hanging Beggar hinter mir zu lassen, aber alles andere als erpicht auf ein weiteres Zusammentreffen mit Lord Damnish.

Während der Fahrt frage ich Deedee dezent nach Seiner Lordschaft aus.

»Seit er Elderby Hall abreißen ließ, ist er bei den Einheimischen nicht sehr beliebt«, bestätigt sie meinen Verdacht. »Das hat man ihm übel genommen. Obwohl es durchs Dach geregnet hat und das Gebäude völlig verfallen war.«

Hm, denke ich missbilligend. Was haben diese privilegierten aristokratischen Sonderlinge denn schon für einen Zweck, außer in ihren uralten zugigen Gebäuden den ehrwürdigen Schein zu wahren? Wenn man denen erlaubt, unser Kulturerbe zu vernichten, stehen wir bald buchstäblich vor einem Scherbenhaufen.

»Ich halte es auch nicht für nobel, das alte Gebäude zu zerstören«, sage ich deshalb. »Seine Lordschaft sollte sich seiner Herkunft verpflichtet fühlen, meine ich.«

»Er stammt aus Leeds, wenn ich mich recht entsinne«, erwidert Deedee.

»Wie bitte?«

»Lord Damnish ist ein Fischgroßhändler aus Leeds. Hat Sergeant Bleakly mir erzählt.«

»Sie wollen damit sagen, er ist gar nicht adliger Herkunft?«

»Nein. Hat den Titel durch harte Arbeit und wirtschaftlichen Erfolg erworben. Das ist doch ehrenwerter als ein Erbe, oder nicht?«, erklärt Deedee unbefangen.

Man muss wissen, dass hierzulande mehrere Wege in den Adelsstand führen. Entweder kann man seine Ahnenreihe bis zu Wilhelm dem Eroberer nachweisen oder man wirft der Regierung eine Menge Geld in den Rachen und streicht dafür einen Titel ein. Alternativ kann man natürlich auch einem der Parteichefs einflüstern, der Premierminister hätte was mit dem Hausmädchen der eigenen Großmutter gehabt oder etwas Derartiges. Das funktioniert genauso gut.

Als wir in Holly House ankommen, werden wir in einen weiteren ansehnlichen Salon geführt, dessen Kamin erfreulicherweise leichenfrei ist.

Ansonsten bietet sich uns das gleiche Bild wie zuvor. Damnish thront neben seiner winzigen Frau auf einem eleganten Sofa. Ihnen gegenüber lümmelt ihr Sohn und Erbe halb liegend im Sessel. Damnish sieht angesichts unseres Erscheinens übellaunig aus und lässt sich wortreich darüber aus, wie ungelegen wir kämen.

Während er spricht, meine ich tatsächlich, einen leichten Leeds-Akzent zu hören.

»Setz dich ordentlich hin!«, verlangt Lady Damnish von ihrem Sohn.

Mit einem tiefen Seufzer begibt sich Damnish junior etwas mehr in die Vertikale.

»Ich glaube, wir kamen bislang nicht zu den Formalitäten, Grantly«, verkündet Damnish, ein weiteres Mal meinen Namen ruinierend. »Meine Gattin, Lady Marion.« Er weist mit der Hand auf sie, als bestünde Verwechslungsgefahr. »Und mein Sohn, Beauregard Oscar.«

Liebe Güte, der arme Bursche. Die Eltern haben sich offenbar bemüht, das gesamte Alphabet in seinen Vornamen unterzubringen.

»Nennen Sie mich gern Harry«, sagt der Junge.

»Du benutzt verdammt noch mal deinen vollen Namen«, poltert der Lord. »Schluss mit diesem verfluchten Harry-Blödsinn, hast du das verstanden?« Er hat die gleiche Neigung, in Rage puterrot anzulaufen, wie mein guter alter Superintendent.

»Ja, Vater«, erwidert der Sohn und zwinkert Deedee zu.

Ich behalte dich im Auge, Bursche, denke ich.

»Haben Sie mit Bleakly gesprochen?«, fragt Damnish.

»Nein, noch nicht. Ist er nicht mehr bei der Leiche?«

»Sie müssen sich knapp verpasst haben. Der arme Mann war vollkommen erledigt. Habe ihn schlafend im Sessel vorgefunden. Und ich verstehe kein einziges Wort, das dieser Constable von sich gibt. Ich habe beide zum Polizeirevier zurückgeschickt.«

»Wie bitte?«

»Müssten jetzt auf dem Weg dorthin sein. Ich hatte die Köchin angewiesen, ihnen noch etwas zu essen zu machen. Bleakly hatte einen Bärenhunger.«

»Mylord, Sergeant Bleakly hatte kein Recht, seinen Posten zu verlassen. Der Befehl, dass die beiden Wache halten sollten, stammt von meinen Vorgesetzten.«

»Ach«, er winkt ab. »Sie sind aus York, nicht wahr? Ihr Chief Constable ist ein guter Freund von mir – ein *sehr* guter Freund sogar«, betont Damnish. »Und für alle Fälle habe ich meine Wildhüter in dem Raum postiert, bis der Leichenwagen eintrifft.«

Der Lord weiß das natürlich nicht, aber als er den Chief Constable erwähnt, werde ich förmlich zu Knetmasse in seinen Händen. Den schläfrigen Sergeant werde ich mir allerdings vorknöpfen, sobald ich seiner habhaft werde.

»Man sollte einen Mann, der sich im Krieg so für sein Vaterland verdient gemacht hat wie Bleakly, nicht überanstrengen«, verkündet Damnish. »Der Mann ist ein Held, müssen Sie wissen, höchst angesehen und ein feiner Bursche.«

»Ich muss jeden hier befragen, der letzte Nacht etwas Außergewöhnliches bemerkt hat, Mylord«, sage ich, seine Lobeshymne auf Bleakly geflissentlich überhörend. »Wann wäre das möglich?«

»Jetzt sofort, denke ich. Drei Leute haben den elenden Einbrecher bemerkt. Was für ein Ärger. Ich muss den gesamten Salon säubern lassen. Alles voller Ruß.«

Wenig Mitgefühl für den Verblichenen, denke ich mir.

»Und wer waren diese Personen, Sir?«

»Meine Frau unter anderem. Sie hat gerade einen ihrer Abendspaziergänge unternommen, nicht wahr, meine Liebe?«

Lady Damnish lässt mich nicht aus den Augen. Sie mag ein zierliches Persönchen sein, aber ihr stechender Blick ist Furcht einflößend.

»Ja. Ich liebe die Abendluft. Nach dem Essen drehe ich immer noch eine Runde. Das ist gut für die Verdauung.«

Ihr Herr Gemahl mag nicht von Haus aus blaublütig sein, aber bei ihr denke ich das schon. Ihre Aussprache ist klar wie Kristallglas.

»Und was haben Sie bemerkt, Mylady?« Ich zücke Bleistift und Notizbuch.

»Ist das hier eine Vernehmung?« Sie sieht ihren Gatten an. »Ich bin keine Verbrecherin!«

»Das möchte ich nicht hoffen, Gantley«, schaltet sich der Lord ein. »Sie werden sich die Worte meiner Gattin doch wohl merken können!«

Das bringt mich aus dem Tritt. Natürlich muss sie eine Aussage machen. Aber da fällt mir der Chief Constable ein, in dessen Gunst ich nicht noch weiter sinken möchte.

»Dann schildern Sie mir bitte einfach, was Sie gesehen haben.« Das Notizbuch verschwindet wieder in meiner Tasche.

»Gut.« Sie wirkt besänftigt. »Ich wollte ein paar Stechpalmenzweige schneiden und hatte eine Tasche, dicke Handschuhe und meine Gartenschere dabei. Stechpalme sollte man nicht ohne Handschuhe anfassen, man verletzt sich schnell.«

»Aha. Und was ist dann passiert?«, frage ich rasch, um ihren Vortrag über Stechpalmenpflege im Keim zu ersticken.

»Ich kam von den Sträuchern am Westflügel. Als ich etwa dreißig Meter von der Haustür entfernt war, bemerkte ich einen Mann, der zwischen den Bäumen stand. Er dachte vermutlich, ich könnte ihn bei der schwachen Beleuchtung nicht sehen. Aber meine Augen sind scharf, Inspector.«

»Was tat der Mann?«

»Er stand einfach nur da, stocksteif. Deshalb beschloss ich, so zu tun, als hätte ich ihn nicht gesehen, und ging ins Haus, um Alarm zu schlagen.«

»Um welche Uhrzeit war das etwa, Mylady?«

»Gegen neun, würde ich sagen. Ich bin keine große Esserin und sitze abends nicht lang bei Tisch.«

Was Sie nicht sagen, schießt es mir angesichts ihrer Statur durch den Kopf.

»Und dann haben Sie Alarm geschlagen?«

»Natürlich. Nach all den Diebstählen hielt ich das für die perfekte Gelegenheit, den Übeltäter zu schnappen«, antwortet sie.

»Ich habe sofort McGill und seine Männer gerufen«, schaltet sich jetzt ihr Gatte ein, »und die haben sich auf die Suche gemacht.«

»McGill, ist das Ihr Wildhüter?«

»Ganz genau, Inspector.« Er hielt inne. »Wie ist gleich wieder Ihr Name?«

»Grasby, Sir.«

»Ach ja, Grasby.«

»Also, Sir. Wer sind die beiden weiteren Personen, die den Mann bemerkt haben?«

## Anmerkung des Autors

*An dieser Stelle fand ich es am einfachsten, eine Kopie der Aussagen der zwei weiteren Befragten einzufügen. Was den Wildhüter angeht, hatte Deedee jedenfalls recht; auch ich empfand McGill vom ersten Moment an als unangenehmen Zeitgenossen. Martha Thornlie, ein scheues junges Hausmädchen, wirkte angesichts der Ereignisse vollkommen verstört auf mich.*

*Aber bei einem Toten im Kamin war das wohl nur allzu verständlich!*

*Mehr in Kürze.*

*Frank*

**Polizei von North Riding of Yorkshire**
**Zeugenaussage**

**Zeuge: Arthur McGill (41),**
**Holly House, Elderby, North Yorksh.**
**Vernehmungsort: Holly House, s.o.**
**Officer: Francis Grasby**
**(Inspector, Polizeirevier York)**
**Fall Nr.: NYE/438/1952**
**Datum: 18. Dezember 1952**

Ich bin oberster Wildhüter in Diensten von Lord Damnish in Holly House, Elderby. Als solcher bin ich zuständig für die Aufsicht über sämtliche Tiere, Ungezieferbekämpfung, das Aufspüren von Wilderern usw. sowie für Sicherheitsfragen auf dem Anwesen, inklusive des Herrenhauses und mehrerer Nebengebäude.
Am Abend des 17. Dezember 1952 wurde ich von Lord Damnish über einen Eindringling informiert, worauf ich zunächst das Außengelände inspizierte und anschließend sämtliche Zimmer im Haupthaus. Da mir neben der Eingangstür Fußabdrücke im Schnee aufgefallen waren, folgte ich ihnen anschließend bis zum Westflügel des Hauses, wo ich einen Mann entdeckte, der sich gerade daranmachte, an der Regenrinne hinaufzuklettern. Er war stämmig, trug einen Anzug aus tweedähnlichem Stoff und hatte eine Schirmmütze tief ins Gesicht gezogen.
Bevor ich den Einbrecher fassen konnte, rannte er davon und verschwand zwischen den Büschen.
Trotz ausgiebiger Suche auf dem Grundstück und im

Haus durch mich und andere Angestellte wurde der Mann nicht gefunden.
Ich versichere, dass diese Aussage in allen Einzelheiten der Wahrheit entspricht.

**Arthur McGill**
**Oberster Wildhüter**

**Polizei von North Riding of Yorkshire**
**Zeugenaussage**

**Zeuge: Martha Thornlie (21),**
**Holly House, Elderby, North Yorksh.**
**Vernehmungsort: Holly House, s.o.**
**Officer: Francis Grasby**
**(Inspector, Polizeirevier York)**
**Fall Nr.: NYE/438/1952**
**Datum: 18. Dezember 1952**

Ich bin in Holly House als Hausmädchen angestellt und wohne auch hier. Zu meinen Pflichten gehören Tätigkeiten im Haushalt, das Ankleiden von Lady Damnish, Botengänge und dergleichen.
Am Abend des 17. Dezember kurz nach neun Uhr bereitete ich in den Schlafzimmern der Familie in der zweiten Etage die Betten für die Nacht, legte Wärmflaschen hinein, zog die Vorhänge zu usw. Der junge Master Damnish hatte mich gebeten, sein Fenster einen Spalt zu öffnen, um frische Luft hereinzulassen.
Das dauerte eine Weile, da die Schiebefenster schwergängig sind, vor allem bei Kälte. Als es mir schließlich gelang, eines zu öffnen, bemerkte ich einen Mann, der am Rand der Rasenfläche zwischen den Bäumen stand, und beobachtete mit Schrecken, dass Lady Damnish gerade von ihrem Abendspaziergang zurückkehrte.
Dann aber hatte ich den Eindruck, dass die beiden ein paar Worte wechselten, bevor Lady Damnish durch den Haupteingang ins Haus ging, und war beruhigt. Doch ich hatte mich wohl geirrt, denn

kurz darauf schlug Lady Damnish Alarm wegen eines Eindringlings auf dem Gelände. Sie konnte also nicht mit ihm gesprochen haben.
Ich half Rodney, einem der Wildhüter, dabei, sämtliche Räume im Haus zu durchsuchen. Obwohl wir sehr gründlich vorgingen und jeden Winkel in Augenschein nahmen, fanden wir den Eindringling nirgendwo.
Um halb zwei Uhr morgens ging ich zu Bett.
Ich versichere, dass diese Aussage in allen Einzelheiten der Wahrheit entspricht.

**Martha Thornlie**
**Hausmädchen**

## Anmerkung des Herausgebers

*Bedauerlicherweise fehlen hier einige Seiten in Inspector Grasbys Tagebuch. Wir werden wohl nie erfahren, was er von diesen Aussagen hielt, obwohl das vor allem im Fall von Martha Thornlie sehr wichtig gewesen wäre.*

Die Höflichkeit gebietet es, dass ich Lord Damnish einen weiteren Besuch abstatte, bevor wir das Anwesen verlassen.

Deedee und ich finden ihn mit einem Glas Whisky und einer Zigarre in seinem Arbeitszimmer vor, wo er über einem Aktenordner brütet. Er wischt sich herabgefallene Asche von seiner Weste und flucht.

»Wie lange wird es noch dauern, bis geklärt ist, wer der Einbrecher war?«, will er wissen.

Ich zucke mit den Schultern. »Schwer zu sagen, Sir. In York wird ihn die Gerichtsmedizin untersuchen, aber er trug leider nichts bei sich, was Aufschluss über seine Identität geben könnte.«

»Verdammt. Aber wissen Sie, was diese Diebstähle angeht, habe ich selbst einen Verdächtigen. Er heißt Ingleby, wohnt auf der Briarside-Farm. Zwielichtige Gestalt. Bestimmt einer von diesen elenden Bolschewiken, da gehe ich jede Wette ein. Und der Tote könnte einer seiner Komplizen sein. Ingleby sollten Sie mal einen Besuch abstatten.«

»Wieso verdächtigen Sie ihn, Sir?«

»Ach, weil der eine Plage ist, seit ich in diesem Dorf hier lebe.« Er zieht aufgebracht an seiner Zigarre. »Glauben Sie mir, Grantley, es lohnt sich, den im Auge zu behalten.«

Wir verabschieden uns und werden von Harrison just in dem Moment hinausgeleitet, als zwei Männer mit dem Leichenwagen aus York eintreffen. Ich kenne einen von ihnen, und wir wechseln ein paar Worte. Er berichtet, dass einer meiner früheren Sergeants heute Morgen tot auf der Straße aufgefunden wurde. Der Mann hatte gerade erst seinen Ruhestand angetreten. Da fragt man sich doch, ob Müßiggang so gesund ist, denke ich mir. Dann begeben sich die beiden ins Haus, um die Leiche aus dem Kamin zu entfernen.

Als wir zum Auto gehen, höre ich jemanden meinen Namen rufen.

Der junge Damnish kommt angespurtet.

»Ja, Sir, was gibt es?«, frage ich freundlich. Mir war aufgefallen, dass Vater und Sohn sich nicht allzu gut verstehen. Kein Wunder, wenn man mit so einem Namen gestraft wurde. Und wo Zwietracht herrscht, wittere ich meine Gelegenheit. Ich beabsichtige, das Vertrauen dieses jungen Mannes zu gewinnen, der mir eine ideale Informationsquelle über die Familie zu sein scheint.

»Ich wollte mich nur rasch bei Ihnen für meinen Vater entschuldigen«, erklärt Damnish junior atemlos. »Er war äußerst unhöflich Ihnen gegenüber, hat sich wirklich schlecht benommen. So ist er nun mal, fürchte ich.«

Wie berichtet, habe ich selbst eine recht kultivierte Aussprache. Aber dieser Knabe muss eine hochrangige Eliteschule wie Eton besucht haben.

»Keine Sorge, Harry«, sage ich. »Ich habe schon allerhand erlebt und bin nicht so leicht zu erschüttern.«

»Sehr freundlich von Ihnen, Inspector.« Er strahlt. Seinen Eltern ähnelt er kaum, bis auf die scharf geschnittene Nase der Mutter vielleicht – typisch englische Adelsnase. Möglicherweise hat der junge Mann auch Gesichtszüge seines Vaters geerbt, die bei selbigem aber durch die Leibesfülle nicht eindeutig zu erkennen sind.

»Gehen Sie noch zur Schule?«, erkundige ich mich.

»Ah, ich nehme gerade eine Auszeit wegen Rugby, muss ich gestehen.«

So etwas hatte ich mir gedacht.

»Habe ein wenig Ärger bekommen. Nichts, was Daddy nicht richten könnte. Aber mir wäre es lieber, er würde das bleiben lassen.«

»Mögen Sie Rugby nicht?«

»Ich habe nichts dagegen. Aber meine Interessen liegen woanders, Inspector.«

»Und zwar wo?«

»Ich liebe das Land – diese Landschaft hier zum Beispiel«, sagt er und lässt den Blick über die Hügel schweifen. »Mein Vater interessiert sich nur für Aktien und Geld. Menschen sind ihm gleichgültig.«

»Sie sollten mal meinen Vater erleben«, erwidere ich in vertraulichem Tonfall. »Dagegen ist Ihrer ein Waisenknabe.«

Damnish junior grinst. »Vielen Dank jedenfalls, dass Sie das alles so gelassen hingenommen haben. Ich will Sie nicht weiter aufhalten.« Er schüttelt mir die Hand und verbeugt sich formvollendet vor Deedee. »War mir ein großes Vergnügen, Sie kennenzulernen, Miss Dean.«

Nur nicht übertreiben, Bürschchen.

Als wir uns dem Auto zuwenden, summt Deedee munter vor sich hin und wischt Schnee von der Motorhaube. »Ein sehr netter junger Mann«, bemerkt sie.

»Der auch noch unser Hauptverdächtiger für die Farmdiebstähle ist«, eröffne ich ihr.

»Warum das denn?«

»Na, das ist doch klar wie Kloßbrühe, Deedee«, sage ich schwungvoll. »Junger Mann, der nicht auf den Kopf gefallen ist, mit einem ungehobelten Vater, der ihm überdies diesen schrecklichen Namen verpasst hat. Diebstahl ist doch eine naheliegende Methode, sich zu entschädigen, würde ich sagen.«

Erfreut stelle ich fest, dass meine messerscharfe Schlussfolgerung die junge Dame zu überfordern scheint. Für erfolgreiche Ermittlungsarbeit braucht es eben mehr als einen oder zwei Doktortitel aus Yale.

»Aber Sie denken doch hoffentlich nicht, dass er etwas mit dem Tod dieses Mannes zu tun hat?«

»Das ist das Problem«, antworte ich. »Jedermann ist ganz versessen darauf, die Diebstähle in einen Zusammenhang mit dem Toten im Kamin zu bringen.«

»Und Sie sehen das anders?«

»Ich möchte mich nicht voreilig festlegen«, antworte ich. »Bislang ist weder das eine noch das andere bewiesen.«

Nach dieser Unterhaltung ist Deedee während der gesamten Rückfahrt außergewöhnlich schweigsam.

# 11

Als wir aufs Revier zurückkehren, rechne ich damit, dort Verstärkung aus York vorzufinden, doch das erweist sich als Wunschdenken. Ich muss mich wohl allein durchschlagen. Aber da wir auch in York knapp besetzt sind und Juggers keineswegs froh ist, auf einen Detective verzichten zu müssen, ist das kein Wunder. Nach dem langen Tag fühle ich mich in etwa so alt, wie Deedee mich einschätzt, und könnte ein Nickerchen gebrauchen.

Aber ich muss hier Präsenz zeigen. Deshalb überlasse ich Deedee ein paar Akten und begebe mich auf die Suche nach meinen neuen Kollegen.

Als ich Bleaklys Büro betrete, finde ich den Sergeant erstaunlicherweise hellwach vor. Er scheint zufrieden mit sich zu sein. Ob er den Fall bereits aufgeklärt hat?

»Ich habe gute Nachrichten, Inspector Grasby«, verkündet er und lehnt sich auf seinem Stuhl zurück.

»Aha«, erwidere ich mit mäßigem Interesse.

»Es wird Sie bestimmt freuen zu hören, dass wir Ihr Auto entdeckt haben. Also, die Constables haben es gefunden, genauer gesagt. Auf der alten Straße, ob man's glaubt oder nicht.«

»Das ist ja großartig!«, sage ich so enthusiastisch wie möglich. »Aber vermutlich keine Spur von dem Übeltäter, der es gestohlen hat?«

»Wir konnten noch niemanden dingfest machen. Aber wir haben einen Verdächtigen.« Er sieht mich durchdringend an.

»Ach ja?« Ich bemühe mich, meine Verblüffung zu verbergen.

Er setzt seine dicke Brille auf und zieht sein Notizbuch zurate. »Mr Wallington – er hat eine Farm an der Straße nach Whitby – hat uns eine Beschreibung geliefert.«

Mist! Ich hätte mir denken können, dass mich irgendein neugieriger Bauerntölpel beobachtet hat.

»Und?«

»Groß, grauer Anzug, Mantel, Trilby.«

»Mhm«, mache ich und denke an den schmutzigen grauen Anzug, der sich jetzt in meinem Zimmer bei Mrs Gaunt befindet.

»Wallington sagte, der Mann hatte rotbraune Haare – gleicher Farbton wie Bills Fell, steht hier. Der Bäckershund.«

»Ha! Das ist jetzt schon widersprüchlich! Wie kann dieser Mr Wallington Auskunft über die Haarfarbe geben, wenn der Mann einen Hut trug?«

»Er berichtete, der *Verbrecher*«, Bleakly betont dieses Wort deutlich, »habe den Hut abgenommen, um sich Schweiß von der Stirn zu wischen, nachdem er den Wagen an den Straßenrand geschoben hatte. Der Dieb scheint ein Gentleman zu sein.«

Wenn man sich in einer Lüge verstrickt hat, empfiehlt es sich manchmal, alles zu gestehen und zu erklären. Dies ist keine dieser Situationen. Vorerst steht das Wort eines Mannes gegen das eines anderen.

»Das ist merkwürdig, nicht wahr?«, sage ich.

»Allerdings, Sir.« Bleakly schüttelt den Kopf.

»In welcher Entfernung zum Auto befand sich denn dieser Wallington?«

Ich erinnere mich, dass ich mich Hilfe suchend umgesehen habe. Der Farmer muss sich also hinter einem Baum versteckt haben oder recht weit weg gewesen sein.

»Etwa zwei-, dreihundert Meter, denke ich.«

»Hatte er ein Fernglas dabei?«

»Vermutlich nicht, warum sollte er?«

Ich zucke mit den Schultern. »Vor Gericht hätte das keinen Bestand. Wie alt ist der Mann?«

»Weiß nicht genau. Etwas älter als ich, denke ich.«

»Dann soll also ein älterer Mann einen Autodieb, den er bei starkem Schneefall aus zwei- bis dreihundert Metern Entfernung beobachtet hat, haargenau beschreiben können? Das dürfte wohl nichts werden, Sergeant. Ich bin den Kollegen dankbar, dass sie meinen Wagen aufgespürt haben. Aber auf Grundlage dieser vagen Beschreibung werden wir wohl niemanden verhaften können.« Ich seufze und lächle gleichzeitig, damit ihm klar wird, dass das letzte Wort gesprochen ist.

»Das Merkwürdige ist nur«, entgegnet Bleakly, »dass der Mann offenbar Richtung Dorf ging. Ich kenne jeden, der hier wohnt, und auf niemanden trifft diese Beschreibung zu.«

Er will nicht lockerlassen. Aber da hat er die Rechnung ohne mich gemacht.

»Tja, manches bleibt eben ein Rätsel, Sergeant. Aufgrund von Mr Wallingtons Beschreibung können wir jedenfalls niemanden festnehmen. Wo befindet sich mein Auto jetzt?«

»Draußen im Hinterhof. Den Jungs ist es gelungen, den Motor zu starten. Macht aber höllischen Krach.«

Es grenzt an ein Wunder, dass ich die Fehlzündungen nicht bis Holly House gehört habe. Ich erinnere mich daran, dass ich Stubby noch eine ordentliche Standpauke halten muss. Doch erst einmal muss ich Bleakly bremsen, ich habe das Gefühl, dass er beabsichtigt, weiter auf dem Thema herumzureiten.

»Hören Sie, Sergeant«, sage ich. »Ich musste gerade bei Lord Damnish den Kopf für Sie hinhalten.«

Bleakly schaut mich verdutzt an. »Was meinen Sie damit?«

»Er ist mehr als verstimmt, weil es Ihnen bislang nicht gelungen ist, diese Farmdiebe zur Strecke zu bringen.«

»Verstehe.«

»Und … nun, es tut mir leid, dass ich das ansprechen muss. Aber Sie haben ja dieses Schlafproblem, nicht wahr?«

»Ja«, sagt er betrübt. »Dr. Starr meint, ich hätte mir das im Dschungel zugezogen.«

Das klingt nach einer Donnerstagsdiagnose von ihr.

»Das ist ja wirklich ein Pech. Welcher Dschungel?«

»Burma.« Er schaudert unwillkürlich.

Jetzt klappt mir die Kinnlade herunter. »Sie gehörten zu den Chindits?« Das waren die Mutigsten der Mutigen. Sind durch die Hölle gegangen beim Versuch, die Japaner zu schlagen. Schreckliche Bedingungen. Von denen sind mehr durch Krankheiten als durch Feindeshand umgekommen. Jetzt begreife ich auch, was Damnish in Bezug auf Bleakly meinte.

»Ich habe an Wingates Seite gekämpft«, bestätigt Bleakly. »Das war ein Mann, sage ich Ihnen.«

Kann ich mir denken. Aber das ist das Problem mit diesen Heldentypen. Können ihre Tapferkeit nie allein unter Beweis stellen, sondern reißen immer andere arme Teufel mit rein. Männer wie Bleakly hier, der wahrscheinlich das pure Grauen erlebt hat.

»Lieber Himmel, haben Sie sich freiwillig gemeldet?«

Bleakly verzieht das Gesicht. »Ja und nein. Ich war Kommandosoldat, wissen Sie – einer von denen mit Erfahrung. Mit solchen hat Wingate sich gern umgeben. Und ein Angebot von einem wie ihm schlägt man nicht aus. Ich war stolz, ihm dienen zu dürfen.«

Plötzlich fühle ich mich unzulänglich, obwohl ich selbst im Krieg allerhand durchgemacht habe. Doch wenn man Männern mit einer solchen Vergangenheit begegnet, ist es klug, sich nicht zu beeindruckt zu zeigen. Zum Glück sind sie meist eher von der schweigsamen Sorte. Jetzt befürchte ich allerdings erneut, dass diese Schlafkrankheit infektiöser Natur ist, und weiche ein paar Schritte zurück, während Bleakly in Erinnerungen zu versinken scheint.

Es scheint mir angeraten, den gekränkten Kollegen zu stärken, weshalb ich sage: »Solange ich hier etwas zu vermelden habe, werde ich nicht zulassen, dass jemand Ihre Verdienste schmälert, Elphinstone. Ich musste mir auch einiges von Damnish anhören. Kerle wie der haben keine Ahnung, bilden sich aber allerhand ein.«

»Vielen Dank, Sir, das ist wahr.«

Das wäre somit erledigt. Sämtliche Gedanken an diesen Autodieb, dessen Beschreibung genau auf mich passt, scheinen vergessen.

»Unser Chief Constable ist ein alter Kriegskamerad von mir«, fügt Bleakly hinzu. »Zu meinem Stolz kann ich berichten, dass ich ihm das Leben gerettet habe, als er eine japanische Kugel abgekriegt hat. Kann mir kaum vorstellen, dass der sich Gerede von einem wie Damnish anhört.«

Aber du steckst hier fest, alter Knabe, und weißt das auch nur allzu gut, denke ich mir. Dürftige Belohnung für die Strapazen im Dschungel.

»Ich bin jedenfalls ziemlich geschafft, Elphinstone. Erfreulich, dass die Sache mit meinem Auto gut ausgegangen ist. Aber jetzt brauche ich etwas Anständiges zu essen, ein erbauliches Buch und mein Bett.«

»Hetty Gaunt ist eine gute Köchin«, bemerkt Bleakly.

»Das kann ich nur hoffen. Das Angebot im Pub ist … nun, ziemlich mies, gelinde gesagt.«

»Stimmt. Ethels Linsensuppe ist passabel, aber das war's dann auch. Die Rationierungen machen ihr bestimmt Mühe.«

»Der Schinken schmeckt, als wäre er durch die Mangel gedreht worden.«

»In gewisser Weise trifft das zu. Der war schon in der Brühe für die Linsensuppe.«

Verdammt, darauf hätte ich auch selbst kommen können.

»Ich mache mir ein bisschen Sorgen, dass ich bei Mrs Gaunt tote Ratten und Hühnerfüße vorgesetzt bekomme«, gestehe ich.

»Das würde sie niemals tun«, erklärt Bleakly. »Sie liebt alle Arten von Vögeln. Deshalb hat sie auch den Raben, Cecil.«

»Und wie sieht es mit Ratten aus?«

Er zuckt mit den Schultern. »Da bin ich nicht im Bilde. Aber bisher ist nur ein Gast während seines Aufenthalts bei ihr gestorben, Sie müssen sich also keine Sorgen machen.«

Das beruhigt mich nicht im Geringsten. »Offen gestanden, wäre es mir lieber gewesen, wenn dort noch nie jemand das Zeitliche gesegnet hätte.« Es ist bekannt, dass man auf allerlei achten sollte, wenn man sich eine Unterkunft sucht. Aber ich wäre bisher nicht auf die Idee gekommen, nach der Todesrate zu fragen.

»Der Mann war steinalt«, erwidert der Sergeant. »Colonel im Ruhestand. Ist eines natürlichen Todes gestorben.«

Nicht an Fledermaussuppe also. Was für ein Glück.

»Wo sind meine Autoschlüssel?«, frage ich.

»Stecken im Zündschloss, Sir.«

Ob die North York Moors die Lebensgeister meines Austin geweckt haben oder ob ihn tatsächlich die Ausfahrt erfrischt hat, kann ich nicht ermessen. Er gibt jedenfalls keinerlei unziemliche Geräusche von sich, als ich ihn vom Hof fahre, der Hauptstraße folge und dann in die Sackgasse abbiege, wo sich vorerst mein neues Zuhause befindet.

Ich parke den Wagen am Rand der Wildnis vor Mrs Gaunts Haus, marschiere den Weg entlang und schließe die Tür auf.

Als ich sie aufschiebe, schießt Cecil der Rabe erneut über meinen Kopf hinweg und streift dabei meinen Hut. Daran muss ich mich wohl ab jetzt gewöhnen.

In dem Wohnzimmer, das auch als Gruselkabinett durchgehen würde, bleiben meine Rufe nach der Hausherrin unerhört, und ich flitze in Windeseile nach oben in mein Zimmer, in der Absicht, mir ein weiteres Bad zu genehmigen, bevor die gute alte Hetty »Abrakadabra« sagen kann. Nichts erzeugt einen stärkeren Drang nach Sauberkeit, als wenn man sich in der Nähe von Toten befunden hat.

Als ich mich im Badezimmer umsehe, das sauber und ordentlich ist, kann ich allerdings nirgendwo einen Schalter für den Boiler entdecken. Ich drehe auf gut Glück den Warmwasserhahn über der Wanne auf, doch das bringt mir nur ein dumpfes Gurgeln in den Rohren und ein paar eiskalte Wassertropfen ein.

»Was machen Sie hier?«, höre ich Mrs Gaunts Stimme hinter mir, und mein Herz setzt fast aus. Sie steht mit vor der Brust verschränkten Armen hinter mir wie ein Rausschmeißer in einer der zwielichtigen Bars von Soho.

»Hören Sie, Mrs G«, sage ich. »Es wäre schön, wenn Sie das Badezimmer meiden könnten, wenn ich es benutze. Wenn ich nun gerade einem natürlichen Bedürfnis nachgegangen wäre?«

»Wohl hoffentlich nicht in der Wanne.«

»Also, ich muss schon bitten! Für wen halten Sie mich?«, erwidere ich entrüstet.

»Ich kenne Sie nicht, Grasby. Und ich hatte einige sonderbare Gäste über die Jahre, müssen Sie wissen.«

»Das kann ich mir vorstellen«, lenke ich ein.

»Wenn Sie ein Bad nehmen wollen, muss ich den Boiler einschalten. Das war dann aber das letzte für diese Woche, sage ich in aller Deutlichkeit.«

Das ist unerquicklich, aber ich musste mich bei meinem vorigen Bad beeilen und habe immer noch Ruß unter den Fingernägeln.

»Ja, bitte feuern Sie den Boiler an, oder was immer zu tun ist, Mrs Gaunt.«

Sie beugt sich vor und zieht an einer schwarzen Kordel, die ich für einen Lichtschalter gehalten hatte. Gut zu wissen. Wenn ich erst mal eine Weile hier bin, werde ich die Gewohnheiten meiner Vermieterin kennen und mir ein Bad gönnen, wenn Sie außer Haus ist.

»Dauert eine gute Stunde, bis das Wasser heiß ist«, erklärt sie.

Hier herrschen offensichtlich mittelalterliche Zustände.

»Danke sehr. Darf ich fragen, wann es Abendessen gibt?«

»Zur Abendessenszeit, was glauben Sie denn?«, lautet die Antwort.

»Um acht Uhr also?«

»Nein, um sieben und keine Minute später. Wenn Sie es versäumen, müssen Sie sich Ihre Portion später selbst aufwärmen.«

»Sehr freundlich. Und was gibt es heute Schönes?«

»Das werden Sie sehen. Aber Sie können davon ausgehen, dass meine Speisen deutlich besser schmecken als alles, was man Ihnen im Pub serviert. Dort hatten Sie ja bereits das zweifelhafte Vergnügen mit Suppe und Sandwiches.« Sie nickt mir zu und stapft davon. Ich höre das Flügelschlagen von Cecil, als er ihr ins untere Stockwerk folgt.

Typisch für diese Käffer. Da weiß jeder, was der andere tut. York ist aber diesbezüglich kaum besser. Hat man es sich mit einem Buchmacher verscherzt, ist man in jedem Wettbüro der Stadt Persona non grata, bis man bezahlt hat. Scheußlich unangenehm.

Nach dem Bad lege ich mich eine Weile aufs Bett. Die Matratze ist hart, aber in Ordnung. Da mir die Lider schwer werden, lege ich mir meinen Hut aufs Gesicht wie ein Cowboy und mache ein Nickerchen.

Deedees leichte Schritte auf der Treppe wecken mich auf. Sosehr Mrs G trampelt, so elegant gleitet Daisy Dean dahin, einer Ballerina gleich. Ich höre sie leise ihre Zimmertür schließen und seufze. Sie ist wirklich ein entzückendes Geschöpf, wie meine Mutter gesagt hätte.

Auf meiner Omega-Armbanduhr ist es Viertel vor sechs. Die Uhr ist das einzig Anständige, was ich von der Armee bekommen habe. Bei unserer Entlassung versuchte man, uns die wieder abzuschwatzen, aber das dürfte wohl eher erfolglos gewesen sein. Ihr Zifferblatt ziert das Pfeilsymbol, das sie als Eigentum Seiner Majestät ausweist, indessen natürlich Ihrer Majestät. Wird noch ein Weilchen dauern, bis man sich daran gewöhnt hat, denke ich mir. Jedenfalls hat unsere junge Königin sicher genügend Uhren zu ihrer Verfügung. So oder so werde ich mich von diesem Prachtstück unter keinen Umständen trennen.

Später im düsteren Esszimmer ist bereits der Tisch gedeckt. Die einzige Lampe hängt direkt darüber, wie über einem Billardtisch. Doch das Geschirr kann sich sehen lassen, feines Porzellan und dazu Silberbesteck. Das hatte ich anders erwartet. Der Tisch ist rund, sodass niemand am Kopfende sitzt. Sehr egalitär. Mein Vater würde das gutheißen.

Inzwischen bin ich übrigens sicher, dass mein Vater auf dieser Zeichnung in meinem Zimmer abgebildet ist, und habe mir vorgenommen, meine Vermieterin weiterhin hartnäckig darüber auszuhorchen.

Als Deedee hereinkommt, scheint der Raum gleich ein wenig heller. Sie hat sich umgezogen und trägt ein hübsches blaues Kleid, das die Farbe ihrer Augen unterstreicht. Es kommt mir vor, als wäre ein Engel in unserer Mitte gelandet. Umwerfend.

Ich höre Geräusche aus der Küche und muss zugeben, dass ein höchst verlockender Duft zum Tisch herüberweht.

Und als das Essen serviert wird, ist es tatsächlich verdammt köstlich. Ich halte es zunächst für Coq au Vin, aber Mrs G erklärt, es handle sich um Kaninchen in Rotweinsoße. Dazu wird uns Wein aus einer Karaffe kredenzt, und nicht etwa der Rest des Kochweins, sondern erfreulicherweise ein schmackhafter Côtes du Rhone, den man in einer Provinzpension wahrlich nicht vermuten würde. Ein erlesener Tropfen.

»Die Soße ist vorzüglich!«, flötet Deedee. »Das letzte Mal habe ich im Algonquin Hotel in New York Kaninchen gegessen, und es war nicht einmal halb so gut wie dieses hier. Sie sind eine großartige Köchin, Mrs Gaunt.«

»Viel Übung«, erwidert unsere Gastgeberin trocken. »Ich habe in der Küche vom Herrenhaus gekocht. Dem früheren.«

»Das soll ein heruntergekommener alter Kasten gewesen sein«, sage ich, bereue diesen Fehler aber sofort.

Hetty Gaunt deutet mit dem Messer auf mich. »Reden Sie keinen Blödsinn, junger Mann. Das war ein vornehmer Haushalt – königlich. Elizabeth I. soll im sechzehnten Jahrhundert einige Tage dort verweilt haben. Elderby Hall abzureißen, nur um dieses Lustschloss zu bauen, war eine ungeheuerliche Tragödie.« Sie funkelt mich finster an, bevor sie sich wieder ihrem Essen widmet.

Nun hat sie's mir aber gegeben, denke ich. Sie scheint allerdings nicht zu wissen, dass die gute Elizabeth in jedem einigermaßen anständigen Adelssitz im Land abzusteigen pflegte. Das sparte dem Königshaus eine Menge Geld und ruinierte mehr als nur einen altehrwürdigen Grafen.

Als ich mich gerade frage, wo Cecil stecken mag, spüre ich seinen Flügel an meiner Schläfe. Geschickt landet der Rabe neben Mrs Gaunts Teller und pickt an ihrem Essen.

»Ist das hygienisch?«, frage ich.

»Was soll das heißen?«

»Ich meine, den Vogel von Ihrem Teller fressen zu lassen.« Der Anblick verdirbt mir den Appetit.

»Was für ein Quatsch. An Cecil ist nichts unhygienisch. Wie können Sie es wagen?« Ihr Blick gerät jetzt noch bedrohlicher.

Ich senke den Kopf und verspeise den Rest meiner Mahlzeit. Zweifellos kann Cecil hier tun und lassen, wonach ihm der Sinn steht. Schön für ihn. Als ich meinen Teller wegschiebe, auf dem nur noch die Knochen liegen, dreht der schwarze Vogel den Kopf zu mir. Und dann – ich schwöre, es ist nicht gelogen – sagt er mit unüberhörbarem Yorkshire-Akzent: »Hau ab.«

Deedee erstickt fast vor Lachen, und ich bin so perplex, dass es mir die Sprache verschlägt. Wissen Sie, ich war nie sonderlich tierlieb. Ich glaube, meine Aversion begann in der Grundschule, als wir eine Farm besuchten und ich von einem Schaf verfolgt und über den Haufen gerannt wurde. Ich hatte furchtbare Angst, und meine Lehrerin musste das Ungetüm verscheuchen und mich in Sicherheit bringen. Wegen diesem Erlebnis habe ich mich nie für Tiere interessiert und wusste deshalb auch nicht, dass Raben sprechen können. Ich muss wohl ein ziemlich dummes Gesicht machen, denn Deedee kann sich gar nicht mehr beruhigen.

Was ich überhaupt nicht nett von ihr finde.

Während ich entgeistert den Vogel anstarre, sagt Mrs G: »Na bitte. Raben sind die klügsten Vögel der Welt. Würden Sie Cecil auf die Sache mit dem Toten im Kamin ansetzen, wäre der Fall im Nu gelöst.« Sie schnippt mit den Fingern und steht auf, um in die Küche zurückzugehen, gefolgt von ihrem fliegenden Hausgenossen.

Einen Moment lang überlege ich, weshalb sie über die Geschehnisse in Holly House Bescheid weiß. Aber in diesem Dorf sollte ich mich wohl über so etwas nicht mehr wundern.

»Was für ein witziger Vogel«, sagt Deedee, als sie wieder zu Atem gekommen ist, und schenkt uns beiden Wein nach. »Ich habe etwas noch viel Unanständigeres von ihm zu hören bekommen bei meiner Ankunft.« Sie kichert erneut. »Aber Mrs Gaunt ist eine hervorragende Köchin, finden Sie nicht auch? Ich habe selten besser gegessen.«

Das ist in der Tat eine erfreuliche Überraschung. Die Speisen im Dracula-Schloss sind vorzüglich. »Ja, ausgezeichnet«, sage ich. »Im Pub werde ich mich ab jetzt auf Bier und Suppe beschränken.«

»Gute Idee.« Deedee beugt sich vor. »Glauben Sie immer noch, dass Harry die Farmen seines eigenen Vaters bestiehlt? Das könnte ja wichtig sein für unsere Ermittlungen in diesem Todesfall.«

»Erste Lektion in der Natur des Menschen«, erwidere ich, »Familien sind wie Sümpfe, da geht allerhand vor sich, was man nicht ahnen kann. Eifersucht, Neid – sogar Hass. Nur weil man mit einer Person verwandt ist, heißt das noch lange nicht, dass man das Beste für sie will.«

»Das brauchen Sie mir nicht zu erklären. Ich habe einen Bruder, den ich nicht ausstehen kann.«

»Ach, das ist natürlich schade.«

In Momenten wie diesen bin ich meinen Eltern dankbar, dass sie den Geschlechtsverkehr nach meiner Zeugung wohl aufgegeben haben. Es mag sonderbar sein, aber ich kann mir beim besten Willen nicht vorstellen, dass meine Eltern sich jemals miteinander vergnügt haben. Abgesehen davon lege ich auch keinerlei Wert auf derartige Szenarien in meinem Kopf. »Wo liegt denn das Problem mit Ihrem Bruder?«, erkundige ich mich.

Deedee schweigt einen Moment. Schließlich antwortet sie: »Er ist Pazifist. Hat sich geweigert, in den Krieg zu ziehen. Mein Vater konnte ihn decken, hat sich aber deshalb sehr geschämt.« Sie schüttelt ihre blonde Lockenpracht.

»Feigling«, sage ich empört. Doch ich muss gestehen, dass ich mir nicht sicher bin, wer bei dieser Frage im Recht ist. Wenn sich jeder weigern würde, in den Krieg zu ziehen, müssten die Politiker ihre Streitigkeiten unter sich ausmachen. Winston Churchill hätte im Zweikampf gewiss gute Karten gehabt. Mit einem Mann, der mehrere englische Eliteinternate überlebt hat, sollte man sich lieber nicht anlegen. Das ist, als würde man als Kind ins Zuchthaus gesteckt.

»Ich versuche, nicht an ihn zu denken«, bemerkt Deedee.

Vielleicht bilde ich es mir ein, aber in ihren Augen erscheint eine stählerne Härte, die ich zuvor noch nicht bei ihr gesehen habe. Anscheinend schlummern auch in dieser jungen Dame verborgene Abgründe. Doch wer hat die nicht? Bei manchen Leuten sind sie allerdings massiver als bei anderen. Meine Abgründe sind höchstens knietief, denke ich, da kann man noch gefahrlos drin waten.

Als Mrs G wieder hereinkommt, serviert sie uns Plumpudding mit Vanillesoße und räumt das schmutzige Geschirr ab. Wir lassen uns den Nachtisch schmecken, der sogar noch besser ist als das Kaninchen. Alles in allem bin ich hier doch mal wieder auf die Füße gefallen, scheint mir. Das Haus ist zwar gruselig, das Essen jedoch erstklassig. Mein Zimmer reicht für meine Bedürfnisse vollkommen aus, und ich kann Deedee besser kennenlernen. Ich hätte auch in Hull enden können, das sollte ich keinesfalls vergessen.

Nach dem Essen begebe ich mich zu Bett. Deedee leistet Mrs Gaunt noch bei einem Glas Brandy Gesellschaft, aber ich bin zu erledigt.

Während ich in meinen Schlafanzug schlüpfe, landet mein Blick wieder auf der Zeichnung von den drei jungen Leuten. Verflixt, ich habe versäumt, Mrs Gaunt darauf anzusprechen. Meinem alten Herrn habe ich noch nie über den Weg getraut. Ich erinnere mich, wie überaus freundlich er sich gegenüber einer Organistin benahm, als ich etwa zwölf war. In diesem Alter beginnt man allerlei zu wittern – so war es jedenfalls bei mir. Irgendetwas fiel mir auf, als die beiden dicht voreinander standen und sich anlächelten.

Doch jetzt ist Lesezeit für mich. Ich schlage den neuesten

Roman von Graham Greene auf, *Das Ende einer Affäre*. Da ich mit selbigem leider reichlich Erfahrung habe, hoffe ich auf ein paar hilfreiche Ratschläge des großen Schriftstellers.

Ich schmökere etwa eine Stunde, dann werde ich wieder müde, was wohl an der Landluft liegt.

Im Handumdrehen träume ich von Deedee in einem Kornfeld unter blauem Himmel.

# 12

Ich habe einen gesunden Schlaf und wache selten vor sieben Uhr morgens auf. Deshalb bin ich mehr als erstaunt, Mrs G an meiner Tür zu erblicken, als ich die Augen aufschlage. Es ist noch dunkel draußen, also kann ich nicht komplett verschlafen haben. Falls meine Vermieterin das als nettes Morgenritual betrachtet, kann es mir herzlich gestohlen bleiben. Mir kommt der Gedanke, dass sie vielleicht überprüfen wollte, ob ich allein im Bett liege.

Ich setze mich auf und reibe mir den Schlaf aus den Augen. »Was um alles in der Welt ist los, Mrs Gaunt?«

»Sergeant Bleakly erwartet Sie unten. Dringende Angelegenheit, sagt er.« Cecil hockt auf ihrer Schulter und krallt sich an ihrem schwarzen Morgenmantel fest. Kein Wunder, dass Bleakly ständig einschläft, wenn er immer schon so früh unterwegs ist. Ich versichere Mrs G, dass ich gleich zur Stelle bin. Dann spritze ich mir an dem kleinen Waschbecken Wasser ins Gesicht, kämme mir die Haare, schlüpfe in meinen Anzug und haste nach unten, um zu hören, was unser ortsansässiger Chindit zu vermelden hat.

Bleakly steht, den Helm in der Hand, im Wohnzimmer und mustert den Raum wie ein Immobiliengutachter.

»Guten Morgen, Elphinstone. Haben Sie Milch mitgebracht?«, frage ich heiter. Trotz meines tiefen Schlafs bin ich putzmunter, sobald ich aufgestanden bin. Ich bin keiner dieser Morgenmuffel, die erst mal zwei Stunden lang unausstehlich sind. Frisch auf und Abmarsch ist meine Devise.

»Guten Morgen, Sir. Es tut mir leid, dass ich Sie so früh störe. Ich fürchte, wir haben ein Problem. Normalerweise hätte ich mich selbst darum gekümmert, bis Verstärkung aus Whitby oder Pickering eintrifft. Aber da Sie jetzt hier sind, sollten Sie gleich von Anfang an übernehmen, dachte ich.«

»Keine weiteren Toten, hoffe ich?«, frage ich scherzhaft. Aber Bleaklys Miene verheißt nichts Gutes.

»Doch, Sir. Und es handelt sich eindeutig um Mord.«

Du liebe Zeit, damit war nun wirklich nicht zu rechnen. Ich bin noch keine vierundzwanzig Stunden in Elderby, und schon geht es hier drunter und drüber.

»Mord? Sind Sie ganz sicher?«

»Der Mann ist tot. Also, ja, Sir.«

»Könnte es keine natürliche Todesursache sein?«

»Das hatte ich auch überlegt. Bis ich die Stichwunde direkt unter seinem Brustkorb entdeckt habe.«

Ich schnappe nach Luft. Ein durchschnittlicher Mord ist eine unprofessionelle, chaotische Angelegenheit. Ich habe zahllose Opfer gesehen, die erwürgt, erschossen oder zu Tode geprügelt wurden. Aber ein Messerstich unter dem Rippenbogen verweist auf jemanden mit Erfahrung. Das ist eine Tötungsart, die wir beim Militär gelernt haben: von hinten anschleichen, Hand auf den Mund pressen, um den Schrei zu ersticken, dann die Klinge aufwärts unter die Rippen stoßen. Die klassische Methode, sich eines Wachpostens zu entledigen.

»Ich weiß, was Sie denken, Sir«, sagt Bleakly. »Da war jemand am Werk, der wusste, was er tat.«

»Ganz genau«, bestätige ich. »Wo ist der Mord passiert?«

»Die Leiche ist auf dem Hügel hinter der Kirche gefunden worden. Von Reverend Croucher, dem Pfarrer. Er ist ziemlich verstört.«

»Das kann ich mir vorstellen. Wir sollten keine Zeit verlieren.«

Als wir gerade das Haus verlassen wollen, höre ich Deedees leichte Schritte auf den Treppenstufen. Sie trägt noch ihr Nachthemd und hat sich nur rasch der Schicklichkeit halber einen Mantel übergezogen.

»Guten Morgen, Sergeant Bleakly. Ich habe Stimmen gehört. Was ist los?«

»Sie müssen sich keine Sorgen machen. Der Inspector und ich nehmen uns der Sache an.«

»Welcher Sache?«

»Es hat einen Mord gegeben«, antworte ich. »Ich möchte, dass Sie wieder nach oben gehen. Sorgen Sie bitte dafür, dass Mrs Gaunt die Haustür von innen abschließt. Ich vermute, dass wir in Kürze Verstärkung bekommen, aber in der Zwischenzeit sollten Sie hier in Sicherheit bleiben. Bitte richten Sie das auch Mrs G aus. Gegenwärtig läuft hier ein Mörder frei herum.«

In diesem Moment fällt mir etwas Merkwürdiges auf. Deedees entblößte Beine sind gerötet und so schmutzig, als habe sie sich in einem Schweinestall aufgehalten. Sie bemerkt meinen erstaunten Blick und schaut an sich herunter.

»Ich schlafwandle, Inspector, schon seit meiner Kindheit. Hatte gehofft, das gibt sich irgendwann, aber bisher leider nicht. Ist mir ziemlich unangenehm, entschuldigen Sie bitte.«

»Sie Ärmste«, erwidere ich. »Kein Grund zur Entschuldigung. Zu dumm, dass man hier nicht jederzeit ein Bad nehmen darf.« Ich lächle sie ermutigend an. »Aber keine Sorge: Wenn Grasby im Einsatz ist, wird alles gut.« Nur nicht für die beiden, die schon tot sind, denke ich im Stillen.

»Kennen wir das Opfer?«, fragt Deedee.

Bleakly scheint sich jetzt sehr unwohl zu fühlen. Er räuspert sich und tritt von einem Fuß auf den anderen.

»Nun, kommen Sie schon, Elphinstone«, hake ich nach. »Ist uns der arme Kerl bekannt?«

»Bei Ihnen weiß ich das nicht, Sir. Aber Miss Dean kennt ihn.«

Deedee schlägt erschrocken die Hand vor den Mund. »O Gott, wer ist es, Sergeant?«

»Es tut mir sehr leid, Ihnen diese Nachricht überbringen zu müssen. Ich weiß, dass Sie sich angefreundet hatten.«

Deedee sinkt fassungslos auf eine Treppenstufe.

»Raus mit der Sprache, wer ist es?«, dränge ich.

»Es ist Mr Starr, Sir. Der Mann der Ärztin. Er war Amerikaner.« Bleakly blickt besorgt auf Deedee, die jetzt den Kopf in die Hände stützt.

»Ich habe die beiden gestern Mittag im Pub kennengelernt«, sage ich. »Das ist ja schrecklich.«

»Allerdings, Sir. Und wir haben noch ein weiteres Problem. Normalerweise hätte ich Dr. Starr gebeten, die Untersuchung zu übernehmen. Das ist aber wohl kaum angebracht, oder?«

»Wo befindet sich der nächste Arzt?«

»In den umliegenden Dörfern gibt es einige, aber ich habe ihre Telefonnummern nicht zur Hand, sie sind auf dem Revier.«

Deedee ist sehr still geworden und starrt ausdruckslos ins Leere.

Ich trete zu ihr und frage behutsam: »Ist alles in Ordnung?«

»Ich möchte mitkommen.«

»Das halte ich nicht für eine gute Idee, Deedee.«

Als sie sich aufrichtet und mich anschaut, funkelt etwas in ihren Augen. Da ist eine eiserne Entschlossenheit und noch etwas anderes, das ich nicht deuten kann. Vielleicht bin ich aufgrund der Situation übertrieben wachsam. Aber im Lauf der Jahre habe ich gelernt, meinen Instinkten zu vertrauen, und so verwahre ich diese Beobachtung in meinem Gedächtnis.

»Ich bin kein Kind, Inspector Grasby«, entgegnet sie. »Und ich soll hier Erfahrungen sammeln, also werde ich genau das tun.« Sie wendet sich ab und eilt die Treppe hinauf.

»Wir sollten aufbrechen, Inspector«, sagt Bleakly.

»Ganz recht.«

Draußen steuern wir auf einen kleinen Morris Minor zu, den Polizeiwagen, mit dem der Sergeant hergekommen ist. Und kurz darauf fahren wir durch die dunklen, verschneiten Straßen von Elderby.

Die Straße zur Kirche ist schmal und steil, der Wagen gerät auf der verschneiten Straße mehr als einmal ins Schlingern, und Bleakly muss sich alle Mühe geben, damit wir nicht vom Weg abkommen. Es muss schon vor meiner Ankunft heftig geschneit haben. Bei der Vorstellung, dass der Mann, mit dem ich noch vor wenigen Stunden gesprochen habe, jetzt tot dort oben auf dem Hügel liegt, schaudere ich unwillkürlich.

An der Friedhofspforte endet die Straße. Neben der Kirche, die auf einem Plateau unterhalb des Abhangs steht, wurde ein Schotterparkplatz angelegt. Das Gotteshaus selbst verfügt über ein paar wenige Schmuckelemente und eine schwere, mit schwarzen Nieten und Eisenbeschlägen gespickte Holztür. Auf einer kleinen Holztafel am Eingang ist zu lesen:

*St. Thomas's-on-the-Edge, Gemeinde Elderby.*

Sobald wir ausgestiegen sind, eilt ein Mann mit Kollar auf uns zu. Er hat kurz geschnittenes graues Haar und wirkt im fahlen Licht der Morgendämmerung wie ein Geist.

»Guten Morgen, Reverend«, sage ich und strecke ihm meine Hand hin, die er matt ergreift. »Ich bin Inspector Grasby. Tut mir leid, dass Sie das erleben mussten.«

»George Croucher«, erwidert er bedrückt. »Der arme Mr Starr. Er war so ein feiner Kerl. Ist bei der Invasion in der Normandie dabei gewesen, wussten Sie das?«

Damit war zu rechnen.

»Ja, ich habe ihn gestern kurz kennengelernt. Schrecklich.«

»Wir sollten uns jetzt zum Tatort begeben, Reverend«, sagt Bleakly.

»Ja, natürlich«, erwidert Croucher in kläglichem Tonfall.

»Bleiben Sie bitte in der Kirche«, weise ich ihn an. »Kein guter Zeitpunkt, sich draußen aufzuhalten. Aber das muss ich Ihnen gewiss nicht sagen, Reverend.«

»Ich werde beten, Inspector Grasby. Vielleicht brauche ich einen Schluck Whisky in meinem Tee. Es war ein furchtbarer Schock.«

Das kennt man von den Geistlichen. Nehmen jede Gelegenheit wahr, sich einen hinter die Binde zu kippen. Ob bei Hochzeit, Begräbnis oder Taufe – der Pfarrer wird gewiss einen sitzen haben und selig in die Runde lächeln.

»Nachdem wir den Toten inspiziert haben, müssen wir Ihnen noch ein paar Fragen stellen. Versuchen Sie inzwischen, sich zu beruhigen«, erwidere ich.

Als wir an der Kirche vorbeigehen, hören wir, wie die schwere Tür zufällt und sich ein Schlüssel im Schloss dreht.

»Nervöser Zeitgenosse«, bemerke ich.

»Er ist immer ein wenig fahrig«, erwidert Bleakly in seinem nüchternen Tonfall, an den ich mich allmählich gewöhne. »Vor nicht allzu langer Zeit hatte er während eines Gottesdienstes einen Unfall. Er hat gerade den Segen gesprochen, als eine fette Ratte durch die Kirche flitzte. Der Reverend ist auf der Stelle in Ohnmacht gefallen. Hatte eine üble Kopfverletzung.«

»Wie furchtbar«, sage ich mitfühlend, denke aber insgeheim: Was für ein Tölpel.

Als wir den Hügel hinaufsteigen, sehe ich, dass bereits zwei uniformierte Constables vor Ort sind, einer von ihnen merklich kleiner als der andere. Sie stehen neben der Leiche von Charles »Chuck« Starr, dem Journalisten, Kriegshelden und jetzt äußerst toten Amerikaner. Er liegt auf dem Rücken, die Arme über den Kopf gestreckt, als habe er bis eben an einem Trapez gehangen. Sein Gesicht ist wächsern und noch im Tod schmerzverzerrt, das ehemals weiße Hemd schmutzig und zerrissen. Ein dunkler Fleck hat sich darauf ausgebreitet. Mein Blick fällt auf die gekrümmten, steif gefrorenen Finger. Ein Nagel fehlt, die übrigen sind schlammverkrustet. Es hat ganz den Anschein, als sei der Mann mit dem Gesicht nach unten hierhergezerrt worden und habe währenddessen versucht, sich am Boden festzukrallen. Das Ganze ist ebenso merkwürdig wie schaurig.

Ich nicke den Constables zu. Einer ist der Neandertaler, mit dem sich kein Mensch verständigen kann, der andere ein großer, breitschultriger junger Bursche mit Boxernase. Ich setze meinen Trilby ab, ziehe das Taschentuch, das ich stets dort aufbewahre, aus dem Hutband hervor und platziere es auf dem Boden, bevor ich neben der Leiche niederknie. Ein weiterer Toter. Heutzutage muss man Vorsicht walten lassen, es wird nicht gern gesehen, wenn man Mordopfer berührt, bevor sie in der Gerichtsmedizin untersucht wurden. Der arme Starr wird vermutlich auch in York unters Messer kommen. Unwillkürlich muss ich daran denken, wie munter das Ehepaar noch gestern Mittag die Freuden des Hanging Beggar genossen hat.

Ich hole einen Kugelschreiber aus meiner Tasche und schiebe damit den Hemdkragen zur Seite. Am Hals ist eine rote Linie zu erkennen, die sich schwarz zu verfärben beginnt.

»Der Mann wurde erwürgt«, verkünde ich und schaue zu Bleakly hoch, dessen Lippen vor Kälte bläulich angelaufen sind.

Dabei fällt mir auf, dass Constable Boxernase mich eingehend mustert. »Verzeihen Sie, Sir«, sagt er, »darf ich Sie fragen, wo Sie gestern Vormittag gegen elf gewesen sind?«

»Was?«

»Die Beschreibung eines Mannes, der gestern einem Polizeikollegen das Auto gestohlen hat, passt genau auf Sie.«

»Halten Sie den Mund!«, raunzt Bleakly den Mann an. »Das *ist* doch der Inspector, dem das Auto entwendet wurde!«

Ein misstrauischer Ausdruck tritt aufs Gesicht des Trottels. »Das ist aber ein seltsamer Zufall, oder nicht, Sergeant?«

Ich muss diesem Zirkus unbedingt ein Ende setzen. Mittlerweile bereue ich zutiefst, diese Geschichte in die Welt gesetzt zu haben. Und Constable Naseweis soll sich gefälligst auf andere Dinge konzentrieren.

»Hören Sie, Constable Wie-auch-immer-Sie-heißen. Wir sind hier gerade mit einem Mordfall beschäftigt. Wenn Sie nicht sofort mit diesem idiotischen Gerede aufhören, dürfen Sie sich eine neue Stelle suchen. Noch besser, ich werde Sie wegen Blödheit verhaften lassen. Haben wir uns verstanden?«

»Ja«, antwortet er mürrisch.

»Ja, *Sir*, wenn ich bitten darf. Und ab jetzt halten Sie sich im Hintergrund, anstatt hier alles durcheinanderzubringen. Ich behalte Sie im Auge«, knurre ich und verpasse ihm einen strafenden Blick.

Aufsässige junge Kollegen kann ich auf den Tod nicht ausstehen. Vor allem nicht, wenn sie im Recht sind.

»Haben Sie den Mord gemeldet, Bleakly?«, frage ich.

»Ja, Sir. Habe sofort in Pickering angerufen.«

In diesem Moment bemerke ich eine Gestalt, die sich rasch auf uns zubewegt. Es handelt sich um Deedee.

»Miss Dean!« Lieber nicht zu vertraulich klingen in Anwesenheit der Constables. »Ich hatte Sie doch gebeten, im Haus zu bleiben. Sie begeben sich in Gefahr, wenn Sie hier so allein durch die Gegend wandern.«

»Ich bin nicht gewandert, sondern gerannt. Es war gar nicht nett von Ihnen, ohne mich loszufahren.«

Deedee blickt auf die sterblichen Überreste von Chuck Starr. Ich rechne damit, dass sie in Tränen ausbricht, aber sie wirkt erstaunlich ungerührt.

»Hat er gelitten?«, fragt sie knapp.

»Schwer zu sagen«, antwortet Bleakly. »Wir müssen die ärztliche Untersuchung abwarten.«

»Weiß seine Frau schon Bescheid?«

»Nein. Ich dachte mir, der Inspector möchte das selbst übernehmen.« Er schaut mich abwartend an.

Ich hasse es aus tiefster Seele, Menschen mitzuteilen, dass eine ihnen nahestehende Person das Zeitliche gesegnet hat – ganz besonders unter Umständen wie diesen. Einmal hat man mich in York losgeschickt, um einer jungen Frau zu sagen, dass ihr Mann bei einem Unfall umgekommen war. Man sagte mir, sie heiße Smith und ihr Haus befände sich am Ende der Straße direkt am Fluss. Allerdings gab es zwei Häuser, auf die diese Beschreibung passte. Am ersten Haus stand »Smith« auf einem hölzernen Schild an der Haustür.

Als mir eine junge Frau öffnete, fragte ich, ob ich eintreten könne. Nur Verbrecher reagieren ungehalten, wenn ein Polizist vor der Tür steht. Und wie die meisten normalen Menschen befürchtete Mrs Smith das Schlimmste.

»Mein Vater, nicht wahr?«, fragte sie ängstlich.

»Nein, Ihr Mann«, antwortete ich ernst.

Sie schrie auf und schlug mir mit den Fäusten auf die Brust – eine häufige Reaktion.

Unter Tränen fragte sie, wie es zu der Tragödie gekommen sei.

»Er ist heute Morgen aus dem Führerstand seiner Lokomotive gestürzt. Mein Beileid«, sagte ich.

Sie wich zurück und starrte mich verwirrt an.

»Was hatte er in einer Lokomotive zu suchen? Er leitet ein Schuhgeschäft.«

Nun könnte man sich allerhand heimliche Eskapaden des Gatten vorstellen, aber doch wohl eher nicht, dass er eine Lok fährt, anstatt Schuhe zu verkaufen. Es stellte sich heraus, dass die Nachbarn ebenfalls Smith hießen, und so musste ich das grausige Prozedere nebenan wiederholen.

»Ich begleite Sie«, reißt Deedee mich aus meinen Erinnerungen. »Ich bin schließlich mit Elizabeth befreundet.«

Bestens. Ich überbringe die Nachricht, Deedee übernimmt das Trösten. Da bin ich fein raus. »Wie ist Mr Starr hierhergekommen?«, frage ich und sehe mich um.

Bleakly reibt sich nachdenklich das Kinn. »Keine Fußabdrücke mehr zu erkennen. Ich denke, es hat geschneit, seit man den Toten hier abgelegt hat. Wir sollten gleich den Reverend befragen, vielleicht hilft uns seine Aussage weiter.«

Ich befehle den schwachköpfigen Constables, die Leiche zu bewachen, und begebe mich mit dem Sergeant zur Kirche. Deedee bitte ich, im Auto zu warten, was sie dann auch widerwillig tut. Ich finde ihr Verhalten ziemlich sonderbar, führe es aber auf ihre amerikanische Herkunft zurück. In Filmen habe ich die Schießereien gesehen, die sie dort auf den Straßen haben. In den USA scheint es nicht unüblich zu sein, gewaltsam zu Tode zu kommen. Während ich darüber nachdenke, fällt mir auf, dass mein Gehirn mal wieder auf Hochtouren arbeitet. Es war in Drucksituationen schon immer besonders aktiv.

Bleakly hämmert mit seiner behandschuhten Faust an die Kirchentür, kurz darauf sind Schritte zu hören.

»Wer ist da?«, meldet sich eine zaghafte Stimme.

»Der Mörder. Lassen Sie mich ein, damit ich Sie umbringen kann«, hätte ich am liebsten geantwortet. Was für eine dämliche Frage. »Inspector Grasby«, sage ich stattdessen.

Der Reverend entriegelt die Tür, und wir betreten die kleine Kirche. Ich finde sie recht behaglich, gerade richtig für ein Dörfchen wie Elderby. Die üblichen Gebetsbänke, eine Kanzel an der Wand, ein Lettner mit schönem Schnitzwerk unter einem großen Buntglasfenster. Ein Mann an einem Flussufer ist darauf zu erkennen, den Kopf aufgestützt wie bei dieser berühmten Skulptur des Denkers.

»Der heilige Thomas, der mit seinen Zweifeln ringt«, erklärt der Pfarrer. Er lächelt matt, als könnte er den Heiligen gut verstehen.

Mein Vater hat mir von diesem Phänomen erzählt. Mit dem Krieg haben wohl etliche Geistliche ihren Glauben eingebüßt, geben aber ihren Beruf nicht auf, weil sie ihre Bezahlung und kostenfreie Unterkunft nicht verlieren wollen. Doch sie glauben offenbar kein Wort mehr von dem, was sie predigen. Ich persönlich finde das verachtenswert. Die sollte man alle entlassen. Was denn als Nächstes – fromme Atheisten? In solchen Dingen sind wir ausnahmsweise einer Meinung, mein alter Herr und ich; wobei er die Abtrünnigen vermutlich am liebsten auf dem Scheiterhaufen sehen würde.

Reverend Croucher lässt sich auf einer Bank nieder und murmelt: »Ich habe ohne Unterlass gebetet, seit ich den armen Mr Starr entdeckt habe. Es war schrecklich. So etwas sollte niemand erleben müssen.« Er schluchzt leise.

Der Mann scheint mehr Mitleid für sich selbst zu empfinden als für das Opfer oder dessen Familie. Ein derartiges Benehmen habe ich auch im Krieg erlebt, wissen Sie. »Warum denn nur ich?«, riefen sie aus, während ein armer Kamerad von Kugeln durchsiebt mit dem Gesicht in den Schlamm fiel. So etwas bringt mich in Rage, kann ich Ihnen versichern.

»Sie sollten sich jetzt zusammenreißen, Reverend«, sage ich deshalb barscher als beabsichtigt. »Bislang sind Sie unser einziger Zeuge und müssen uns jetzt genau berichten, was Sie gehört und gesehen haben. Und zwar alles, auch Dinge, die Sie für unwichtig halten mögen. Seien Sie doch bitte so gut.«

Croucher sieht mich an, als hätte ich gerade ins Taufbecken uriniert. Aber ich habe wirklich keine Zeit, selbstmitleidige Geistliche aufzumuntern. Ich muss einen Mord aufklären.

»Beginnen Sie doch damit, was Sie getan haben, kurz bevor Sie den Toten fanden«, füge ich hinzu.

»Sie sind ziemlich schroff, Inspector«, erwidert der Pfarrer. »Mein Nervenkostüm ist heute sehr geschwächt.«

Nicht zu fassen.

»Das verstehe ich, aber wir müssen auch an das Opfer und dessen Familie denken. Und wir brauchen Ihre Aussage.« An Bleakly gewandt sage ich: »Wenn Sie bitte mitschreiben würden, Sergeant.«

Leider bin ich nicht in der Lage, mir ohne Unterlage Notizen zu machen – das Gekrakel ist dann nicht zu entziffern. Häufig erlebe ich Kollegen, die im Stehen eine tadellose Schönschrift zustande bringen, was immer meinen Neid erweckt.

Bleakly zieht zwar ein Gesicht, als hätte ich ihn gebeten, die gesamte Kirche um mehrere Zentimeter zu verschieben, zückt aber sein Notizbuch. Dann leckt er in höchst unappetitlicher Weise einen Bleistift an und hustet. Aber vermutlich sollte ich dankbar sein, dass er überhaupt noch wach ist.

»Ich bin um kurz vor vier hier eingetroffen«, beginnt Croucher. »Gelegentlich beschränke ich mich auf einen Teil der Morgenandacht. Es ist unmöglich, sie jeden Tag in Gänze zu halten. Man bekäme überhaupt keinen Schlaf mehr.«

»Die Laudes also?«, werfe ich ein.

»Ja, Inspector. Wie gut Sie sich auskennen.«

Die Laudes wird normalerweise um fünf Uhr morgens gebetet, im Winter aber auch häufig früher.

»Fahren Sie bitte fort.«

»Ich gehe immer zu Fuß zur Kirche, das gehört für mich dazu.«

»Von wo aus?«

»Vom Pfarrhaus in der Dorfmitte.«

»Direkt hinter der Metzgerei«, wirft Bleakly ein.

»Haben Sie auf dem Weg jemanden gesehen, Reverend?«, frage ich.

Er überlegt. »Mr Whitmore in seinem kleinen Lieferwagen. Er ist der Fischhändler. Fährt jeden Morgen nach Whitby, um Fisch einzukaufen.«

»Aha. Und dann?«

»Ich bin mit meiner Taschenlampe den Hügel zur Kirche hinaufgegangen.«

»Haben Sie etwas Ungewöhnliches bemerkt? Eine weitere Person vielleicht?«

»Etwas ist mir tatsächlich aufgefallen«, antwortet Croucher. »Ich habe Füchse gehört – die treiben allerhand in der Dunkelheit. Man möchte gar nicht daran denken.«

Eine Fuchspaarung findet der Dorfpfarrer also bereits schockierend. Gottvater steh uns bei.

»Haben Sie die Füchse schon häufiger gehört?«

»O ja, oft, Inspector.«

»Und woher kamen die Laute?«

»Von oben auf dem Hügel. Warum fragen Sie?«

»Um wie viel Uhr war das?«

»Ungefähr um vier, denke ich.«

Ich werfe Bleakly einen Blick zu, und der Sergeant runzelt die Stirn.

»Was haben Sie dann getan?«, frage ich weiter.

»Ich habe gebetet. Deshalb war ich ja schließlich hergekommen«, antwortet Croucher.

»Jetzt bin ich etwas verwirrt. Was hat Sie veranlasst, nach draußen zu gehen?«

»Ich bete mit offenen Augen, müssen Sie wissen. Weil ich es ablehne, die Augen vor dem Herrn zu verschließen.«

»Das erklärt nicht, weshalb Sie die Kirche verlassen haben.«

»Ich habe Licht gesehen.« Der Pfarrer weist mit dem Kopf auf das Buntglasfenster. »Im ersten Moment dachte ich, es könnte ein Blitz gewesen sein. Doch dann habe ich, offen gestanden, überlegt, ob ich eine Erleuchtung hatte.«

»Aber so war es nicht.«

»Nein. Ich glaubte dann auch, Stimmen zu hören. Die Wände sind sehr dick, Inspector, das schluckt den Schall. Doch ich war sicher, dass da draußen jemand sprach.«

»Um welche Zeit war das ungefähr?«

»Das weiß ich genau, weil ich auf meine Uhr geschaut habe. Es war zwanzig nach vier.«

Ich denke einen Moment nach.

»Sagen Sie, Reverend, wie oft sind Sie um diese Uhrzeit morgens hier?«

»Nicht so oft, wie ich es sein sollte, muss ich gestehen. Vielleicht vier- oder fünfmal im Jahr.«

»Folgen Sie dabei einem bestimmten Muster?«

»Wie meinen Sie das?«

»Haben Sie einen festen Plan für Ihre Gebete?«

»Ach so, verstehe. Nein, gar nicht. Es kommt darauf an, wann mich der Geist erfasst.«

Ich glaube diesem Pfarrer kein Wort. Aber eines steht fest: Er hat dem Allmächtigen einiges zu verdanken. Hört sich nämlich an, als wäre der Gute um ein Haar einem Mörder entgangen – oder mehreren Mördern, wenn seine Aussage zutrifft.

»Und diese Stimmen kamen woher?«, frage ich weiter.

»Wie gesagt: Das lässt sich von innen kaum bestimmen. Jedenfalls ging ich mit meiner Taschenlampe nach draußen. Am Eingang war nichts Außergewöhnliches zu entdecken, deshalb wollte ich hinter der Kirche nachsehen und bin den Hang hinaufgegangen. Und den Rest wissen Sie ja, Inspector.« Er unterdrückt ein Schluchzen. »Ich bin in die Sakristei gerannt, wo wir ein Telefon haben, und habe die Polizei angerufen.«

»Außerhalb der Arbeitszeiten werden alle Anrufe von der Vermittlung zu mir nach Hause weitergeleitet, Sir«, erklärt mir Bleakly.

»Verstehe. Und außer dem toten Mr Starr haben Sie niemanden gesehen, Reverend?«

»Ich war ziemlich aufgelöst.« Croucher fördert ein großes Taschentuch zutage und schnäuzt sich ausgiebig. »Ich weiß nicht, ob ich hier künftig noch im Dunkeln allein sein kann.«

Und damit bricht er erneut in Tränen aus. Aber noch immer nicht aus Trauer um Mr Starr, sondern aus Selbstmitleid. Bis zu einem gewissen Grad sind wir vermutlich alle so. Wir nehmen die Welt nur aus unserem eigenen Blickwinkel wahr. Einfühlungsvermögen ist eine Qualität, die man sich erarbeiten muss, nicht wahr?

Ich überlasse es dem Sergeant, den Geistlichen zu beruhigen, und gehe nach draußen, in der Hoffnung, dass eine Zigarette und die beißende Kälte meine grauen Zellen auf Touren bringen. Tabak hilft mir, mich zu konzentrieren. Und zwar deutlich besser als der Alkohol, den viele meiner Kollegen bevorzugen. Neuerdings wird vom Rauchen abgeraten, weil es angeblich so gefährlich sei. Aber ich kann Ihnen nur sagen: Hätten wir im Krieg keine Zigaretten und keinen Tee gehabt, würde Hitler heute im Buckingham Palace residieren, jede Wette.

In Kürze wird jedenfalls die Verstärkung eintreffen, und dann werden schwerere Geschütze aufgefahren. Zum Glück hat man es in dieser Region so selten mit Mordfällen zu tun, dass die Anwesenheit hochrangiger Polizisten kaum vonnöten ist. Aber nach den gestrigen Ereignissen in Holly House wird es hier garantiert bald nur so wimmeln von Superintendents, und ich werde die ganze Verantwortung vom Hals haben. Kommt mir sehr gelegen.

Ich denke wieder zurück an meine Begegnung mit Dr. Starr und ihrem Mann. Abgesehen davon, dass er Amerikaner war, wirkten sie wie ein ganz normales Paar auf mich.

Vorerst gibt es hier nichts mehr zu tun. Deshalb begebe ich mich zum Auto, um Deedee ein paar Fragen zu Chuck Starr zu stellen. Doch als ich den Wagen erreiche, ist er leer. Miss Dean ist spurlos verschwunden.

# 13

Ich brauche nicht lang, um zu schlussfolgern, dass Deedee beschlossen haben muss, Mrs Starr im Alleingang über den Tod ihres Gatten zu informieren. Das ist schlechter Stil, und ich bin alles andere als erfreut. Da ich von Bleakly weiß, dass das Ehepaar hinter der Metzgerei wohnt, starte ich sofort den Wagen und rolle den rutschigen Abhang hinunter. Mir ist klar, dass unser Sergeant verärgert sein wird, aber er muss sich schließlich um den Pfarrer kümmern, erledigt also eine ehrenwerte Aufgabe.

Im Dorf finde ich mühelos die schmale Straße, in der die Starrs ihr Zuhause haben. Wie idyllisch es hier ist. Ein wunderhübsches Cottage mit einem Spalier, an dem im Sommer gewiss üppige Rosen blühen. Das Reetdach ist schneebedeckt, an den Bleiglasfenstern haben sich Eisblumen gebildet. Das Haus könnte aus einem Roman von Charles Dickens stammen. Wenn Sie zufällig Schokoladenhersteller sind, sollten Sie jemanden beauftragen, das Häuschen zu malen, und das Bild auf Ihre Verpackungen drucken lassen. Allerliebst, wirklich.

Ich gehe zur Haustür und will gerade klopfen, als Deedee mir öffnet.

»Entschuldigen Sie bitte, Inspector Grasby. Aber ich konnte es einfach nicht ertragen, dass Elizabeth nicht Bescheid wusste.«

Ich will nicht lügen – ich bin durchaus froh, dass es mir erspart geblieben ist, Dr. Starr diese Hiobsbotschaft zu überbringen. Aber Deedee hat sich meiner Anweisung widersetzt, und das kann ich nicht einfach durchgehen lassen.

»Hören Sie, Miss Dean«, sage ich in förmlichem Tonfall. »Sie sind noch Studentin, und ich kenne die Gepflogenheiten in Amerika nicht. Aber hier in England halten wir uns an Regeln, was Sie offenbar nicht für nötig befinden.«

Sie sieht mich mit ihren großen blauen Augen an und lächelt traurig. »Ich weiß. Bitte verzeihen Sie mir.«

»In Ordnung, schon geschehen.« Aber ich kann mich nicht einfach so um den Finger wickeln lassen. »Ich hoffe, Sie haben Ihre Lektion gelernt. Keine Alleingänge mehr. Und jetzt möchte ich mit Dr. Starr sprechen. Wie hat sie es aufgenommen?«

Deedee tritt beiseite und lässt mich ein. »Nun ja, ich würde sagen, sie ist sehr gefasst.«

Das kann ich mir gut vorstellen. Hierzulande hält man sich mit Gefühlsausbrüchen gern zurück.

Deedee geht voraus und führt mich in ein gemütliches Wohnzimmer. Bücher, so weit das Auge reicht, und es duftet nach Rosen. Elizabeth Starr knetet ein Taschentuch in den Händen, sichtlich verzweifelt. Sie trägt einen roten Seidenmorgenmantel und sieht verweint aus. Vor ihren Füßen surrt ein kleines Heizgerät.

»Es tut mir sehr leid, Dr. Starr. Mein herzliches Beileid.« Ich habe meinen Hut abgenommen und fühle mich äußerst unbehaglich, obwohl Deedee mir bereits den Löwenanteil abgenommen hat.

»Nehmen Sie bitte Platz, Inspector«, sagt die Ärztin. Sie wirkt konfus, was mich nicht wundert. »Möchten Sie einen Tee?«

Das klingt verlockend, muss ich zugeben. Aber es gehört sich keinesfalls, die trauernde Witwe in die Küche zu schicken. So unsensibel bin ich nun auch wieder nicht.

»Ich mache Tee«, bietet Deedee an.

»Hervorragend. Dann für mich mit zwei Stück Zucker und einem kleinen Schuss Milch bitte«, sage ich. Dieser Morgen war schließlich kalt und anstrengend.

Während meine amerikanische Praktikantin sich der Teezubereitung annimmt, tritt ein mattes Lächeln auf das Gesicht von Dr. Starr. Der Sessel, in dem ich mich niedergelassen habe, ist eine Wohltat. In vielen Sitzmöbeln versinkt man unversehens, doch dieser hat eine gewisse Festigkeit, ohne unbequem zu sein. Die durchgesessene Chesterfield-Garnitur meines Vaters habe ich schon lange satt. Ich verzichte allerdings darauf, die frisch verwitwete Frau zu fragen, wo sie ihr Mobiliar einkauft.

»Ich kann es immer noch nicht fassen, Inspector.« Sie blickt in meine Richtung, scheint aber durch mich hindurchzuschauen.

»Tragisch, wirklich tragisch«, erwidere ich so mitfühlend wie möglich. Derlei Situationen sind schwierig für einen Polizisten. Auf der zwischenmenschlichen Ebene tut mir die Frau herzlich leid. Aber in meinem Beruf habe ich ständig mit solchen Fällen zu tun.

»Chuck war ein ziemlich komplizierter Mann«, sagt Dr. Starr unvermittelt.

»Ach ja? In welcher Hinsicht?« Normalerweise muss ich den Hinterbliebenen solche Informationen mühsam entlocken. Doch die gute Frau scheint von sich aus reden zu wollen.

»Es lag vermutlich am Krieg.«

»Ja, der hat bei uns allen Spuren hinterlassen.«

»Sie wirken aber so, als hätten Sie ihn gut verkraftet. Das war bei Chuck leider anders.«

»Wie hat sich das geäußert?«, frage ich.

»Er konnte diese Erlebnisse einfach nicht vergessen. Hat sogar ein Buch darüber geschrieben.«

»Wunderbar. Ich mag Kriegsgeschichten«, sage ich, ohne die Folgen zu bedenken.

»Es sollte eher ein Enthüllungsbericht werden.«

»Worüber?«

»Die Invasion in der Normandie. Chuck war der Meinung, dass sie schlecht organisiert war und deshalb unzählige Soldaten sinnlos gestorben sind.«

Das gibt mir zu denken. Bei solchen Themen können Regierungen ziemlich empfindlich werden. Ich beginne, mich zu fragen, ob der gute Chuck sich womöglich ein paar Feinde gemacht hat.

»Wer wusste von diesem Buch, Dr. Starr?«

»Nennen Sie mich Elizabeth, bitte. Einige alte Freunde in Amerika, mit denen er noch Kontakt hatte.«

Ein Kardinalfehler. Wer an einem Text arbeitet, der einen Präsidenten oder Premierminister als Versager darstellt, sollte darüber Stillschweigen bewahren. Nach Veröffentlichung dürfte man einigermaßen in Sicherheit sein. Aber solange das Erscheinen noch verhindert werden kann, wird es schwierig. Ich für meinen Teil habe das Vertrauen in die Politiker schon vor langer Zeit verloren. Wie auch nicht, wenn die in der Downing Street behaglich Sherry süffelten, während unsereins ständig dem Sensenmann ins Auge blicken musste.

»Sagen Sie, ob ich wohl einen Blick in das Manuskript Ihres Mannes werfen könnte?«, frage ich. »Es könnte uns bei den Ermittlungen helfen.«

Dr. Starr sieht erschrocken aus. »Aber Sie glauben doch nicht, dass Chuck deshalb getötet wurde, oder? Ich hatte angenommen, er sei Opfer dieser Verbrecher geworden, die hier seit Wochen Diebstähle begehen. Und dann noch der arme Mann gestern in Holly House.«

Ah. Schwierig.

»Das lässt sich momentan noch schwer sagen, Elizabeth«,

erwidere ich. »Aber vorerst dürfen wir keine Möglichkeit ausschließen.«

»Natürlich. Wie dumm von mir, derart voreilige Schlüsse zu ziehen. Selbstverständlich können Sie das Manuskript sehen. Es befindet sich alles drüben in Chucks Arbeitszimmer.« Sie macht Anstalten, sich zu erheben.

»Machen Sie sich bitte keine Mühe«, sage ich rasch. »Es stört Sie doch nicht, wenn ich mich dort ein wenig umsehe? Tut mir leid, das muss etwas unsensibel erscheinen. Aber das Manuskript könnte wichtige Informationen enthalten, und je schneller wir Bescheid wissen, desto besser.«

»Das verstehe ich. Sie müssen Ihre Arbeit machen. Ich habe mich nie in Chucks Schreiben eingemischt, das ging mich nichts an. Doch jetzt …« Sie verstummt.

»Vielen Dank.« Ich entschuldige mich und gehe in den Flur hinaus.

Das Arbeitszimmer muss ich nicht lange suchen, denn plötzlich öffnet sich eine Tür, und Deedee tritt in Erscheinung.

»Was haben Sie in diesem Zimmer zu suchen, Miss Dean?«, frage ich streng. »Tee werden Sie hier wohl kaum finden.«

Deedee sieht sich nervös um, fasst sich aber schnell. »Seien Sie bitte nicht böse. Ich habe nach einem Foto gesucht, von uns dreien, als Erinnerung. Ich wollte Elizabeth nicht danach fragen …« Eine dicke Träne rollt über ihre Wange.

Wusste ich's doch! Der Blick, den sich Charles und Deedee gestern im Hanging Beggar zugeworfen haben, fällt mir wieder ein. Offenbar war der Gute noch komplizierter, als seine Gattin glaubt. Und für Deedee gilt wohl das Gleiche.

»Darüber werden wir beide uns noch auf dem Revier unterhalten«, sage ich mit gedämpfter Stimme.

Dann mache ich mich ans Durchstöbern des Zimmers, während Deedee sich hoffentlich um den Tee kümmert.

Der Raum befindet sich in einem Zustand, mit dem ich nicht

gerechnet hatte. Die Oberflächen sind übersät mit umgekippten Aktenstapeln und anderen Papieren, am Boden liegen Bücher, der Papierkorb ist umgedreht. Zwei offene Schubladen vom Schreibtisch sind leer. Entweder Chuck war überdurchschnittlich unordentlich, oder aber hier hat sich jemand zu schaffen gemacht. Hat Deedee etwa dieses Chaos angerichtet?

Ich eile zurück ins Wohnzimmer und sage: »Entschuldigen Sie, Elizabeth, aber könnten Sie mir bitte kurz behilflich sein?«

Dr. Starr steht auf und folgt mir. Im Arbeitszimmer sieht sie sich mit trauriger Miene um.

»Ihr Mann hat den Raum gewiss nicht in diesem Zustand hinterlassen, oder?«

»Doch, leider schon. Ich habe Ihnen zwar gesagt, ich hätte mich nicht eingemischt, aber ein paarmal hatte ich versucht, hier aufzuräumen. Chuck war sehr wütend darüber. Wir hatten eine glückliche Ehe, Inspector. Das war der einzige Streitpunkt zwischen uns.«

»Erstaunlich. Er machte so einen ordentlichen Eindruck auf mich«, denke ich laut und beiße mir rasch auf die Lippe.

Sie seufzt. »Ich weiß, das passt gar nicht zusammen. Irgendwann habe ich ihn in Ruhe gelassen und mir gesagt, die Unordnung sei der Spiegel von Chucks Geisteszustand. Vielleicht habe ich meine Psychologievorlesungen an der Uni zu ernst genommen und Dinge gesehen, die gar nicht da waren. Aber der Krieg hat Chuck jedenfalls sehr geschadet.«

Zum Glück hat meine Militärzeit bei mir keine derartigen Spuren hinterlassen. Mein alter Herr würde mir gehörig den Marsch blasen. Er inspiziert regelmäßig mein Zimmer, um nach Anzeichen von Ausschweifungen Ausschau zu halten. Das hat er sich angewöhnt, seit er einmal vorzeitig von einem Kurzurlaub in Devon zurückkam und seinen Junior unbekleidet mit einer Person des anderen Geschlechts im Bett vorfand. Er hat sich aufgeführt, als hätte ich den Erzbischof von York gemeuchelt.

»Worüber denken Sie nach, Inspector?«, fragt Elizabeth.

»Ich versuche, die Zusammenhänge zu erkennen«, lüge ich. »Sagen Sie, wo bewahrte Ihr Mann das Manuskript auf?«

Bei der Vergangenheitsform zuckt sie zusammen, und ich fühle mich wie ein Idiot.

»Verzeihen Sie bitte.«

»Wie gesagt, Inspector: Sie müssen ja Ihre Arbeit machen. Lassen Sie sich von mir nicht beirren.« Sie geht zu einem Sekretär, der im Gegensatz zum Rest des Zimmers erstaunlich aufgeräumt ist. Auf der tintenbefleckten Arbeitsfläche steht eine alte Underwood-Schreibmaschine. »Es ist hier drin.« Sie zieht eine Schublade auf und schlägt erschrocken die Hand vor den Mund. »Großer Gott!«

In der Schublade befindet sich lediglich ein Füllhalter.

»Könnte er es anderswo hingelegt haben?«

»Vielleicht …«

Ich durchforste Schubladen und Aktenschränke, aber ein Manuskript ist nirgends zu finden.

»Das verstehe ich nicht«, sagt Dr. Starr. »Als ich gestern Mittag aus der Praxis kam, hat er noch daran gearbeitet. Ich habe kurz reingeschaut, um ihm zu sagen, dass ich zu Hause bin.«

»Wäre das Schlafzimmer eine Möglichkeit?«

»Das bezweifle ich. Aber ich kann natürlich nachsehen.«

»Ich wäre Ihnen sehr verbunden.«

Während sie die schmale Treppe hinaufgeht, erscheint Deedee mit einem Tablett aus der Küche.

»Haben Sie im Arbeitszimmer ein Manuskript gesehen, als Sie nach dem Foto gesucht haben?«, frage ich.

»Nein, wieso?«

»Was für ein Durcheinander, nicht wahr? Dabei war Mr Starr selbst wie aus dem Ei gepellt.«

Ich folge ihr ins Wohnzimmer, wo sie das Tablett mit Teekanne, Tassen, Milchkännchen, Sieb und Keksen auf einem Beistelltisch platziert.

»Ja, das fand ich auch schon immer merkwürdig«, sagt Deedee. »Ich habe Chuck sogar einmal darauf angesprochen, aber er hat nur gelacht. Vielleicht hat es etwas damit zu tun, was er im Krieg erlebt hat, was meinen Sie?«

Wir lassen uns nieder, und Deedee reicht mir gerade eine Tasse Tee, als Dr. Starr wieder hereinkommt.

»Ich habe es nicht gefunden«, berichtet sie. »Habe sogar in der Abstellkammer nachgesehen, obwohl ich nicht wüsste, was es dort zu suchen hätte.« Sie sinkt in einen Sessel und bricht in Tränen aus. »Glauben Sie, bei uns ist eingebrochen worden?«

Das Arbeitszimmer sah danach aus, finde ich. »Nun ja, das Manuskript scheint jedenfalls verschwunden zu sein«, antworte ich.

Während Deedee Dr. Starr tröstet, nutze ich die Zeit, um mir einen Keks zu schnappen und einen Schluck Tee zu trinken. Ich bin ausgesprochen dankbar für die Stärkung.

Als die Ärztin sich einigermaßen gefangen hat, frage ich: »Haben Sie gemerkt, dass Ihr Mann heute früh außer Haus war?«

»Nein. Ich bin um drei kurz wach geworden, und da war er nicht im Bett. Aber das war nicht ungewöhnlich, weil er schlecht schlief, Inspector. Er stand immer sehr früh auf, um an seinem Buch zu arbeiten. Erst als Daisy herkam, habe ich gemerkt, dass Chuck weg war. Für immer, wie sich herausgestellt hat …« Sie beginnt erneut zu schluchzen.

Ich lasse mir das alles durch den Kopf gehen, während ich mir einen Waffelkeks zu Gemüte führe. Unvermittelt klingelt im Flur das Telefon. Da Deedee mit Dr. Starr beschäftigt ist, gehe ich nach draußen, um abzunehmen. Und als wäre dieser Morgen nicht schon absonderlich genug, wird er nun noch bizarrer.

»Grasby, sind Sie das?« Am anderen Ende befindet sich zweifellos Superintendent Juggers.

»Ja, Sir.«

»Kommen Sie augenblicklich aufs Revier.«

»Nach York?«, frage ich verwirrt.

»Nein, natürlich nicht, herrje! Elderby!«

»Wo sind Sie?«, frage ich, aber die Leitung ist bereits tot.

# 14

Ich breche hastig auf und lasse Dr. Starr in Deedees Obhut zurück. Die ganze Angelegenheit macht mir schwer zu schaffen. Ich wüsste zwar nicht, wie Deedee das Manuskript aus dem Arbeitszimmer geschmuggelt haben könnte, aber sie sah schuldbewusst aus, als ich sie erwischt habe. Doch warum, um alles in der Welt, hätte sie es stehlen sollen? Auch ihre seltsamen Reaktionen auf die Todesfälle geben mir zu denken.

Lieber Himmel, das Ganze wird immer undurchsichtiger.

Mir fällt wieder ein, dass ich Bleakly in der Kirche zurückgelassen habe. Aber es ist ohnehin besser, wenn er am Tatort bleibt. Es wäre keine gute Idee, den Constables von der Dorftrotteldivision die alleinige Verantwortung für ein Mordopfer und einen überspannten Geistlichen zu überlassen. Der Sergeant wird schon zurechtkommen.

Vor dem Revier steht ein nobler Jaguar XK120. Nachdem ich den alten Morris geparkt habe, steige ich aus und bewundere die eleganten Linien der Luxuskarosse. Juggers gondelt doch wohl nicht mit diesem Ding durch die Gegend? Es fällt schwer, ihn sich in diesem wunderschönen Fahrzeug vorzustellen. So ein Auto zu haben muss sich anfühlen, als wäre man im Besitz eines Renoirs.

Als ich das Gebäude betrete, finde ich am Empfangstresen einen Mann in einem braunen Arbeitskittel vor.

»Sie müssen Inspector Grasby sein«, sagt er zu mir.

»Und wer sind Sie?«

»Lumley, Martin Lumley.« Er streckt mir seine schwielige Hand entgegen. »Der Hausmeister. Bin gebeten worden, hier einzuspringen, fürs Telefon und so weiter.« Der Mann ist sichtlich stolz, mit einer so bedeutsamen Aufgabe betraut worden zu sein. Zumindest kann man ihn verstehen, was eine deutliche Verbesserung zu seinem Vorgänger darstellt.

»Bestens«, erwidere ich. »Haben Sie hier irgendwo einen recht beleibten Mann gesehen? Etwa so groß und breit?« Ich tue mein Bestes, Juggers Statur mit ausgestreckten Armen darzustellen.

»Ich bin hier, Sie Dummkopf!« Als ich herumfahre, steht Juggers vor mir. Ich hätte ihn allerdings um ein Haar nicht erkannt, denn er hat seine Uniform gegen einen dunkelblauen Nadelstreifenanzug getauscht, der an der Körpermitte stark strapaziert wirkt.

Der Superintendent hält mir die Tür zum Flur auf, und mir schlägt ein durchdringender Geruch nach Pfeifentabak entgegen. Der Geruch, der meinem Vorgesetzten auf Schritt und Tritt folgt.

»Hier hinein«, verlangt er und öffnet eine weitere Tür.

Dieses Büro habe ich bislang noch nicht zu Gesicht bekommen. Es ist erheblich luxuriöser als Bleaklys, mit einem wuchtigen Schreibtisch aus Eichenholz und schwarzen Samtvorhängen. Und mit dem Dekor hat man sich ebenfalls bemüht: An den cremeweißen Wänden hängen diverse gerahmte Fotos von stattlichen Polizisten mit Zwirbelbärten. Ich nehme mir fest vor, das Büro so schnell wie möglich für mich zu beanspruchen. Dazu muss ich aber erst einmal diese Unterredung mit Juggers und dem zwielichtigen Gesellen überleben, der hinter dem monumentalen Schreibtisch sitzt, eine lange, qualmende Zigarettenspitze in der Hand. Der Mann dürfte in meinem Alter sein, geringfügig jünger vielleicht. Er hat glatt zurückgekämmte Haare und trägt doch wirklich und wahrhaftig ein Monokel und einen Abendanzug – ohne Fliege allerdings. Sehr merkwürdig.

»Nehmen Sie Platz, Grasby«, sagt er, nachdem er genüsslich eine Rauchwolke ausgepustet hat.

Der hat in Eton die Schulbank gedrückt, da bin ich sicher. Diese Typen sind immer so niederschmetternd selbstsicher. So was erkenne ich auf den ersten Blick, schließlich habe ich auch bei dem jungen Damnish schon richtiggelegen – Bonifatius oder wie sie den armen Jungen genannt haben. Jetzt würde ich jedenfalls meinen letzten Penny auf meine Vermutung verwetten. Einer guten Wette kann ich ohnehin nie widerstehen.

Juggers lässt sich neben mir nieder, was einschüchternd und beruhigend zugleich auf mich wirkt. Bei ihm hängt viel von seiner Stimmung ab. Warum er überhaupt hier ist, kann ich mir nicht erklären, mir fällt nichts sein, was ich verbockt haben könnte. Der Tote von Holly House befand sich schließlich schon vor meiner Ankunft in Elderby im Kaminschacht. Und am Schicksal des bedauernswerten Chuck Starr hätte ich ebenfalls nichts ändern können. Aber dieser Bursche mit der Zigarettenspitze macht mich nervös. Er sieht mir einfach nicht nach einem Polizisten aus.

»Sie fragen sich gewiss, wer ich bin, oder, Grasby?«

Kann man so sagen.

»Ja, tatsächlich, Sir.«

»Tja, das werde ich Ihnen leider nicht mitteilen können.«

Auweh, er ist einer von denen. Hätte ich mir denken können. Ich hatte es während des Krieges des Öfteren mit Geheimdienstleuten zu tun, sein Gebaren hätte ich sofort erkennen müssen. Wir stecken also wirklich in der Klemme.

»Die Lage ist unerfreulich, muss ich Ihnen mitteilen.« Mr Namenlos nimmt wieder einen Zug.

»Ach ja?«

»Sehr unerfreulich«, fügt Juggers hinzu.

»Sie sind ja im Bilde über den Vorfall heute Morgen«, fährt Mr X fort, »ebenso wie über den Toten in Lord Damnishs Kamin. Das alles ist wirklich ein Desaster.«

»Die Leiche aus Holly House wurde gestern Abend abgeholt und nach York gebracht«, berichte ich, »und ich komme gerade von Mr Starrs Witwe – wie Sie wissen, Sir.« Ich wende mich Juggers zu, aber er würdigt mich keines Blickes.

»Ja, darüber wollte ich als Erstes mit Ihnen sprechen. Haben Sie irgendetwas preisgegeben?« Mit der Stimme von diesem Fatzke könnte man Glas schneiden.

»Was meinen Sie damit?«

»Nun … irgendeine Theorie vielleicht, wie Mr Starr zu Tode kam oder dergleichen?«

»Ich weiß bislang nur, dass der Mann eine Stichverletzung aufwies und gewürgt wurde, Sir.«

»Und weiß das auch Dr. Starr?«

»Nein. Ich hielt es für unnötig, sie mit Details zu belasten, Sir. Sie muss erst einmal den Tod ihres Mannes verkraften.«

»Bestens.« Er zieht den Zigarettenstummel aus der Spitze und drückt ihn im Aschenbecher aus. »Was für einen Eindruck hatten Sie von Dr. Starr?«

»Sie war verstört.«

»Haben Sie erwähnt, dass ihr Mann ermordet wurde?«

»Ja, natürlich. Was hätte man ihr auch sonst sagen sollen?« Dann fällt mir etwas ein. »Aber tatsächlich habe ich die Nachricht nicht persönlich überbracht, Sir.«

»Wer dann? Sergeant Bleakly?«

Das könnte jetzt unangenehm werden. »Eine Praktikantin.«

»Eine was?« Juggers glotzt mich an, als hätte ich Latein gesprochen.

»Eine Studentin, Sir. Von der Yale University in den USA. Die junge Frau ist hier, um die Polizeiarbeit kennenzulernen und Erfahrungen zu sammeln.«

»Sie haben ein Mädchen losgeschickt, um einer Ärztin mitzuteilen, dass ihr Gatte verschieden ist?« Juggers schüttelt den Kopf, und sein Gesicht nimmt den mir hinlänglich bekannten purpurroten Farbton an. »Die Universität sagt mir nichts, aber die Türschlösser Marke Yale sind nicht zu gebrauchen. Mein Bruder hat auf die geschworen, und ein Einbrecher hat sein Schloss geknackt wie ein Kinderspielzeug.«

Der gute Juggers hat wohl nichts von dem verstanden, was ich erklärt habe, aber der Bursche vom Geheimdienst kann mir folgen, das sehe ich ihm an. Arme Deedee. Jetzt ist der richtige Zeitpunkt, um etwas Schuld abzuwälzen.

»Ich weiß, Sir. Ich war fuchsteufelswild, als ich davon erfahren habe. Die junge Frau hat ohne meine Erlaubnis gehandelt. Ich war damit beschäftigt, den Pfarrer der Dorfkirche zu befragen, als sie sich auf den Weg machte.« Jetzt richte ich mich insbesondere an den mysteriösen Inquisitor: »Diese Dame macht, was sie will, Bleakly hat sie nicht unter Kontrolle.«

»Bleakly ist ein zuverlässiger Kollege«, wendet Juggers ein.

»Ja, wenn er mal wach ist.«

»Was meinen Sie damit?«

»Nun ja, er nickt des Öfteren ein, wussten Sie das nicht?«

Juggers macht den Mund auf, wird jedoch daran gehindert, sich weiter nach Bleaklys Narkolepsie zu erkundigen.

»Das ist jetzt unwichtig«, verkündet Mr X und wendet sich meinem Vorgesetzten zu. »Wir werden Dr. Starr glaubhaft machen können, dass es sich um einen schrecklichen Unfall handelte. Aber was ist mit dem Pfarrer? Ist der leichtgläubig genug, was meinen Sie?«

Was den Klerus angeht, bin ich Experte.

»Davon gehe ich stark aus, Sir«, antworte ich. »Geistliche sind generell etwas weltfern.«

»So sehr, dass man eine unbekannte Krankheit als Todesursache angeben könnte?«, fragt der Geheimdienstler.

»Eine Krankheit mit Symptomen wie Würgemalen und einer tödlichen Stichwunde? Ich glaube nicht, dass irgendjemand so naiv ist. Außerdem ist sie immer noch Ärztin.«

»Seien Sie nicht so altklug, Grasby. Er meint doch den Pfarrer.« Juggers sieht aus, als wolle er mir am liebsten einen Kinnhaken verpassen.

Mr X beugt sich vor. »Hören Sie mir gut zu, Grasby. Was ich Ihnen jetzt sage, muss innerhalb dieser vier Wände bleiben.«

»Versprochen, Sir.«

»Das hier ist eine Angelegenheit von nationaler Bedeutung. Genauer gesagt: Die Sicherheit unseres Landes ist bedroht. Deshalb muss ich Sie zu etwas verpflichten, das gegen alle Ihre polizeilichen Überzeugungen verstoßen wird.«

Wenn der Knabe mir auftragen will, die Regeln zu brechen, braucht er sich keine Sorgen zu machen. Das ist kein Neuland für mich.

»Ich möchte, dass Sie in diesen beiden Todesfällen ermitteln.«

»Kein Problem, Sir. Es wird zwar nicht leicht werden, aber ich habe schon ein paar Spuren«, versichere ich.

»Und genau die müssen Sie jetzt sofort vergessen!«

»Wie bitte?«

»Sie werden durch Ihre Ermittlungen zu dem Schluss kommen, dass Charles Starr eines natürlichen Todes gestorben ist, aufgrund von akutem Stress und Nachwirkungen seiner Kriegsverletzungen. Der Tote im Kaminschacht – nun, wir werden davon ausgehen, dass dieser Einbrecher einfach Pech gehabt hat. Dazu können Sie sich noch etwas ausdenken. Alle werden Ihre Ergebnisse hundertprozentig unterstützen – bis hin zum Gerichtsmediziner.«

Das schlägt dem Fass den Boden aus.

»Augenblick, Sir. Sie wollen damit sagen, dass ich lügen und nur zum Schein ermitteln soll?«

»Ganz genau das, Inspector. Genau das.«

Manchmal weiß man, wann es Zeit ist, den Mund zu halten und zu tun, was einem befohlen wird. Darin war ich nie sonderlich gut, aber dies ist wohl eine Ausnahme. Um meine Integrität zu demonstrieren und um Juggers zu beeindrucken, will ich mich trotzdem ein wenig widerspenstig zeigen.

»Das kommt unerwartet, muss ich schon sagen. Das ist eigentlich nicht mein Stil.«

Die Äußerung bringt mir einen erbosten Blick von meinem Vorgesetzten ein.

»Das war keine Bitte, Grasby«, sagt Mr X scharf. »Mir ist klar, dass Sie diesen Auftrag als Zumutung empfinden werden, aber es handelt sich um einen Befehl.«

»Und ob das einer ist«, bekräftigt Juggers so nachdrücklich, dass seine Hängebacken erzittern. »Tun Sie gefälligst, was man Ihnen sagt.«

Ich denke einen Moment nach. »Aber was ist mit den Kollegen hier vor Ort? Sie werden doch im Nu Misstrauen schöpfen, wenn sie nicht eingeweiht sind.«

»Machen Sie sich keine Gedanken«, lautet die Antwort. »Es wird hier auf dem Revier einige personelle Veränderungen geben.«

»Armer Bleakly«, murmle ich.

»Er bleibt«, sagt Juggers nachdrücklich. »Der Mann ist ein Kriegsheld. Hat mit Wingate gekämpft.«

»Ja, den weihen wir ein«, bestätigt Mr X. »Aber er wird nur so viel erfahren wie unbedingt nötig. Sie müssen ihm gegenüber also trotzdem dichthalten.«

»Und Deedee – ich meine, Miss Dean? Die Praktikantin?«

»Deedee?«, knurrt Juggers und wedelt doch wahrhaftig mit der Faust. »Sie werden hoffentlich nicht allzu vertraulich mit dieser jungen Dame!«

Mr X nimmt sein Monokel ab und reibt sich das Auge. »Ich

fürchte, sie muss bleiben. Aber behalten Sie Miss Dean bitte im Auge.«

»Ich verstehe nicht recht …«

»Das ist ja nichts Neues, wie wir alle wissen.« Juggers verschränkt die Arme vor der Brust.

»Es ist ganz einfach. Sie bleiben einige Tage hier, lassen sich irgendwelche glaubwürdigen Geschichten einfallen, und wir erledigen alles andere. Heute Nachmittag treffen zwei neue Constables ein, um Sie zu unterstützen.«

»Besondere Constables«, fügt der Superintendent hinzu.

»Ich glaube, dass ich bei diesen Fällen besser ausgebildete Leute gebrauchen könnte«, wende ich ein.

»Es sind wirklich *sehr spezielle* Constables.« Juggers zwinkert mir zu – ein Anblick, auf den ich gern verzichtet hätte.

»Also Burschen wie Sie?«, frage ich Mr Namenlos.

»In gewisser Weise ja«, antwortet er. »Sie können ihnen bedingungslos vertrauen, keine Sorge.« Er steckt eine neue Zigarette in die Spitze. »Mir ist durchaus bewusst, dass Ihnen das alles nicht passt, Grasby.«

Dann habe ich mich deutlich genug ausgedrückt, wie es scheint.

»Sie sind gut ausgebildet, und Ihre Leistungen im Krieg waren vorbildlich. Auf welchem Internat waren Sie?«

»Hymers.«

Er verzieht das Gesicht. »Ach ja. Prächtig.« Ich sehe ihm an, dass er noch nie davon gehört hat.

Juggers überreicht mir eine Karte mit einer Telefonnummer. »Hier können Sie Tag und Nacht anrufen, falls nötig. Und den hier tragen Sie ab jetzt besser bei sich.« Er bringt einen Webley-Revolver zum Vorschein. »Schulterholster und Munition finden Sie in der Schreibtischschublade. Führen Sie sich aber nicht auf wie der neue Dorfsheriff, ist das klar? Das Ding ist nur für Notfälle gedacht!«

»Ja, Sir.« Ich schlucke schwer. Ich mache mir nicht viel aus Waffen, solange ich die Wahl habe. »Ich muss zugeben, dass ich ziemlich besorgt bin – um die Sicherheit von Miss Dean, meine ich.«

»Sie kann gut auf sich selbst aufpassen, versichere ich Ihnen«, sagt Mr X. »Sorgen müssen Sie sich nicht um sie machen, aber behalten Sie die Dame im Blick. Sollte Ihnen etwas Ungewöhnliches auffallen, rufen Sie mich an. Sie haben die Nummer.« Er steht auf und schüttelt mir die Hand. »Viel Glück, Grasby. Ihr Mann wird seine Sache sicher gut machen, nicht wahr, Juggers?«

»Ganz gewiss, Sir.«

Wir sehen Mr Namenlos nach, als er zur Tür geht.

»Kann ich noch ein paar Worte mit Inspector Grasby sprechen, bevor wir fahren, Sir?«, fragt Juggers.

»Aber natürlich. Ich muss ohnehin noch für kleine Jungs, bevor wir nach York zurückfahren. Hoffen wir, dass wir auf der Fahrt von diesem elenden Schnee verschont bleiben.«

Nachdem der Bursche die Tür hinter sich geschlossen hat, beugt Juggers sich vertraulich zu mir.

»Grasby, Sie sollten mir jetzt sehr aufmerksam zuhören.«

»Ja, Sir.« Mir wird mulmig.

»Wir beide kennen solche Kerle wie den aus der Armee. Und wir wissen auch, dass die ihre eigene Mutter von einem Kliff stoßen würden, wenn man es von ihnen verlangt. Sie sind absolut skrupellos, und das müssen Sie jetzt auch sein. Machen Sie also, was die ihnen auftragen, und halten Sie sich aus allem anderen raus. Ziehen Sie die Sache durch, und trauen Sie niemandem. Als was die sich auch ausgeben – man kann nie wissen, mit wem man es zu tun hat.«

»Sir, ich bin jetzt doch einigermaßen beunruhigt, muss ich gestehen.«

»Ich auch, junger Mann, ich auch.« Er klopft mir auf die Schulter und hievt sich hoch. »Viel Glück, Grasby.« Hört sich an, als erwarte er nicht, mich lebend wiederzusehen. »Und noch ein Rat: An Ihrer Stelle würde ich diese Nummer auf gar keinen Fall anrufen.«

»Kann ich noch eine Frage stellen, Sir?«

»Sicher, nur zu.«

»Könnte ich mich weigern und zu Ihnen nach York zurückkehren? Einer von deren eigenen Leuten wäre doch gewiss viel besser geeignet für … diese Farce.«

»Da haben Sie recht«, antwortet mein Vorgesetzter. »Aber Sie sind Inspector, und das wissen die Leute hier. Da gibt es keinen Raum für Spekulationen, und so muss es auch sein – hier gilt es schließlich, Geheimnisse zu wahren. Also nein, Sie können nicht ablehnen.« Er steuert zur Tür, wo er sich noch einmal umdreht. »Ach so, damit ich's nicht vergesse: Ich soll Ihnen etwas von Stubby Watts ausrichten. Er wollte es Ihnen noch sagen, aber da waren Sie schon losgebraust.«

»Was denn?«

»Wenn Sie mit dem Austin bergauf fahren wollen, geht das nur im Rückwärtsgang. Irgendwas stimmt da wohl nicht mit der Gangschaltung.«

»Na prächtig.«

»Sie kriegen das schon hin. Machen Sie's gut.« Und damit marschiert er hinaus und lässt mich in der schlimmsten Panik zurück, die ich erlebt habe, seit die Deutschen mich abmurksen wollten.

Was für ein Schlamassel!

# 15

Ich muss zugeben, dass mich diese ganze Geheimnistuerei ziemlich ratlos zurücklässt. Was wollen die bloß verbergen? Fest steht, dass man zwei Tote gefunden hat, von denen einer eindeutig ermordet wurde. Das wiederum rückt den Fall von Holly House in ein neues Licht. Und jetzt soll niemand dafür zur Rechenschaft gezogen werden? Aus irgendeinem Grund, den ich mir nicht erklären kann, beginne ich mich zu fragen, ob womöglich Mr X selbst hinter alldem steckt. Meine Intuition lässt mich eigentlich nie im Stich.

Ich denke zurück an die Aussage des Hausmädchens, Martha Thornlie. Hat Lady Damnish tatsächlich mit dem Einbrecher gesprochen? Das Ganze ist mir ein Rätsel. Und ich darf nicht einmal versuchen, es zu lösen.

Dieses Gerede von nationaler Bedeutung und Sicherheit habe ich wahrlich nicht zum ersten Mal gehört. Meiner Erfahrung nach führt es lediglich dazu, dass junge Menschen sinnlos zu Tode kommen und am Ende rein gar nichts besser wird. Ich weiß, dass ich mich nicht verweigern kann, aber die ganze Chose ist mir zuwider. Und dass Juggers mit von der Partie ist, enttäuscht mich. Den hatte ich für so standhaft gehalten wie den Felsen von Gibraltar. Aber man kann sich eben leicht täuschen in Menschen.

Apropos: Wie passt Deedee ins Bild? Und warum soll ich sie im Auge behalten? Sie ist lediglich eine Praktikantin. Zugegebenermaßen eine pfiffige – aber was gibt es an ihr zu beobachten? Man könnte sie einfach nach Northallerton oder in irgendein anderes Kaff versetzen. Ich kann das beim besten Willen nicht begreifen. Der Einfluss ihres Vaters fällt mir als einzige Erklärung ein. Geld setzt sich überall durch.

Es klopft an der Tür, und Hausmeister Lumley kommt herein, eine große Blechtasse in den Händen.

»Dachte mir, Sie könnten einen Tee gebrauchen, Sir.« Er reicht mir die Tasse. »Ich habe ihn nach Armeerezept zubereitet. Hoffe, er schmeckt.«

»Ganz bestimmt. Sehr aufmerksam, vielen Dank.«

»Nach Armeerezept« bedeutet, der Tee ist so stark, dass der Löffel drin stehen bleibt, enthält einen winzigen Schuss Milch und so viel Zucker, wie gerade aufzutreiben ist, also meistens zu wenig. Ich trinke einen Schluck, und er wirkt tatsächlich Wunder. Doch man muss bedenken, dass sich die Rationierungen auf mein Geschmacksempfinden ausgewirkt haben. Es ist seltsam. Früher habe ich drei Stück Zucker in meinen Tee gegeben. Wenn mir aber heutzutage dieser Luxus zuteilwird, finde ich das Getränk nahezu unerträglich süß. Heißt so viel wie: Man gewöhnt sich an alles. Aber jetzt genieße ich gerade diesen bitteren Geschmack – er hilft mir, den Schock zu verkraften.

»Sie waren also auch bei der Armee, Lumley?« Ich fühle mich verpflichtet, Konversation zu betreiben, wenn man mich mit Getränken versorgt.

»Jawohl, Sir. Hab dort eine Kugel in die Schulter gekriegt.«

»Tut mir leid für Sie.«

»Beim Exerzieren, können Sie sich das vorstellen? Schlimm genug, wenn der Feind auf einen schießt – aber die eigenen Leute?«

»Nicht zu fassen.« Doch eigentlich weiß jeder Soldat, dass das Training die größten Gefahren birgt. Übereifrige Offiziersanwärter in Kombination mit jungen Burschen, die sich unbedingt beweisen wollen. Brandgefährliche Mischung.

Der Hausmeister tritt jetzt von einem Fuß auf den anderen, als hadere er mit sich.

»Wollten Sie noch etwas sagen, Lumley?«

»Ja, in der Tat, Sir. Ich hoffe, es macht Ihnen nichts aus, wenn ich mich einmische. Aber ich dachte mir, Sie würden das vielleicht wissen wollen.«

»Was denn?«

»Der Mann mit dem Jaguar, Sir. Ich kenne ihn.«

Na, das nenne ich mal eine interessante Entwicklung.

»Und wer ist er?«

»Bei Kriegsende war er Leutnant, Sir. Der Right Honourable Twiston Cummins. Sein Vater ist der Earl of Harpenden. Ich habe den Burschen sofort erkannt, denke aber, er hat keinen blassen Schimmer, wer ich bin. Hat ein bisschen zugenommen seither, aber nicht viel.«

Viel kann es auch nicht gewesen sein. Dieser Cummins hat die Statur eines Salamanders.

»Und was für ein Mensch ist er?«

»Ach, Sie wissen schon, Sir. Typischer Adliger. Hat sich uns jungen Burschen gegenüber meistens anständig verhalten, konnte aber unangenehm werden, wenn er seinen Willen nicht bekam.« Lumley macht ein Gesicht, als hätte er noch etwas auf dem Herzen.

»Sagen Sie's, bitte. Raus mit der Sprache.«

»Nun ja, es ist wirklich seltsam, Sir. Er dürfte eigentlich gar nicht hier sein.«

»Was meinen Sie damit?«

»Er hat das Zeitliche gesegnet.«

»Wie bitte? Er ist gestorben?«

»Das hatte ich angenommen, ja. Hat in Frankreich eine tödliche Kugel abgekriegt.«

»In der Normandie?«

»Ja. Wir haben gesehen, wie er von den Deutschen weggetragen wurde. Sah mausetot aus. Ich habe einen ziemlichen Schreck bekommen, als er hier plötzlich auftauchte.«

»Kann ich mir vorstellen«, sage ich. »Wirklich sonderbar.«

»Ich bekam richtig Gänsehaut.«

»Nur zu verständlich.«

»Wie dem auch sei, Sir. Lassen Sie sich Ihren Tee schmecken.«

Lumley verschwindet, und ich bin noch verwirrter als zuvor. Das Ganze treibt immer seltsamere Blüten. Ich soll Scheinermittlungen durchführen, beauftragt von einem Mann, der angeblich tot ist, aber sehr lebendig wirkte, als er gerade auf diesem Stuhl saß. Der Geruch seiner Zigaretten hängt noch in der Luft und kommt mir vage bekannt vor. Eine edle Marke – sehr besonderes Aroma.

Ich glaube eigentlich nicht an Geister, erinnere mich aber an ein Erlebnis in der Kathedrale von York. Neun oder zehn muss ich damals gewesen sein. Mein Vater hatte eine Audienz beim Erzbischof, und ich sollte in einer Kirchenbank sitzen bleiben und für meine Seele beten. Mein alter Herr vermutete nämlich schon damals, dass ich verdammt sei. Dieser Auftrag war natürlich sehr langweilig, und nachdem ich ein Gebetbuch durchgeblättert hatte, wurde ich zappelig. Als ich vor Ungeduld zu platzen drohte, bemerkte ich einen alten Mann, der ein paar Meter von mir entfernt zu dem prachtvollen Holzgewölbe hinaufblickte. Irgendetwas kam mir merkwürdig an ihm vor – vielleicht, dass er so glückselig aussah.

Ich beobachtete ihn ein Weilchen still, konnte aber dann der Versuchung, auf mich aufmerksam zu machen, nicht widerstehen und hustete vernehmlich. Der Laut hallte von den Wänden der gewaltigen Kathedrale wider, in der ich mit dem eigentümlichen Mann ganz allein war. Als Nächstes hörte ich, wie eine Tür aufging. Dann trat mein Vater zu mir, und der alte Mann war so plötzlich verschwunden, als hätte er sich in Luft aufgelöst.

Ich erinnere mich noch lebhaft an dieses unheimliche Gefühl von damals, und die Ereignisse dieses Vormittags haben es wieder heraufbeschworen. Ich kann Geister nicht ausstehen, so menschlich und lebendig sie auch wirken.

Ich beschließe, an der frischen Luft weiter über das ganze Durcheinander nachzudenken. Da ich den östlichen Teil von Elderby schon kenne, nehme ich mir vor, als Nächstes die Sehenswürdigkeiten im Westen zu erkunden. Doch beim Rausgehen fällt mir etwas ein – der Revolver.

In diesem Dörfchen läuft immer noch ein Mörder frei herum, und der Geheimdienstbesuch hat mich zusätzlich nervös gemacht. Der Revolver fühlt sich kühl und vertraut in meiner Hand an. Ich hatte zwar gehofft, diese Art von Waffe nie wieder tragen zu müssen, aber nachdem ich das Schulterholster angelegt habe, fühle ich mich doch erheblich sicherer. Und als ich mein Sakko anziehe, ist zum Glück keine verdächtige Beule zu sehen – eindeutiger Vorteil eines gut geschnittenen Anzugs.

Am Ausgang teile ich Lumley mit, dass ich etwas zu erledigen hätte; man möchte schließlich nicht den Eindruck von Müßiggang erwecken.

Es ist einer dieser klaren, frostigen Tage, an denen alles frisch und wie neu erschaffen wirkt. Die Wintersonne strahlt am wolkenlosen Himmel, wärmt allerdings nicht im Geringsten. Raben krächzen in den Bäumen, während ich die Hauptstraße entlangspaziere, und ich frage mich, ob Cecil sich vielleicht zu ihnen gesellt hat. Nach einem kurzen Marsch habe ich auch schon das Ende der Straße erreicht und lasse die letzten Häuser hinter mir, ständig darauf bedacht, auf dem vereisten Weg nicht auszurutschen.

In diesem Moment fällt mir wieder ein, dass der arme Bleakly noch immer in der Kirche festsitzt. Nun ja, so ist das Leben.

Er kann auch zu Fuß zum Revier gehen. Aber vielleicht liegt er ohnehin gerade im Tiefschlaf auf einer Gebetsbank.

Ich schlendere einen schmalen Weg entlang, der zu einem Eschenwäldchen führt. Das knorrige Geäst der Bäume ist mit Raureif bedeckt und glitzert in der Sonne.

In Wäldern fühle ich mich seit jeher pudelwohl. Schließlich haben wir Engländer jahrhundertelang im Wald gelebt, ebenso wie unsere teutonischen Vorfahren. Ich glaube fest daran, dass wir alle von unserer Vergangenheit und Herkunft geprägt sind. Man muss nur mal bedenken, dass Vögel um die halbe Welt fliegen, um dorthin zurückzukehren, wo sie geschlüpft sind. Und Lachse scheuen keine Mühen, um zum Laichen wieder zu ihren Geburtsflüssen zu wandern. Denen hat keiner eine Landkarte gezeigt, damit sie wissen, wo es langgeht. Diese Lebewesen spüren etwas in sich, das ihnen den Weg weist, und es wird von Generation zu Generation weitergegeben.

O ja, im Wald fühle ich mich immer rundum wohl und geborgen.

Ich atme in tiefen Zügen die kalte Luft ein, die nach Schnee und hart gefrorener Erde riecht und Kindheitserinnerungen wachruft, an Schlittenfahren, Eislaufen und warme Kohleöfen. Genau das habe ich jetzt gebraucht. Ich hatte schon immer eine gute Nase, und nichts löst bei mir intensivere Erinnerungen aus als Gerüche. Jetzt sehe ich vor meinem inneren Auge, wie meine Mutter die Weihnachtsgans in den Ofen schiebt. Wie mein Vater den Vogel später mit dem Messer tranchiert und dabei leise vor sich hin flucht. Kein Wunder, dass er sich mit dem guten alten König George verkracht hat. Aber wir hatten auch glückliche Zeiten.

Als ich noch einmal genüsslich einatme, steigt mir plötzlich ein unangenehmer Geruch in die Nase, der nicht zum Wald gehört – aufdringliches Rasierwasser. Das ist eigenartig, aber ich irre mich nicht.

Im nächsten Moment knackt ein Zweig hinter mir, und ich fahre herum. Doch bevor ich etwas erkennen kann, trifft mich ein schwerer Gegenstand an der Stirn, so wuchtig, als wäre ich von einem Pferd getreten worden. Ich taumle rückwärts, der Wald verschwimmt vor meinen Augen. Dann stürze ich und schlage mit dem Hinterkopf auf harte Baumwurzeln auf. Eigentlich wäre jetzt wohl Angst angebracht, aber ich fühle mich sonderbar ruhig.

Blinzelnd erkenne ich noch die Umrisse der Äste in der grellen Sonne, doch dann versperrt mir etwas Dunkles die Sicht, und mir wird schwarz vor Augen.

# 16

Als ich zu mir komme, habe ich mörderische Kopfschmerzen und sehe nur verschwommen. Ich höre den Schrei einer Frau, dann Kampfgeräusche und schwere Schritte, die sich schnell entfernen. Und jetzt spricht jemand zu mir.

Obwohl es abscheulich wehtut, gelingt es mir, mich auf einen Ellbogen zu stützen, und nach mehrmaligem Blinzeln kann ich eine Gestalt in grünem Rock und rotem Wollmantel erkennen, die sich vom Boden aufrappelt.

»Deedee? Was machen Sie hier?«

»Ein Glück, Sie sind bei Bewusstsein.« Deedee stößt einen Seufzer der Erleichterung aus. »Wie gut, dass ich Ihnen gefolgt bin.«

Ihre blauen Augen betrachten mich besorgt.

»Was zum Teufel ist hier los? Wieso sind Sie mir gefolgt?«, frage ich verdattert.

»Ich habe gesehen, wie Sie das Dorf verließen, und wollte Sie einholen.«

»Und dann haben Sie mich zusammengeschlagen?«

»Nein! Im Gegenteil!«, erwidert Deedee konsterniert. »Ich hatte Sie aus den Augen verloren, aber dann habe ich einen Aufschrei aus dem Waldstück hier gehört.«

Die Erinnerung kehrt nach und nach zurück. Der harte Gegenstand, der mich an der Stirn traf. Der Sturz. Der Schatten.

»Ein Kerl stand mit einem Knüppel in der Hand über Ihnen«,

berichtet Deedee. »Ich habe mir einen Stein geschnappt und ihm damit eins übergezogen.«

»Großartig«, lobe ich.

Deedee holt tief Luft. »Ich glaube, der wollte Sie umbringen, Inspector Grasby.«

Mir ist immer noch furchtbar schwindlig, aber ich bemühe mich, einen klaren Gedanken zu fassen. »Ist er abgehauen?«

»Er muss einen robusten Schädel haben. Ich weiß, dass ich ihn verletzt habe, er hat geblutet. Dann wollte er weglaufen, aber ich habe sein Bein gepackt.«

Das war verdammt riskant, denke ich bei mir.

»Könnten Sie ihn beschreiben?«

Sie zuckt mit den Schultern. »Nein, ich habe sein Gesicht nicht gesehen, nur Bartstoppeln. Er trug eine dieser Mützen, die hier so beliebt sind, und es ging alles so schnell. Aber sehr groß war er.«

»War das eine Schiebermütze?«

»Ja, stimmt, so nennt man die.«

Mir dröhnt furchtbar der Kopf, und als ich mir an die Stirn fasse, spüre ich warmes Blut.

»Wir müssen Sie verarzten, Inspector.«

»Wäre nicht schlecht. Ich fühle mich buchstäblich etwas angeschlagen.«

Deedee hilft mir, auf die Beine zu kommen. Sie ist erstaunlich kräftig. Als ich die ersten Schritte mache, verschwimmen die Bäume vor meinen Augen.

Mich beschleicht ein ungutes Gefühl.

»Können Sie mit einer Waffe umgehen, Deedee? Einem Revolver, meine ich?«

»Natürlich. Ich bin Amerikanerin«, gibt sie zurück.

Ich ziehe den Revolver aus dem Holster, der mir bislang rein gar nichts genützt hat.

»Meine Güte! Woher …?«

»Spielt keine Rolle. Aber dieser Schurke könnte uns noch irgendwo auflauern. Falls er uns überfällt, zögern Sie nicht zu schießen«, weise ich Deedee an und überreiche ihr das gute Stück.

Ich mache das ungern, aber wenn hier jemand sein Unwesen treibt, der es auf mich abgesehen hat, müssen wir uns schließlich verteidigen, nicht wahr?

Mit Deedees tatkräftiger Unterstützung bewältige ich den Rückweg zum Polizeirevier, doch es dauert geraume Zeit. Ich fühle mich wie von einer Dampfwalze überrollt.

Dort angekommen, will mich die junge Dame in Bleaklys Büro geleiten, aber ich deute entschieden auf die Tür des komfortablen Raums, in dem ich meine Unterredung mit Juggers und diesem mysteriösen Cummins hatte.

»O nein, da darf niemand rein, Inspector«, sagt Deedee, »Verbot von Bleakly.«

»Der kann mir gestohlen bleiben!«, entgegne ich. »Ich habe hier das Sagen. Und wenn ich diese Mordermittlung leiten soll, werde ich das von diesem Büro aus tun.«

Wenn ich mich so miserabel fühle wie jetzt gerade, vergreife ich mich leicht im Ton. Lieber Himmel, es ist gerade mal zehn Uhr morgens, und ich habe heute bereits in die Augen eines Toten geschaut, eine trauernde Witwe getröstet sowie einen völlig absurden Befehl vom Geheimdienst Ihrer Majestät erhalten. Und als wäre das nicht genug, wurde ich auch noch von einem Unbekannten niedergeschlagen. Ich möchte gar nicht daran denken, was mich bis zum Abend noch alles erwarten könnte.

Nachdem ich mich hinter dem ausladenden Schreibtisch in meinem neuen Büro niedergelassen habe, sage ich zu Deedee: »Ich brauche Eis zum Kühlen und ein paar Aspirin.« Ich spüre, wie an meiner Stirn eine Beule entsteht, so groß wie ein Entenei.

»Eis dürfte bei dem Wetter kein Problem sein, und Aspirin habe ich immer in der Handtasche«, erwidert sie und verlässt eiligen Schrittes den Raum.

Kurz darauf streckt Bleakly, ohne anzuklopfen, den Kopf durch die Tür und mustert mich stirnrunzelnd. Ein Schwall kalter Luft weht herein.

»Wo haben Sie gesteckt?«, fragt er. »Und hier dürfen Sie sich übrigens nicht aufhalten.«

»Wie bitte?«, entgegne ich ärgerlich. »Ich halte mich auf, wo ich will. Und in Zukunft erwarte ich mehr Höflichkeit von Ihnen, Bleakly.«

Er zieht eine Augenbraue hoch. »So ist das jetzt also?«

»Messerscharf erfasst!« Leiser füge ich hinzu: »Und jetzt kommen Sie herein, und schließen Sie die Tür.«

Er befolgt meine Anweisung und bleibt vor dem Schreibtisch stehen.

»Hören Sie gut zu, Elphinstone. Wie Sie wissen, leite ich die Ermittlungen in den Todesfällen von Mr Starr und diesem Mann im Kamin von Holly House. Und dabei erwarte ich Ihre volle Unterstützung.« Ich beäuge ihn forschend. Wurde er bereits eingeweiht?

»Was haben Sie da am Kopf?«, fragt er.

»Ich wurde im Wald niedergeschlagen. Ich muss schon sagen, Bleakly, in diesem Dorf herrscht das reinste Chaos. Gestern ein Toter, heute noch vor dem Frühstück ein weiterer und ein Überfall kurz darauf. Haben Sie hier in letzter Zeit nur Däumchen gedreht, oder wie?«

Bleakly lässt sich matt auf einem Stuhl nieder. »Ich habe mit Superintendent Juggers gesprochen, Sir, ich weiß Bescheid über unsere *Situation*.«

Ich bleibe trotzdem vorsichtig, weil Juggers und dieser Mr X mir verboten haben, Bleakly Informationen zukommen zu lassen.

»Ich will eigentlich nichts mit diesem Geheimdienstzeug zu tun haben«, sagt er. »Aber das scheint sich jetzt wohl nicht vermeiden zu lassen.«

»Was hat Juggers Ihnen noch mitgeteilt?«

»Dass wir zwei neue Constables bekommen. Ach so, ja, und dass Ihre Ermittlungen, wie soll ich sagen … ergebnislos bleiben sollen.«

»Das wissen Sie also – gut.« Ich entspanne mich ein wenig. Wenigstens habe ich einen Verbündeten. »Sonderbares Geschehen, nicht wahr?«

»Seit einiger Zeit geht hier allerhand Merkwürdiges vor sich, Sir. Früher war Elderby ein ruhiges Dörfchen. Aber irgendetwas stimmt hier nicht mehr. Die Leute spähen hinter den Vorhängen hervor, sind misstrauisch geworden. Mir läuft es manchmal kalt den Rücken hinunter. Ich habe diese Stimmung gründlich satt.«

»Sie sind schon seit Längerem beunruhigt?«

Bleakly nickt. »Seit einem Jahr etwa.«

»Also nicht nur wegen der Farmdiebstähle?«

»Nein. Man hört von Fremden, die hier auftauchen. Und nachts spielen sich auch seltsame Dinge ab.«

»Was für Dinge?«

»Lichter, Geräusche. Am Bach, auf dem Berg – überall.«

Das muss ich erst einmal verdauen. Ich weiß, Sie haben sich inzwischen sicher eine Meinung über mich gebildet, aber ich bin nicht auf den Kopf gefallen – auch wenn der gerade in Mitleidenschaft gezogen ist. Bei Kriegsende waren allerlei Gerüchte über Wunderwaffen im Umlauf, mit denen man angeblich den gesamten Planeten in die Luft jagen könne. Und Hitlers wahnsinnige Wissenschaftler sind inzwischen in alle Winde verstreut. Dieser Gedanke bringt mich auf eine Idee.

»Finden Sie es merkwürdig, dass Chuck Starr sich ausgerechnet hier im Dorf niedergelassen hat?«

»Ja, in der Tat. Ist ihm jedenfalls nicht gut bekommen. Inzwischen ist er unterwegs zur Gerichtsmedizin in Leeds.«

»Leeds? Ist das nicht ungewöhnlich?«

»Durchaus, doch«, antwortet Bleakly. »Ich mochte die Geheimdienstleute noch nie, traue denen nicht über den Weg. Wir beide werden auf uns aufpassen müssen, Inspector.«

Er ist dem mysteriösen Anzugträger also auch begegnet. Ich überlege kurz, ob ich berichten soll, was Hausmeister Lumley mir anvertraut hat, entscheide mich aber dagegen. Es ist frustrierend, nicht zu wissen, wie offen ich mit Bleakly sprechen kann.

»Wir müssen nach außen hin routinemäßig vorgehen, Sir«, sagt der Sergeant. »Damit im Dorf keiner Verdacht schöpft.«

»Ja, das ist mein Plan. Was schlagen Sie vor? Sie kennen Elderby besser als ich.«

»Wenn die neuen Bobbys hier sind, sollen sie auch die Leute befragen. Starr war zwar Ausländer, aber mit der Dorfärztin verheiratet, die in der Gegend sehr beliebt ist. Man wird beunruhigt sein.«

»Gut. Wir lassen uns also sehen, stellen Fragen, zeigen guten Willen. Sollte nicht allzu schwer sein.«

»Genau«, bekräftigt Bleakly. »Damit alles ganz normal aussieht und wir fein raus sind.«

Das hört sich nach einer vielversprechenden Taktik an. Und obwohl mir anfänglich etwas mulmig war wegen der ganzen Trickserei, erscheint mir jetzt alles weniger kompliziert. Zu Starrs Todeszeitpunkt war niemand unterwegs – mit Ausnahme dieses Fischhändlers, aber der dürfte kein Problem darstellen. Und der Pfarrer natürlich, aber Geistliche nehmen es für gewöhnlich mit ihrem eigenen Wort nicht so genau. Sonntags behaupten sie die eine Sache, und freitags kann es schon ganz anders aussehen. Crouchers Aussage war bislang ohnehin recht dünn. Könnte sein, dass die Stimmen, die er zu hören glaubte, lediglich das Todesröcheln des bedauernswerten Starr gewesen sind.

Ich gewinne etwas Zuversicht.

»Und dann der Gemeinderat«, sagt der Sergeant.

»Der was?«

»Heute Abend ist Ratssitzung. Ich habe gerade mit Mrs Gaunt am Telefon darüber gesprochen. Sie ist die Sekretärin, müssen Sie wissen.«

»Das ist doch bestimmt nur eine Versammlung von ein paar närrischen Greisen, oder?«

Bleakly streicht sich über das vorspringende Kinn. »Ich würde zu etwas mehr Vorsicht raten, Sir. Immerhin ist Lady Damnish der Vorsitzende.«

»*Die* Vorsitzende meinen Sie?«

»Nein, sie besteht auf der männlichen Form. Legt großen Wert auf Tradition. Kein Wunder bei ihrer Herkunft.«

»Ihr Mann ist nicht blaublütig, soweit ich weiß«, wende ich ein.

»Nein, sie aber schon.«

Ich bin verwirrt und habe noch jede Menge Fragen an Bleakly. Doch in diesem Moment wird die Tür aufgerissen, und Deedee kommt mit einer Tüte voller Eis und einem Schraubglas Aspirin hereinmarschiert.

# 17

Während Miss Dean mich mit Pillen versorgt und mir den Eisbeutel auf die Beule drückt, schaut Bleakly sich trübsinnig in dem Büro um. »Kann mich beileibe nicht erinnern, wann ich mich zum letzten Mal länger hier aufgehalten habe. Muss noch zu Zeiten von Moore gewesen sein.« Er beäugt den Teppich. »Ich habe regelmäßig gelüftet und sauber gemacht, aber ansonsten ist seit damals keiner mehr hier drin gewesen. Bis heute.«

»Wer ist dieser Moore?«, frage ich arglos.

Der Sergeant schlägt mit der Faust auf den Schreibtisch. »Der beste Polizist von ganz Yorkshire – und auch darüber hinaus.« Sein Gesicht läuft rot an, ob vor Wut oder Aufregung ist mir nicht ersichtlich.

»Und was ist aus ihm geworden? In Rente gegangen?«

Mir fällt auf, dass Deedee Bleakly einen Seitenblick zuwirft.

»Er ist tot«, antwortet der Sergeant, worauf Miss Dean nervös hüstelt.

»Es war an meinem freien Tag«, beginnt Bleakly mit rauer Stimme. »Eine Horde Rowdys aus Leeds sorgte im Beggar für Ärger.«

»Wann war das?«, frage ich.

»1949«, wirft Deedee ein, was Bleakly sichtlich überrascht.

»Ja, schon so lange her«, fährt er fort. »Inspector Moore ging los, um sich der Sache anzunehmen. Ethel wollte die Bande natürlich loswerden.«

Irgendetwas an dieser Geschichte kommt mir bekannt vor, doch ich kriege es nicht zu fassen.

»Als er eintraf«, fährt der Sergeant fort, »waren die Kerle schon abgezogen, und Moore hat sich ein paar Bierchen genehmigt. Für den Fall, dass die noch mal wiederkommen. War dann leider sein letztes Bier.«

»Was ist passiert?«, frage ich.

Bleakly sieht mich an, seine Augen schimmern feucht. »Er hat den Pub verlassen, als Ethel schließen wollte, um kurz nach zehn, ist aber nie zu Hause eingetroffen. Am nächsten Tag hat man seine Leiche beim Stauwehr gefunden – wurde am Ufer angespült.«

»Das ist gar nicht gut«, murmle ich, weil mir nichts anderes einfällt.

»Es war eine Tragödie. So ein ehrenwerter Mann.«

Mir dämmert allmählich, dass Elderby wohl einer der gefährlichsten Orte in ganz England sein muss. Nicht nur spielen sich hier Dinge ab, die offenbar die nationale Sicherheit bedrohen, es werden auch reihenweise Leute umgebracht, Polizisten inklusive. Schlechte Nachrichten für unsereins. Mich schaudert, als ich an mein Erlebnis im Wald zurückdenke. Und ich bin immer mehr davon überzeugt, dass ich von dem Fall des toten Kollegen schon einmal gehört habe.

»Wurde jemand gefasst?«, frage ich weiter.

»Jeder verdächtigte natürlich diese Kerle aus Leeds«, antwortet Bleakly. »Die waren spurlos verschwunden, und niemand wusste etwas über sie. Die Polizei dort hat versucht, sie aufzuspüren, aber erfolglos.« Er seufzt.

»Sie glauben, da steckte jemand anderes dahinter?«, hake ich nach.

»Ich habe früher selbst oft betrunkene Raufbolde aus Pubs gescheucht, bin aber immer wohlbehalten nach Hause gekommen. Irgendetwas war faul an diesem Abend, Inspector. Schon

Tage vorher habe ich im Dunkeln seltsame Gestalten bemerkt. Genau wie heute früh.«

Ich sehe ihn abwartend an.

»Was genau ist Ihnen heute aufgefallen?«, fragt Deedee.

»Ein Auto. Ein eigenartiges Auto, als ich unterwegs war, um Sie zu wecken, Inspector.«

»Und was war so seltsam an diesem Auto?«, erkundige ich mich.

»Nun, es stammte nicht von hier.«

»Wollen Sie etwa behaupten, dass Sie jedes einzelne Auto im ganzen Dorf kennen?«

»Ja, das tue ich«, erwidert der Sergeant fest. »Es handelte sich um einen Morris Oxford. Fuhr durchs Dorf, aber ich konnte das Nummernschild nicht erkennen. Der Fluch des Alterns, die Augen werden schlechter. Um diese Uhrzeit ist hier kaum jemand unterwegs. Nur Mr Starr stand immer sehr früh auf. Schlief wohl schlecht wegen seiner Kriegserlebnisse, habe ich gehört. Ging morgens spazieren, um sich die Zeit zu vertreiben. Hätte er überlebt, würde er das wohl in Zukunft unterlassen.«

Dem kann ich nicht widersprechen.

»Auf alle Fälle fällt ein unbekanntes Auto hier auf«, schließt Bleakly.

»Vielleicht hatte sich jemand verfahren?«, mutmaße ich.

»Nach Elderby? Ausgeschlossen. So dumm kann niemand sein. Außerdem fuhr der Wagen verdächtig langsam. Als würde der Fahrer nach etwas Ausschau halten – oder nach jemandem.«

»Bei unseren Ermittlungen werden wir sicher darauf zurückkommen«, erkläre ich. »Vielleicht ist dem Fischhändler ebenfalls etwas aufgefallen. Ich werde mit ihm sprechen.«

»Whitmore? Der wird um die Zeit bereits in Whitby gewesen sein«, erwidert Bleakly. »Aber vielleicht hat er früher schon etwas bemerkt.«

»Wie geht es denn Dr. Starr?«, erkundige ich mich bei Deedee.

»Das ist alles so traurig«, antwortet sie. Es klingt aufrichtig, doch ich bilde mir ein, noch etwas anderes in ihrer Stimme zu hören. »Sie ist völlig verstört – wer wäre das nicht in ihrer Lage? –, bemüht sich aber, nach außen hin die Fassung zu bewahren. Warum man darauf hier in England so einen Wert legt, ist mir ein Rätsel.«

Ich könnte ihr jetzt von den Schlachten von Azincourt und Trafalgar und von der Luftschlacht um England erzählen, was jedoch eindeutig zu weit führen würde. Die Lebenseinstellung, die aus unserer Geschichte erwachsen ist, lässt sich Menschen von außerhalb kaum vermitteln.

»Ich sollte mich langsam wieder an die Arbeit machen«, verkündet Bleakly. »Habe noch viel zu tun, und später ist die Gemeinderatssitzung. Unter normalen Umständen würde ich den Leuten dort ihre Fragen zu den Geschehnissen beantworten, Sir. Aber da Sie jetzt hier sind, sollten Sie das übernehmen.«

»Vermutlich ja«, pflichte ich ihm bei, obwohl mir davor graut, ein ganzes Dorf zu belügen.

»Ich begleite Sie«, erklärt Deedee sofort.

Zunächst empfinde ich unbefangene Freude, bis mir wieder einfällt, dass ich Miss Dean im Auge behalten soll. Doch auch das ist natürlich am einfachsten, wenn sie in meiner Nähe bleibt. Ich halte es zwar für unwahrscheinlich, dass sie etwas Unrechtes anstellt, aber die Frage, warum sie so abgeklärt wirkt, beschäftigt mich noch immer.

Als ich signalisiere, dass ich das Eis nicht mehr brauche, sagt Deedee: »Ich lege es in der Küche ins Spülbecken, falls Sie es doch noch mal benötigen«, und verschwindet dann mit ihren Utensilien.

Mein Kopf fühlt sich durch die Behandlung schon erheblich besser an. Doch trotz dieser Erleichterung packt mich das kalte Grauen. Ein Toter in einem Kamin, ein nicht minder toter Amerikaner und ein unter mysteriösen Umständen zu Tode gekommener Inspector. Ganz zu schweigen von dem unbekannten Angreifer im Wald. Das alles verheißt nichts Gutes. Und wer sind die dunklen Gestalten, die hier nachts durchs Dorf fahren und ihr Unwesen treiben?

»Ich bin froh, dass Sie mich heute Abend begleiten, Elphinstone«, sage ich.

»Nun, Sir, ich müsste ohnehin an der Sitzung teilnehmen. Ich bekleide ein Amt.«

»Sie meinen, Sie werden mir gar nicht zur Seite stehen?«

»Machen Sie sich keine Sorgen, die sind alle recht nett. Nur Lady Damnish kann etwas anstrengend sein. Vor allem, wenn sie sich mit Ingleby in die Haare kriegt.«

»Zu diesen beiden habe ich ein paar Fragen«, kündige ich an, und Bleakly will gerade etwas erwidern, als das Telefon auf meinem neuen Schreibtisch klingelt.

»Ein Constable Hardy möchte Sie sprechen, Sir«, höre ich Lumley vom Empfang am anderen Ende der Leitung.

Während ich den Hörer in der Hand halte, verdrückt sich Bleakly hastig.

# 18

Wie sich herausstellt, ist Hardy einer der Constables, die uns als Ersatz für die Armleuchter von vorher geschickt wurden. Diese beiden hat man nach Pickering versetzt. Meine Güte, hier wird nicht lang gefackelt. Die zwei Männer jedenfalls, die kurz darauf in meinem neuen Büro erscheinen, sind wie aus dem Ei gepellt.

Ich weiß nicht, wie es Ihnen geht, aber wenn ich mir einen Film anschaue, in dem Polizisten auftauchen, habe ich für gewöhnlich jede Menge auszusetzen. Sie sehen immer irgendwie falsch aus. Man erkennt sofort, ob sich jemand in seiner Uniform wohlfühlt oder nicht. Und ein uniformierter Polizist muss tatkräftig, seriös und zugänglich zugleich wirken, was nur durch jahrelange Erfahrung gelingt. Ich selbst tauge nicht als Beispiel, weil ich den größten Teil meiner Laufbahn Zivil getragen habe.

Als jedoch Thomas und Hardy vor mir stehen, wirken sie in ihrer dunkelblauen Uniform regelrecht verkleidet. Beide stehen kerzengerade da, sind groß und breitschultrig, tragen blitzblank polierte Stiefel und Hosen mit messerscharfen Bügelfalten. Dass es sich bei den beiden nicht um Polizisten, sondern um Soldaten handelt, ist sonnenklar.

Trotzdem bin ich insgeheim erfreut über diese Verstärkung. Wenn man gerade überfallen wurde, hat man ganz gern zwei wuchtige Kerle mit Kampferfahrung an seiner Seite. Obwohl ich dabei natürlich nicht vergessen darf, dass dieser zwielichtige Mr X sie geschickt hat. Ich gehe jede Wette ein, dass sie von der Garnison in Catterick kommen, von York aus hätten sie gar nicht so schnell hier sein können.

Ich erstatte den beiden Bericht, ohne etwas über meinen geheimen Auftrag preiszugeben, und beauftrage sie, bei der Dorfbevölkerung herauszufinden, ob jemand in den frühen Morgenstunden etwas Außergewöhnliches bemerkt hat. Hardy – eindeutig der Sprecher der zwei – dreht sich an der Tür noch einmal um.

»Kann mir nicht vorstellen, dass um diese Uhrzeit viele Leute unterwegs waren, Sir.« Er salutiert und marschiert hinaus. Irgendetwas sagt mir, dass die beiden eingeweiht sind. Das erstaunt mich zwar, ist aber auch eine Erleichterung.

So beginnen sie nun also, die Ermittlungen, die keine sein sollen.

Es ist Mittagszeit, die Beule auf meiner Stirn ist beträchtlich geschrumpft, und ich habe einen Bärenhunger. Obwohl ich mir geschworen hatte, mir niemals mehr einen Lunch im Hanging Beggar zuzumuten, beschließe ich jetzt, genau das zu tun.

So war das während des Krieges auch. Vor einem Kampf wurden die meisten Kameraden trübsinnig, weil sie glaubten, ihr letztes Stündlein habe geschlagen, und verloren ihren Appetit. Nicht jedoch Lieutenant Grasby. Während meine Kameraden den Fraß verschmähten, den man uns vorsetzte, obwohl wir Leib und Leben für unser Land riskieren sollten, futterte ich so viel wie eine ganze Armee. Zum Glück habe ich den Stoffwechsel meines Erzeugers geerbt und nehme kein Pfund zu, so viel ich auch verputze.

Um diese Tatsache erneut zu überprüfen, wage ich mich auf die gefährlichen Straßen Elderbys hinaus und marschiere Richtung Mittagessen – und zwar im Sturmschritt, falls wieder irgendein übler Schuft versuchen sollte, mir den Schädel einzuschlagen.

Doch der gemütliche Pub, den ich gestern vorgefunden habe, ist heute brechend voll, und es herrscht ein Höllenlärm. Noch unangenehmer ist allerdings die Stille, die eintritt, als mich die Gäste nach und nach bemerken. Nur ein sturzbetrunkener alter Knabe in der Ecke schmettert weiter unbekümmert seinen Shanty.

»Nun, Inspector Grasby«, sagt Ethel, »mit Ihnen hatte ich heute nicht gerechnet, muss ich sagen.«

»Ein Mann braucht seine Stärkung, wie Sie gewiss verstehen«, entgegne ich. Was mir einen ausdruckslosen Blick der Wirtin und ungehaltenes Raunen seitens der Gäste einbringt.

»Was hätten Sie denn gern?«, fragt Ethel.

»Ein großes Helles, bitte«, sage ich. Wenn man Ermittlungen zu vermeiden hat, kann Alkohol während der Arbeitszeit nicht schaden.

»Helles ist aus.«

»Oh. Dann muss ich wohl mit dem Dunklen vorliebnehmen.« Empörtes Murmeln ertönt. »Nur ein kleines.« Die Empörung legt sich. »Und Ihre köstliche Suppe, bitte.«

»Suppe ist auch aus.« Ethel weist in den Raum. »Sie sehen ja, was hier heute los ist.«

Schließlich muss ich mich mit einem Schinkensandwich zufriedengeben, weil auch die Käsevorräte erschöpft sind. Ich würde mich gern an einem Tisch niederlassen, aber nirgendwo ist Platz, und so sollte ich wohl dankbar für mein Plätzchen am Tresen sein.

»Ich will hoffen, Sie legen sich ins Zeug, um den Schurken zu schnappen, der Mr Starr auf dem Gewissen hat, Inspector«, bekomme ich prompt von einem rotgesichtigen Mann mit mächtiger Wampe zu hören, der ein kariertes Flanellhemd und Cordhosen mit Hosenträgern anhat. »Starr war sehr beliebt in Elderby.«

»Das glaube ich Ihnen. Aber Sie werden sicher verstehen,

dass ich über die laufenden Ermittlungen keine Auskunft geben darf.«

Es wird Sie nicht überraschen, dass ich diesen Pub-Besuch bereits jetzt bereue.

»Ich hab Schreie gehört«, meldet sich ein Bursche weiter hinten zu Wort.

»Ach ja?«

»Um halb drei in der Nacht. Hab erst gedacht, es seien Tiere – Füchse oder Hirsche vielleicht. Aber je länger ich darüber nachdenke, desto unheimlicher kommt mir das vor.«

»Darf ich fragen, weshalb Sie um diese Uhrzeit wach waren?«

»Ich leide unter Schlaflosigkeit«, erklärt er. »Deshalb geh ich nachts manchmal spazieren.«

»Aha.« Doch bevor ich diesen Mann bitten kann, seine Aussage auf dem Polizeirevier zu Protokoll zu geben, ergreift eine weitere Nachteule das Wort.

»Ich habe ein Auto gehört – oder irgendein anderes Fahrzeug –, das war mit einem Affenzahn unterwegs, so um kurz nach vier.« Dieser Mann ist klapperdürr und so grau im Gesicht, als stünde sein Ableben unmittelbar bevor. »Meine Hühner haben einen Mordsradau veranstaltet. Dachte, da sei was im Argen. Deshalb war ich mitten in der Nacht auf – bevor Sie fragen.«

»Ich habe jemanden rennen hören.« Das kommt von einer vollschlanken Frau, die an einem der hinteren Tische sitzt und von der ich zunächst nur die Frisur sehen kann. Doch dann teilt sich die Menge vor ihr, und sie fährt fort: »Außentoilette, Inspector. Eine Zumutung, vor allem im Winter.«

»Hast du keinen Nachttopf?«, ruft ein pickliger junger Mann.

»Doch, natürlich! Aber ich hatte ein etwas umfangreicheres natürliches Bedürfnis, wenn du es unbedingt wissen musst, Danny Parr. Nicht, dass es dich etwas anginge.«

»Sie musste scheißen«, sagt Danny gedämpft zu seinen Nebensitzern, die daraufhin alle feixen.

Ein kleiner Kerl tritt auf mich zu und beäugt mich durch dicke Brillengläser. »Sie sind der Polizist, der sein Auto verloren hat, oder?«

Verflixt! »Ja, aber ich habe es wohlbehalten wiederbekommen, alles in bester Ordnung also«, antworte ich lässig.

Er lächelt. »Das habe ich gehört. Muss aber sagen, der Halunke, der es geklaut hat, sieht Ihnen mächtig ähnlich.«

Das muss der scharfäugige Mr Wallington sein. Was für ein Mist!

»Im Leben gibt es die seltsamsten Zufälle. Da könnte ich Ihnen aus meiner Laufbahn als Polizist allerhand berichten.« Das lasse ich erst einmal wirken, bevor ich zum entscheidenden Schlag aushole. »Mein Vater hat übrigens genau die gleiche Brille wie Sie.«

»Ach ja?«, erwidert der Wichtigtuer misstrauisch. »Und?«

»Der sieht mit Brille so miserabel wie ohne.«

Die Botschaft wurde verstanden, und Mr Wellington verzieht sich wieder. Ich bin zufrieden.

Doch während ich auf meine Bestellung warte, bombardiert mich der Rest der Gäste ungebeten mit Informationen darüber, was sie vor oder nach dem Ableben des armen Chuck gehört oder gesehen haben. Es wird rasch deutlich, dass wohl keiner in Elderby um die fragliche Zeit im Bett lag – alle waren sie aus den unterschiedlichsten Gründen auf den Beinen. Das ist wieder mal typisches Grasby-Pech. Hätte ich händeringend nach Zeugen gesucht, hätte ich unter Garantie keine brauchbare Aussage bekommen. Aber nun, da ich beauftragt wurde, alles unter den Teppich zu kehren, kommen die Zeugen in Scharen angerannt. Ich muss mir etwas einfallen lassen – und zwar auf der Stelle.

»Bitte alle mal herhören!« Ich schlage mit einem Kugelschreiber gegen mein Bierglas, damit Ruhe einkehrt. Als es so weit ist, fahre ich fort: »Offenbar sind hier in Elderby alle bis in die frühen Morgenstunden sehr fleißig.« Ich hatte erwartet, dass mir diese Bemerkung ein paar Lacher einbringen würde, ernte aber nur stumpfe Blicke. »Seien Sie ganz beruhigt, ich möchte gern von Ihnen allen hören, was Sie heute früh Außergewöhnliches beobachtet haben. Ich esse jetzt zu Mittag und wäre Ihnen verbunden, wenn Sie ab heute Nachmittag ins Polizeirevier gehen und meinen Constables Ihre Aussagen zu Protokoll geben könnten.« Nur damit wir sie dann postwendend in den Papierkorb befördern, würde ich am liebsten hinzufügen, kann es mir jedoch verkneifen.

Unzufriedenes Raunen brandet auf.

»Warum holen Sie denn die Bobbys nicht hierher?«, fragt jetzt Wallington, der Neunmalkluge, den ich zunehmend unerträglich finde.

»Ja, tatsächlich, warum eigentlich nicht?«, erwidere ich bissig. »Ich sage es mal so: Wie wäre es denn, wenn ich Ihnen zu Hause ein schönes Bad einlasse und Ihre Pantoffeln am Kamin wärme, damit Sie reinschlüpfen können, wenn Sie blitzsauber aus dem Wasser steigen? Ein anständiges Abendessen bekomme ich auch zustande. Und dann können wir alle gemütlich darüber plaudern, warum ein Mann in der Blüte seines Lebens heute früh in diesem Dorf ermordet wurde und warum ein weiterer gestern tot in einem Kamin steckte.«

Ich lege eine dramatische Pause ein. »Jawohl, in *diesem Dorf*«, fahre ich dann fort. »Und keiner von uns hat auch nur die geringste Ahnung, wer das getan hat und – noch wichtiger – warum.« Ich verstumme, damit die braven Bürger von Elderby das verdauen können. Sie scheinen zu glauben, das alles beträfe sie nicht. Was vermutlich auch stimmt, aber dennoch kann es nicht schaden, ihnen die eigene Verletzlichkeit vor Augen zu halten.

»Heute Nachmittag auf dem Polizeirevier, sagen Sie?« Das kommt von Mr Besserwisser.

»Ganz genau«, bestätige ich und wende mich dann demonstrativ meinem Bier zu, das soeben auf dem Tresen platziert wurde.

Was dann geschieht, ist erstaunlich. Einer nach dem anderen verdrückt sich aus dem Pub. Die Leute leeren im Nu ihre Gläser, und die Ladenglocke klingelt so pausenlos wie die Glöckchen am Schlitten des Weihnachtsmanns.

Ethel blickt mich finster an. »Na prächtig, Inspector. Ich habe heute ein gutes Geschäft gemacht … bis Sie hier aufgetaucht sind.«

Da ich nicht die Absicht habe, es mir mit der einzigen Wirtin im Ort zu verderben, bemühe ich mich, die Wogen zu glätten. »Tut mir aufrichtig leid, Ethel. Aber ich muss diesen Mörder finden. Auch zu Ihrem Schutz. Sie halten sich hier bis spätabends auf, und ich möchte nicht, dass Ihnen etwas zustößt. Ich muss schnell herausfinden, wer hinter alldem steckt.«

»Glauben Sie etwa, jemand will auch mich abmurksen?«

»Wer kann das wissen? Zurzeit sollte ich jedenfalls lieber das gesamte Dorf unter meine Fittiche nehmen und möchte kein Risiko eingehen.«

Ein Bild entsteht vor meinem inneren Auge: ich als riesige weiße Taube, und die Bewohner von Elderby kauern behütet unter meinen ausgebreiteten Flügeln. Biblisch, ich weiß schon. Ich habe in meiner Kindheit so oft auf derlei Abbildungen gestarrt, dass ich bis heute von ihnen verfolgt werde. Manchmal frage ich mich im Ernst, ob ich vielleicht frommer bin als mein alter Herr und *ich* eigentlich der Pfarrer in der Familie sein sollte. Aber dann fallen mir auch rasch das Glücksspiel und die Zecherei wieder ein, und ich verwerfe diese absonderliche Fantasie. Immerhin habe ich mich im Gegensatz zu meinem Erzeuger nie mit einem König angelegt.

»Sie brauchen bestimmt noch ein kleines Bier«, sagt Ethel, jetzt sichtlich beunruhigt.

»Geben Sie mir ein großes«, erwidere ich. Man muss schließlich das Beste aus seiner Lage machen.

# 19

Nachdem ich mir ein weiteres Bier und ein zweites Sandwich genehmigt habe, verlasse ich den Hanging Beggar angenehm gesättigt. Als ich an der Bäckerei vorbeikomme, höre ich zu meinem Erstaunen, wie jemand von drinnen meinen Namen ruft.

Ich betrete den Laden und bekomme ob der köstlichen Gerüche prompt wieder Appetit. Der Duft von heißen Pasteten, frischen Brötchen und süßem Gebäck liegt in der Luft. Wally, der Bäcker, der hinter dem Verkaufstresen steht, hat einen langen, mit Mehl bestäubten Schnurrbart und einen ziemlich krummen Rücken. Neben der Theke entdecke ich einen stattlichen Irish Setter, bei dem es sich wohl um den berühmten Bill handeln muss. Sogar ich muss zugeben, dass die Farbe seines üppigen, glänzenden Fells eine gewisse Ähnlichkeit mit meiner Haarfarbe aufweist.

»Was für ein hübscher Kerl«, bemerke ich lächelnd.

»Wie bitte?«, fragt Wally einigermaßen verdutzt.

»Ihr Hund. Er heißt Bill, nicht wahr?«

»Meine Güte, Inspector, Sie sind ja auf Zack. Kaum hier angekommen, und Sie kennen schon die Namen der Haustiere im Dorf. Jemanden wie Sie haben wir gebraucht.«

»Was meinen Sie damit?«

»Na ja, hier herrscht ein ausgewachsenes Chaos, und Bleakly ist wohl kaum in der Lage, allein einen Mord aufzuklären.«

Obwohl das zweifellos zutrifft, fühle ich mich bemüßigt, meinen Kollegen zu verteidigen. »Ach, Elphinstone hat ungeahnte Stärken.«

»Da bin ich mir nicht so sicher«, entgegnet Wally trocken. »Wenn man Schlafen als Stärke betrachtet, vielleicht …« Er kommt hinter der Theke hervor, wischt sich die Finger an der Schürze ab und drückt mir energisch die Hand.

»Hier riecht es ausgezeichnet, ein schöner Laden«, sage ich.

»Danke. Anfangs wusste ich nicht, ob im Backen wirklich meine Zukunft liegen könnte. Aber nach fünfzehn Jahren kann ich sagen, dass sich das Risiko gelohnt hat, ich bin recht erfolgreich damit.«

»Was haben Sie davor gemacht?«

»Hab als Bergmann gearbeitet. Mit vierzehn in der Mine angefangen.«

»Darum beneide ich Sie nicht.«

»Zu Recht, Inspector. Die reinste Hölle, kann ich Ihnen sagen.« Er reibt sich eine Schulter. »Die Mine ist eingestürzt. Man hat versucht, mich wieder zusammenzuflicken, hat aber nicht richtig geklappt. Dann war ich arbeitslos. Als Kind hatte ich oft in der Bäckerei meines Vaters ausgeholfen und mächtig Spaß dabei gehabt. Er lebte noch, als ich mit dem Backen anfing, und hat mir alles beigebracht. Der alte Knabe war sehr stolz, dass ich die Familientradition weiterführe.«

Er bekommt feuchte Augen. Ich bin etwas verwundert, dass er mich hereingerufen hat, um mir das alles zu erzählen, und frage ihn, ob das tatsächlich der Grund war.

»Nein, natürlich nicht, Inspector. Ich weiß doch, wie viel Sie zu tun haben wegen der Morde und so. Es geht um den Pfarrer«, erklärt Wally.

»Was ist mit ihm?« Ich hoffe inständig, dass Wally mir nicht erzählen will, der Reverend habe Chuck Starr kaltgemacht.

»Er verkraftet es nicht gut, was mit Mr Starr passiert ist. Croucher ist hier Stammkunde, hat eine Schwäche für meine Petits Fours.«

»Kann ich mir vorstellen.«

»Aber heute … kam er mir irgendwie seltsam vor«, berichtet Wally. »So zerstreut und bedrückt, wissen Sie? Hat ein Brot und ein paar Scones gekauft, mehr nicht.«

»Keine Fische?«

»Wie bitte?«

»Brot und Fische? Die wundersame Brotvermehrung aus der Bibel? Ach, einerlei.«

»Verstehe.«

Und erneut werde ich mit diesem Blick bedacht, den die Leute hier perfekt beherrschen – eine Mischung aus Skepsis und Verachtung liegt darin. Tja, wenn die wüssten, was ich im Schilde führe, hätten sie allen Anlass für beides.

»Hat Prediger sieben, Vers siebzehn zitiert«, fährt Wally fort.

»Ah. ›*Sei nicht allzu gottlos und narre nicht, dass du nicht sterbest zur Unzeit*‹?«

»Sehr gebildet, Inspector. Wie gut, dass sich ein Bibelkenner unserer annimmt.«

»Mein Vater ist Pfarrer.«

»Und bestimmt ein rechtschaffener Mann«, erwidert Wally.

Abgesehen von seiner Sauferei, denke ich mir. Aber vielleicht sollte ich meinem Vater gegenüber auch nicht so gnadenlos sein.

»Er ist sehr fromm. Unerschütterlicher Glaube.«

»Jedenfalls«, sagt Wally, »bin ich beunruhigt wegen unseres Pfarrers. Ich mache mir Sorgen, er könnte etwas Dummes anstellen.«

»Einen lebensmüden Pfarrer brauchen wir nun wirklich nicht auch noch, wie?«

Wally nickt. »Deshalb dachte ich mir, Sie könnten vielleicht mal mit ihm reden.«

»Nun ja, Wally, wie Sie sagten, habe ich alle Hände voll zu tun«, erwidere ich. »Aber ich wollte dem Reverend ohnehin einen Besuch abstatten. Ich mache mich gleich auf den Weg ins Pfarrhaus.«

»Er ist in der Kirche, Inspector. Hat gesagt, er wolle den Rest des Tages im stillen Gebet verbringen.«

»Kein guter Tag für den Reverend.«

»Kann man wohl sagen. Für Mr Starr wahrlich auch nicht. Und das alles nach der Sache in Holly House gestern.«

»So sieht's aus. Ich unterhalte mich mal in Ruhe mit dem Herrn Pfarrer.«

Und genau das habe ich vor, wenn auch aus etwas anderen Gründen. Denn mir ist klar, dass ich Croucher so schnell wie möglich seine morgendlichen Eindrücke ausreden muss. Für meinen neuen Auftrag wäre es zweckmäßig, der Gottesmann würde schleunigst vergessen, was er gehört und gesehen hat. Meiner Erfahrung nach sind Geistliche leicht beeinflussbar, wenn man sich nur schlau genug anstellt. Ah, was für ein raffiniertes Netz ich doch hier spinne.

»Ich sollte aufbrechen«, sage ich. »Auch auf dem Revier gibt es viel zu tun. Es hat sich herausgestellt, dass offenbar das halbe Dorf heute Nacht zwischen drei und vier auf den Beinen war.«

»Das würde ich an Ihrer Stelle nicht so ernst nehmen, Inspector«, bemerkt Wally.

»Ach ja? Wieso nicht?«

»Ich bin zugezogen und noch nicht so lange in Elderby wie die meisten, habe aber schnell gelernt, wie hier der Hase läuft.«

»Was wollen Sie damit sagen?«

»Nun, die Leute sind neugierig. Und keiner will dem anderen in etwas nachstehen«, antwortet der Bäcker.

»Sie meinen, die würden falsche Aussagen machen, um sich wichtigzutun?«, frage ich.

»Nun ja, hie und da vielleicht ein bisschen flunkern. Nicht aus bösem Willen.«

»Allerhand«, entrüste ich mich, bin aber insgeheim erleichtert. Je weniger Zeugen, desto besser.

»Warten Sie, ich gebe Ihnen einen kleinen Imbiss mit«, sagt der Bäcker. »Mögen Sie Pasteten? Kommen gerade frisch aus dem Ofen.«

»Wie nett von Ihnen, Wally.«

»Damit halten Sie durch bis heute Abend zur Gemeinderatssitzung. Wir sehen uns dort.« Er steckt eine verlockend aussehende Hammelpastete in eine Papiertüte.

»Sie sind auch im Gemeinderat?«, frage ich erstaunt.

Wally nickt. »Ist immer gut, in Elderby ein Wörtchen mitzureden. Aber vor Lady Damnish sollten Sie sich in Acht nehmen. Die kann ganz schön unangenehm werden.« Er zieht vielsagend die Augenbrauen hoch.

Ich bedanke mich für die Pastete und wende mich zum Gehen. Als ich aus der Tür trete, stoße ich mit einer jungen Frau zusammen, die einen kurzen blauen Mantel und ein gleichfarbiges Kopftuch trägt. Erst als ich mich hastig entschuldige, erkenne ich Martha Thornlie, das Hausmädchen von Holly House.

»Ach, Miss Thornlie! Haben Sie einen freien Tag?«

»Einen halben«, murmelt sie und fügt rasch hinzu: »Aber der ist natürlich sehr willkommen.« Sie sieht sich nervös um und beißt sich auf die Unterlippe.

»Ist alles in Ordnung?«, frage ich.

»Nein, offen gestanden nicht, Inspector Grasby.«

»Das Ereignis war sicher ein Schock für Sie.«

»Ja, das auch. Aber etwas anderes macht mir noch viel mehr zu schaffen«, antwortet die junge Frau.

»Und was ist das?«

»Ich habe Ihnen nicht die ganze Wahrheit gesagt. Als Sie mich befragt haben.«

»Ach ja?«

Martha Thornlie schaut sich erneut um und sagt mit gedämpfter Stimme: »Mylady hat tatsächlich mit diesem Mann gesprochen, wer das auch war. Mit dem Mann unter dem Baum.«

»Konnten Sie verstehen, was sie gesagt hat?«, hake ich nach.

»Nicht viel. Aber ich habe auf jeden Fall den Namen von Mr Ingleby gehört und vom jungen Mr Damnish. Werde ich jetzt bestraft, Inspector? Ich glaube nicht, dass ich es im Gefängnis aushalten würde.«

»Nein, Sie haben nichts zu befürchten, Miss Thornlie. Aber warum haben Sie mir das nicht gleich erzählt?«

»Wegen Mr McGill. Dem Wildhüter. Er meinte, ich solle den Mund halten. Dabei hasse ich Lügen, Inspector. Ich hoffe, Sie können mir verzeihen.« Und damit senkt sie den Kopf und eilt davon.

Die Indizien scheinen mir geradezu in den Schoß zu fallen, was meinem Auftrag alles andere als zuträglich ist. Und ich habe das intensive Gefühl, dass meine Begegnung mit dem Hausmädchen kein Zufall war.

Tief in Gedanken mache ich mich auf den Rückweg zum Revier. Ich hatte Hardy und Thomas eigentlich auf den zu erwartenden Andrang potenzieller Zeugen vorbereiten wollen. Doch als ich um die Ecke biege, sehe ich, dass vor dem Gebäude bereits etliche Leute Schlange stehen. Ich winke ab, als mir die Bürger von Elderby im Vorbeigehen Fragen stellen, flitze auf den Parkplatz zu meinem Austin und mache mich, begleitet von einem spektakulären Knall, auf den Weg zu einer Unterredung mit Reverend Croucher.

# 20

Als ich den Hang zur Kirche hinauffahren will, beginnt der Austin erneut zu protestieren. Schlagartig fällt mir Juggers' Botschaft von unserem Mechanikergenie Stubby wieder ein. Weshalb ich abrupt bremse, eine Kehrtwendung vollführe und rückwärts zu St. Thomas's-on-the-Edge hinaufzockle. Die Strecke ist noch immer rutschig, aber irgendeine gute Seele hat Sand gestreut. Ich hätte den Hügel auch zu Fuß erklommen, aber da hier gemeingefährliche Schurken herumlaufen, die mir den Garaus machen wollen, erscheint mein Auto mir wie ein sicherer Hafen.

Die erleuchteten Fenster der Kirche erstrahlen in bunten Farben. Unterdessen lässt der Wind die kahlen Äste der Eiche vor dem Gotteshaus zucken wie knöcherne Finger, die Übles im Schilde führen. Und damit scheinen sie nicht allein zu sein. Wer hätte vermutet, dass sich in so einem beschaulichen kleinen Dörfchen das Böse eingenistet hat?

Ich schalte den Motor aus und stelle mir Croucher im Gebet vor. Vermutlich gilt es ihm selbst, nicht dem ermordeten Chuck Starr. Aber ich habe keine Berechtigung, den Geistlichen zu verurteilen, schließlich täusche ich nur vor, dieses schreckliche Verbrechen aufklären zu wollen. Das macht mich nicht besser als ihn. Doch mein Verstand beschäftigt sich unweigerlich mehr und mehr damit, was hier *tatsächlich* vor sich geht. Unzählige Fragen …

Die duftende Pastete von Wally liegt in ihrer Papiertüte auf dem Beifahrersitz. Obwohl ich im Pub die zwei schlaffen Schinkensandwiches zu mir genommen habe, knurrt mir schon wieder der Magen. In meiner Kindheit war mir der Verzehr jeglicher Speisen in dem vom Großvater ererbten Bentley strengstens untersagt. Dieses Verbot hat sich eingeprägt, und so steige ich auch jetzt artig aus und spaziere mit meinem Imbiss den Hügel hinauf zu der Stelle, an der Starrs Leiche gefunden wurde. Dabei fällt mir auf, wie lang dieser Tag schon war. Und mit der Gemeinderatssitzung abends wird er noch länger werden.

Ich lasse den Blick über die North York Moors schweifen, während ich in die Hammelpastete beiße. Pasteten esse ich meistens kalt, schlicht und einfach aus dem Grund, dass ich fast immer zu hungrig bin, um das Aufwärmen abzuwarten. Diese hier ist jedenfalls ausgezeichnet, eine der besten, die mir je untergekommen ist. Für das leibliche Wohl der Dorfbewohner ist Wally zweifellos ein Zugewinn.

Obwohl ich gedankenverloren in die Gegend schaue, zufrieden mit meinem köstlichen Happen und dankbar für meinen dicken Mantel, bin ich mir der Tatsache voll und ganz bewusst, dass jemand mich heute früh niedergeschlagen hat. Für den Fall, dass mir auch hier jemand auflauert, bleibe ich wachsam, während ich den Rest des Gebäcks verzehre.

Vermutlich liegt es an dieser erhöhten Aufmerksamkeit, dass mir plötzlich etwas auffällt. Am Boden liegt ein Zigarettenstummel. Ich hebe ihn auf und sehe ihn mir genauer an. Eine exklusive Marke, und wie die Kippe am Ende zusammengedrückt ist, ruft mir die Unterredung mit Juggers und Cummins wieder in Erinnerung. Ich sehe vor meinem inneren Auge, wie Letzterer seine Zigarette zusammendrückte, um sie in die lange Spitze zu stecken.

Warum es mir in diesem Moment eiskalt den Rücken hinunterläuft, verstehe ich nicht ganz. Cummins wollte die Leiche sicher persönlich in Augenschein nehmen. Doch das unbehagliche Gefühl bleibt. Ich stecke den Stummel in die leere Papiertüte und begebe mich zur Kirche.

Ich muss viermal energisch klopfen, bis ich von drinnen Crouchers zaghafte Stimme vernehme.

»Inspector Grasby, Reverend. Ich würde gern noch einmal mit Ihnen sprechen.«

Nach einer langwierigen Prozedur, etlichen Klicklauten von Riegeln und Schlössern wird die schwere Holztür geöffnet.

»Ich hatte nicht erwartet, Sie heute noch einmal zu sehen, Inspector«, sagt Croucher, während ich mich schon in einer Gebetbank niederlasse und ihn mit einer Handbewegung auffordere, es mir gleichzutun.

»Ich habe noch ein paar Rückfragen zu einigen Punkten«, erwidere ich.

»Welchen denn?«

»Diese Stimmen, die Sie heute früh gehört haben – bevor Sie Mr Starr entdeckten, meine ich. Könnten Sie sich da vielleicht geirrt haben?«

»Nein, auf keinen Fall. Sonst hätte ich Ihnen nicht davon erzählt.«

»Verstehe. Aber wie Sie selbst bereits sagten: Die Außenwände der Kirche sind sehr dick.«

»Ich bin mir aber ganz sicher«, beharrt der Pfarrer. »Ich habe Stimmen gehört.«

»Dürfte ich ein kleines Experiment durchführen?«

»Was meinen Sie damit?«

»Ich werde rausgehen, die Tür schließen und mich hinter die Kirche stellen«, erkläre ich. »Dort werde ich laut sprechen und ein bisschen herumschreien. Begeben Sie sich bitte genau zu der Stelle, wo Sie heute früh waren, als Sie die Stimmen gehört haben. Und dann horchen Sie bitte, ob Sie verstehen können, was ich sage.«

»Ach, solche Umstände, Inspector.«

Ich verpasse Croucher meinen eisernsten Blick. »Reverend, ein Mann hat in unmittelbarer Nähe Ihrer Kirche sein Leben verloren. Ich bin es Mr Starr schuldig, bei meinen Nachforschungen so gewissenhaft wie möglich vorzugehen.«

»Ja, selbstverständlich. Verzeihen Sie bitte. Es war so ein schrecklicher Tag.«

Nachdem ich mich davon überzeugt habe, dass der Pfarrer auf seinem Posten ist, gehe ich hinaus, ziehe die Tür hinter mir zu und trabe nach hinten zu der Böschung. Dabei achte ich weiter darauf, dass die Luft rein ist. Der Revolver im Holster vermittelt mir dabei eine gewisse Sicherheit.

Hinter der Kirche ziehe ich ein Päckchen Zigaretten heraus, stecke mir eine an und nehme einen langen Zug. Dass ich keinen Ton von mir geben werde, versteht sich von selbst, aber das kann der Pfarrer nicht ahnen. Während ich genüsslich rauche, wandern meine Gedanken zum jetzigen Inhalt der Bäckertüte. Ich erinnere mich, dass Cummins noch die Toilette im Revier aufgesucht hat, weil sie dann gleich die Rückfahrt antreten wollten. Er muss also am Fundort der Leiche gewesen sein, während ich damit beschäftigt war, Dr. Starr zu trösten. Vor meiner Inspektion der Leiche können sie nicht hier erschienen sein, das hätte mir jemand gesagt.

Ich schlendere zurück und betrete die Kirche aufs Neue. Zum Glück war Croucher mutig genug, sich zwischenzeitlich nicht wieder zu verbarrikadieren. Er kniet betend in einer Bank nahe der Kanzel und erhebt sich, als ich näher komme.

»Warum haben Sie denn nicht gerufen, Inspector?«

»Habe ich getan, und zwar so laut ich konnte. Nun sagen Sie bloß nicht, Sie haben mich nicht gehört?«

»Nein, keinen Ton«, gibt der Pfarrer betreten zu.

Ich setze eine ernste Miene auf.

»Was ist los, Inspector?«

»Nichts – nichts, worüber Sie sich Sorgen machen müssten jedenfalls.« Ich blicke bedeutungsvoll in die Ferne.

»Sie verheimlichen mir doch etwas«, empört sich Croucher.

»Nun ja«, sage ich mit gedämpfter Stimme, »es ist nur so: Wenn wir Starrs Mörder schnappen, wird er natürlich vor Gericht gestellt.«

»Das will ich doch wohl hoffen.«

»In der Aussage, die Sie heute früh gemacht haben, sagten Sie aber, Sie hätten Stimmen gehört – kurz bevor Sie die Leiche fanden.«

»Ja, richtig.«

»Das Problem ist jetzt nur, dass jeder gute Verteidiger versuchen wird zu beweisen, dass Sie keine Stimmen gehört haben können. Verstehen Sie mein Dilemma?«

»Oh. Die werden dann das machen, was Sie gerade getan haben, und ich stehe als Lügner da. Das meinen Sie, oder?« Der Reverend beginnt zu weinen. »Aber ich war so sicher, dass ich sie gehört habe. Ich sage die Wahrheit!«

»Dann müssen Sie bei Ihrer Aussage bleiben, Reverend«, erwidere ich zweifelnd.

»Was werden die Leute denken?«

»Dasselbe, was ich auch denke. Dass Sie eine Sinnestäuschung hatten. Das kommt häufig vor und ist nichts Schlimmes. Nur …«

»Nur was?«

»Na ja, Mordprozesse … Da wird man im Zeugenstand nicht selten ziemlich auseinandergenommen.«

»Ich könnte also ernsthaft in Schwierigkeiten geraten?«

»Denkbar wäre es, fürchte ich.«

»Wenn das so ist, möchte ich meine Aussage ändern. Sofort.« Croucher reckt das Kinn vor, die Tränen sind versiegt.

Und das war's. Aufgabe erledigt, ein Zeuge weniger. Kinderspiel.

»Ich werde Ihre Aussage umschreiben und den Teil streichen, in dem von den Stimmen die Rede war«, erkläre ich.

»Ich weiß gar nicht, wie ich Ihnen danken soll, Inspector.«

»Keine Ursache. Hauptsache, der Gerechtigkeit wird Genüge getan, das ist das Wichtigste.«

Der Pfarrer sieht erleichtert aus.

»Sagen Sie, ob ich wohl mal Ihr Telefon benutzen könnte?«, frage ich.

»Aber natürlich. Es steht in der Sakristei, wie Sie wissen. Ich werde jetzt weiter für meine erbärmliche Seele beten.« Er sinkt erneut in einer Bank auf die Knie, während ich mich in die Sakristei begebe.

Ich selbst sollte mich erbärmlich fühlen – und tue es in gewisser Weise auch. Letztlich befolge ich zwar nur den Befehl, der mir erteilt wurde, und für den ehemaligen Soldaten in mir ist das einfach – nicht jedoch für den Polizisten, der ich jetzt bin. Der empfindet nagende Zweifel, insbesondere nach der Begegnung mit Martha Thornlie.

Die Nummer, die ich wähle, kann ich auswendig. Dann höre ich Deborah, eine unserer Empfangsdamen, am anderen Ende.

»Frank! Wie läuft's denn so in den Moors? Sie sind hier schon eine richtige Berühmtheit. Sie leiten die Ermittlungen bei einem Doppelmord?«

»Man tut, was man kann, Debbie. Sie kennen mich ja.«

»O ja, das kann man so sagen.« Ihre Stimme hat einen koketten Unterton, der mir gut gefällt. Ich beschließe, mir das für später zu merken.

»Ist Juggers da, Debbie?«

»Vor einer Stunde eingetroffen. Soll ich Sie durchstellen?«

Ich bejahe, in Erwartung der Stimme meines Vorgesetzten. Zum Glück dauert es nicht lange, bis Juggers' Organ durch die Leitung dröhnt.

»Grasby, ich hoffe, Sie haben nicht schon wieder versagt?«

»Ganz und gar nicht, Sir. Es verläuft alles nach Plan. Wie besprochen.«

»Bestens. Nun, was kann ich für Sie tun? Ich weiß, dass Sie mich vermissen, aber halten Sie sich ran, ich habe zu tun.«

Ab und an kann mein Vorgesetzter erstaunlich albern sein. Man weiß nur nie so recht, wann.

»Ich habe nur eine schnelle Frage, damit ich eine Antwort parat habe, falls sich jemand erkundigt.«

»Schießen Sie los.«

»Wann haben Sie und Ihr Begleiter die Leiche inspiziert?« Er soll nicht erfahren, dass ich inzwischen weiß, wer dieser Begleiter ist.

»Gar nicht. Sie wurde doch nach Leeds gebracht.«

»Nein, ich meine heute Vormittag, Sir.«

»Da haben wir uns nur mit Ihnen auf dem Revier getroffen.«

»Und Mr X hat den Fundort der Leiche auch nicht besucht – ohne Sie, meine ich?«

»Er hat mich abgeholt, und wir sind nach Elderby aufs Revier gefahren«, berichtet Juggers. »Und anschließend direkt zurück nach York. Muss ich Ihnen Rechenschaft über meinen Tagesablauf ablegen, Grasby? Herrje, man könnte ja glauben, Sie wollten uns unterstellen, wir hätten Starr umgebracht …«

Was er noch sagt, höre ich nicht mehr. Denn ich fühle mich, als stünde ich knietief in einem übel riechenden Sumpf, in dem das Wasser mit rasender Geschwindigkeit höher steigt.

# 21

Wüsste mein Vater Bescheid, wäre er vermutlich äußerst zufrieden – ich bin mal wieder in einen Schlamassel erster Güte geraten. Er entdeckte mein Talent, stets schnurstracks ins Verderben zu laufen, bereits in meiner Kindheit. Damals muss ich um die zehn Jahre alt gewesen sein. Das Schlüsselereignis spielte sich bei den Proben für das Krippenspiel im muffigen Gemeindesaal einer Kirche ab. Unsere Sonntagsschullehrerin hatte den Raum verlassen, um zum x-ten Mal Annabel Swift zur Toilette zu begleiten. Die arme Annabel hatte eine Blasenschwäche und nässte sich im Unterricht ständig ein. Ich habe mich oft gefragt, was später im Leben aus ihr geworden ist.

Wir Jungs langweilten uns jedenfalls und beschlossen, die Zeit für ein Fußballspiel zu nutzen. Mangels Ball fiel unsere Wahl dafür bedauerlicherweise auf die Lumpenpuppe, die in der Krippe das Jesuskind darstellen sollte. Als Miss Paget – eine dröge alte Paukerin – zurückkam, war sie fassungslos vor Entsetzen. Denn für sie repräsentierte die Puppe offenbar tatsächlich Jesus Christus. Sie fiel auf die Knie, hob das Lumpenbündel auf und prophezeite uns ein qualvolles Dasein in der Hölle.

Mein Vater machte ein großes Tamtam darum, dass er einen »ketzerischen« Sohn habe. Noch heute würde er Hinz und Kunz mit Inbrunst versichern, dass ich schon aufgrund dieser Tat bis in alle Ewigkeit verdammt sei. Und auf Nachfrage schildert er nur allzu gern detailliert meine weiteren Vergehen. Ich weiß, dass er in seinem tiefsten Inneren anders empfindet, aber die Moralkeule ist eben immer ein praktisches Werkzeug.

Zufällig ist Tubby Blake – einer meiner Komplizen bei diesem Frevel wider den Glauben – auf bestem Wege dahin, zum Bischof aufzusteigen. Falls es ihm gelingt, irgendwann Erzbischof von Canterbury zu werden, werde ich mit größtem Vergnügen überall herumerzählen, dass er das Jesuskind als Fußball benutzt hat. Blake war unsere kindliche Missetat bisher jedenfalls kein Stein im Weg.

Aber so ein Glück ist mir eben nie vergönnt.

Auf der Rückfahrt zum Revier nehme ich meine Umgebung kaum wahr. Ich versuche, mir einzureden, dass dieser Zigarettenstummel von allen möglichen Leuten stammen könnte. Aber in meinem Herzen weiß ich, dass es nicht so ist. Wer raucht denn schon President-Zigaretten, bitte schön? Mein Oberst bekam die im Krieg von seiner Gattin zugeschickt, zusammen mit anderen Luxusgütern. Vornehm geht die Welt zugrunde, kann ich da nur sagen. Deshalb war mir der Geruch von Cummins' Zigaretten auch auf Anhieb so vertraut. Die ganze Chose behagt mir überhaupt nicht.

Vor dem Revier stehen immer noch reichlich Leute Schlange, die über ihre frühmorgendlichen Erlebnisse Bericht erstatten möchten. Wie ich bereits befürchtet hatte, hat offenbar kaum jemand in Elderby letzte Nacht ein Auge zugetan. Und nicht nur das – alle wollen etwas Verdächtiges bemerkt haben. Bäcker Wally hat offenbar recht. Keiner will dem anderen in etwas nachstehen.

In seinem Büro ist Bleakly gerade im Begriff einzuschlafen. Ausnahmsweise kann ich ihm das nicht übel nehmen. Es war ein verdammt langer Tag, und ich bin selbst fix und fertig.

»Jetzt aber, Elphinstone. Hopphopp! Keine Müdigkeit vorschützen!«

Er reißt die Augen auf und blickt mich erbost an. »Ach, Sie

sind's. Ich hoffe, Sie wurden nicht wieder überfallen. Obwohl ich da im Moment gar nichts dagegen hätte.«

»Das ist ja wohl eine Frechheit«, erwidere ich.

»Ich weiß nicht, was Sie im Pub gefaselt haben, aber das ganze Dorf ist in Aufruhr. Wir können uns hier kaum retten. Dabei dachte ich, alles sollte ... Sie wissen schon.« Er zuckt mit den Augenbrauen.

»Haben die neuen Constables irgendetwas Nützliches erfahren?«

»Nein«, antwortet Bleakly abfällig. »Ich würde wetten, dass die Einwohner alle im Bett lagen. Oder höchstens bei einer Kanne Tee in der Küche saßen. Wieder mal typisch für dieses Dorf.«

»Ja, das vermute ich auch. Meine Ermittlungen haben auch noch nichts Brauchbares ergeben.« Jetzt ziehe ich meinerseits bedeutsam die Augenbrauen hoch.

Ich bin versucht, meinem Kollegen von dem Zigarettenstummel zu berichten, lasse es aber aus irgendeinem Grund bleiben. Ein vages Gefühl hält mich davon ab.

»Tja, ich muss schon sagen. Aber es ist nicht an uns, das zu hinterfragen.«

Von der Tür ist ein Geräusch zu vernehmen, und Deedee kommt mit einem Tablett herein. Tee und Kekse – ein höchst willkommener Anblick.

»Ich dachte, Sie beide könnten eine kleine Stärkung gebrauchen«, erklärt sie und schaut mich dann verblüfft an. »Na, Sie haben ja eine starke Selbstheilkraft, Inspector. Die Beule ist kaum noch größer als eine Erbse.«

Bei mir ist immer schon jede Verletzung schnell verheilt. Manche Cricket-Spieler waren wochenlang außer Gefecht gesetzt, wenn sie mit Wucht einen Ball auf die Finger gekriegt hatten. Ich fiel höchstens ein paar Tage aus und war dann wieder mit von der Partie. Eine Eigenschaft, für die ich dankbar sein kann, denke ich mir.

Bleakly betätigt sich als Gastgeber und schenkt uns ein. Kurz darauf sitzen wir drei gemütlich beisammen am Tisch und genießen unseren Tee.

Dann verkündet Bleakly mit bedeutungsschwangerem Unterton: »Bevor Sie sich heute Abend in die Höhle des Löwen begeben, sollten Sie über ein paar Dinge Bescheid wissen.«

»Sprechen Sie über die Gemeinderatssitzung?«

»Ja, genau die.« Deedee und der Sergeant werfen sich einen verstohlenen Blick zu. »Das ist immer eine Art Minenfeld – vor allem, wenn es um Recht und Ordnung geht.«

»Die alte Leier, oder?«, sage ich lässig. »Leute, die meinen, sich mit Polizeiarbeit auszukennen, aber in Wirklichkeit keine Ahnung haben.«

»Das trifft auf einige von ihnen zu, aber nicht auf alle«, entgegnet Bleakly.

»Raus mit der Sprache.« Mir schwant Übles.

»Da wäre als Erstes Lady Damnish. Sie ist Friedensrichterin.«

»Ha! Das sagt rein gar nichts über ihre juristischen Kenntnisse aus. Ganz im Gegenteil – meiner Erfahrung nach sind diese Friedensrichter auf dem Lande allesamt alte Schwätzer, die den Tagen nachtrauern, als sie noch die Macht hatten, über Tod und Leben zu bestimmen.«

»Sie ist Anwältin – oder war es jedenfalls«, wirft Deedee ein.

»Oh.« Das nimmt mir etwas den Wind aus den Segeln.

Bleakly wirft mir einen wissenden Blick zu. »Ja, und sie hat eine Spürnase wie ein Frettchen.«

Ich denke zurück an meine erste Begegnung mit der Herrin von Holly House. Auch ihr scharf geschnittenes, schmales Gesicht hatte durchaus etwas Frettchenhaftes.

»Ferner wäre da Sir Reginald«, fährt Bleakly fort.

»Wer ist das?«

»Er war früher stellvertretender Polizeipräsident der Metropolitan Police in London, ist jetzt im Ruhestand.«

»Aha.« Allmählich wird mir leicht mulmig.

»Und Finan Whales ist auch mit Vorsicht zu genießen.«

»Hört sich an wie ein Cowboy ...«

»Er war bei der Polizei von Whitby. Ist früh in Rente gegangen und hierhergezogen, weil er eine Allergie gegen Meeresluft entwickelt hat. Hat jedenfalls der Arzt gesagt.«

»In dieser Sitzung wird es also von Leuten wimmeln, die genau wissen, wovon sie reden«, konstatiere ich. »Deedee, ob Sie uns vielleicht ein Weilchen allein lassen könnten?«

Ich muss mit Bleakly unter vier Augen reden und bin mittlerweile misstrauisch gegenüber der jungen Amerikanerin. Plötzlich hat es nämlich den Anschein, als könnte es mir an den Kragen gehen. Einen wehleidigen Pfarrer hinters Licht zu führen ist kein Kunststück. Aber der Gemeinderat wird eine ganz andere Herausforderung sein. Stumm verfluche ich Juggers und seinen zwielichtigen Kumpan.

»Und vergessen Sie unsere Vermieterin nicht«, bemerkt Deedee, während sie ihre Tasse leert.

»Hetty Gaunt?«, frage ich verblüfft. »Lassen Sie mich raten: Sie ist die Schwester von Sherlock Holmes.«

»Nein, aber sie sieht Dinge«, erwidert Deedee.

»Na klar. Diesen fürchterlichen Vogel zum Beispiel, der ihr auf Schritt und Tritt folgt.« Die Profis im Gemeinderat beunruhigen mich, aber ich werde einen Teufel tun und mich von Mrs Gaunt und ihrem lächerlichen Hokuspokus ins Bockshorn jagen lassen.

Deedee räumt das Feld, und Bleakly beugt sich verschwörerisch vor. »Sie sollten nicht vorschnell urteilen, Sir. Mrs Gaunt ist nicht ohne.«

»Auf jeden Fall ist sie ohne Geschmack für Innenausstattung.«

»Spotten Sie nur. Aber behaupten Sie später nicht, ich hätte Sie nicht gewarnt.«

»Ich erwarte von Ihnen, dass Sie mich heute Abend unterstützen, Elphinstone«, stelle ich klar.

»Ich werde mich bemühen«, erwidert der Sergeant. »Aber ich kann mich nicht zu sehr auf Ihre Seite schlagen, sonst bekomme ich Ärger mit den anderen.«

»Herrje, vergessen Sie nicht, dass Sie bei der Polizei sind, Sie haben Verpflichtungen.«

»Wie könnte ich? Ich weiß, dass der größte Druck wegen dieser Morde auf Ihnen lastet. Aber mir ist auch alles andere als wohl bei der Sache. Obwohl es für den König und unser Land ist.«

»Königin.«

»Wie?« Bleakly sieht mich verständnislos an.

»Es ist jetzt für *die Königin* und unser Land, Sergeant.«

»Ach ja, stimmt. War mir wieder entfallen. Dieses arme Mädchen. Ich beneide sie nicht um ihren Posten. Ist ihrem Vater nicht gut bekommen.«

»Nun, wer weiß«, erwidere ich. »Die gute Victoria hat sich wacker geschlagen und lang durchgehalten.«

»Das ist wahr. Aber sie war eine Ausnahme. Es wird gewiss so schnell keine Monarchen mehr geben, die ihre Amtszeit erreichen.«

»Sie sind der reinste Sonnenschein, Elphinstone.«

Der Sergeant reibt sich nachdenklich das Kinn.

»Und, was denken Sie gerade?«, frage ich.

»Ich werde Ihnen jetzt etwas sagen, das ich lieber für mich behalten sollte, Sir.«

O nein, bloß nicht! Auf derlei Ankündigungen folgen meist unangenehme Geständnisse. Mein Gehirn ersinnt bereits allerlei abscheuliche Theorien.

»Es betrifft Lady Damnish.«

»Ja?«

Ich hoffe, dass er mir kein heimliches Techtelmechtel mit

der Herrin von Holly House beichten will. Sie wäre eine kolossale Fehlbesetzung als Lady Chatterley, ebenso wie Bleakly als Mr Mellors. Schaudernd verdränge ich die Bilder, die gerade vor meinem inneren Auge erscheinen.

»Dieser Ingleby«, fährt Bleakly fort.

Ich nicke. »Damnish hat ihn im Verdacht, die Farmdiebstähle begangen zu haben. Das hat der Lord jedenfalls angedeutet.«

»Würde mich nicht wundern. Zwischen Ingleby und Lord Damnish herrscht böses Blut. Sehr böses sogar.«

»Aber was hat die Hausherrin mit dem Ganzen zu tun?«, frage ich verwundert.

Bleakly räuspert sich. »Lady Damnish und Ingleby sind miteinander verbunden.«

»Oh. Mehr muss ich nicht wissen. Vielen Dank, dass Sie mich darüber in Kenntnis gesetzt haben, Elphinstone.«

Er starrt mich einen Moment verständnislos an, dann dämmert es ihm. »Ach nein, nicht so, Sir. Die beiden sind Bruder und Schwester.«

»Aha«, sage ich verständnislos. Herzensangelegenheiten sind kompliziert – davon kann ich ein Lied singen. Aber ich finde es immer seltsam, wenn sich Leute über die Ehepartner von Familienmitgliedern aufregen. Ingleby sollte sich doch freuen, dass seine Schwester einen wohlhabenden Mann ergattert hat. Oder überhaupt einen. Ich denke mit Grausen an ihr Frettchengesicht.

»Da steckt mehr dahinter, als man auf den ersten Blick erkennen mag«, fährt der Sergeant fort. »Im Dorf weiß natürlich jeder Bescheid. Aber Ihnen hat sicher noch niemand davon erzählt.«

»Ich bin auch erst seit gestern hier!« Es fühlt sich allerdings erheblich länger an.

»Und seither herrscht hier das reinste Chaos.« Bleakly verzieht das Gesicht. »Also, hören Sie. Lady Damnishs Vater war Lord

Elderby. Er lebte in dem alten Herrenhaus, Elderby Hall, das Damnish später abreißen ließ, um Holly House zu erbauen.«

Ich kann nicht verbergen, dass ich Mühe habe, Bleakly zu folgen.

»Der alte Lord war … kein Kind von Traurigkeit, könnte man sagen.«

»Ein lasterhafter Mann?«

»War dem Alkohol ebenso zugeneigt wie der Damenwelt.« Bleakly schnaubt verächtlich. »Und obendrein versessen auf Pferdewetten.«

»Aber das kann man ihm doch nicht verübeln«, werfe ich ein, wofür ich gute Gründe habe, wie Sie wissen.

»Schon, wenn das Geld knapp wird. Es heißt, er hat beim Börsenkrach Ende der Zwanzigerjahre ein Vermögen verloren. Und sich finanziell nie wieder davon erholt.«

»Oje.«

»Jedenfalls … bot Damnish dem alten Mann an, seine Schulden zu begleichen, und verlangte dafür im Gegenzug die Hand seiner Tochter.«

»Herr im Himmel, das ist ja wie im Mittelalter!«

»Es kommt noch schlimmer«, fährt Bleakly fort. »Er verlangte, dass nicht nur Lord Elderby auf seinen Adelstitel verzichten müsse, sondern dass auch seine Kinder keinen Anspruch darauf erheben könnten.«

»Und Lady Damnish hat zugelassen, dass man so mit ihrem Vater umsprang?«

Bleakly zuckt mit den Schultern. »Die meisten jungen Frauen hätten gewiss protestiert, aber sie war sich ihrer Lage bewusst. Ihr Vater war finanziell am Ende, und sie wollte das Leben einer Lady. Deshalb hat sie die Seiten gewechselt. Und seit damals sind sie und ihr Bruder zerstritten und reden nicht mehr miteinander.«

»Was ist dieser Ingleby für ein Mann?«, frage ich.

»Ehrenwerter Bursche. Die Leute hier nennen ihn heimlich immer noch ›Eure Lordschaft‹. Viele Dorfbewohner arbeiten für Damnish oder pachten ihre Farmen und Häuser von ihm. Deshalb müssen sie ihm schöntun. Aber eigentlich können sie ihn nicht leiden.«

»Und womit vertreibt er sich die Zeit? Ingleby, meine ich?«

»Malt Bilder, hauptsächlich«, antwortet Bleakly. »Er hat Briarside-Farm bekommen. Das war Teil der Abmachung zwischen seinem Vater und Damnish. Ingleby sollte für den Rest seines Lebens kostenlos auf der Farm wohnen können. Ab und an verkauft er ein Gemälde, aber eher selten, soweit ich weiß.«

»Und was wurde aus dem alten Lord Elderby?«, erkundige ich mich.

»Tragisches Ende. Damnish hat sein Versprechen gebrochen und den alten Mann mittellos im Stich gelassen. Lord Elderby hat zuletzt bei seinem Sohn auf der Briarside-Farm gelebt. Und dann fand man den Lord in der alten Salzfabrik auf dem Withernshaw Fell. Er hing vom Dachbalken.«

»Er hat sich also das Leben genommen?«

»Ja. So scheint es.« Zweifel liegt in Bleaklys Stimme.

»Was verschweigen Sie mir?«, bohre ich nach.

»Ist nur Dorfklatsch, Sir.«

»Ich will ihn trotzdem hören.«

Der Sergeant seufzt. »An Heiligabend hat Lord Elderby seinen Pächtern traditionell eine Runde im Hanging Beggar ausgegeben. Das hatte schon sein Vater so gemacht – und dessen Vater. Diesen Brauch hat der alte Knabe dann auch noch fortgesetzt, als er nicht mehr im Herrenhaus lebte und die Farmen längst Damnish gehörten. An diesem Abend jedenfalls spendiert Elderby den Leuten gerade einen Drink, als Damnish mit zwei seiner Handlanger auftaucht, ein Bündel Scheine auf die Theke klatscht und Elderby sagt, er solle Leine ziehen. Seine Zeit sei vorbei und so weiter. Ist wohl ziemlich deutlich geworden.«

»Und was tat Elderby?«

»Das war's ja gerade«, antwortet Bleakly. »Hat Damnish verflucht. Und ihm prophezeit, dass er einen Sohn bekommen würde, der den Namen Elderby wiederherstellt. Damnish würde in Vergessenheit geraten.«

»Ich habe den jungen Mann kennengelernt«, sage ich. »Ist ziemlich offensichtlich, dass er und sein Vater sich nicht verstehen.«

»Und das ist noch milde ausgedrückt. Man hört, dass ihn nur Lady Damnish in Holly House hält.«

»Und wie ging es mit Lord Elderby weiter?«

»Nun ja, drei Tage später wurde er eben tot im Salzhaus aufgefunden. War angeblich die gesamten Feiertage in merkwürdiger Verfassung. Er ging dann los zu einem Spaziergang und kam nicht mehr zurück.«

»Meine Güte. Ein Dorf voller Geister und Geheimnisse, wie?«

»Kann man so sagen. Inspector Moore war damals überzeugt, dass Damnish seine Finger mit im Spiel hatte.«

»Wieso?«

»Moore hat den alten Lord gern besucht und ihn über alles auf dem Laufenden gehalten. Dabei hat Elderby ihm erzählt, dass er an einem Plan arbeitete, der Damnish ein für alle Mal das Handwerk legen sollte.«

»Wozu es dann nicht mehr kam«, schlussfolgere ich messerscharf.

»Nein. Aber Moore hat alles drangesetzt, Einzelheiten über diesen Plan zu erfahren.«

»Bis er umgebracht wurde.«

»Ja, so war es leider. Aber Sie werden jetzt sicher verstehen, warum zwischen Ingleby und Lady Damnish Ärger herrscht.«

»Wovon ich mich heute Abend mit eigenen Augen überzeugen kann«, mutmaße ich.

»Deshalb ist die Gemeinderatssitzung so beliebt bei den Dorfbewohnern. Da wird immer ordentlich was geboten.« Bleakly erhebt sich steifbeinig. »Ich gehe mal ums Eck. Der viele Tee, Sie verstehen schon.« Er überlässt mich meinen Gedanken.

Die ganze Geschichte fasziniert mich in gewisser Weise, doch mein Selbsterhaltungstrieb schreit Zeter und Mordio. Als ich noch vor wenigen Tagen auf der Landkarte nach Elderby Ausschau hielt, konnte ich nun wirklich nicht ahnen, was in diesem scheinbar harmlosen Dörfchen in den North York Moors unter der Oberfläche brodelt. Da sieht man's mal wieder: nicht vorschnell urteilen.

Auf einmal fallen mir die Bemerkungen meines Vaters wieder ein, und ich beginne, mich erneut zu fragen, wie viel er tatsächlich über Elderby weiß.

# 22

In Gemeindesälen fühle ich mich nicht wohl. Das mag mit meiner Kindheitserinnerung an das Debakel mit der Lumpenpuppe zu tun haben oder einfach mit der Atmosphäre, die in diesen Räumen herrscht. Sie sind nämlich alle gleich, müssen Sie wissen. Abblätternde Farbe, vergilbte Plakate an den Wänden – in diesem Fall stammen sie noch aus dem Ersten Weltkrieg. Aber vor allem ist es der immer gleiche modrige Geruch des Verfalls. Es würde mich nicht wundern, wenn man beim Blick unter das Podium ein paar mausetote Pfarrer finden würde.

Ich bin schon früh vor Ort, in Begleitung von Deedee, die beschlossen hat, mir den Rücken zu stärken. Das war nicht mein Wunsch, aber sie ist eine energische junge Frau, und ich bin zu erledigt für Diskussionen. Das Essen war eine kurze, hastige Angelegenheit, nicht zu vergleichen mit dem Bankett des gestrigen Abends. Dennoch muss ich zugeben, dass auch das kalte Hammelfleisch mit Kartoffelpüree gut geschmeckt hat, vor allem zusammen mit der Bratensoße. Ich bewundere Menschen, die eine anständige Bratensoße zustande bringen – das ist nicht so einfach, wie man vermuten könnte.

Danach habe ich unsere Vermieterin gefragt, ob sie uns zum Gemeindesaal begleiten wolle. Angesichts der Umstände von Mr Starrs Ableben hätte ich erwartet, dass sie das Angebot gern annehmen würde, doch so war es nicht. Mrs Gaunt starrte mich nur entsetzt an und murmelte etwas von Gefahren, die mich auf Schritt und Tritt verfolgten und dass sie allein sicherer sei. Frechheit! Doch da Bleakly fest an ihre hellseherischen Fähigkeiten glaubt, ist ihr Verhalten wohl Anlass zur Sorge.

Ich bin nicht zu stolz, ihr mitzuteilen, dass ich den Revolver unter dem Sakko trage und allzeit bereit bin, ihn einzusetzen. So etwas wie dieser Vorfall im Wald wird mir nicht noch einmal passieren. Wer mich jetzt aus dem Hinterhalt überfallen möchte, muss sich warm anziehen. Wenn es darum geht, meine Haut zu retten, habe ich keine Skrupel.

Mit Deedee begleitet mich jedenfalls ein zweites Paar wachsamer Augen zum Gemeindesaal. Der Mond taucht das Dorf in ein beinahe übernatürliches Licht. Sogar mit dem Mond stimmt hier irgendetwas nicht. Oder leide ich schon an Paranoia?

Gemeindesäle sind die Seele unseres Landes, müssen Sie wissen. In diesem Exemplar stehen Klapptische mit weißen Tischdecken, die schon bessere Zeiten gesehen haben, an der Stirnseite des Raums. Ich zähle zehn Plätze, jeweils ausgestattet mit einer wuchtigen Teetasse in bezauberndem Schlammgrün. Außer uns befindet sich nur eine weitere Person im Raum, ein betagter Mann mit beiger Arbeitskleidung und einem langen Besen in der Hand. Ich folgere messerscharf, dass es sich um den Hausmeister handeln muss, der allerdings nicht nur dem Boden hier, sondern auch sich selbst etwas mehr Pflege angedeihen lassen könnte. Dennoch nicke ich ihm höflich zu. Der ungehobelte Bursche reibt sich mit dem Handrücken über die Nase und schaut demonstrativ in die andere Richtung. Ich tröste mich mit dem Gedanken, dass er ohnehin bald das Zeitliche segnen wird.

»Du liebe Zeit, ist das urig hier«, bemerkt Deedee.

»Ich dachte, Sie seien schon einmal hier gewesen.«

»Nein, das ist das erste Mal. Das ist also das Epizentrum der Macht von Elderby.«

»Ja«, brumme ich. »Welche Freude.«

Noch immer versuche ich zu verstehen, aus welchen Gründen Miss Dean noch in Elderby ist. Ich finde es sehr eigenartig, dass ich mich hier mit einer streng geheimen Vertuschungsmission herumschlagen muss, die die nationale Sicherheit betrifft, während sich eine mysteriöse Amerikanerin in meiner Nähe aufhält. Diese beiden Clowns von Constables wurden ratzfatz geschasst, aber Deedee scheint im Polizeirevier zum Inventar zu gehören. Ihr steinreicher Vater könnte der Grund sein, aber überzeugt bin ich davon nicht.

Ein großer Mann in schwarzem Anzug kommt herein und beäugt leicht schwankend die Tische.

»Das ist Mr Grimshaw, der Bestatter«, teilt Deedee mir leise mit.

»Herrje, der ist doch geradewegs aus einem seiner Särge gekrochen«, raune ich.

Die traurige Gestalt lässt den Blick durch den Raum schweifen und stakst dann mit unsteten Schritten auf uns zu.

»Wie geht's?«, fragt mich Grimshaw.

»Bestens, danke.« Ich strecke ihm die Hand hin, die er schwächlich drückt.

»Ein trister Beruf. Das Bestattungswesen«, sagt er unvermittelt.

»Kann ich mir denken.«

»Mich will keiner sehen, wissen Sie? Ein einsames Leben.«

An diesem Punkt beginne ich, nach einem scharfen Gegenstand Ausschau zu halten, mit dem ich mir zeitnah die Pulsadern aufschneiden kann. Deedee kommt mir jedoch wacker zu Hilfe.

»Ich finde Ihren Beruf ungemein wichtig«, sagt sie. »Sie sind wie ein Seelenführer, der die Verstorbenen auf ihrem Weg ins Jenseits begleitet. So eine sinnvolle Aufgabe. Sie sollten stolz auf sich sein, Sir.«

Nun mal nicht übertreiben, denke ich.

»Oh, so habe ich das noch gar nicht gesehen. Sie sind wirklich erfrischend, junge Dame. Apropos …« Grimshaw fördert aus der Innentasche seiner Anzugjacke einen großen Flachmann zutage. »Dieser Anlass verlangt nach einer Erfrischung.«

Er hält mir die Flasche hin, und ich nehme sie dankbar in Empfang, obwohl ich das Selbstmitleid meines Gegenübers kaum noch ertragen kann. Wohl bekomm's!

Während ich mir einen kräftigen Schluck hinter die Binde gieße, fällt mir auf, dass Grimshaw mich von Kopf bis Fuß mustert.

»Etwa so groß wie ich«, sinniert er laut. »Etwas breitere Schultern allerdings.« Er nickt wissend, als würde er die Beobachtung bereits für den Zeitpunkt vermerken, wenn ich den Löffel abgebe.

»Immer mit der Ruhe, wenn ich bitten darf«, sage ich.

»Verzeihung. Berufsgewohnheit. Ich nehme in Gedanken von allen Leuten Maß, denen ich begegne. So wie Zahnärzte den Leuten auf die Zähne gucken und Friseure auf die Haare. Und seien wir ehrlich – so wie es hier in Elderby gerade zugeht, da weiß man nie … Nun ja, genug davon.«

Er entfernt sich so langsam, als schritte er einem Trauerzug voran. Eine heitere Stimmung hier.

Als ich Stimmen höre, schaue ich zur Tür. Lady Damnish hat soeben den Raum betreten, begleitet von ihrer Entourage. Die Dame ist alles andere als unscheinbar gekleidet. Ich bin mir nicht sicher, ob Diadem und Pelzstola einer Gemeinderatssitzung angemessen sind, doch Madame scheint dieser Ansicht zu sein. Lange weiße Handschuhe runden ihren glamourösen Aufzug ab. Man könnte meinen, ein Mitglied des Königshauses statte Elderby einen Besuch ab.

An Lady Damnishs Seite geht ein kleiner Mann mit schütterem Haar und rundem, rotwangigem Gesicht. Ich schätze ihn auf Ende sechzig, und er strahlt die Selbstsicherheit einer Person aus, die etwas im Leben erreicht hat.

»Der Mann neben Lady Damnish ist Sir Reginald«, erklärt Deedee, meine Informationsquelle. »Reizender Mann. Er war beruflich sehr erfolgreich. Stellvertretender Polizeipräsident«, schwärmt sie.

Na prächtig, denke ich mir. Bestimmt ein Schleimer, der weit und breit in jedes wichtige Hinterteil gekrochen ist.

Lady Damnish, höre ich von Deedee, erfreut sich wohl noch immer der Gunst von all jenen, die sich der vornehmen Herkunft ihres Vaters verpflichtet fühlen. Und rein äußerlich passt die Dame perfekt in diese Rolle. Die junge Königin selbst sähe wohl eher unscheinbar aus neben dieser blaublütigen Schreckschraube.

Jetzt betreten rasch nacheinander auch die restlichen Mitglieder des Gemeinderats den Raum, gefolgt von einer Schar schaulustiger Dorfbewohner. Es scheint, als hätten sie alle draußen auf das Eintreffen von Lady Damnish gewartet. Auf den ersten Blick kann ich Braithwaite, den Schlachter, identifizieren sowie Bäcker Wally, der sich fern seiner Backwaren äußerst unwohl zu fühlen scheint. Meinen eigenen Kollegen erkenne ich jedoch erst bei genauerem Hinsehen. Bleakly steckt in einem Anzug, seine grau melierten Haare sind mit Pomade straff zurückgekämmt. Der Sergeant leckt sich nervös die Lippen, und ich bemerke verärgert, dass er uns keines Blickes würdigt, obwohl er uns mit Sicherheit bemerkt hat.

»Sieht Sergeant Bleakly nicht flott aus?«, flüstert Deedee.

»Wenn Sie meinen«, murmle ich verdrossen.

Dann betritt ein beleibter Mann im Tweedsakko den Saal, eine Pfeife zwischen die Zähne geklemmt, aus der übel riechender blauer Dunst aufsteigt. Er dürfte um die vierzig sein und hat ein breites, pockennarbiges Gesicht. Ein weniger höflicher Mensch als ich würde ihn wahrscheinlich als hässlich beschreiben. Doch Schönheit liegt bekanntlich im Auge des Betrachters.

»Das ist Finan Whales«, raunt Deedee. »Ein hässlicher Mann, nicht wahr? Er war früher mal Preisboxer, hat Sergeant Bleakly mir erzählt.«

Mir fallen Whales' riesige Hände auf, mit denen er mich zweifellos windelweich schlagen könnte, und ich nehme mir fest vor, in seiner Nähe auf der Hut zu sein.

Alle lassen sich auf ihren Plätzen nieder, Lady Damnish in der Mitte. Sie hat einen kleinen Richterhammer in der Hand. Ihr Diadem funkelt im Licht der Deckenlampen. Neben ihr sitzt Sir Reginald, der sich jetzt im Saal umschaut. Der Blick des ehemaligen Polizisten ruht einen Moment lang auf mir, sein Gesichtsausdruck ist schwer zu deuten. Neutral mit einer Spur von Missbilligung vielleicht. Er scheint zu wissen, wer ich bin.

Ich mustere die versammelten Ratsmitglieder, die mich gleich mit ihren Fragen löchern werden. Mrs Gaunt, von Kopf bis Fuß in Schwarz gekleidet, starrt zur Decke hinauf. Wartet sie etwa auf die Ankunft ihres Raben?

Die Tür schwingt auf, und Reverend Croucher kommt hereingehuscht. Er wirkt nervös, zwinkert mir aber im Vorbeigehen zu, was mir gar nicht gefällt. Es ist wohl eine Anspielung auf unsere kleine Abmachung zur Änderung seiner Aussage. Der Ärmste glaubt, er hätte sich einen Gefallen getan, obwohl er sich in Wahrheit versündigt hat. Wobei dergleichen den modernen Geistlichen schnurzpiepe ist. Wer weiß, wie es um Crouchers Frömmigkeit bestellt ist. Aber mir ist nicht entgangen, dass sein eigenes Wohl bei ihm Vorrang hat. Was ich durchaus nachvollziehen kann, wie Sie sich denken können.

Als auch die Letzten ihre Plätze eingenommen haben, zeigt sich, dass eine Person fehlt. Am Tisch nahe der Tür ist noch ein Platz frei.

»Wie bezeichnend.« Lady Damnish verzieht das Gesicht. »Ich schlage vor, wir beginnen unverzüglich.«

»Jawohl, ich stimme dafür«, verkündet Sir Reginald und hebt die Hand.

Ich habe häufiger vor Gericht ausgesagt, als ich zählen kann. Aber jetzt wird mein Mund trocken, und meine Hände beginnen zu zittern. Ich versuche, mir einzureden, dass es an dem anstrengenden Tag liegt. Doch es ist natürlich meine Zwangslage, die mich so nervös macht. Für gewöhnlich – nicht immer also, muss ich zugeben – sage ich vor Gericht die Wahrheit, die ganze Wahrheit und nichts als die Wahrheit. Aber das hier ist kein Prozess, und ich bereite mich darauf vor zu lügen. Davon hängt schließlich die Sicherheit meines Landes ab, aus welchem Grund auch immer.

In diesem Moment geht die Tür erneut auf, und ein großer hagerer Mann mit grauen Schläfen tritt ein. Er trägt ein braunes Sakko mit Flicken an den Ellbogen und einen Pullover, der an der Brust ein Loch aufweist. Dennoch strahlt der Mann etwas Erhabenes aus. Alle Anwesenden – ausgenommen Lady Damnish und Sir Reginald – lächeln, sogar Hetty Gaunt.

Bei dem Herrn muss es sich um Ingleby handeln. In seinem Gesicht sehe ich die scharfen Züge seiner Schwester, jedoch gefälliger arrangiert. Er wirkt nicht vogelartig, sondern vornehm und aristokratisch. Und trotz seiner nachlässigen Kleidung strahlt er eine natürliche Überlegenheit aus, wohingegen seine Schwester mit ihrem Diadem übertrieben aufgetakelt erscheint.

Ingleby begrüßt die Runde mit freundlichem Nicken und hält einer weiteren Person die Tür auf. Eine Frau mit dunklem Mantel und Hut, das Gesicht hinter einem schwarzen Schleier verborgen, betritt den Raum. Die Überraschung darüber, dass die frisch verwitwete Dr. Starr hier auftaucht, ist allen Anwesenden anzumerken. Ingleby rückt ihr einen Stuhl mit

Blick auf den Rat zurecht, und sie lässt sich nieder, den Kopf gesenkt. In den Händen hält sie ein weißes Taschentuch.

Lady Damnish starrt Dr. Starr einen Moment lang mit offenem Mund an, fasst sich dann jedoch und eröffnet mit einem Hammerschlag die Sitzung des Gemeinderats, während ihr Bruder seinen Platz einnimmt.

# 23

Bevor ich mich erhebe, um der erlauchten Runde Rede und Antwort zu stehen, klopft Deedee mir ermutigend auf den Rücken. Ich bin tatsächlich froh, dass sie hier ist, um mir moralischen Beistand zu leisten. Bleakly hingegen hat mich noch immer nicht gegrüßt, worüber ich ziemlich pikiert bin.

Sir Reginald und Lady Damnish fixieren mich mit bohrendem Blick, während Letztere zu sprechen beginnt. »Sie sind Frank Grasby, vormals Inspector bei der Kriminalpolizei von York, nicht wahr?« Ihre Stimme ist schrill, aber für eine Frau dieser Statur erstaunlich laut und herrisch.

»Inspector Frank Grasby, ja, aber nicht vormals, sondern derzeit«, erwidere ich. »Außerdem beabsichtige ich, in Bälde nach York zurückzukehren.«

Wenn ich nervös bin, neige ich zu Albernheiten. Mir entgeht nicht, dass sich einige Ratsmitglieder das Grinsen verkneifen müssen.

»Nun, jedenfalls sind Sie vorerst hier und beauftragt, im Todesfall des noch nicht identifizierten Mannes, der in einem Kamin in Holly House aufgefunden wurde, und im Todesfall von Charles Starr zu ermitteln, ist das richtig?« Lady Damnish hält ihre Ansprache, ohne auch nur einen Blick auf die trauernde Witwe zu werfen.

»Das ist richtig«, bestätige ich.

»Gut. Und wie beabsichtigen Sie vorzugehen?«

»Ja, das würden wir zu gern wissen«, meldet sich Sir Reginald zu Wort.

Ja, meine Herrschaften, ich werde lügen und täuschen, was das Zeug hält, wäre die wahrheitsgemäße Antwort. Aber die behalte ich natürlich für mich.

Stattdessen sage ich: »Danke, Lady Damnish. Ich bin überaus froh, heute Abend mit Ihnen allen sprechen zu können.« Dann wende ich mich der Witwe zu. »Und Ihnen, Dr. Starr, möchte ich noch einmal mein herzliches Beileid aussprechen und Ihnen versichern, dass ich mein Bestes geben werde, um die Umstände aufzuklären, die zum Tod Ihres Mannes geführt haben.«

Ihnen ist gewiss nicht entgangen, dass mir das Wort »Mord« nicht über die Lippen gekommen ist. Wie meine Komplizen Chuck Starrs Ableben mit einem Unfall oder Suizid erklären wollen, ist mir zwar schleierhaft, aber auch nicht mein Problem.

Dr. Starr nickt zögernd, ihr Gesicht ist unter dem Schleier nicht zu erkennen.

»Dem schließen wir uns selbstverständlich alle an«, äußert Lady Damnish, der offenbar erst jetzt aufgefallen ist, dass sie und der gesamte Gemeinderat es versäumt haben zu kondolieren.

Dann fährt sie fort: »Inspector Grasby, Ihnen ist gewiss bewusst, wie erschüttert die Einwohner von Elderby darüber sind, dass in unserem friedlichen Dorf zwei Menschen ihr Leben eingebüßt haben?«

»Selbstverständlich«, antworte ich. »Und ich möchte Ihnen an dieser Stelle versichern, dass wir alle Maßnahmen treffen, um für die Sicherheit der Gemeinde zu sorgen.«

»Aber wie wollen Sie das machen, Inspector, wie?«, bellt Lady Damnishs Nebensitzer.

»Sir Reginald«, erwidere ich in so vertraulichem Ton, als wären wir gute Bekannte, »Sie wissen sicher am besten, wie unprofessionell es wäre, Informationen über zum Schutz der

Bevölkerung getroffene Maßnahmen der Öffentlichkeit preiszugeben.« Ich wende mich an Lady Damnish. »Ich kann zu diesem Zeitpunkt leider auch keine Details über unser Vorgehen bei den Ermittlungen offenbaren, um selbige nicht zu behindern.«

»Aber können Sie uns zumindest mitteilen, wer die Ermittlungen durchführt? Ich habe einige neue Gesichter auf dem Polizeirevier bemerkt.« Hier spricht doch wahrhaftig Elphinstone Bleakly. Ich habe keine Ahnung, was in dessen sonderbarem Hirn gerade vorgeht.

»Nun, selbstverständlich sollten Sie neue Gesichter auf dem Revier bemerken, Sergeant Bleakly«, entgegne ich entrüstet. »Es ist schließlich Ihres.« Im Saal ist unterdrücktes Kichern zu vernehmen.

»Inspector Grasby«, sagt Bleakly jetzt gewichtig. »Sie sind ein vergleichsweise junger Mann.«

Na, jedenfalls jünger als du, du verschlafener alter Knacker, denke ich erbost.

»Sie werden noch lernen, dass ein Mann im Laufe seines Lebens unterschiedliche Hüte tragen muss. Heute Abend trage ich den Hut eines Gemeinderatsmitglieds.«

Am liebsten würde ich zurückgeben, dass er überhaupt keinen Hut trägt. Doch damit würde ich den Bogen eindeutig überspannen.

»Und dieser Hut verlangt von mir, Fragen zu stellen, die …« Er kommt ins Stocken, seine Lider flattern, und ich empfinde bereits hämische Freude. Doch nein, es gelingt ihm, wach zu bleiben. »Fragen, die beantwortet werden müssen.«

»Verzeihung«, sage ich, zur Vorsitzenden gewandt. »Sergeant Bleakly befindet sich selbstredend in einer zwiespältigen Lage. Aber ich habe Befehle, die ich befolgen muss, ungeachtet der mir hier gestellten Fragen.« Ich bin mächtig stolz auf mich. Und mein werter Kollege kann sich morgen auf was gefasst machen.

»Bleakly!«, poltert Sir Reginald jetzt. »So geht das nicht, hören Sie? Dieser Inspector muss seine Arbeit erledigen, wie Sie doch wohl wissen. Diskretion ist unerlässlich in unserem Beruf.«

Grundgütiger, der Herr wähnt sich noch im Dienst. Aber immerhin ist er auf meiner Seite, was mich zwar überrascht, aber beruhigt. Doch dann erklingt zu Sir Reginalds sichtlichem Missfallen eine entschiedene sonore Stimme.

»Das ist doch absoluter Blödsinn.« Ingleby lehnt sich lässig auf seinem Stuhl zurück, eine selbst gedrehte Zigarette zwischen den Fingern. Er strahlt von Kopf bis Fuß die Überheblichkeit eines gelangweilten Adeligen aus.

»Kommentare sind an den Vorsitzenden zu richten!«, faucht Lady Damnish und funkelt ihren Bruder erbost an.

»Das ist kein Kommentar, sondern eine Tatsache«, entgegnet Ingleby ungerührt und zieht genüsslich an seiner Zigarette.

Ich bin hocherfreut über diese neue Entwicklung. Die Aufmerksamkeit gilt nun nicht mehr allein mir.

Jetzt erhebt sich Finan Whales, die Schirmmütze in den mächtigen Pranken. »Ich möchte dem Inspector meine Dienste anbieten. Dreißig Jahre bin ich für die Polizei von North Yorkshire im Einsatz gewesen. Bei diesen erschreckenden Fällen können Sie bestimmt Verstärkung gebrauchen.«

Solange uns die Ermittlungen nicht nach Hull führen, denke ich mir.

»Der Inspector ist gewiss dankbar für Unterstützung«, bemerkt Lady Damnish, den strengen Blick auf mich gerichtet.

»Mr Whales ist freilich sehr hilfsbereit«, erkläre ich. »Jedoch wird der Gemeinderat sicher verstehen, dass es nicht in meiner Macht liegt, weitere Ermittler einzustellen. In einer derart heiklen Lage wünschen meine Vorgesetzten gewiss, nur die offiziell beauftragten Polizisten beteiligt zu sehen.«

Ich muss jetzt bedächtig handeln. Es geht schließlich um

zwei Todesfälle, nicht um das Dorffest. Whales mag sich für die rettende Hand halten, aber er wird mir nicht ins Handwerk pfuschen, das schon kompliziert genug ist. Ein solches Verhalten habe ich bei Polizisten im Ruhestand schon des Öfteren erlebt. Kaum sind sie ihre Arbeit los, wollen sie unbedingt weitermachen. In einem Wettbüro in York bin ich gelegentlich einem verrenteten Kollegen begegnet, der völlig versessen darauf war, wieder als Constable tätig zu sein. Dafür habe ich wenig Verständnis. Ich kann es kaum erwarten, in Rente zu gehen und mich von dem ganzen Zirkus zu verabschieden.

Nun fühlt sich Sir Reginald bemüßigt, wieder das Wort zu ergreifen. »Wenn Mr Whales in Betracht gezogen wird, dann sollte ich auch beteiligt sein, oder nicht? Ich habe einen der höchsten polizeilichen Posten des gesamten Landes bekleidet!« Er hebt gewichtig das Kinn.

Das Ganze gerät zusehends zur Farce. Ich werfe einen raschen Blick auf Dr. Starr, der trotz Schleier anzumerken ist, wie sehr sie dieses Theater aufwühlt. Was nur allzu verständlich ist.

Als hätte er meine Gedanken gelesen, meldet sich jetzt Ingleby zu Wort: »Ich muss protestieren. Mr Starrs Witwe ist anwesend. Nehmen Sie bitte Rücksicht auf ihre Gefühle. Ungeheuerlich, wie es hier zugeht!«

Lady Damnish schlägt empört mit dem Hammer auf die Tischplatte. »Darf ich dich daran erinnern, dass ich diese Sitzung leite und nicht du!« Sie hält dem Blick ihres Bruders stand. Die Antipathie zwischen den beiden ist wohl für niemanden zu übersehen.

Lady Damnish fährt fort: »Es ist die Pflicht des Gemeinderats, Inspector Grasby das Ausmaß unserer Betroffenheit begreiflich zu machen. Er muss schließlich alles geben, um die Fälle möglichst schnell aufzuklären. Das ist Ihnen doch gewiss bewusst, Grasby?«

»Gewiss, Mylady. Und ich kann Ihnen versichern, dass alles Menschenmögliche getan wird, um die Wahrheit ans Licht zu bringen – in beiden Fällen.«

Ihre Miene ist unerbittlich – mit dieser Dame möchte ich mich keineswegs anlegen, die ist mir alles andere als geheuer.

Man könnte meinen, damit wäre genügend Drama für eine Gemeinderatssitzung geboten worden, doch dem ist nicht so. Plötzlich legt Hetty Gaunt mit großer Geste eine Hand an ihre Stirn und schließt die Augen. Ich erwarte erneutes Hämmern von Lady Damnish oder eine schneidende Bemerkung von Ingleby. Nichts dergleichen. Stattdessen senkt sich absolute Stille über den Saal. Man könnte eine Stecknadel fallen hören.

Meine Vermieterin beginnt, etwas zu murmeln. Es ist eine Art tiefes Grollen, das aus ihrem Mund dringt. Ein Laut, der vollkommen im Widerspruch zu ihrer zierlichen Gestalt steht.

»Bevor morgen die Sonne untergeht, wird der Tod erneut zuschlagen«, verkündet sie.

Einige schnappen erschrocken nach Luft, und auch Deedee schlägt die Hand vor den Mund. Doch die gute alte Hetty ist noch nicht fertig. »Eine fremde Person in unserer Mitte wird diese Welt verlassen.« Mrs G sackt nach vorne und stützt den Kopf in die Hände.

Plötzlich starren alle mich an. Es dauert einen Moment, bis mir das Offensichtliche klar wird. Ich bin die einzige fremde Person hier – zumindest beinahe.

Normalerweise bin ich äußerst skeptisch, wenn jemand behauptet, Verbindungen ins Jenseits zu haben. Die Wahrsagerin am Strand von Scarborough, die ich bereits erwähnte, gab vor, mit jedem dahingeschiedenen Verwandten ihrer Kundschaft in Kontakt treten zu können. Als junger Mann, damals gerade in einer Liaison mit einem bezaubernden Mädchen, das ich beeindrucken wollte, erklärte ich der Wahrsagerin, mein Urgroßvater sei ein amerikanischer Ureinwohner gewesen. Und ob Sie's glauben oder nicht: Die Dame gab auf einmal Kriegsgeheul von sich, verlangte nach einer Friedenspfeife und wollte mir ernsthaft weismachen, mein Vorfahr spräche gerade durch sie. Ich halte solche Scharlatane für gefährliche, skrupellose Gauner, die sich an der Trauer von Menschen bereichern. Doch sogar ich muss zugeben, dass mich Hetty Gaunts Vorstellung beeindruckt hat.

Ingleby steht auf und geht zu Dr. Starr, die von lautlosem Schluchzen geschüttelt wird. Die arme Frau ist mit ihren Kräften am Ende. Als Ingleby ihr etwas ins Ohr flüstert, nickt sie, und er hilft ihr auf.

Nun muss ich sagen, dass meine Skepsis auch Herren betrifft, die sich allzu bereitwillig um Damen in Not kümmern. Dr. Starr hat ein sehr angenehmes Äußeres und ist um einiges jünger als Ingleby, vermute ich. Ob er nun ledig ist oder nicht, könnte man ihm doch gewisse Motive für seine vermeintlich gute Tat unterstellen. Der Mann ergreift die Gelegenheit beim Schopfe, denke ich mir. Aber irgendwie kann ich ihm das auch nicht verübeln.

»Entschuldige mich bitte«, sagt er scharf zu seiner Schwester. »Was sich hier heute Abend abgespielt hat, ist eine Schande. Wie konntest du nur!« Und damit bietet er der Witwe den Arm und geleitet sie hinaus.

»Er hat nicht unrecht«, ergreift jetzt Braithwaite, der Schlachter, das Wort. »Beschämend war das.«

»Behalten Sie Ihre Meinung bitte für sich, Mr Braithwaite!«, faucht Lady Damnish. »Dennoch erkläre ich die Sitzung umständehalber für beendet!« Sie schlägt ein letztes Mal mit dem Hammer auf den Tisch.

»Ich habe keinen blassen Schimmer, was hier vor sich geht«, sagt Bleakly und blickt verständnislos in die Runde.

»So, Deedee«, sage ich zu meiner Sitznachbarin, »es ist Zeit für einen Drink.« Den kann ich jetzt wirklich gebrauchen. Bevor uns jemand in ein Gespräch verwickeln kann, verlassen wir hastig diesen unangenehmen Ort und streben dem Hanging Beggar zu.

»Alles in Ordnung mit Ihnen?«, erkundigt sich Deedee, als wir uns dem Gasthaus nähern.

»Nein, das kann ich nicht behaupten.«

»Ich würde nicht viel darauf geben, was Sie da zu hören bekommen haben«, rät mir die junge Dame. »Alles nur dummes Geschwätz.«

Nach kurzem Überlegen beschließe ich, meine Gedanken für mich zu behalten, wie es sich für einen Gentleman gehört. Denn die gute Mrs G hat schließlich nur prophezeit, dass eine fremde Person zu Tode kommen würde – und Daisy Dean ist hier ebenso fremd wie ich, wie mir dann auffiel. Weil mich das ein wenig beruhigt, fühle ich mich prompt schuldig. Aber manchmal muss man sich eben selbst der Nächste sein. Und übertriebene Ritterlichkeit hat noch nie jemandem geholfen.

Trotz der aktuellen Umstände spüre ich auch in Elderby, dass Festtagsstimmung in der Luft liegt. Weihnachten steht vor der Tür, und ich habe immer noch keine Ahnung, wie ich das Fest dieses Jahr verbringen werde.

Im Beggar sitzen nur wenige Gäste, und die sind schon reichlich beschwipst. Ethel wirkt müde, als sie uns begrüßt.

»Guten Abend, Inspector. Miss Dean. Wie lief die Gemeinderatssitzung?«

»Man kann sagen, dass sie ereignisreich war, jedoch nicht ergiebig«, antworte ich ausweichend.

»Der Gemeinderat ist eben ein Haufen verschrobener Käuze«, brummt Ethel. »Und zustande bringen die auch nichts.« Sie bückt sich und reibt ihr Knie. »Schreckliche Geschichte das alles, aber fürs Geschäft ist's gut. Die Leute wollen reden, ich hatte seit dem Dorffest nicht mehr so viel zu tun wie heute. Brauchte am Nachmittag eine Eillieferung von der Brauerei.«

Wir bestellen, und ich denke mir, dass Ethel recht hat: Nichts finden die Leute spannender als Tragödien. Ist wohl so ein bisschen wie der Galgenhumor im Krieg. Man plaudert über die Toten und ist froh, dass man noch lebt.

»Ich gebe Ihnen und Ihrer jungen Dame einen aus, wie wär's, Inspector?«, höre ich plötzlich eine Stimme hinter mir.

Als ich mich umdrehe, steht der hünenhafte Finan Whales vor mir und grinst mich an. Schlagartig wird mir flau im Magen, und zwar nicht, weil er Deedee »meine junge Dame« genannt hat, sondern aus einem anderen Grund. Der Mann benutzt ein ziemlich aufdringliches Rasierwasser. Dasselbe, das ich heute Morgen im Wald gerochen habe, kurz bevor ich niedergeschlagen wurde.

# 24

Ich verfluche die Lebensmittelrationierungen, wirklich. Natürlich hätten wir alle gern mehr Fleisch und Zucker. Aber für mich ist vor allem der Tee unverzichtbar. Ohne Tee kann ich nicht leben. Und als ich heute Morgen nach einer unruhigen Nacht aufstehe, muss ich feststellen, dass Mrs Gaunt – eine der Ursachen für meine nächtlichen Ängste – keinen Tee mehr im Haus hat. Außerdem habe ich noch immer den Geruch von Finan Whales' Rasierwasser in der Nase, der mir zugleich Schauer über den Rücken jagt und mich ärgert. Im Pub war der Mann höflich und liebenswürdig. Aber wieso hat er gestern früh versucht, mir den Schädel einzuschlagen? Oder benutzen hier alle Männer das gleiche Rasierwasser?

Deedee – die nervtötend munter ist, was angesichts der Whiskymengen, die sie sich gestern Abend genehmigt hat, an ein Wunder grenzt – eilt zu meiner Rettung. Und so sitze ich binnen kürzester Zeit in dem pechschwarzen Wohnzimmer und genieße einen starken Kaffee aus Deedees Privatvorräten. Ich staune, wie gut er schmeckt. Der Kaffee, den ich vorgesetzt bekam, war meist entweder bis zur Ungenießbarkeit mit Chicorée gestreckt, oder es muss sich um Reste gehandelt haben, die man vom Boden eines Lagerhauses aufgekehrt hat. Was Deedee mir serviert, hat dagegen eine aromatische, fast fruchtige Frische, die so belebend ist, dass ich dem Tag zuversichtlich ins Auge blicken kann. Miss Dean berichtet, dass in ihrem

Land ohne Kaffee rein gar nichts funktionieren würde. Und schon nach der ersten Tasse glaube ich ihr das aufs Wort.

Hetty Gaunt, die ortsansässige Schwarzseherin, erscheint in dem düsteren Zimmer und gähnt herzhaft. Auf ihrer Schulter sitzt der krächzende Cecil.

»Ich bin total erledigt«, klagt Mrs Gaunt statt eines Morgengrußes.

Der Charme in Person.

»Muss anstrengend sein, so viel Blödsinn zu erzählen«, sage ich, um meinem Ärger Luft zu machen.

»Was reden Sie da?«, gibt sie zurück.

»Nun, ich meine Ihre ›Prophezeiung‹ gestern Abend, Mrs Gaunt. Sie werden sich doch gewiss daran erinnern.«

Sie blickt in die Ferne. »Ach ja, man hat mir berichtet, dass ich bei der Sitzung eine *Vision* hatte. Ich weiß nie vorher, wann sie kommen.«

»Was?« Ich schaue Hilfe suchend zu Deedee, doch die zuckt nur mit den Schultern.

»Und wenn es mich überkommt, kann ich mich danach an nichts mehr erinnern«, fügt Mrs G hinzu. »Es ist, als hätte ich tief geschlafen.«

Wer's glaubt, wird selig, denke ich. Nur ein weiteres Ammenmärchen, damit die Leute ihr diesen Stuss abnehmen.

»Manchmal bleiben aber Gefühle oder Bilder zurück, wissen Sie?«

»Nein, weiß ich nicht.« Ich bin ungnädiger Stimmung, deshalb fällt die Antwort knapp aus.

»Gesichter, Menschen und dergleichen.«

Da haben wir's. Mein Gesicht scheint sich jedenfalls auf ihrer hellsichtigen Netzhaut eingebrannt zu haben.

»Können Sie sich noch an etwas aus Ihrer Vision von gestern Abend erinnern, Mrs Gaunt?«, fragt Deedee.

Mrs G blickt einen Moment lang ins Leere, als wollte sie sich noch ein wenig bitten lassen. Aber mir macht sie damit nichts vor.

»Ja, ich habe etwas gesehen …«, antwortet sie schließlich.

So ein Blödsinn, platze ich beinahe heraus, kann mich aber im letzten Moment bremsen.

»Und was war das? Würden Sie uns das schildern?«, bittet meine naive Praktikantin.

Mrs Gaunt hustet, starrt an die Wand und seufzt. »Ich habe die alte Salzfabrik oben am Berg gesehen. Es war schrecklich. Überall war der Tod.«

»Jetzt reicht's, kommen Sie zum Punkt. Ich habe Arbeit zu erledigen«, sage ich. Mir reißt schnell der Geduldsfaden, wenn Leute meine Zeit vergeuden.

»Genau wie Ihr Vater«, sagt Mrs G unvermittelt.

»Wie bitte?«

»Sie haben schon richtig gehört. Sie sind nicht der erste Grasby, der unter diesem Dach wohnt, junger Mann.«

Nun muss ich sagen, dass ich zwar über diese Enthüllung erstaunt bin, nicht aber über die Tatsache, dass sich die beiden kennen. Der Mann auf der Zeichnung in meinem Zimmer weist einfach zu viel Ähnlichkeit mit meinem Herrn Papa auf.

»Er war ein junger Hilfspfarrer damals.« Ein breites Lächeln tritt auf ihr Gesicht.

Ich weiß nicht, ob ich so erpicht auf weitere Einzelheiten bin.

»Ach, wie wundervoll!«, ruft Deedee mit dem übertriebenen Enthusiasmus unserer transatlantischen Freunde aus. »So ein verrückter Zufall!«

Hetty Gaunt durchbohrt mich jetzt förmlich mit einem Blick, bei dem mir ganz anders wird. Es kommt mir vor, als schaute sie direkt in meine Seele.

»Nun ja, Miss Dean. Sie sind noch jung. Aber wenn Sie erst mal in in meinem Alter sind, werden Sie merken, dass die Dinge sich einer gewissen Ordnung gemäß entwickeln. Es kommt, wie es kommen muss, ob man nun fremd ist oder nicht.« Obwohl die Worte an Deedee gerichtet sind, starrt Mrs Gaunt weiterhin mich an.

Und ich gerate in einen äußerst seltsamen Zustand. Es scheint mir, als spräche sie zu mir, allerdings ohne Worte. Als verständigte sie sich auf zweierlei Ebenen. Und plötzlich ist alles glasklar. Ich bin nicht die fremde bedrohte Person. Mein Instinkt hat mich nicht getrogen, es ist Deedee. Diese Vorstellung finde ich unerträglich, trotz meiner Zweifel an Miss Deans Integrität. Aber warum sollte irgendjemand dieser jungen Frau etwas antun wollen?

»Ich verstehe nicht ganz, was Sie meinen, Mrs Gaunt«, sagt Deedee arglos.

»Macht nichts, meine Liebe. Sie werden es begreifen, wenn es so weit ist.« Mrs Gaunt lässt mich noch immer nicht aus den Augen. »Aber Inspector Grasby versteht mich. Nicht wahr, junger Mann?«

Ich hatte recht. Auf ihre eigentümliche Art warnt sie mich. Nur leider habe ich nicht die geringste Ahnung, wovor und was ich tun könnte, um dieses Unheil abzuwenden. Wieso reden nur alle in solchen Rätseln?

Doch dann besinne ich mich. Ich habe mich durch das Theater, das Mrs Gaunt bei der Sitzung veranstaltet hat, zu sehr durcheinanderbringen lassen. Derartiger Humbug führt immer auf Abwege.

»Dann kannten Sie meinen Vater also gut?«, frage ich, um das Thema zu wechseln.

»Ja, recht gut, junger Mann. Recht gut.« Die Spur eines anzüglichen Lächelns umspielt ihre schmalen Lippen. Aber vielleicht bilde ich mir das auch nur ein.

»Damals führte meine Mutter die Pension«, fügt Mrs Gaunt hinzu, »ich war noch ein junges Ding, und Ihr Vater machte etwas her, ganz anders als die Burschen aus dem Dorf. Er war ein *Fremder*.«

Die Betonung des letzten Worts bleibt in der Luft hängen, und ich nehme mir vor, meine Wirtin bei Gelegenheit mit weiteren Fragen zu löchern. Aber jetzt ist nicht der richtige Zeitpunkt dafür.

Auf dem Polizeirevier bietet Deedee an, für Tee zu sorgen, und ich begebe mich in mein neues Büro. Ich muss dringend meine Gedanken ordnen.

Juggers und Cummins wollen, dass der Mord an Starr unter den Teppich gekehrt wird, und anfänglich war ich bereit, diesen Auftrag zu erfüllen, weil es offenbar um die nationale Sicherheit geht. Doch inzwischen ist einiges geschehen, das mir keine Ruhe lässt. Da wäre zum einen der Zigarettenstummel. Entweder hat Cummins sich am Fundort von Starrs Leiche aufgehalten, oder es gibt noch jemanden mit derart exquisitem Tabakgeschmack. Nimmt man nun noch den Überfall auf mich, den Tod von Inspector Moore und Mrs Gaunts Prophezeiungen ins Bild, komme ich doch sehr ins Zweifeln.

Aber wie soll ich weiter vorgehen?

Von den Dorfbewohnern ist wenig Unterstützung zu erwarten. Die sind viel zu sehr mit ihren eigenen Streitigkeiten beschäftigt, oder sie hören die Flöhe husten und bilden sich alles Mögliche nur ein. Wie es gestern Abend bei der Sitzung zuging, spricht Bände. Mit Ingleby würde ich allerdings gern mal reden, der scheint mir ein integrer Bursche zu sein.

Ich ziehe meine Zigaretten aus der Tasche und suche nach den Streichhölzern. Für gewöhnlich bewahre ich beides zusammen auf, heute jedoch nicht. Wahrscheinlich bin ich wegen dieser ganzen undurchsichtigen Ereignisse ziemlich zerstreut.

Als ich die Taschen meiner Anzugjacke abtaste, finde ich das Streichholzbriefchen sowie ein Stück Papier, an das ich mich nicht erinnern kann. Ich entfalte den Zettel, der von einem Notizblock zu stammen scheint.

*Gehen Sie in die Salzfabrik auf dem Withernshaw Fell,* steht da, weiter nichts. Die Handschrift ist klein und ordentlich, aber jeder Buchstabe wurde mehrfach nachgezogen, vermutlich damit sie nicht identifizierbar ist. Ich versuche, mir zu erklären, wie diese Nachricht in meine Jacke gelangt sein könnte. Es gibt nur zwei Möglichkeiten: Entweder der Zettel wurde mir gestern Abend im Pub in die Tasche gesteckt, oder Mrs Gaunt hat sich nachts in mein Zimmer geschlichen. Heute früh hatte ich mich gewundert, dass meine Jacke an dem Haken neben meiner Tür hing und nicht im Kleiderschrank. Das sind leider die Gefahren des Alkohols. Es wäre ein Leichtes für Mrs Gaunt gewesen, die Zimmertür zu öffnen, während ich meinen Rausch ausschlief. Aber auch Finan Whales hätte das Papier in meine Tasche befördern können. Der Pub war voll, und es herrschte ein ordentliches Gedränge.

Als Deedee mit dem Tee hereinkommt, lasse ich den Zettel rasch wieder in meiner Tasche verschwinden. Die junge Frau ist zweifellos clever, und ich weiß noch immer nicht, ob ich ihr vertrauen kann. Da waren die schmutzigen, geröteten Beine frühmorgens und der verstohlene Gesichtsausdruck, als sie aus Chuck Starrs Büro kam. Ganz zu schweigen von der Frage: Aus welchem Grund ist Miss Dean überhaupt in Elderby?

»Ist alles in Ordnung, Inspector?«, erkundigt sich Deedee, während sie ein kleines Tablett mit Tee und Keksen auf meinem Schreibtisch platziert.

»Etwas angeschlagen von gestern Abend, ehrlich gesagt. Hatte wohl ein Glas zu viel.«

»Das ist der Vorteil, wenn man als Tochter eines Whiskeybrenners aufgewachsen ist – da verträgt man was«, erwidert Deedee. »Ich habe das Zeug schon als Kind bekommen. Mein Vater betrachtet es quasi als Arznei.«

»Wahrscheinlich nicht ganz falsch. Ich habe einen Onkel in Ecclefechan, der überhaupt keinen Schmerz mehr spürt«, sage ich etwas wehmütig.

Es handelt sich um den Bruder meiner Mutter, zu dem wir allerdings seit ihrem Tod den Kontakt verloren haben. Oder vielmehr ich, denn mein Vater konnte Onkel Charlie nie ausstehen, hält ihn für einen gottlosen Trinker. Aber er kann gut Geschichten erzählen, und ich mochte ihn immer, trotz seiner Schwäche für die Flasche. Und mein Vater kann sich ohnehin kein Urteil anmaßen, denn der guckt schließlich selbst ständig zu tief ins Glas. Keine Ahnung, wie er es nun ohne mich allabendlich zum Sofa schafft.

»Lassen Sie sich den Tee schmecken. Ich muss noch einige Schreibarbeiten erledigen.« Deedee stöckelt, begleitet von einer Parfumwolke, hinaus.

Mir fällt auf, dass ich gar nicht weiß, was sie auf dem Revier den lieben langen Tag macht. Was sind die Aufgaben einer Praktikantin? Berichte tippen, vermute ich.

Ich hole den Zettel wieder hervor und starre ihn an. Wie gut Deedee tippen kann, weiß ich nicht, aber aufs Teekochen versteht sie sich. Während ich das heiße Getränk genieße, denke ich angestrengt nach.

Es hilft nichts. Ich muss mir diese Salzfabrik ansehen.

# 25

Bei Betrachtung der Landkarte stelle ich fest, dass Withernshaw Fell der Berg direkt hinter Lord Damnishs Holly House ist. Dieser Emporkömmling gibt mir immer mehr zu denken. Ich bin grundsätzlich weder für noch gegen den Adel, er war einfach schon immer da. Allerdings bin ich der Meinung, dass man durch Geburt zu seinem Adelstitel gelangen sollte, es geht schließlich um Tradition. Und die ist nun mal nicht gegeben, wenn man vorher Fische verkauft hat. Doch wer weiß, vielleicht werde ich einfach immer zynischer.

Auf dem Withernshaw Fell sind keine Gebäude verzeichnet, aber das Niveau der Kartografie ist auch in den letzten Jahren erheblich gesunken. Vermutlich wurde den Kartografen eingeschärft, so unpräzise wie möglich zu arbeiten, um die Deutschen zu verwirren. Kein Wunder, dass ich mich auf dem Weg nach Elderby verfahren habe.

Ich husche durch die Flure des Reviers, in der Hoffnung, mich unbemerkt aus dem Staub machen zu können. Aber als ich den Parkplatz erreiche, höre ich jemanden rufen.

»Wo wollen Sie hin, Inspector?«, ruft Deedee, die sich aus einem Fenster beugt.

Für gewöhnlich genieße ich die Begleitung einer jungen Dame – es kommt selten genug vor. Doch diesen Ausflug möchte ich lieber allein unternehmen, weil ich Mrs Gaunts düstere Visionen nicht abschütteln kann.

»Ich habe da was zu ermitteln, Deedee«, rufe ich zurück. »Wenn ich zurück bin, erstatte ich Ihnen Bericht.«

Einen Moment lang spiele ich mit dem Gedanken, meinen Austin zu nehmen. Da ich aber keinen gesteigerten Wert darauf lege, den Berg im Rückwärtsgang hinaufzukriechen, entscheide ich mich für den Morris Minor. In alter polizeilicher Tradition liegen die Schlüssel auf dem Vorderreifen der Fahrerseite. Los geht's also.

Bald nähere ich mich Holly House, das in dem verschneiten Park aufragt. Ich bin anderer Meinung als die Dorfbevölkerung, mir gefällt das Gebäude – ganz im Gegensatz zu seinem Besitzer. Um meinem Brummschädel eine Erfrischung zu gönnen, kurble ich das Fenster herunter und atme die kalte Luft in tiefen Zügen ein.

Hinter den Bäumen kommt Withernshaw Fell in Sicht, halb verhangen von bleigrauen Wolken, die weitere Schneefälle ankündigen. Es gibt nur eine Straße, die dort hinaufführt, woraus ich folgere – auch verkatert bin ich imstande, logisch zu denken –, dass sich die Salzfabrik ganz in der Nähe befinden muss.

Auf der Karte habe ich gesehen, dass sich die Straße nach einiger Zeit in einen schmalen Weg verwandelt. Merkwürdigerweise ist sie geräumt worden, weshalb ich unwillkürlich nach dem beruhigenden Revolver taste.

Die steile Bergstraße und der düstere Himmel rufen erneut Erinnerungen an meine Kindheit wach. Manchmal reisten wir in den Ferien nach Schottland, meist an Ostern, damit meine Mutter ihre Verwandtschaft besuchen konnte. Mein Vater hatte vor, während und nach diesen Ausflügen stets miserable Laune. Wie bereits erwähnt, hat er nicht viel übrig für die Schotten, und ich habe mich immer wieder gefragt, wieso er dann ausgerechnet eine Schottin geheiratet hat. Was mein alter Herr an Schottland ganz besonders schrecklich findet, sind die Stechmücken, das Bier und die Church of Scotland. Eine eigentümliche Liste, ich weiß. Aber er verabscheut alles gleichermaßen.

Als die Straße noch stärker ansteigt, fühle ich mich an eine Wanderung in den Cuillin Hills auf der Isle of Skye erinnert. Ich war sieben oder acht, und während meine Mutter bei der Verwandtschaft in Edinburgh blieb, unternahmen mein Vater und ich mit Zug, Bus und Fähre einen Ausflug auf die Insel.

Wir suchten uns eine günstige Unterkunft, wo wir ein abscheuliches Abendessen und ein noch schlimmeres Frühstück bekamen, und brachen dann zu unserer Wanderung auf. Ich war absolut begeistert von dem zerklüfteten Gebirge, in dem ich Trolle, Kobolde und verwunschene Burgen vermutete.

Beim Aufstieg begegneten wir einem anderen Wanderer, und siehe da, es handelte sich um einen Pfarrer der Church of Scotland. Nach einer anfänglich freundlichen Unterhaltung begannen die beiden Geistlichen eine Debatte über die Transsubstantiation – wie man es bei Wanderungen eben zu tun pflegt. Dieses Thema ist für meinen Vater ein rotes Tuch, müssen Sie wissen. Die beiden konnten sich nicht einigen, ob die Hostien, die beim Abendmahl verteilt werden, nun tatsächlich der Leib Christi sind oder nicht. Für mich war die Antwort natürlich sonnenklar: Es handelt sich um dünnes, hartes Brot. Ich hatte nicht selten erlebt, dass sich mein Vater eine Hostie mit Käse belegte und sie verspeiste, wenn der Brotlaib, der in der Speisekammer gelagert wurde, schon etwas über den Zenit war. Doch dem schottischen Pfarrer gegenüber behauptete er steif und fest, dieses Brot sei der Körper Jesu Christi.

Ich hatte auf diese Frage bislang keinen Gedanken verschwendet, erlebte aber nun zwei Pfarrer, die sich darüber stritten wie betrunkene Seemänner. Als die Situation handgreiflich zu werden drohte, bekam ich Angst und begann zu weinen. Ich bin ziemlich empfindsam und las zu der Zeit außerdem für mein Leben gern Abenteuerbücher. So fürchtete ich, dass der

Fremde meinen Vater bewusstlos schlagen und ich allein im Gebirge zurückbleiben würde.

Zum Glück ging alles gut aus, und die beiden einigten sich darauf, dass man sich nicht einigen könne. Als jetzt oben auf dem Berg ein Steingebäude in Sicht kommt, empfinde ich die gleiche Mischung aus Aufregung und Furcht wie damals auf der Isle of Skye. Ich parke den Morris am Straßenrand hinter einem hohen Gebüsch, um ihn vor neugierigen Blicken zu verbergen, und stapfe den Abhang zur Salzfabrik hinauf.

Dabei wird mir rasch klar, dass meine Kleidung für diese Witterung völlig ungeeignet ist. Mit meinen Lederhalbschuhen rutsche ich auf dem Schnee aus, der Wind peitscht mir eisige Graupel ins Gesicht. Zum Glück entdecke ich einen Fußpfad, der ebenfalls geräumt wurde, und komme etwas besser vorwärts. Der Graupelschauer wird allerdings immer heftiger, und ich muss mir den Mantel über den Kopf ziehen.

Oben angekommen, betrete ich das düstere Gebäude. Es riecht darin so feucht und modrig wie in einer Höhle oder in den Ruinen zerbombter Häuser, die ich noch aus Kriegszeiten kenne. Auf dem Steinboden haben sich vereiste Pfützen gebildet, rostige Haken ragen aus den Wänden. Dass in der verlassenen Salzfabrik einst geschäftiges Treiben geherrscht haben muss, kann man sich kaum noch vorstellen. Ich berühre einen der Haken, der trotz Rost und Eis so spitz ist, dass ich einen stechenden Schmerz am Finger spüre. Schnell ziehe ich ihn zurück und muss feststellen, dass ich blute.

Während ich mich weiter umsehe, rätsle ich, weshalb man mich hierhergeschickt hat. Doch das Haupthaus ist groß, und es gibt noch zahlreiche Nebengebäude. Das Gelände erinnert mich an die verlassenen Wollspinnereien, die man in Nordengland an den abgeschiedensten Orten finden kann. Alles macht einen verwahrlosten Eindruck, und die Salzfabrik selbst ist nur noch die Ruine eines Gebäudes, das einmal bessere

Zeiten gesehen hat. Überall liegen Mauerstücke herum, und das Dach ist teilweise eingestürzt, sodass es hereinhagelt.

Als ich nicht weiter vorwärtskomme, begebe ich mich in einen besser erhaltenen Teil des Gebäudes, finde jedoch auch dort nichts, was meinen Aufenthalt im Haus rechtfertigen könnte, nur Steinhaufen und zerbrochene Dachbalken. Und eine große Spinne, die über meinen linken Schuh krabbelt, als ich nach unten schaue.

Ich beschließe, wieder aufzubrechen, doch just in dem Moment höre ich von draußen das Tuckern eines Dieselmotors.

Mein Herz schlägt schneller, denn ich befürchte sofort, dass ich aus einem ganz bestimmten Grund hierher beordert wurde – jemand will beenden, was ihm gestern in dem Wäldchen misslungen ist.

Angestrengt horche ich, aber das Motorgeräusch nähert sich nicht und kommt außerdem von hinter dem Haus. Hastig eile ich durch das Gebäude und spähe vorsichtig durch ein Loch an der Rückseite des Hauses, wo früher ein Fenster gewesen ist. Draußen bietet sich mir ein verblüffender Anblick.

Hinter dem Gelände steigt der Berg schroff an, und davor befindet sich eine große Betonfläche, auf der vielleicht einmal eine Lagerhalle gestanden hat. Auch diese Fläche ist eigenartigerweise frei von Eis und Schnee, was mir noch mehr zu denken gibt.

Und das ist nicht alles. In der Mitte steht ein weißer Ford-Anglia-Kastenwagen. Ich erkenne das Modell auf Anhieb, da wir solche Fahrzeuge auf dem Polizeirevier in York haben. Die Ausstattung dieses Wagens allerdings gibt Anlass zum Staunen, denn soeben wird auf dem Dach eine circa sechs Meter lange Antenne ausgefahren.

Während ich das Geschehen beobachte, höre ich hinter mir ein nur allzu vertrautes metallisches Klicken. Jemand hat eine Waffe entsichert.

# 26

»Was machen Sie hier?« Die Stimme ist scharf und kalt. »Umdrehen. Ganz langsam.«

Ich kann Ihnen versichern, dass es nicht zu meinen Lieblingssituationen im Leben zählt, mit einer Schusswaffe bedroht zu werden. Trotzdem ist das schon viel zu häufig vorgekommen. Man könnte meinen, dass man sich irgendwann daran gewöhnt. Doch dem ist nicht so, glauben Sie mir.

Also folge ich dem Befehl und drehe mich so langsam um, wie ich es bei der Armee gelernt habe. Natürlich kann es sich bei dem Angreifer um einen schießwütigen Wahnsinnigen handeln, der mich auf jeden Fall ins Jenseits befördern will. Aber da ich das noch nicht weiß, wäre die angeratene Taktik, jedes Detail blitzschnell zu erfassen und einzuschätzen. Allerdings bin ich gerade zu verstört, um irgendetwas einschätzen zu können, und muss mich deshalb auf die gute alte Grasby-Intuition verlassen. Sie verstehen sicher, warum ich jetzt einigermaßen beunruhigt bin.

Ich drehe mich um, bereit, im Austausch für mein Leben alles Erdenkliche zu offerieren: Geld, Gefälligkeiten, einen heißen Tipp für das nächste Pferderennen in Kempton Park. Doch – man höre und staune – der Mann, der hier gerade auf mich zielt, ist kein Geringerer als Ingleby.

»Dachte ich mir doch, dass Sie es sind«, flüstert er und lässt die Pistole sinken. »Kommen Sie, wir müssen so schnell wie möglich weg von hier.«

Ich habe jede Menge Fragen, aber dies ist wohl kaum der richtige Moment dafür. Erleichtert, dass mein letztes Stündlein noch nicht geschlagen hat, folge ich dem Mann den unwegsamen Pfad hinunter. Ich vermute, dass Ingleby mindestens zehn Jahre älter ist als ich, etwa Anfang fünfzig, doch er ist so flink und wendig wie eine Bergziege. Als wir die Straße erreichen, bin ich außer Atem, Ingleby dagegen wirkt kein bisschen angestrengt.

»Gehen wir zu Ihrem Auto«, drängt er.

Wir nutzen die Büsche und Sträucher am Straßenrand als Deckung, während wir weiterhuschen. Doch als endlich der Morris in Sichtweite kommt, bleibt Ingleby abrupt stehen und flucht.

»Was ist?«, frage ich.

»Da oben.« Er weist mit dem Kopf zu einem Hügel, etwa einen Kilometer entfernt. Die Silhouette eines Mannes, der regungslos auf der Kuppe steht, zeichnet sich vor dem Himmel ab.

»Wer ist das?«, frage ich und kneife die Augen zusammen, um besser zu sehen.

»McGill. Der Wildhüter *Seiner Lordschaft*«, sagt Ingleby verächtlich. Was gewiss darauf zurückzuführen ist, dass dieser Adelstitel ihm nicht mehr zusteht.

»Aber ein Mann, der durch die Landschaft streift, ist doch nicht so außergewöhnlich, oder?«

»Unter normalen Umständen nicht. Doch wie Sie gewiss gerade festgestellt haben, sind die Umstände hier alles andere als normal, Inspector.« Er beobachtet die Gestalt auf dem Hügel noch einen Moment und sagt dann: »Kommen Sie, wir fahren zur Briarside Farm. Dort können wir uns unterhalten.«

Ich möchte unbedingt wissen, was Ingleby zu erzählen hat. Die Gefahren und Geheimnisse dieses Dörfchens scheinen unermesslich. Was um alles in der Welt geht in der verlassenen Salzfabrik vor sich?

Ingleby leitet mich zu einem Feldweg, der nicht geräumt wurde, weshalb ich mit äußerster Vorsicht fahre. Im Rückspiegel sehe ich Withernshaw Fell in schwarzen Wolken verschwinden. Der nächste Hagelschauer setzt ein und trommelt auf das Autodach. Ich muss mich vorbeugen und mit zusammengekniffenen Augen durch die Windschutzscheibe spähen, um überhaupt noch etwas zu erkennen.

Zum Glück erreichen wir bald Briarside Farm, die aussieht wie alle anderen Farmen auch, aber erfreulicherweise offenbar nicht bewirtschaftet wird. Denn leider wird mir von den Gerüchen übel, die mit der Landwirtschaft üblicherweise einhergehen. Bei einem Einsatz auf einem Bauernhof in der Nähe von Malton bekam ich einmal köstliche frisch gebackene Scones mit hausgemachter Marmelade angeboten. Der Sohn des Bauern wurde vermisst, und die Bäuerin ließ es sich dennoch nicht nehmen, mich zu bewirten. Ich fühlte mich verpflichtet, ordentlich zuzugreifen, aber wegen des Gestanks nach Kuh- und Schweinestall drehte sich mir fast der Magen um. Die Bauersleute dagegen ließen es sich unbekümmert schmecken. Vermutlich kann man sich im Lauf der Zeit an alles gewöhnen.

Durch eine hohe Eingangstür führt mich Ingleby in einen lang gestreckten Raum, in dem das reinste Chaos herrscht. Überall stehen halb fertige Gemälde und leere Rahmen, und der Betonboden ist mit Farbklecksen übersät. Der intensive Geruch erinnert mich an den Kunstunterricht in der Schule, eine Mischung aus Terpentin und Ölfarbe.

»Mir ist schon zu Ohren gekommen, dass Sie Künstler sind«, sage ich, während Ingleby auf eine Spüle zusteuert, neben der ein Wasserkocher und ein paar Emaillebecher stehen.

»Tee, Inspector?«

»Sehr gern, vielen Dank. Ich muss zugeben, dass mir der Schreck noch in den Gliedern sitzt.«

»Tut mir leid, dass ich Ihnen solche Angst eingejagt habe,

aber man kann nicht vorsichtig genug sein«, erwidert Ingleby. »Ich habe durchs Fernglas beobachtet, wie Sie zur alten Salzfabrik gingen. Eigentlich wollte ich schon gestern Abend nach der Sitzung mit Ihnen reden, musste mich aber um die arme Elizabeth kümmern. Schreckliche Sache. Wundert mich jedoch nicht.«

»Ach ja? Ich hätte erwartet, dass der Tod eines Mitbürgers in einem Dörfchen wie diesem für Überraschung sorgen würde«, bemerke ich, sorgsam darauf bedacht, das Wort »Mord« zu vermeiden.

Ingleby antwortet von der Spüle aus: »Ja, das sollte man meinen. Aber hier geht allerhand Beunruhigendes vor sich, Inspector. Sehr Beunruhigendes.«

»Ja, diesen Eindruck habe ich inzwischen auch«, bestätige ich wahrheitsgemäß.

»Entschuldigen Sie bitte, ich kann Ihnen keinen Zucker anbieten«, erklärt Ingleby, während er den Tee eingießt. »Diese elenden Rationierungen. Die Herren in der Regierung haben sicher Zucker in Hülle und Fülle.«

Erneut entgeht mir sein gehässiger Tonfall nicht. Ist gewiss schwer zu ertragen, dass ein aufgeblasener Gockel wie Damnish ein Leben im Luxus führt, das einem eigentlich selbst zugestanden hätte.

»Mein Vater nahm nicht oft an den Debatten im House of Lords teil«, fährt Ingleby leicht wehmütig fort, »aber er war ehemaliger Offizier, und bei Themen der nationalen Sicherheit versuchte er immer, in London zu sein.«

»Sie vermissen Ihren Vater sicher.«

»Ja, auf meine Art schon. Obwohl wir häufig unterschiedlicher Meinung waren. Er hielt sich für ein Genie als Geschäftsmann und hat sich auf vieles eingelassen, was ihm geschadet hat. Deshalb hat er am Ende alles verloren.«

»Ja, auch davon habe ich gehört.«

»Wundert mich nicht. Es war ein Skandal. Ein Emporkömmling wie Damnish, der eine Adelsfamilie zerstört. Aber so gehen Schufte wie er eben vor.« Er reicht mir einen der Emaillebecher. »Ich hoffe, Sie mögen Darjeeling?«

»O ja. Mein Vater trinkt den gern, das habe ich übernommen.«

»Väter, wie? Die prägen unser Leben in vielerlei Hinsicht. Im Guten wie im Schlechten.«

Ich trinke einen Schluck. »Ich muss zugeben, dass ich vor Neugier fast platze, was die Vorgänge in der Salzfabrik angeht. Können Sie mich ins Bild setzen?«

»Es handelt sich um irgendeine militärische Operation«, antwortet Ingleby. »Soweit ich beobachtet habe, überwachen sie dort etwas. Das Gelände gehört Damnish, und er unterstützt das alles.«

»Woher wissen Sie das?«

»Wie soll das unbemerkt bleiben? Sie haben McGill auf dem Hügel gesehen. Der und seine Männer sind wie Damnishs kleine Privatarmee. Um Wild und Forst kümmern die sich meines Wissens nach kaum noch, sondern führen nur Damnishs Befehle aus.«

»Vielleicht ist McGill wegen des Polizeiwagens unruhig geworden?«, mutmaße ich.

»Die schrecken auch vor der Polizei nicht zurück. Denken Sie daran, wie Ihr Vorgänger geendet ist.«

»Ist das Ihr Ernst?«

»Beweisen kann ich es nicht«, sagt Ingleby. »Aber es war Moore, der mir all das erzählt hat. Weil diese Farm der Salzfabrik am nächsten gelegen ist, hat Moore das Geschehen von hier aus beobachtet und mit mir darüber gesprochen. Er war einer von den Guten, kann ich Ihnen versichern.«

»Ich verstehe nicht, weshalb in seinem Todesfall nicht gründlicher ermittelt wurde«, sage ich.

Ingleby zuckt mit den Schultern. »Das war bestimmt kein Zufall, Inspector. Männer wie Damnish haben mächtige Verbündete, so viel steht fest. Der Krieg steckt den Menschen noch in den Knochen, und viele fürchten, dass der Faschismus nicht tot ist, sondern nur schlummert. Ein Freund von mir glaubt, dass Hitler putzmunter in Südamerika lebt. Wer weiß das schon so genau? Und verräterische Kerle wie Damnish rechnen damit, dass Hitler mit seiner Armee im nächsten Moment da oben auf dem Berg auftaucht.«

Du meine Güte. Auf die doch ziemlich abwegige Idee, dass sich Adolf irgendwo in England herumtreibt, wäre ich nicht gekommen. Allerdings war mein alter Herr jahrelang der Überzeugung, dass Mr Dickenson, ein pensionierter Anwalt, der in York drei Häuser neben uns wohnte, in Wahrheit der Führer sei. Diese Vermutung trieb weitere seltsame Blüten, als der bedauernswerte Mr Dickenson von einem Bus überfahren wurde und starb. Mein Vater glaubte nämlich felsenfest, dass die Regierung ihn auf diese Weise unauffällig beseitigt habe. Jetzt, wo man Hitler endlich den Garaus gemacht habe, könnten aber alle wieder ruhig schlafen. Die Tatsache, dass Mr Dickenson ein großer rothaariger Mann war, der nicht die geringste Ähnlichkeit mit Hitler aufwies, störte meinen Vater nicht im Geringsten.

»Sie wirken etwas geistesabwesend, Inspector«, bemerkt Ingleby.

»Ich dachte gerade an Hitler«, antworte ich ohne Umschweife.

»Ich mache mir mehr Sorgen wegen Onkel Joe.«

»Wieso, wohnt ein Onkel von Ihnen hier in der Nähe?«

Ingleby sieht mich etwas erstaunt an. »Nein, ich meine Stalin. Kennen Sie diesen Namen für ihn nicht?«

Verflucht. Meine Gedanken überschlagen sich. Wenn etwas dran ist an dem, was er behauptet, stecke ich noch übler in der Klemme, als ich vermutet habe. Wie soll ich mich unter diesen Umständen verhalten? Ich könnte mich natürlich an den rätselhaften Cummins wenden, schließlich habe ich seine Telefonnummer. Aber eben auch seinen Zigarettenstummel in der Bäckertüte. Außerdem hat Juggers mir geraten, die Nummer nicht zu benutzen. Ich traue diesem überheblichen Monokelträger nicht über den Weg.

Nun gerate ich außerdem ins Grübeln über Juggers. Bislang hätte ich meine Hand für ihn ins Feuer gelegt. Aber wen muss ich nun womöglich noch verdächtigen? Das Schicksal von Inspector Moore macht mir nicht minder Sorgen wie die Vision von Mrs Gaunt.

»Was meinen Sie – was sollten wir tun?«, frage ich.

»Ich hatte eigentlich erwartet, dass Sie etwas vorschlagen, Inspector.«

»Ah, ja. Natürlich. Aber ich muss noch wissen, was die da eigentlich überwachen.«

Ingleby streicht sich nachdenklich übers Kinn. »Unter uns: Ich habe im Boodle's etwas gehört, von einem alten Freund.«

Der Gute verkehrt also immer noch in den exklusiven Londoner Clubs. Ich hätte mir denken können, dass er sein aristokratisches Leben nicht ganz an den Nagel hängt.

»Was haben Sie gehört?«

»Dass in Elderby irgendetwas Großes geplant ist. Man weiß nicht genau, was, aber hier tauchen seit ein paar Jahren immer wieder hochrangige Militärs auf. Man hört sogar, dass hier womöglich unsere Atombomben gelagert werden sollen. Andere glauben, es wird ein Geheimdienststützpunkt angelegt. Ich vermute mal, das würde Damnish und seinen russischen Kumpanen gut gefallen.«

»Dieser alte Freund von Ihnen«, hake ich nach, »wie kommt der an solche Informationen? Ich finde, die Geschichte klingt ziemlich weit hergeholt, ehrlich gesagt.«

»Er war in der Regierungszeit von Attlee eine Zeit lang Außenminister. Ist allerdings wegen einer Affäre mit einer Tänzerin abgesägt worden. Sie hatte fantastische Beine – kann den Burschen verstehen.«

Der Sozialismus hat schon etwas für sich, denke ich mir. Wer kann sich denn den Aufenthalt in derartigen Clubs leisten? Aber wie dem auch sei, aus solcher Quelle sollte man selbst Gerüchte ernst nehmen.

»Sind Sie dann nicht in Gefahr?«, frage ich.

»Glaube ich nicht«, antwortet Ingleby. »Ich weiß zwar bereits zu viel, habe aber alles mit meinem Freund besprochen. Sollte ich verschwinden, lässt der die Bombe platzen und geht an die Öffentlichkeit. Das habe ich auch meiner Schwester mitgeteilt, damit ihr Herr Gemahl Bescheid weiß.«

»Verzeihung, ich dachte, dass Sie und Lady Damnish keinen Kontakt mehr haben.«

»Das ist zutreffend. Dennoch kann ich es ab und an nicht lassen, sie zu provozieren. Aber Harry ist inzwischen ein guter Vermittler.«

»Sie mögen Ihren Neffen?«

»Ja, ein ehrenwerter junger Mann. Ein Elderby durch und durch, auch wenn er der Sohn von Damnish ist. Aber dieser Schuft wird auch irgendwann das Zeitliche segnen, und dann wird meine Familie zurückbekommen, was ihr gehört. Dagegen wird er dann nichts mehr unternehmen können.«

»Und Ihre Schwester?«

»Die kann zur Hölle fahren!«

Diese Vehemenz erschüttert mich. Lady Damnish hat zwar ihren Titel retten können, sich aber dabei in ihrem eigenen Bruder einen Feind fürs Leben geschaffen. Ich kann mir lebhaft vorstellen, dass Ingleby ein unversöhnlicher Gegner ist.

»Der Tote, der im Kamin gefunden wurde«, sagt er jetzt. »Ich gehe jede Wette ein, dass der Mann beim Geheimdienst war.«

»Im Ernst?«

»Absolut. Hat Damnish wohl überrascht, und man musste schnell handeln. Sie haben ihn umgebracht und in den Kamin geworfen, um einen Einbruch zu fingieren. Ein Klassiker.«

»Aber in diesem Fall wird die Todesursache bald aufgedeckt werden«, gebe ich zu bedenken. »Und dann fliegen sie auf.«

»Die Regierung wird das vertuschen«, erwidert Ingleby. »Dass ihre Agenten Landsleute ausspionieren, und noch dazu den Adel, soll gewiss nicht an die Öffentlichkeit dringen.«

Jetzt erkenne ich allmählich Zusammenhänge. Starr muss in das Ganze verwickelt gewesen sein, deshalb ist Cummins hier aufgetaucht. Ich bin lediglich eine Schachfigur in diesem abgekarteten Spiel. Das erbost mich sehr, aber ich versuche, es mir nicht anmerken zu lassen.

Ich trete zu einem Gemälde auf einer Staffelei. Es erinnert mich an Dantes Inferno. Menschen scheinen vor einem Vulkanausbruch zu flüchten. Doch dann fällt mir auf, dass der vermeintliche Vulkan frappierende Ähnlichkeit mit dem Withernshaw Fell hat.

»Ach herrje, ich hoffe, das bleibt uns erspart«, bemerke ich.

»Gefällt Ihnen das Bild? Ich male aus meinem Herzen, Inspector. Das ist eine Darstellung davon, wovor ich mich fürchte. Es ist natürlich eine Allegorie. Aber Sie verstehen gewiss die Bedeutung.«

»Wollen Sie es verkaufen?«

Inglebys Lächeln ist unergründlich. »Nein, ich werde es wohl meinem Neffen schenken. Damnish findet gewiss Gefallen daran. Es wird diese Monstrosität eines Hauses um ein Vielfaches verschönern, finde ich.«

Ich kann mich des Eindrucks nicht erwehren, dass Ingleby trotz seiner Befürchtungen wegen Stalin und dessen Machenschaften vor allem darauf aus ist, für seinen Vater und das verlorene Erbe Rache zu nehmen.

»Ich sollte aufbrechen«, sage ich. »Es gibt ja jetzt allerhand, worüber ich nachdenken muss.«

»Viel Glück, Inspector. Aber seien Sie vorsichtig. Diese Leute machen keine Gefangenen. Der arme Starr hat das am eigenen Leib erfahren müssen, fürchte ich. Ebenso wie Inspector Moore.«

»Sie denken also, Starr war auch darin verwickelt?«, frage ich, obwohl ich selbst bereits zu diesem Schluss gekommen bin.

»Was glauben Sie denn?«, erwidert Ingleby. »Ein amerikanischer Kriegsheld landet durch Zufall in einem kleinen Dorf in Yorkshire, in dem sich all das abspielt, worüber wir gerade gesprochen haben? Wohl kaum.«

»Sie denken, er war ein Spion?«

»Die Amerikaner trauen uns nicht, Inspector – und aus gutem Grund. In der Regierung sitzen jede Menge Männer, die vor dem Krieg in Oxford und Cambridge ideologisch beeinflusst worden sind. Und diese Truppe ist Moskau gegenüber immer noch loyal, auch wenn die Nazis der Vergangenheit angehören mögen. Sie werden sehen, irgendwann kommt das alles ans Licht.«

Ich danke Ingleby, dass er mich mit hierhergenommen hat, und verabschiede mich. Auf dem Weg nach draußen fällt mir ein unvollendetes Gemälde auf. Bislang ist nur der Umriss einer riesigen Kuppel darauf zu sehen, die mir allerdings verdächtig bekannt vorkommt.

Während der Rückfahrt zum Polizeirevier muss ich an Deedee denken. Wenn Starrs Tod mit dem ganzen Geschehen hier zu tun hat, wäre das vielleicht auch ein Anhaltspunkt für Miss Deans Anwesenheit in Elderby. Vielleicht ist sie gar nicht wegen ihres reichen Vaters und ihres Studiums hier, sondern arbeitet für die amerikanische Regierung. Doch ich muss mich an die Fakten halten. Inglebys Vermutungen über den Toten in Holly House und das Ableben von Chuck Starr sind bislang reine Spekulation, so plausibel sie erscheinen mögen. Und Gerüchte aus einem Londoner Club – nun, die lassen sich nicht überprüfen.

In Momenten wie diesen könnte man den Wunsch nach einem anderen Beruf hegen. Ich habe mich stets darüber mokiert, dass mein Vater Pfarrer ist. Aber jetzt gerade würde ich nur allzu gern auf einer Kanzel stehen.

# 27

Kaum sitze ich wieder an meinem Schreibtisch, wird die Tür aufgerissen, und ein verstört wirkender Bleakly kommt hereingestürzt.

»Wo um alles in der Welt haben Sie sich herumgetrieben?«, will er wissen.

»Verzeihung, Sergeant«, erwidere ich ungerührt, »aber ich hatte angenommen, dass ich *Ihr* Vorgesetzter bin. Entschuldigen Sie bitte, falls ich mich geirrt habe.«

Bleakly murmelt etwas Unverständliches.

»Jedenfalls«, füge ich hinzu, »ist mir schleierhaft, wem Sie sich verpflichtet fühlen – Ihrem Beruf als Polizist oder dem Dasein als Schoßhündchen von Lady Damnish.«

Ich empfinde Verrat als die verwerflichste aller Sünden. Vertraut man jemandem und wird dann betrogen, trifft das mitten ins Herz. Und genau das habe ich gestern Abend mit Bleakly erlebt, als er mir vor dem gesamten Gemeinderat in den Rücken fiel.

»Wie gesagt: Ein Mann muss Grenzen ziehen können«, entgegnet Bleakly indigniert.

»Nicht, wenn es um das Gesetz geht, Sergeant!«

Ich bin hier klar im Vorteil, denn vermutlich gibt es keinen Polizisten in Yorkshire, der sich häufiger Standpauken anhören musste als ich. Mit allen Tricks und Kniffen, die in einem solchen Szenario Anwendung finden, bin ich bestens vertraut.

»In Elderby häufen sich die Leichen, und Sie meinen, sich wie ein aufmüpfiger Leichtmatrose benehmen zu müssen«, fahre ich fort. »Nun, dann bleiben Sie gerne Leibeigener von Damnish und Familie. Ich habe hier einen Beruf auszuüben.«

Bleakly sieht mich fest an. »Da trifft es sich doch gut, Sir, dass Sie das Lord Damnish gleich persönlich mitteilen können.«

»Bitte was?«

»Er sitzt in meinem Büro und erwartet Sie. Und er hat keine gute Laune, so viel kann ich schon mal sagen.«

Ich überlege einen Moment. Vorsicht ist angeraten. Außerdem stehe ich bei der Aristokratie ohnehin nicht hoch im Kurs.

»An Ihrer Stelle würde ich ihn nicht zu lange warten lassen«, sagt Bleakly bedeutungsvoll.

»Mir ist klar, dass Sie in Ihrer Karriere immer nach der Pfeife Ihrer Vorgesetzten tanzen mussten, Bleakly – so geht es den meisten Uniformträgern. Aber ich habe hier eine gehobene Position. Teilen Sie dem Lord bitte mit, er möge sich für unsere Unterredung hierher begeben.«

Bleakly schüttelt missbilligend den Kopf. »Ganz wie Sie meinen, *Sir.*«

»Und werden Sie nicht frech, Sergeant. Ab mit Ihnen.«

Wissen Sie, es hat gewisse Vorteile, ein Eliteinternat besucht zu haben. Man lernt dort, überheblich aufzutreten, wann immer es nötig ist. Ich kann förmlich sehen, wie Bleakly mit den Zähnen knirscht, bevor er sich umdreht und lostrabt, um den Lord herbeizuzitieren. Eigentlich verabscheue ich dieses Oberschichtgetue. Ich selbst bin schließlich alles andere als privilegiert. Aber Bleaklys Verhalten von gestern war nun mal eines Polizisten mit Ehrgefühl unwürdig.

Ich möchte mir gar nicht vorstellen, was der gute Juggers in meiner Lage gemacht hätte. Er wäre garantiert vor Wut aus der Haut gefahren.

Jedenfalls ist es höchste Zeit, dass der schläfrige Sergeant lernt, wie man sich Vorgesetzten gegenüber zu verhalten hat. Teilweise habe ich mir die Situation selbst zuzuschreiben: Ich bin bestimmt zu freundlich und zu kollegial. Deshalb sollte ich ab jetzt wohl deutlicher klarmachen, wer hier das Sagen hat.

Während ich auf Damnish warte, lege ich mir zurecht, wie ich ihn empfangen werde.

*Nun, Mylord, ich bin ein viel beschäftigter Mann, kommen Sie schnell zur Sache.* Oder vielleicht: *Wissen Sie, wir leben nicht mehr im Mittelalter. Ich bin nicht Ihr Leibeigener.*

Leider wird meine Vorbereitung unterbrochen, als Deedee den Kopf durch die Tür steckt.

»Lord Damnish weigert sich, in Ihr Büro zu kommen, Inspector. Er will den Chief Constable anrufen, der offenbar ein Freund von ihm ist.«

Verflucht. Mein Ansehen bei Vorgesetzten lässt aktuell zu wünschen übrig, wie Sie wissen, und ich lege keinerlei Wert auf Austausch mit Chief Constables, besten Dank auch.

»Sagen Sie ihm bitte, dass ich gerade auf dem Sprung bin und unterwegs kurz bei ihm vorbeischaue.«

Während Deedee die Nachricht überbringt, lehne ich mich zurück und zünde mir eine Zigarette an. Ich werde hier offenbar Zugeständnisse machen müssen, aber dafür darf der aufgeblasene Fischhändler ruhig noch ein Weilchen schmoren.

Nachdem ich die Kippe ausgedrückt, mich ausgiebig gestreckt und gegähnt habe, beschließe ich, Seine Lordschaft aufzusuchen. Als ich das Sergeantbüro betrete, finde ich Damnish am Rande eines Tobsuchtsanfalls vor.

»Für wen halten Sie sich eigentlich, Grasby?«, brüllt er, krebsrot im Gesicht.

»Für Francis Grasby, der bei der Polizei den Rang eines Inspector bekleidet. *Ich* habe mir meinen Titel hart erarbeitet, *Lord Damnish*.«

»Was soll das denn heißen?«

Ha! Es ist mir schon gelungen, diesen Widerling zu provozieren. Gut gemacht!

»Genau das, was ich gesagt habe. Sie hatten mich gefragt, für wen ich mich halte, und ich habe geantwortet.«

»Setzen Sie sich!«, kommandiert er.

»Nein, ich bleibe gern stehen, wenn es recht ist.« Ich werfe einen Blick auf meine Uhr. »Ich bin sehr in Eile, dafür haben Sie gewiss Verständnis.«

Der Lord deutet mit dem Finger auf mich. »Sie hören mir jetzt mal lieber gut zu, junger Mann. Sie waren unbefugt auf meinem Gelände unterwegs. Das dulde ich nicht, haben Sie das verstanden?«

»Mylord, ich leite eine Ermittlung zum Tod des Mannes, der in Ihrem Kamin entdeckt wurde, und dem Tod von Mr Charles Starr. Ich werde mich aufhalten, wo ich es für richtig befinde.«

Ein heimtückisches Grinsen tritt auf Damnishs Gesicht, und mir schwant Übles.

»Nun, wir wissen beide, dass Sie nur zu einem einzigen Zweck hier sind«, erklärt Seine Lordschaft.

»Wie bitte?«

»Ich habe viele einflussreiche Freunde, Inspector Grasby. Die wiederum ihrerseits *jede Menge* Freunde haben. Wenn ich Ihrer Majestät etwas ins Ohr flüstern möchte, bedarf es nur eines kurzen Anrufs.«

»Sie wird gewiss entzückt sein, von Ihnen zu hören.«

Damnish schlägt mit der Faust auf den Tisch. »Werden Sie nicht unverschämt! Ihre Aufgabe ist es, zum Schein eine Ermittlung zu leiten, die in Wahrheit von Leuten durchgeführt wird, die dafür erheblich qualifizierter sind als ein Bobby aus York. Und ich würde Ihnen raten, auch lediglich *diese* Aufgabe zu erfüllen. Den Bewohnern von Elderby das Gefühl zu vermitteln, dass sie unbesorgt sein können, weil die Polizei einen vertrauenswürdigen Mann auf die Sache angesetzt hat. Auch wenn er nicht mal eine Stalltür schließen kann.« Sein Grinsen gerät jetzt hämisch.

Der gute Lord stellt mich auf die Probe. Und ich muss zugeben, ich bin ganz und gar nicht begeistert, dass meine Anweisungen von Cummins und Juggers diesem Kotzbrocken zugetragen wurden – auf welchem Wege auch immer. Andererseits bin ich nicht so naiv zu bezweifeln, dass man durch Reichtum und Status in der Gesellschaft über jede Menge Privilegien verfügt. Es ist wichtig zu wissen, wann man seine Position behaupten und wann man eine bessere Gelegenheit abwarten sollte. Aber wie die Cowboys im Western noch einen Schuss nach hinten abfeuern, während sie auf ihrem treuen Ross davongaloppieren, kann es auch hier nicht schaden, ein letztes Mal nachzusetzen.

»Nun, Mylord, ich muss zugeben, dass ich recht überrascht bin über Ihre absurden Theorien. Und wissen Sie, ich habe nicht selten erlebt, dass diejenigen, die sich so sehr für die Arbeit der Polizei interessierten, dies aus gutem Grund taten.«

»Was wollen Sie damit sagen?«

»Nichts weiter. Ich möchte höchstens ein gewisses Unbehagen darüber zum Ausdruck bringen, dass Sie es als notwendig erachtet haben, einen Ihrer zahlreichen *Freunde* anzurufen, um Informationen über eine polizeiliche Ermittlung einzuholen.«

»Wie dem auch sei«, entgegnet Damnish. »Aber Sie wissen, dass ich recht habe.«

Ich beschließe, dass ein Schulterzucken als Erwiderung ausreicht.

Damnish räuspert sich. »Jedenfalls bin ich nicht nur hier, um mit Ihnen zu plaudern.«

»Weshalb denn noch?«

»Ich will ein Verbrechen melden – ein weiteres, wohlgemerkt.«

Ich nicke, ziehe mein Notizbuch aus der Innentasche meiner Jacke und zücke meinen Stift. Da ich unbedingt stehen bleiben will, muss ich mein Gekrakel eben später mühsam entziffern.

»Sind Sie bereit?«

»Jawohl.«

»Aus meinem Haus wurden Gegenstände entwendet.«

»Welche Gegenstände?«, frage ich.

»Zu viele, um sie alle aufzuzählen, Inspector. Aber sie sind ein hübsches Sümmchen wert.«

»Verstehe. Nun, ich kann keinen Diebstahl aufklären, wenn ich nicht weiß, was gestohlen wurde.«

»Ich habe eine vollständige Liste in Holly House. Aber Sie müssen nicht mehr ermitteln.«

»Wie bitte? Ich kann Ihnen nicht ganz folgen.«

»Ich habe den Täter selbst geschnappt. Oder vielmehr einer meiner Männer«, antwortet Damnish.

»Sie haben eine eigene Polizeitruppe?«

»Nein, aber Angestellte, die für die Sicherheit meiner Familie und unserer Besitztümer verantwortlich sind.«

»Ah, Mr McGill.«

»Ja, er und ein paar andere. Wie schön, dass Ingleby Sie offenbar auf dem Laufenden hält.«

Ich zucke erneut mit den Schultern. »Und wer ist nun Ihr Verdächtiger?«

»Er ist kein Verdächtiger, Inspector, sondern der *Täter*!«

Diese ungeheuerliche Arroganz. Zweifellos soll nun irgendein bedauernswerter Bediensteter eines Verbrechens beschuldigt werden, das nur vorgetäuscht wurde, um mich zu beschäftigen und von der Salzfabrik fernzuhalten. Aber so ist das bei Leuten, die sich anmaßen, eigenmächtig für Recht und Ordnung sorgen zu wollen – sie machen sich keinerlei Gedanken über die Folgen.

»Mylord, Sie scheinen das Gesetz nicht zu kennen. Hier in

England gilt eine Person so lange als unschuldig, bis ihre Schuld durch einen Gerichtsprozess erwiesen wurde. Gewiss wird Lady Damnish Sie diesbezüglich aufklären können, sie ist schließlich Anwältin.«

»Das ist nur noch Formsache, der Dieb wurde nämlich auf frischer Tat ertappt. Und meine Gattin tut hier nichts zur Sache.«

»Wer ist denn Ihr *Verdächtiger*?«

»Mein Sohn, Inspector.«

»Entschuldigung, wie war das?«

»Sie haben schon richtig verstanden«, antwortet der Lord. »Mein Sohn bestiehlt seine eigenen Eltern, um zu finanzieren, was immer er da an seiner Schule veranstalten will. Ich habe ihn bis zu Ihrem Eintreffen in Gewahrsam genommen.«

»Lord Damnish, Sie haben nicht das Recht, jemanden in Gewahrsam zu nehmen.«

Das überhört er geflissentlich. »Ich möchte, dass Sie sich sofort auf den Weg zu Holly House machen. Mir reicht es mit diesen albernen Debatten hier. Der Gerechtigkeit muss Genüge getan werden, haben Sie mich verstanden?«

Tatsächlich unterstützt Damnishs Entdeckung meine eigene Vermutung, dass Damnish junior die Farmen seines Vaters bestiehlt, deshalb bin ich nicht sonderlich überrascht. Aber hier bietet sich eine gute Gelegenheit, noch ein anderes Thema anzuschneiden.

»Ich werde mich umgehend darum kümmern, Mylord. Ich hätte jedoch eine Frage an Sie.«

»Dann aber schnell, Inspector.«

»Was geht in der alten Salzfabrik vor sich? Sie befindet sich ja auf Ihrem Grundstück, wie Sie mir soeben mitgeteilt haben.«

»Das geht Sie nichts an. Ich bin nicht hier, um mich mit Inglebys Hirngespinsten zu befassen. Und Ihnen kann ich auch nur raten, sich aus alldem rauszuhalten.«

»Bei allem Respekt«, entgegne ich, »Sie haben meine Frage nicht beantwortet.«

»Ein Geschäftsprojekt, geleitet von meiner Frau. Ich kann Ihnen jedenfalls versichern, dass da nichts Illegales geschieht. Und wenn Sie weiter dort herumschnüffeln, werden Sie es mit meinen Anwälten zu tun bekommen. Ist das klar, Grasby?«

Allerhand. Das Theater an der Salzfabrik findet also unter der Regie von Lady Damnish statt. Vielleicht ist Ingleby deswegen so erbost darüber. Ich muss Vorsicht walten lassen, ungeachtet meiner eigenen Vermutungen und der Informationen von Ingleby, deren Wahrheitsgehalt ich nicht einschätzen kann.

Fest steht für mich, dass Damnish sich gerade einen Verbündeten seines Schwagers vom Hals schaffen will. Dass es der eigene Sohn ist, scheint für ihn keine Rolle zu spielen. Und ich halte es nicht für unwahrscheinlich, dass der junge Damnish Unsinn angestellt hat. Früher war ich nicht anders, doch durch den Krieg mussten alle jungen Männer schneller erwachsen werden, als ihnen lieb sein konnte. Unlängst habe ich mitbekommen, wie sich ein alter Dummkopf in einem Yorker Pub über die heutige Jugend ereiferte. »Was die brauchen, ist ein Krieg« – Sie kennen diese Sorte Männer. Hätten sie das erlebt, was ich durchgemacht habe, würden sie nicht mehr solchen Schwachsinn von sich geben. Es ist ein Generationenkonflikt, der nicht gut enden wird.

Damnish erhebt sich schwerfällig und baut sich vor mir auf. Er ist mindestens einen Kopf kleiner als ich, aber um einiges breiter.

»Hören Sie mir gut zu, Grasby. Sie haben sich von meinen Angelegenheiten fernzuhalten, haben Sie das kapiert?« Seine Stimme klingt jetzt drohend, und der breite Yorkshire-Akzent bricht durch. Ich habe den Eindruck, dass ich hier gerade den wahren Damnish erlebe, ohne das Adelsgetue.

»Ich werde mich dorthin begeben, wohin meine Ermittlungen mich führen, *Sir.*« Ich richte mich zu voller Größe auf und blicke auf den gedrungenen Emporkömmling hinab.

Nach diesem Kräftemessen steuert Damnish zur Tür und erklärt mit seiner üblichen Hochnäsigkeit: »Ich erwarte Sie. Trödeln Sie nicht, Inspector.«

# 28

Als ich in meinen Austin steige, zünde ich mir erst einmal in aller Ruhe eine Zigarette an. Ich habe nicht die Absicht, mich herumkommandieren zu lassen, als wäre ich ein Lakai. Aber die Tatsache, dass der Lord im Bilde ist über die wahre Natur meiner Ermittlungen, macht mir Sorgen. Eigentlich müsste ich Juggers informieren, doch irgendetwas hält mich davon ab – wieder einmal mein Instinkt, vermute ich.

Mir bleibt fast das Herz stehen, als Constable Hardy ans Fenster klopft.

»Tut mir leid, dass ich Sie erschreckt habe, Sir«, sagt er auf seine zackig militärische Art, nachdem ich es geöffnet habe.

»Ich denke nur gerade über den Fall nach, Hardy«, lüge ich.

»Bestens, Sir.«

Was er auch von sich gibt, dieser Mann verzieht keine Miene – ganz wie es bei der Armee verlangt wird. Ich muss zugeben, dass mir das nie gelungen ist. Ich wurde ständig von meinen Vorgesetzten gemaßregelt, weil man mir alles vom Gesicht ablesen konnte. Mein Vater behauptet, das sei angeboren bei mir – eine für ihn typische Bemerkung.

»Was liegt an, Constable?«, frage ich.

»Delikate Sache, Sir«, antwortet er mit gedämpfter Stimme.

»Herr im Himmel, Mann. Sie haben Ihre Stelle doch gerade erst angetreten, das ist wohl kaum der richtige Zeitpunkt, mir einen Fehltritt zu beichten!«

Einen kurzen Moment lang sieht er verwirrt aus. »Ach so … nein, Sir. Es hat nichts mit mir zu tun.« Er beugt sich weiter vor. »Es geht um Miss Dean.«

»Verstehe. Steigen Sie ein und legen Sie los.«

Hardy zwängt sich auf den Beifahrersitz und verstaut seine langen Beine. »Sir, Sie wissen ja, dass wir Aussagen der Einwohner zum Tod von Mr Starr aufgenommen haben.«

»Selbstverständlich weiß ich das«, erwidere ich ungehalten. Immerhin war ich selbst die Person, die durch eine achtlose Bemerkung für eine nutzlose Horde angeblicher Zeugen gesorgt hat.

Wie ein vorbildlicher Polizist – der er ganz sicher nicht ist – fördert Hardy ein Notizbuch zutage. »Ich habe mit einem gewissen Mr Jinks gesprochen, Sir. Er lebt auf der Newbourne Farm, die an die Ländereien von Holly House angrenzt.«

»Ja, und?«

»Er hat von merkwürdigen nächtlichen Geräuschen berichtet – und nicht nur er, sondern auch die anderen Dorfbewohner, Sir.«

»Das kann ich mir lebhaft vorstellen.«

»Während des Gesprächs mit Mr Jinks schaute Miss Dean herein und fragte, ob Tee gewünscht sei. Als sie gegangen war, bemerkte Mr Jinks lächelnd, sie sei eine nette junge Dame.«

»Das ist zutreffend. Und nicht verdächtig, würde ich meinen.«

»Gewiss nicht, Sir«, erwidert Hardy. »Aber dann hat er erzählt, er habe sie schon häufig im Park von Holly House gesehen, im Gespräch mit Lord Damnish.«

Ich fing gerade an, mich zu langweilen, was sich jetzt schlagartig ändert.

»Wieso das denn?«, platze ich heraus.

Hardy zuckt mit den breiten Schultern. »Ich dachte nur, das interessiert Sie vielleicht, Sir.«

Dann windet er sich aus dem kleinen Auto und überlässt mich meinen Gedanken. Sofort kommt mir der Anblick von Deedees schmutzigen, geröteten Beinen wieder in den Sinn, als Bleakly frühmorgens auftauchte, um uns über Chuck Starrs Ableben zu informieren. Und natürlich die nach wie vor ungeklärte Frage, was die junge Dame überhaupt in Elderby zu suchen hat. Eine düstere Befürchtung stellt sich ein: Daisy Dean steckt doch wohl nicht mit diesem zwielichtigen Lord unter einer Decke? Die Vorstellung ist, gelinde gesagt, beunruhigend. Oder sehe ich Gespenster?

Da auf der Strecke zu Holly House keine Abhänge zu bewältigen sind, starte ich den Austin. Nach der obligatorischen explosionsartigen Fehlzündung rattere ich mit dem ungebärdigen Gefährt vom Hof.

Die Stimmung in Holly House steht in starkem Kontrast zu meinem letzten Aufenthalt hier. Bereits an der Zufahrt lungern Männer mit Gewehren herum und beobachten alles und jeden misstrauisch. Als ich vor dem Herrenhaus anhalte, werde ich sofort von einem weiteren Burschen dieser Art in Empfang genommen und nicht ins Haus geleitet, sondern um die Ecke zu einem Nebengebäude. Ein Schild am Eingang weist es als »Büro« aus.

Wir betreten einen kleinen Raum, in dessen Mitte ein mit Ordnern und Papieren übersäter Schreibtisch steht. An den Wänden befinden sich Aktenschränke und auf einem kleineren Tisch eine Schreibmaschine inmitten üblicher Büroutensilien, Kugelschreiber, Lineale, Bleistifte und Notizblöcke. Es riecht muffig und abgestanden.

»Warten Sie hier«, verkündet mein unerquicklicher Begleiter. Sobald ich allein bin, tue ich das, was jeder brauchbare Polizist tun würde – ich studiere die Papiere auf dem Schreibtisch. Ich habe mir schon in jungen Jahren beigebracht, Schrift auf dem Kopf zu lesen, und bin bis heute dankbar für diese nützliche Fähigkeit.

Als ich draußen schwere Schritte und eine mir bekannte Stimme höre, setze ich mich vorsorglich, da ich mich nicht darauf verlassen will, dass der Lord mir einen Sitzplatz anbietet.

Die Tür wird aufgerissen, und drei Gestalten betreten das schummrige Büro. Allen voran Damnish, gefolgt von seinem Sohn, den McGill fest am Arm hält. Der Wildhüter wirft mir einen verächtlichen Blick zu, während der junge Beauregard – Harry – aussieht wie ein Häufchen Elend.

Der Lord lässt sich am Schreibtisch nieder, der Wildhüter platziert den Sohn hinter dem Vater und bleibt in Habachtstellung stehen.

»Du erzählst dem Inspector jetzt haarklein, was du ausgefressen hast, Beauregard«, befiehlt Damnish.

»Augenblick mal«, interveniere ich. »Ich bin derjenige, der Ihren Sohn befragen wird. Dabei lege ich allerdings keinerlei Wert auf die Anwesenheit Ihres bewaffneten Personals.« Dabei werfe ich McGill einen abfälligen Blick zu.

»Nein, Sie werden sich anhören, was er zu sagen hat. Dann können Sie mit ihm machen, was Sie wollen.«

Meine Antwort ist simpel. Wortlos stehe ich auf und steuere zur Tür.

»Was soll das? Was haben Sie vor?«, bellt Damnish.

»Meine Sergeants hierherbestellen und Sie und Ihren Schießhund wegen Freiheitsberaubung verhaften lassen.«

Damnish sieht aus, als würde er vor Wut gleich platzen. »Sie werden nichts dergleichen tun, Inspector!« Schweiß tritt ihm auf die Stirn.

»Dann werden Sie mich auf der Stelle mit Ihrem Sohn allein lassen. Habe ich mich verständlich ausgedrückt?«

Damnish schnauft erbost, steht jedoch auf und verlässt mit

McGill das Büro. Allerdings nicht, ohne sich vorher noch einmal aufzublasen.

»Sie sollten sich lieber keine Fehler erlauben, Grasby. Sonst landen Sie bei der Streife, das schwöre ich Ihnen.«

Die Bemerkung ruft meine schlimmsten Ängste auf den Plan. Doch ich bin eisern entschlossen, mich nicht von einem Fischhändler ins Bockshorn jagen zu lassen.

Ich warte, bis die beiden verschwunden sind, und deute dann auf den Stuhl mir gegenüber. Als Harry sich niederlässt, bemerke ich einen Bluterguss über seinem rechten Auge.

»Wer hat Sie geschlagen?«, frage ich.

»McGill. Das ist ein brutaler Kerl.« Harry senkt den Kopf. »Der würde mir auch die Kehle durchschneiden, wenn mein Vater es ihm befiehlt.«

»Das bezweifle ich nicht. Also, was um alles in der Welt führen Sie im Schilde?«

Ein süffisantes Lächeln umspielt Harrys Lippen. »Rebellion, Inspector. Ganz einfach Rebellion.«

»Gegen Ihren Vater?«

»Natürlich! Der Mann ist ein Betrüger. Der hat nicht mehr blaues Blut als sein Wildhüter und ist genauso gefährlich.«

»Aber Sie sind blaublütig, nicht wahr?«

»Ja, das bin ich.« Als er sich aufrichtet und das Kinn vorreckt, ähnelt er seinem Onkel Ingleby. »Und ich glaube, dass mein Vater meinen Großvater umgebracht hat.«

»Können Sie das beweisen?«

»Nein, aber das liegt doch nahe, oder nicht? Der alte Mann verschwindet plötzlich und wird dann tot in seiner einstigen Salzfabrik aufgefunden. Dort oben gehen eigenartige Dinge vor sich, müssen Sie wissen, und mein Vater ist dafür verantwortlich.«

»Das haben Sie von Ihrem Onkel gehört, nicht wahr?«

»Und wenn? Ist ein kluger Mann. *Er* sollte Lord Elderby sein.«

Es ist nur allzu verständlich, dass der junge Harry von seinem Onkel mehr hält als von seinem Vater. Das verschafft dem Adelsspross aber keinen Freibrief dafür, die eigenen Eltern zu beklauen.

»Was wirft man Ihnen vor, gestohlen zu haben?«, frage ich.

»Ein paar alte Lampen, Porzellan und ein Gemälde.«

»Welcher Künstler?«

»Ach, weiß ich nicht. Irgendein Italiener.« Harry verschränkt die Arme vor der Brust.

»Die Auswahl war vermutlich groß«, bemerke ich trocken.

»Das wird mir sowieso alles irgendwann gehören! Man kann sich doch nicht selbst bestehlen, Inspector!«

»Irgendwann ist aber nicht jetzt. Gegenwärtig sind all diese Dinge Eigentum Ihrer Eltern.« Ich lege eine Pause ein, um meine Worte wirken zu lassen, und fixiere den jungen Mann streng. Er hat zweifellos Grips und Temperament, beides ist aber etwas fehlgeleitet, genau wie bei mir in diesem Alter.

»Was ist?«, fragt Harry, verunsichert durch mein Schweigen.

»Sie haben auch die anderen Diebstähle begangen, oder? Auf den Farmen Ihres Vaters?«

Harry lehnt sich zurück und blickt zur Decke auf. »Nein, das war ich nicht.«

Ein bisschen Raffinesse ist jetzt angeraten, denke ich mir. Denn der gute Harry weiß vielleicht etwas, das mir nützlich sein könnte.

»Ich möchte Ihnen eine Art Handel vorschlagen, Harry.«

Er sieht mich fragend an. »Was für einen Handel?«

»Ich werde Sie verhaften. Zumindest wird es den Anschein haben, als täte ich das.«

»Das verstehe ich nicht.«

»In Elderby und Umgebung geht allerhand vor sich, was ich nicht begreife.«

»Sie sollten mal mit meinem Onkel darüber reden.«

»Das habe ich bereits getan. Aber ich muss mehr über die Salzfabrik wissen.«

»Da ist es so unheimlich.« Harry schaudert. »Es ist mir verboten, mich auch nur in der Nähe aufzuhalten. Ich habe meinen Vater am Telefon etwas flüstern hören, als er dachte, er sei allein. Bei dem würde mich gar nichts wundern.«

»Haben Sie ihn jemals zusammen mit Miss Dean gesehen?«, frage ich. »Der jungen Dame, die mich vorgestern begleitet hat?«

Harrys Augen leuchten auf. »Meine Herren, die ist umwerfend, oder?«

»Sie ist hübsch.« Das dürfte die Untertreibung des Jahres sein.

»Und ja, ich habe die beiden zusammen gesehen. Warum?«

»Haben Sie sich nie gefragt, was sie miteinander zu tun haben?«

»Ich dachte immer, es hätte mit den Farmdiebstählen zu tun. Miss Dean arbeitet doch für die Polizei, oder nicht?«

Ich ziehe lediglich eine Augenbraue hoch, und er versteht.

»Ach du liebe Zeit! Sie glauben doch wohl nicht, dass sie … ein Verhältnis haben?«

»Ich weiß es nicht, Harry. Aber ich möchte es erfahren. Und dazu benötige ich Ihre Hilfe.«

»Aber wie soll ich Ihnen helfen, wenn Sie mich einsperren?«, wendet er ein.

»Ich werde Sie nicht einsperren, Sie können wieder nach Hause gehen. Auf Kaution, einverstanden?«

»Aber in Wahrheit soll ich für Sie Augen und Ohren offen halten, meinen Sie das, Inspector?«

»Ganz genau.«

»Prächtig. Darin bin ich gut.«

»Bestens. Wir fahren zum Revier, dort gebe ich Ihnen weitere Anweisungen. Aber eine Sache müssen Sie vorher erledigen.«

»Was immer Sie wollen!« Harry ist jetzt Feuer und Flamme, ganz wie geplant.

»Sie müssen alles zurückgeben, was Sie entwendet haben«, erkläre ich.

»Aber damit gestehe ich es doch ein, Inspector.«

»Nun, wo ein Wille ist, ist auch ein Weg, junger Mann.«

Er legt den Kopf schief und sieht mich verständnislos an. Aber ich bin selbst durchtrieben genug, dass ich merke, wenn man mir etwas vormacht. Und das wird ihm auch allmählich klar.

»Sagen Sie, würde es Sie stören, wenn ich rauche, Inspector? Meine Eltern sind furchtbare Langweiler, wenn es um meine Laster geht.«

Ich greife in die Tasche, um ihm eine Zigarette anzubieten. Doch ich erlebe mein blaues Wunder.

»Vielen Dank, nicht nötig«, sagt der junge Adelsmann. »Ich bevorzuge diese hier.« Und damit bringt Beauregard Oscar »Harry« Damnish eine Packung President zum Vorschein, steckt sich eine Zigarette zwischen die Lippen und beugt sich über den Tisch, damit ich ihm Feuer geben kann.

Verflixt und zugenäht!

»Ach, übrigens«, sagt er unbekümmert, »eines unserer Hausmädchen ist verschwunden.«

»Wer denn?«, frage ich, das Schlimmste befürchtend.

»Martha irgendwas«, antwortet Damnish junior. »Sie wirkte zuletzt sehr nervös, wenn Sie mich fragen. Und heute früh war sie nirgendwo mehr aufzufinden.« Er lächelt vage.

Er mag von den Elderbys abstammen, aber von seinem Vater hat er zweifellos die Verachtung fürs Personal übernommen.

»Ist das gemeldet worden? Im Polizeirevier, meine ich?«

»Tut mir leid, das weiß ich nicht.« Harry sieht verwundert aus, als wäre er auf diesen Gedanken nie gekommen. Was vermutlich auch so ist. Er lebt in einer Welt, in der die meisten Menschen buchstäblich nur dazu dienen, sein Leben angenehmer zu gestalten. Dieses Bürschchen hat noch einiges zu lernen.

Ich befehle ihm, sich nicht von der Stelle zu rühren, und mache mich auf die Suche nach seinem Vater.

Als ich durch die Korridore irre, sehe ich das Herrenhaus mit neuen Augen. Von außen ist zwar unschwer zu erkennen, dass es sich um ein stattliches Gebäude handelt, doch erst wenn man die endlosen Gänge entlangeilt und die unzähligen Treppen erklimmt, merkt man, wie enorm groß es tatsächlich ist.

Nach einer strapaziösen Suche gelingt es mir jedoch, den Hausherrn aufzuspüren.

»Untersuchungshaft«, sagt Damnish erfreut, als ich von Harrys nächster Zukunft berichte. »Prächtig. Lassen Sie ihn dort ruhig eine Weile schmoren. Der Kerl hat keine Ahnung, wie es in der realen Welt zugeht. Höchste Zeit, dass er das lernt.«

Ich erkundige mich nach dem Verbleib von Martha Thornlie, deren hastige Worte im Dorf sich mir eingeprägt haben. Gegenwärtig traue ich niemandem über den Weg. Und nach dem Gespräch mit Harry besteht kein Zweifel mehr daran, dass es innerhalb dieser Familie genauso zugeht.

»Könnte ich mir mal ihr Zimmer ansehen?«, frage ich.

»Wozu das denn, um Himmels willen? Sie wird doch erst seit heute Morgen vermisst. Sie sollten Prioritäten setzen! Aber tun Sie, was Sie nicht lassen können, Grasby«, sagt Damnish.

Ich finde es erfreulich, dass er mich immerhin nicht mehr mit falschem Namen anspricht. Wobei ich mir nicht sicher bin, ob es vielleicht Absicht war und er mich nur herabwürdigen wollte. Aber das ist mir einerlei.

Solche Gebäude sind üblicherweise in zwei Bereiche unterteilt, und das ist auch hier der Fall. Die Dienstboten und Landarbeiter wohnen im obersten Stockwerk. Dort sind die Decken niedriger, die Teppiche fadenscheinig, und weit und breit sind keine Kunstwerke, Ziermöbel oder Dekorationen zu sehen wie im Rest des Hauses. Hier gibt es ganz klar zwei Klassen von Menschen. Ich folge einem bleichen Diener, der trotz meiner Versuche, ihn in ein Gespräch zu verwickeln, stumm bleibt. Er zeigt mir das Zimmer und wartet vor der Tür, während ich mich darin umsehe.

Martha Thornlies Zimmer ist sauber, ordentlich und riecht nach Lavendel. Keine Ahnung, wo die Damenwelt das Zeug immer herbekommt, man riecht es überall. Aber abgesehen von dem angenehmen Duft wirkt das Zimmer unbewohnt. Keine Fotografien, keine persönlichen Gegenstände – nicht einmal Kleidung befindet sich in dem kleinen Schrank.

Meine erste Vermutung ist, dass Martha sich einfach aus dem Staub gemacht hat. Doch angesichts der jüngsten Ereignisse beschleicht mich ein ungutes Gefühl.

Spekulationen sind aber sinnlos. Ich bitte den Hausherrn, mich sofort zu benachrichtigen, wenn es etwas Neues über Martha gibt. Noch eine Aufgabe für mich.

Als ich mit Damnish junior zum Revier aufbreche, beginnt es heftig zu schneien. Die Männer mit den Gewehren stehen immer noch auf ihren Posten, und bei einem letzten Blick zurück auf das Herrenhaus sehe ich in einem Fenster eine Gestalt hinter dem Vorhang verschwinden. Ich bin mir sicher, dass es Lord Damnish war, und es läuft mir kalt den Rücken hinunter.

# 29

Während der Erbe der Damnish-Dynastie in einem Nebenraum mit Deedee Tee trinkt und Kekse futtert, zerbreche ich mir in meinem Büro den Kopf über die verzwickte Lage. Wer hätte denn vermuten können, dass mir hier noch jemand über den Weg läuft, der diese kostspieligen Presidents raucht? Und was ist mit Martha Thornlie geschehen?

Ersteres macht den jungen Harry nicht nur im Mordfall Starr zum Verdächtigen, sondern auch im Fall des Toten im Kamin von Holly House – zwei Fälle, in denen ich in Wahrheit gar nicht ermittle. Aber meiner Einschätzung nach ist Damnish junior ebenso wenig zu einem Mord fähig wie die alte Organistin Ada, deren einziges Verbrechen darin bestand, bei den Gottesdiensten meines Vaters sämtlichen Hymnen den Garaus zu machen. Einmal habe ich erlebt, wie übel sie den Hochzeitsmarsch zugerichtet hat, und ich bin bis zum heutigen Tag davon überzeugt, dass ihr Notenblatt auf dem Kopf gestanden haben muss.

Ich komme zu dem Schluss, dass ich in diesem Dilemma meinen Vorgesetzten anrufen sollte.

Doch als ich den Hörer abnehme, veranlasst mich etwas zum Innehalten. Es ist nur ein Gefühl, aber ich spüre, dass etwas nicht stimmt. Ein quälender innerer Zwiespalt, in dem ich mich befinde. Ich bin hin- und hergerissen. Ein Teil von mir vertraut dem guten alten Juggers, ein anderer hält mich dazu an, auf der Hut zu sein.

Könnte der junge Damnish wirklich Mr Starr getötet haben? Ist der junge Mann ein Wahnsinniger, der wahllos Menschen ermordet? Das glaube ich zwar nicht, aber wissen tue ich es ebenso wenig.

Ich lege den Hörer wieder auf die Gabel und überlege. Nach einer Weile komme ich zu dem Schluss, dass Juggers trotz allem meine einzige Hoffnung ist. Es ist doch undenkbar, dass dieser unerschütterliche Fels von einem Mann in die finsteren Machenschaften verstrickt ist, in die ich hier hineingeraten bin. Ich nehme erneut den Hörer ab, doch als ich ihn ans Ohr halte, höre ich ein Klicken, das mich erstarren lässt.

Erschrocken lege ich auf, stürme hinaus und marschiere in das Sergeantbüro, wo Bleakly sich, wie zu erwarten war, im Tiefschlaf befindet, den Kopf auf die Arme gelegt. Als ich das Telefon dort abnehme, höre ich das gleiche Klicken.

Ich belasse den Sergeant im Reich der Träume und eile zum Empfang, wo Constable Thomas, der schweigsamere der beiden Uniformträger, an einer Schreibmaschine sitzt. Was er da zu tippen hat, ist mir ein Rätsel, aber er nickt mir nur zu und lässt sich nicht weiter stören. Auch hier teste ich die Telefonleitung, und erneut ist das unerfreuliche Klicken zu hören.

Das bedeutet, dass sämtliche Telefone auf dem Polizeirevier von Elderby abgehört werden, und ich habe keinen blassen Schimmer, von wem. Ich habe während des Krieges gelernt, diese Anzeichen zu identifizieren, und so absurd es auch scheinen mag, besteht hier keinerlei Zweifel.

Trotz meiner Angst treffe ich rasch eine Entscheidung. Ich brauche einen Ort, an dem ich in Ruhe nachdenken kann; einen Ort, an dem ich weder überwacht noch gestört werde.

»Constable Thomas«, sage ich, »behalten Sie bitte den jungen Damnish für mich im Auge, ja? Sollte sein Vater hier aufkreuzen, teilen Sie dem mit, dass sein Sohn sich in Haft befindet und keinen Besuch empfangen darf, verstanden?«

»Jawohl, Sir.«

Ich bin im Begriff, ihn anzuweisen, dass er alle Hebel in Bewegung setzen soll, falls er bis morgen um die gleiche Zeit nichts von mir gehört hat. Doch gerade rechtzeitig fällt mir auf, dass ich auch nicht weiß, mit wem Hardy und Thomas im Bunde sind. Verflucht, was für ein elendes Durcheinander!

»Ach, übrigens«, fügt er hinzu, »das hier kam für Sie.« Mit einem Griff hat er einen Brief parat, von dem üblichen Herumkramen in Papierbergen, wie ich es von meinen bisherigen Kollegen kenne, keine Spur. »Der lag unter der Eingangstür, als ich heute Morgen um sechs hereinkam.«

Um sechs, denke ich. Kein normaler Polizist würde um diese Uhrzeit auf dem Revier aufkreuzen, außer er wäre zum Frühdienst eingeteilt. Was auf Thomas nicht zutrifft.

Er reicht mir einen kleinen blauen Brief, der nach Lavendel riecht. Als ich ihn öffne, löst sich die Lasche beinahe von selbst. Entweder es handelt sich um einen Umschlag von geringer Qualität mit schlechtem Kleber, oder es gibt einen anderen Grund dafür. Ich lasse mir nichts anmerken und lese den Brief.

*Lieber Inspector Grasby,*
*wie ich Ihnen vor der Bäckerei mitgeteilt habe, weiß ich Dinge,*
*die es für mich gefährlich machen, weiter in Elderby zu arbeiten.*
*Sie wissen, was ich meine.*
*Sorgen Sie sich nicht um mich, ich werde zurechtkommen.*
*Aber erwähnen Sie diesen Brief bitte nicht in Holly House.*
*Ich traue dort niemandem.*
*Geben Sie gut auf sich acht.*
*Martha*

Auf dem Weg zum Auto denke ich angestrengt nach. Kann ich sicher sein, dass Martha Thornlie diesen Brief selbst geschrieben hat? Die Antwort lautet Nein. Ich müsste ihre Handschrift abgleichen. Und selbst wenn das ihre Schrift ist, könnte man sie immer noch gezwungen haben. Andererseits wären ihre Angst und ihr Misstrauen in diesem Fall nicht derart deutlich herauszulesen. Und was ist mit dem Umschlag? Hat jemand den Brief über Dampf geöffnet und vor mir gelesen?

Beim Einsteigen kommt mir eine Idee. Ich starte den Austin, der ausnahmsweise ohne Höllengetöse anspringt, fahre die Hauptstraße entlang und parke vor der Bäckerei. Ethel, gegen die klirrende Kälte in einen Pelzmantel gehüllt, ist gerade dabei, die Fenster des Pubs von außen zu putzen, und ruft mir einen herzlichen Gruß zu.

Die Ladenglocke klingelt, als ich die Bäckerei betrete. Wally steht hinter der Theke über einen Kuchen gebeugt, den er in gleichgroße Stücke schneidet. Es duftet unwiderstehlich nach frisch gebackenem Brot, Pasteten und süßem Gebäck. Könnte man diesen Geruch in Flaschen füllen und anderen Geschäften als Raumduft anbieten, würden die ihren Umsatz gewiss verdreifachen. Vielleicht hat jemand eines Tages diesen Einfall, aber ich bezweifle es. Obwohl die Menschen über ein großes Gehirn und Erfindungsgabe verfügen, sind sie doch oft wenig originell.

»Guten Tag, Inspector. Wieder eine Pastete gefällig?«

»Liebend gern«, antworte ich. Wie Sie sich gewiss erinnern, lasse ich mir durch nichts so schnell den Appetit verderben. Das war zwar nicht der Grund für meinen Besuch, doch bei Wallys Angebot läuft mir das Wasser im Mund zusammen.

»Könnte ich Sie aber zuerst um einen Gefallen bitten, Wally?«, frage ich.

»Gewiss doch.«

»Ob ich wohl mal Ihr Telefon benutzen dürfte?«

»Selbstverständlich. Steht hinten im Büro. Kommen Sie mit.«

Ich trete hinter die Theke, und Wally führt mich in einen eiskalten Raum, in dem eine Rinderhälfte und ein paar Rebhühner von Haken an der Wand hängen, vermutlich für die Pastetenfüllung.

»Tut mir leid, ist recht eng hier«, sagt Wally und deutet auf ein Bakelittelefon auf einem kleinen Tisch. »Steht zu Ihrer Verfügung.«

»Vielen Dank, Wally. Dann muss ich nicht eigens aufs Revier fahren.«

Ich warte, bis der Bäcker wieder vorn im Laden ist, und rufe dann die einzige Person an, der ich noch uneingeschränkt vertrauen kann. Als ich die wohlbekannte Nummer wähle, fällt mir auf, dass meine Hände zittern. Dann ertönt eine Ewigkeit lang das Freizeichen, aber damit hatte ich gerechnet.

»Hallo, wer ist da?« Die Stimme hört sich an, als gehörte sie zu einem uralten Wesen aus grauer Vorzeit – was in gewisser Weise zutrifft.

»Wie oft habe ich dir schon gesagt, dass man sich so nicht am Telefon meldet?«, sage ich.

»Ach, du bist es.« Die Stimme klingt enttäuscht.

Mein Vater hegt seit jeher großes Misstrauen gegenüber dem Fernsprecher. Er fürchtet nach wie vor, dass man ihn immer noch hören kann, wenn er bereits aufgelegt hat. Nun hat mein alter Herr allerdings auch sein gesamtes Leben in der begrenzten Welt des Klerus verbracht. Und da er noch immer von der Kirche bezahlt wird, ist er der festen Überzeugung, dass ihn allerlei Bischöfe, Erzbischöfe, Dekane und so weiter ausspionieren wollen. Zum Glück ist dies nicht der Fall, denn was mein Vater über seine Kollegen sagt, sollte lieber niemand hören. Ein neugieriger Kleriker könnte bei einem Lauschangriff allerhand über sich erfahren, was er selbst noch nicht wusste.

»Drei von diesen Rössern rennen immer noch frei herum«, sagt er als Nächstes.

Verdammt! Schon wieder diese elenden Gäule. Ich hatte gehofft, die seien mittlerweile wieder in ihrem Stall. Dennoch wünsche ich mir gerade sehnlichst, in Juggers' Büro zu sein statt in der Wildnis der North York Moors, in der mir wer weiß was bevorstehen mag. Sogar eine Strafpredigt vom Chief Constable fände ich noch erträglicher. Hauptsache Rückkehr zum hundsgewöhnlichen Alltag.

»Vater, ich muss dir etwas sagen. Es ist äußerst wichtig«, verkünde ich in ernstem Tonfall.

Vom anderen Ende ist ein Rülpsen zu vernehmen. »Verzeihung. Das liegt an der Bauernplatte, die ich vorhin gegessen habe. Ich liebe eingelegte Zwiebeln, aber ich muss davon immer aufstoßen, wie du weißt.«

»Das ist jetzt nicht wichtig! Bitte hör mir gut zu.«

»Mach dir keine Sorgen, Francis. Ich weiß schon, was du mir sagen willst.«

»Das glaube ich kaum. Und bitte nenn mich nicht Francis, du weißt, dass ich das hasse.«

»So heißt du aber nun mal«, erwidert er ungerührt. »Obwohl wir das hätten anders machen sollen, deine Mutter und ich.«

»Wie? Was meinst du damit?«

»Ich wollte dich Egbert nennen, nach meinem Großvater, aber deine Mutter wollte nichts davon hören. Bei englischen Namen sind sie schwierig, die Schotten.«

Ich danke im Geiste meiner lieben Frau Mama. Egbert – welch ein Graus!

»Nun fahr fort mit dem, was du mir sagen willst. Es wird eine Menge erklären.«

»Vater, ich habe keine Ahnung, wovon du redest.«

»Deshalb hast du nie geheiratet. An meiner Schule gab es auch solche Jungen. Du musst dich dessen nicht schämen. Gott hat dich so geschaffen, und du verstehst sicher irgendwann den tieferen Grund dafür.«

Mir geht ein Licht auf. Was längst vor dieser absonderlichen Unterhaltung hätte passieren müssen. Schließlich habe ich ähnliche Andeutungen von meinem alten Herrn schon seit meiner Kindheit zu hören bekommen.

»Ich bin nicht homosexuell, Vater«, erkläre ich. »Ich habe nichts gegen Homosexuelle und finde es abscheulich, wie sie in diesem sogenannten zivilisierten Land behandelt werden. Aber ich bin keiner von ihnen.«

»Leugnung ist eine schlimme Sache, mein Sohn.«

Ich würde ihn am liebsten fragen, was er denn wohl vor all diesen Jahren mit Hetty Gaunt zu schaffen hatte. Aber die Zeit rast, und wenn das so weitergeht, wird der arme Wally eine Telefonrechnung in Höhe der Staatsverschuldung bekommen.

»Ich brauche die Durchwahl von Mitch in Catterick«, sage ich drängend. »So schnell es geht, ist wirklich dringend.«

Wenn irgendwer mich aus diesem Schlamassel herausholen kann, dann ist es Mitch.

»Warte, ich sehe mal nach«, erwidert mein Vater.

Dann folgt ein typisches Szenario: Mein Vater legt den Hörer ab, redet aber weiter, als hielte er ihn noch in der Hand. Während er in den Papieren, Adressbüchern und Kalendern auf dem Telefontischchen herumkramt, kann ich ihn etwas Unverständliches über Uhren, das Wetter, ein Cricket-Spiel und den Erzbischof von Canterbury murmeln hören.

»Vater!«, schreie ich entnervt, damit er sich beeilt, doch das Murmeln hält an.

Als ich verzweifelt zu erwägen beginne, im nächsten Jahrhundert noch einmal anzurufen, höre ich endlich das Klappern des Hörers, gefolgt von einem weiteren Rülpser.

»Verzeihung. Diese elenden Zwiebeln. Das gibt bestimmt Sodbrennen.«

Ich hole rasch mein Notizbuch aus der Tasche und zücke den Kugelschreiber. »Danke dir sehr für deine Mühe, Vater. Fabelhaft. Wie lautet die Nummer?«

»Ich kann sie nicht finden. Nur die vom Gemüsehändler und der Heilsarmee.«

In solchen Momenten frage ich mich, ob dieser Mann mich tatsächlich gezeugt haben kann. Würde ich diesem Idioten nicht äußerlich so sehr ähneln, läge die Vermutung nahe, dass meine Mutter ein Techtelmechtel mit irgendeinem dahergelaufenen Taugenichts gehabt hat. Sie war allerdings nicht die Art von Frau, die sich Techtelmechtel erlaubt hätte.

»Vater ... Daddy ... Bitte sei so gut und such Mitchs Nummer. Es ist enorm wichtig für mich. Ich muss jetzt aufhören, aber ruf bitte 323 in Elderby an und hinterlasse die Nummer bei einem Mann namens Wally. Und kannst du das innerhalb der nächsten Stunde erledigen? Ich wäre dir ewig dankbar. Versprich mir, dass du es machst, ja?«

Am anderen Ende herrscht Schweigen. Als mein alter Herr wieder spricht, hört er sich ganz anders an als der Wirrkopf, mit dem ich es vorher zu tun hatte.

»Du steckst wirklich übel in der Klemme, oder?«

»Kann man so sagen, ja«, antworte ich.

»Wie oft musste ich das schon hören? Zu oft, so viel steht fest. Aber ich mach das für dich. Schließlich bist du das einzige Erzeugnis meiner Lenden.«

Obwohl die Ernsthaftigkeit meines Vaters eine beruhigende Wirkung auf mich hat, hätte ich auf den Gedanken an seine Lenden gern verzichtet. Während wir uns verabschieden, hoffe ich inständig, dass er bald die Nummer seines besten Freundes aufstöbert. Mitch Parsley ist ein guter Kerl und ein einflussreicher Mann. Er hat mir Cricket-Kniffe beigebracht und sitzt an wichtigen Schaltstellen. Wenn mir irgendwer in diesem fürchterlichen Schlamassel zur Seite stehen kann, dann er.

Ich gehe in den Laden zurück, wo der gute Wally bereits eine Pastete für mich eingepackt hat.

»Hat sich alles geklärt, Inspector?«

»War eine schwierige Polizeiangelegenheit«, antworte ich ausweichend.

»Ja, hat eine ganze Weile gedauert.«

Ich ziehe mein Portemonnaie hervor. »Hier, für die Pastete und den Anruf.« Ich drücke ihm mehr als genug Geld für beides in die Hand. Dabei sehe ich hinter einem Zehner etwas Weißes hervorragen. Natürlich! Mitch hatte mir an dem Abend vor meinem Aufbruch nach Elderby eine Visitenkarte gegeben. Dass ich mich daran nicht gleich erinnert habe, ist wohl der Tatsache zuzuschreiben, dass ich von Dads Gebräu reichlich beduselt gewesen bin.

Ich überlege kurz, ob ich eine der angegebenen Nummern anrufen soll. Aber auch davon hält mich etwas ab. Ist schon eine komische Sache mit dem Instinkt. Der rät mir nämlich gerade unmissverständlich zu warten, bis mein alter Herr sich mit der Durchwahl zu dem Mann meldet, der mir den Allerwertesten retten könnte.

»Wally«, sage ich. »Innerhalb der nächsten Stunde ruft hier wahrscheinlich ein älterer Bursche an, der sich etwas verrückt anhört. Lassen Sie sich davon nicht beirren. Er wird Ihnen eine Telefonnummer durchgeben, und ich wäre Ihnen ungemein verbunden, wenn Sie die für mich aufschreiben könnten«, sage ich so beiläufig wie möglich. Auch das will gelernt sein, müssen Sie wissen.

»Wäre es nicht einfacher, wenn er auf dem Revier anruft?«, erkundigt sich Wally.

Die Frage ist nachvollziehbar, und ich lasse mir rasch etwas einfallen.

»Ich organisiere gerade eine Überraschung«, antworte ich. Das taugt als Erklärung, finde ich.

Nachdem ich Wally noch etwas Geld zusätzlich für die Anrufe gegeben habe, verlasse ich die Bäckerei, in der Hand die Tüte mit der warmen Pastete. In meinem Kopf herrscht ein heilloses Durcheinander, während ich mich meinem Wagen nähere. Ethel hat das Fensterputzen offenbar beendet und ist nicht mehr zu sehen. Nur allzu gern würde ich jetzt dem Beggar einen Besuch abstatten und mir in der behaglichen Wärme ein Gläschen genehmigen. Doch das verbiete ich mir.

Offenbar habe ich ein ausgeprägtes Problem damit, Befehle zu befolgen. Laut Anweisung sollte ich im Dorf einen Riesenwirbel um meine »Ermittlungen« veranstalten und ansonsten rein gar nichts tun. Stattdessen zweifle ich an meinem Verstand und zerbreche mir den Kopf darüber, was um alles in der Welt in diesem Dorf vor sich geht. Es ist auf jeden Fall brandgefährlich, wie man unschwer am unfreiwilligen Dahinscheiden von dem Toten im Kamin, Chuck Starr, dem altem Lord Elderby und meinem Vorgänger erkennen kann. Ganz zu schweigen von der armen Martha Thornlie, was auch immer aus ihr geworden ist.

Ich überlege fieberhaft, ob es hier jemanden gibt, der mir nützlich sein könnte – jemanden, der sich in Elderby auskennt und gesellschaftlichen Einfluss hat. Ein Name kommt mir in den Sinn – Ingleby. Ich beschließe, ihn noch einmal in seinem chaotischen Zuhause aufzusuchen, in der Hoffnung, dass er mir weiterhelfen kann.

Als ich erneut die Straße zum Withernshaw Fell und der Salzfabrik entlangfahre, beginnt es zu schneien. Dicke Flocken sinken aus grauen Wolken herab. Ich vermute, das ist nur ein Vorbote heftigerer Schneefälle. Zwischen den kahlen Bäumen kommt die Briarside Farm in Sicht. Ich ertappe mich dabei, dass ich den Fuß vom Gas nehme – vielleicht aus Vorsicht vor McGill und seiner Truppe. Diesem unangenehmen Zeitgenossen möchte ich lieber aus dem Weg gehen.

Als Briarside Farm näher rückt, sehe ich zwei Gestalten vor dem Haupthaus stehen und halte am Straßenrand an. Ich verfluche mich, weil ich nie ein Fernglas dabeihabe, doch dann stellt sich heraus, dass ich gar keines brauche. Ich kann die Personen klar erkennen. Die unterschwellige Angst, die ich seit meiner Ankunft in Elderby spüre, wächst sich schlagartig zu heller Panik aus. Ich will diesem Ort so schnell wie möglich den Rücken kehren, und zwar für immer. Denn zu meinem Entsetzen sehe ich, wie der hochgewachsene Ingleby sich vorbeugt und eine Frau auf die Wange küsst, die zweifellos seine Schwester ist. Lady Damnish tätschelt ihm den Arm und steigt in einen großen schwarzen Wagen. Ich kann es nicht fassen. Was ich hier gerade beobachte, ist ein herzlicher Abschied zwischen zwei Menschen, die angeblich Erzfeinde sind.

Grundgütiger. Während ich das alles zu begreifen versuche, fällt mir siedend heiß ein, dass Lady Damnish auf dem Rückweg zu Holly House genau hier vorbeikommen wird. Mir bricht der Angstschweiß aus, und ich wende im Eilverfahren und brause davon.

Kein noch so wüster Fluch wäre ausreichend, um meine Lage angemessen zu verdammen.

Da ich gern in die Ferne schauen möchte, um meine Gedanken zu klären, fahre ich Richtung St. Thomas's-on-the-Edge. Vorhin ist mir noch ein weiterer Weg aufgefallen, der auf den Hügel führt, und so lege ich jetzt den Rückwärtsgang ein und gebe Gas.

Der Weg endet an einem Wäldchen nahe der Kirche. Ich steige aus und atme in tiefen Zügen die schneidend kalte Luft ein. Wenn man den Duft englischer Dörfer in der Vorweihnachtszeit auch nur einmal gerochen hat, vergisst man ihn nie wieder. Auch jetzt trägt der Wind das Aroma brennender Holzkohle aus zahllosen Schornsteinen herüber. Wie gern säße ich jetzt gemütlich bei einem Glühwein am Kaminfeuer in einem Pub.

Von hier aus sieht Elderby so idyllisch aus. Die meisten Besucher finden sicher Gefallen an den malerischen Gassen, den kleinen Läden und den urwüchsigen Häusern aus dem typischen grauen Yorkshire-Gestein.

Doch der Schein trügt. Welche Gefahren mögen hier noch zum Vorschein kommen?

Wenn ich mich derart überfordert fühle, hilft es mir, mich abzulenken und zu hoffen, dass Antworten und Lösungen sich von selbst einfinden. Ich zünde mir eine Zigarette an und denke über Deedee nach. Falls sie wirklich eine Agentin ist, tarnt sie sich hervorragend. Aber das ist sicher Teil der Ausbildung. Ich überlege, was es mit diesen Gesprächen zwischen ihr und Damnish auf sich hat. Warum treffen sie sich heimlich? Das ergibt keinerlei Sinn. Und dann noch Ingleby und seine scharfzüngige Schwester. Bilde ich mir zu viel ein? Will man mir nur einen Streich spielen, und schreit gleich jemand lachend »reingelegt«?

Meine Welt steht kopf. Tief in Gedanken lasse ich den Blick über die winterlichen Felder schweifen. Ich erinnere mich an die aus dem Wagen ausfahrende Antenne hinter der Salzfabrik; an McGill, der auf dem Hügel stand und Wache zu halten schien. An Ingleby, seine Gemälde und die eindeutig vorgetäuschte Feindschaft mit seiner Schwester. An seinen Neffen und dessen Zigarettenmarke. An Cummins, Juggers, den Gemeinderat, Bleakly, Lady Damnish, Dr. Starr, den Toten im Kamin, den Kerl, der mich im Wald überfiel. Ich bin ziemlich sicher, dass Finan Whales derjenige war, der mich niedergeschlagen und mir auch im Pub den Zettel in die Tasche gesteckt hat, um mich zur Salzfabrik zu locken. Doch warum das alles?

Ich sehe den Bestatter Grimshaw vor mir, das Maßband stets griffbereit, um einen neuen unfreiwilligen Kunden in einer Holzkiste zu verstauen.

Plötzlich höre ich Stimmen hinter der Kirche, sie kommen von der Stelle am Hang, wo auch Chuck Starr gefunden wurde. Ich ducke mich hinter einen verschneiten Busch, der mich vor Blicken schützt. Zwei Männer scheinen sich zu streiten. Durch den Wind kann ich sie kaum verstehen, doch eine der Stimmen kommt mir vage bekannt vor. Ich horche angestrengt und spähe vorsichtig hinter dem Busch hervor, in der Hoffnung, dass jemand in mein Blickfeld kommt.

Was tatsächlich der Fall ist, und ich traue meinen Augen nicht. Es ist Reverend Croucher, der mit dem Finger auf eine nicht sichtbare Person zeigt und sie anschreit. Das eine oder andere Wort verstehe ich, und obwohl ich durch meinen Vater einigermaßen abgebrüht bin, scheint mir Crouchers Ausdrucksweise doch reichlich derb.

Dann passiert alles binnen einer Sekunde. Hinter mir ertönt ein Geräusch, das ich dem Wind zuschreibe. Doch als kräftige Hände meinen Hals umfassen, weiß ich, was mir blüht.

Ich habe mich des Öfteren gefragt, wie es sich wohl anfühlt zu ertrinken. Das verzweifelte Ringen nach Atem, das Brennen in der Lunge, das Versinken in Bewusstlosigkeit. Doch als die Hände stärker zudrücken, brauche ich dafür keine Vorstellungskraft mehr. Ich werde gerade erwürgt.

Und wieder einmal wird mir schwarz vor Augen.

# 30

Bedauerlicherweise ist es nicht das erste Mal, dass ich an einem unbekannten Ort erwache, ohne zu wissen, wie ich dorthin gelangt bin. Gegenwärtig frage ich mich, weshalb sich mein Kopf anfühlt, als würde er gleich platzen, meine Fußknöchel brennen und meine Arme sich offenbar von den Schultern lösen wollen, um fortan ein Eigenleben zu führen. Die Welt ist auf schmerzhafte Weise aus den Fugen geraten.

Als mir der Würgegriff um meinen Hals wieder einfällt, öffne ich mühsam die Augen und versuche, mich zu orientieren.

An den Fußknöcheln gefesselt kopfunter zu hängen ist eine Position, die ich nicht empfehlen kann. Noch deutlicher gesagt: Es ist ausgesprochen unangenehm. Hier ist es finster, kalt und feucht, und irgendwo tropft Wasser auf Betonboden. Doch vor allem der Geruch verrät mir, wo ich mich befinde. Die Mischung aus Feuchtigkeit, Verfall und Überresten aus der Vorgeschichte dieses Gebäudes ist unverkennbar. Nirgendwo sonst riecht es wie in der Salzfabrik.

Als es mir unter höllischen Schmerzen gelingt, den Kopf zu drehen, kann ich erkennen, dass meine Knöchel mit einem Seil an einem rostigen Haken an der Wand fixiert sind. Dann schaue ich in die andere Richtung und sehe meine Fingerspitzen nur wenige Zentimeter über dem schmutzigen Boden schweben. Ich frage mich, ob jetzt wohl der Zeitpunkt gekommen ist, mein Leben vor meinem inneren Auge vorüberziehen zu lassen. Denn mir fallen die Blutergüsse an Chuck Starrs

Knöcheln wieder ein, die ich bei meiner flüchtigen Untersuchung bemerkt habe. Sein Schicksal scheint mir nun auch bevorzustehen.

Bei der Polizei wie bei der Armee bekommt man Methoden beigebracht, die dazu dienen, unter Beschuss die Ruhe zu bewahren. Unter keinen Umständen soll man sich der Angst und Verzweiflung anheimgeben. Folgende Techniken gelten bei diesem monumentalen Akt der Selbstkontrolle als hilfreich: an einen geliebten Menschen denken, sich an glückliche Momente zurückerinnern, einen Zeitpunkt in der Zukunft imaginieren, an dem man nicht mehr gefesselt kopfunter hängt und seinem bevorstehenden Ende ins Auge blickt.

Wer immer sich diesen Mumpitz ausgedacht hat – ein launiges Wort, das meine Mutter sehr schätzte –, schwebte garantiert noch nie selbst in Lebensgefahr. Es war gewiss eine Person, die nie etwas Gefährlicheres erlebt hat, als in einem Landhaus, kilometerweit hinter der Front, einen guten Portwein zu genießen.

Ich bevorzuge die Grasby-Methode. Sie besteht darin, zu wimmern wie ein Kleinkind, sein Pech zu verfluchen und angestrengt unfreiwillige Ausscheidungen zurückzuhalten. Ich finde das erheblich naheliegender, als mir einzureden, alles sei in bester Ordnung. Das Wimmern wächst sich binnen kürzester Zeit zu einem Schrei aus, der von den Wänden widerhallt. Doch niemand eilt herbei, um mich zu retten.

Ich habe den glänzenden Einfall, mich hochzuwinden und die Fesseln zu lösen, damit die Schwerkraft ihr Übriges tut. Das Einzige, was ich jedoch nach mehreren Versuchen erreiche, ist eine drohende Ohnmacht. Meine Bauchmuskeln pochen wie ein schmerzender Zahn, als ich kraftlos nach unten sacke.

»Ich bin Polizist! Befreien Sie mich, sofort!«, brülle ich, bekomme aber nur das Tropfen des Wassers zur Antwort. Ich überlege, was ich noch schreien könnte, erkenne dann aber die Nutzlosigkeit dieses Unterfangens. Wer auch immer mich hierher befördert hat, weiß höchstwahrscheinlich, wer ich bin und womit ich meinen Lebensunterhalt verdiene.

Mir bleibt wohl nichts anderes übrig, als auf den Messerstich unter den Rippenbogen zu warten, mit dem der arme Chuck Starr erledigt wurde. Und dann womöglich wie der andere Tote in einen Kaminschacht gestopft zu werden.

Geistesabwesend sinne ich darüber nach, wie wohl mein Vater den gewaltsamen Tod seines Sohnes und einzigen Kindes verkraften wird. Er hat es mir zwar nicht oft gezeigt, aber ich vermute, dass er mich durchaus gernhat. Ich hoffe, es treibt ihn nicht noch tiefer in die Trunksucht, wie damals nach dem Tod meiner Mutter. Ich weiß, dass ich ungnädig bin mit dem alten Knaben, was er auch verdient hat. Aber sie zu verlieren hat ihn schwer getroffen, danach war er nicht mehr derselbe.

Nachdem diese Gedanken sich verflüchtigt haben, beschließe ich, das Schreien fortzusetzen.

Und das tue ich, bis ich heiser bin, was zusammen mit den Echos eine Geräuschkulisse erzeugt, als wäre hier ein grausiges Ungeheuer gefangen und kein halbwegs gebildeter Polizist mit unklaren Berufsaussichten.

Moment mal! Irgendwo tut sich etwas. Ja, Schritte nähern sich. Ist das meine Rettung?

Doch die zwei furchterregenden Gestalten, die sich mir plötzlich nähern, sehen leider so gar nicht nach Rettung aus. Selbige erscheint nämlich gewiss nicht in schwarzem Overall und improvisierter Sturmhaube aus Sackleinen, nicht wahr?

»Wer zum Teufel sind Sie?«, frage ich halbherzig. Ich meine, die werden mir wohl kaum Name und Adresse geben, bevor sie mich ausnehmen wie einen Fisch. Aber man möchte schließlich nicht einfach klein beigeben. Die Antwort kommt in Form eines wuchtigen Schlags in die Magengrube, mit dem ich nicht gerechnet habe. Könnte ich mich krümmen, würde ich es jetzt tun, doch die Schwerkraft verhindert das leider. Deshalb stöhne ich stattdessen und ringe keuchend um Luft.

Hier habe ich es also mit zwei gesichtslosen Rohlingen zu tun, die sich noch ein bisschen amüsieren wollen, bevor sie mich ins Jenseits befördern.

Ich bemerke plötzlich einen schmalen Lichtstreifen. Keine Ahnung, wo der nun herkommt, aber er ist von der Sorte, wie man sie auf Bibelillustrationen sieht. Sie wissen schon, himmlisches Licht, das auf einen Berg, Bach oder Heiligen hinunterstrahlt. Filmprojektoren im Kino fallen mir auch noch dazu ein. So oder so, jedenfalls macht dieser kleine Lichtstreifen mir Mut. Die Sonne muss einen bestimmten Winkel erreicht haben, damit sie mich jetzt mit diesem Hoffnungsschimmer stärken kann. Allerdings beleuchtet sie auch meine Peiniger, und dabei fällt mir etwas auf, das meine Übelkeit drastisch verschlimmert.

Als ich gerade dabei bin, meine Erkenntnis zu verarbeiten, trifft mich der nächste Schlag in den Solarplexus. Dieser Hieb ist weniger heftig als der vorige, hält mich aber davon ab, die Gestalten mit ihrer wahren Identität zu konfrontieren. O ja, ich habe sie entlarvt.

Während ich nach Luft ringe, um meine Einsicht kundzutun, knallt ein Schuss, der von den Wänden widerhallt wie ein Donnerschlag in einer Felsenschlucht. Ich muss zugeben, dass ich mittlerweile in so mieser Verfassung bin, dass ich kaum noch begreife, was geschieht. Meine erste Vermutung ist, dass der Schuss ein Teil der Folter ist, die zu meinem schrecklichen Dahinscheiden führen wird. Doch als ich sehe, dass die Männer mit den Säcken über den Köpfen erschrocken herumfahren, wird mir klar, dass sie damit nichts zu tun haben.

Eine undeutliche Stimme ist zu hören, und sieh an, die beiden nehmen die Beine in die Hand und suchen das Weite.

So skeptisch ich meinem Vater und der Kirche auch gegenüberstehe, bin ich doch ein Mensch, der zum Glauben fähig ist – auf meine eigene Weise. Nun gewinne ich den Eindruck, dass ich tatsächlich durch himmlische Fügung aus meiner Gefahr erlöst worden bin. Die Identität meines Retters überrascht mich allerdings.

»Geht's so weit, Inspector?« Die Stimme klingt schroff, der Yorkshire-Akzent ist unüberhörbar. Vor mir stehen drei Männer, und den Sprecher erkenne ich in dem fahlen Sonnenlicht auf den ersten Blick. Es ist Wildhüter McGill, der mich mit unbewegter Miene beäugt.

»Danke«, flüstere ich matt.

»Lord Damnish hat Ihnen verboten, sich diesem Ort zu nähern. Daran hätten Sie sich mal lieber halten sollen.« McGill wendet sich zu den anderen. »Holt ihn da runter, Jungs.«

Im Nu packt mich einer der beiden fest um die Taille, während der andere mit einem bedrohlich wirkenden Messer die Fußfesseln durchschneidet. Dann legt man mich behutsam auf den Boden. Ich zittere wie Espenlaub und ringe immer noch nach Atem. McGill hält mir etwas an den Mund.

»Hier, trinken Sie.«

Er hebt meinen Kopf an, damit ich den Whisky besser schlucken kann. Als McGill die Flasche wegziehen will, schnappe ich sie mir und nehme noch einen kräftigen Schluck.

»So schlecht kann's Ihnen nicht gehen, wenn Sie noch so einen Zug draufhaben«, bemerkt McGill, sehr zum Amüsement seiner Männer. »Wir haben einen Schrei gehört und uns gefragt, was da los ist. Ihr Glück, möchte ich mal sagen. Wer waren diese Kerle?«

»Ja, wie gut, dass Sie hergekommen sind. Ich kann Ihnen gar nicht genug danken«, bringe ich hervor, die Stimme geölt vom Whisky. »Keine Ahnung, wer die Typen waren«, füge ich hinzu – eine Lüge.

»Hoffentlich kann einer meiner Aussichtsposten diese Schufte erkennen.« McGill reibt sich das Kinn. »Nur zu, genehmigen Sie sich noch was. Dann bringen wir Sie zur Ärztin.«

»Nein, nein, mir geht's gut, keine Sorge.«

»Sie haben kopfunter gehangen und Schläge abgekriegt. Da kann es einem nicht gut gehen, Inspector. Ist ja wie im Krieg. So was haben die verdammten Nazis gemacht.« Der Wildhüter spuckt angewidert auf den Boden. Ich muss sagen, der Bursche steigt gerade gewaltig in meiner Achtung.

»Sie waren bei der Armee?«

»Ja. Unteroffizier bei der Infanterie und stolz darauf. Ich wollte beim Militär bleiben, aber meine Frau war dagegen. Sie glaubt, der ganze Mist geht bald wieder von vorn los. Und vielleicht hat sie gar nicht so unrecht.«

Die Wirkung des geistigen Getränks beginnt sich zu entfalten, und ich fühle mich wieder mehr wie ich selbst. Da sieht man mal wieder, wie man sich in Menschen irren kann.

»Wie kommt Ihre Frau darauf?«, frage ich.

»Wir hätten eine Mauer um Deutschland bauen und niemanden je wieder rauslassen sollen.«

Das gibt mir zu denken. Ich habe während des Krieges nur wenige Deutsche persönlich kennengelernt. Anfänglich fand ich sie großspurig und prahlerisch. Aber es stellte sich heraus, dass diejenigen, die gerade nicht betrunken waren, eher bedrückt und ängstlich zu sein schienen. Die deutschen Kriegsgefangenen waren erheblich besserer Stimmung – vermutlich weil ihnen die russische Gefangenschaft erspart geblieben ist. Kriege werden grundsätzlich von Königen, Politikern, Schurken und geldgierigen Großindustriellen angezettelt. Wenn man die Bevölkerung in Ruhe lassen würde, kämen vermutlich alle ganz gut miteinander zurecht. Meine ehrenwerte Mutter war immer der Meinung, dass wir im Grunde vor Gott alle gleich sind.

»Na gut, wenn Sie nicht verarztet werden wollen, bringen wir Sie zurück aufs Polizeirevier«, verkündet McGill.

Darüber brauche ich nicht lang nachzudenken. Aber ich muss überzeugend wirken.

»Hören Sie«, sage ich. »Vorher muss ich etwas erledigen, um für die Sicherheit meiner Kollegen zu sorgen. Dürfte ich Sie deshalb um einen Gefallen bitten – noch einen, nachdem Sie schon so viel für mich getan haben?«

Ich erkläre, dass mich in der Bäckerei eine wichtige Nachricht erwartet, und lege meinen Plan dar. Habe ich endlich jemanden gefunden, dem ich vertrauen kann? McGill hat mich immerhin vor diesen Folterknechten gerettet. Dennoch habe ich aus bitterer Erfahrung gelernt, dass in Elderby kaum etwas so ist, wie es scheint.

Rasch tausche ich mit einem der anderen Wildhüter die Kleidung. Anschließend bin ich ausgestattet mit einer alten Schirmmütze, die ich mir tief ins Gesicht ziehe, einem robusten Tweedsakko mit Flicken an den Ellbogen, das durchdringend nach Stall riecht, und einer weiten Cordhose mit derbem Ledergürtel. Die Stiefel kneifen ein wenig an den Zehen – ich habe große Füße, müssen Sie wissen. Aber wie ich gerade erlebt habe, kann Schuhwerk verräterisch sein.

Ich muss dringend ungestört mit Mitch Parsley sprechen. Noch vor wenigen Minuten sah es übel für mich aus, aber jetzt bin ich wieder frei. Ich habe nicht die geringste Ahnung, wie sich die ganze verworrene Angelegenheit weiterentwickeln wird, doch mir bleibt nichts anderes übrig, als abzuwarten.

Als wir mein Gefängnis verlassen, stelle ich erstaunt fest, dass ich mich nicht im Hauptgebäude befunden habe, sondern in einer Art großen Halle weiter oben am Berg.

»Was war das hier früher?«, frage ich McGill.

»Eine Lagerhalle. Von denen gibt es noch mehrere auf dem Gelände. Das war ein großes Unternehmen und Elderby ein florierender Ort. Mein Großvater hat in der Fabrik gearbeitet, bis sie geschlossen wurde. Er war untröstlich damals.«

Ich blinzle in die Sonne, zutiefst dankbar, sie wieder sehen zu dürfen. Ich bin dem Tod zwar schon mehrfach von der Schippe gesprungen, aber diesmal schien mein Ende unausweichlich zu sein. Stumm danke ich Gott, dass er mein Leben verschont hat.

Von hier aus kann ich die Briarside Farm sehen und denke an Ingleby. Er hat kein gutes Haar an McGill gelassen, und doch war genau der nun mein Befreier. Und dass Ingleby ein Lügner ist, hat sich mittlerweile ohnehin herausgestellt.

»Wie kommen Sie mit Ingleby zurecht?«, erkundige ich mich in diesem beiläufigen Tonfall, den Polizisten anwenden, wenn sie jemandem unauffällig eine Information entlocken wollen.

»Das ist ein verbitterter Mann, Inspector«, antwortet McGill. »Verbittert und bösartig. Sein Vater hat das Familienerbe verpulvert, und Ingleby kommt nicht darüber hinweg. Tut gern so, als wäre ihm das gleichgültig, aber das stimmt nicht, glauben Sie mir. Mein Rat wäre, sich von dem fernzuhalten.«

»Genau das Gleiche sagt er über Sie.«

»Das wundert mich nicht.«

Guter Moment für einen Vorstoß, denke ich mir.

»Sagen Sie, was genau spielt sich hier eigentlich ab? In der Salzfabrik, meine ich.«

Der Wildhüter wirft mir einen scharfen Blick zu. »Ich habe eine gute Stelle, Inspector. Lady Damnish behandelt uns anständig, mich und meine Männer. Ich weiß nicht, was hier passiert, und ich frage nicht nach.«

Damit ist das Thema beendet, aber ich habe genug erfahren. Lady Damnish. Natürlich, er arbeitet für beide.

Während wir hangabwärts zur Straße gehen, merke ich, wie geschwächt ich bin. Meine Knöchel schmerzen, der Rücken beginnt sich zu beklagen, und ich weiß nicht, ob ich wegen der Kälte so heftig zittere oder noch unter Schock stehe. Aber jemand muss diesen Machenschaften hier ein Ende setzen. Ich kann noch immer nicht fassen, dass im ländlichen England derartige Gesetzlosigkeit ohne Einschreiten der Behörden stattfinden kann. Und mittlerweile befürchte ich, dass die Instanz, die für Recht und Ordnung zuständig sein soll und für die ich selbst tätig bin, an dem finsteren Geschehen hier beteiligt ist. Es stinkt wirklich zum Himmel.

An der Straße angekommen, steigen wir in einen alten Lieferwagen und fahren zu Wallys Bäckerei.

# 31

Zum Glück ist niemand auf der Straße, als McGill mich vor der Bäckerei absetzt. Dennoch mache ich kürzere Schritte als sonst und gehe gebückt, falls mich jemand beobachtet. Wally halte ich für vertrauenswürdig. Er war stets hilfsbereit, und jemand, der solche Pasteten bäckt, kann meines Erachtens kein schlechter Mensch sein.

»Haben Sie einen Wunsch?«, fragt er förmlich, als ich zur Theke trete.

»Und ob«, antworte ich, richte mich auf und setze die schmuddelige Mütze ab.

»Ach, Sie sind's, Inspector.« Wally mustert mich verdutzt von Kopf bis Fuß. »Also, sollten Sie einen neuen Schneider haben, würde ich an Ihrer Stelle wieder den alten aufsuchen.«

»Keine Sorge. Das erkläre ich Ihnen später.«

Selbstredend werde ich das nicht tun.

»Haben Sie den Anruf erhalten, Wally?«

»Ja, habe ich, Inspector. Aber ich glaube, der Kerl am anderen Ende hatte wirklich nicht alle Tassen im Schrank. Hat mir die gesamte Geschichte von Daniel in der Löwengrube erzählt. Ich kenne die Bibel natürlich, aber der Mann war nicht zu bremsen.«

Treffliche Einschätzung, denke ich mir, das klingt ganz nach meinem Vater.

»Hat er trotzdem eine Telefonnummer hinterlassen?«, frage ich.

»Ja, hat er.« Wally fördert aus der Tasche seiner Bäckerschürze einen Zettel zutage und reicht ihn mir. »Und ich soll Ihnen auch etwas ausrichten.«

»Ach ja? Was?«

»Er wollte wissen, wann der verlorene Sohn zurückkehrt.« Wally zuckt etwas ratlos mit den Schultern. »Sie haben wohl was ausgefressen, wie?«, fügt er mit einem Zwinkern hinzu.

»Manchmal ist er ein echter Witzbold«, erwidere ich als Entschuldigung für meinen kauzigen Erzeuger. »Vielen Dank für Ihre Hilfe.«

Bill, der Setter, kommt aus dem Hinterzimmer angetrottet und lässt ein Bellen vernehmen.

»Ist seine Futterzeit«, erklärt Wally.

Ich entschuldige mich für die Umstände und frage, ob ich noch einmal das Telefon benutzen könnte.

»Nur zu. Ich schließe zwar bald, aber ich habe noch eine Weile mit Rechnungen zu tun.«

Ich begebe mich erneut in Wallys Hinterzimmer. Die Tür zur Backstube steht offen und gibt den Blick auf Konservendosen, Backformen, Öfen und eine mehlbestäubte Arbeitsfläche frei. Der Raum ist klein, was Wally aber offensichtlich nicht daran hindert, dort jede Menge Leckerbissen zu produzieren.

Ich lasse mich an dem Tisch im Büro nieder und wähle die Nummer, die mein Vater Wally diktiert hat. Dabei fällt mir auf, dass sie identisch ist mit einer der Nummern auf Mitchs Visitenkarte, und ich verdamme meinen Instinkt, der mich vorhin von dem Anruf abgehalten hat. Nun ja, auch ich irre mich gelegentlich. Jetzt erklingt zweimal der Freizeichenton, dann wird abgenommen.

»Hallo, Mitch, hier ist Frank.«

»Grasby junior. Freut mich, dich zu hören. Wie geht's, wie steht's in Elderby?«

Es ist eine Wohltat, seine freundliche Stimme zu hören.

»Ich brauche deine Hilfe – oder zumindest deinen Rat, Mitch.«

Ich lege los mit meinen Schauergeschichten aus Elderby. Der Tote im Kamin, der Mord an Starr, der Angriff auf mich im Wald, die Antenne bei der Salzfabrik, meine Entführung, Lord und Lady Damnish, Ingleby, Cummins, Juggers, Moore, der alte Lord Elderby – ich lasse nichts aus.

Es ist wohl ein ziemlicher Redeschwall, den ich auf Mitch loslasse, denn danach herrscht Stille am anderen Ende.

»Bist du noch dran?«, frage ich.

»Ja, bin ich. Ich denke nur gerade nach. Heiliger Strohsack, was für ein Durcheinander.«

»Kann man wohl sagen.«

»Am vernünftigsten wäre es wahrscheinlich, du würdest dich auf der Stelle aus dem Staub machen. Aber das ist leichter gesagt als getan, wie?«

»Den Gedanken hatte ich auch schon«, gestehe ich. »Aber das lässt leider meine Berufsehre nicht zu.«

Da haben wir's wieder: der kühne und allzeit zuverlässige Inspector Grasby. Ein Märtyrer für sein Land, das Königshaus, die Gerechtigkeit. Dennoch ist es eine verdammt verlockende Vorstellung, einfach Reißaus zu nehmen.

»Mir sind in der Garnison natürlich Gerüchte zu Ohren gekommen«, sagt Mitch. »Jede Menge sogar.«

»Ach ja?«

»Ich kann nicht viel preisgeben, du weißt ja, wie das ist. Aber einige sind der Meinung, dass wir die falschen Alliierten haben. Angeblich passieren furchtbare Sachen in der Sowjetunion. Onkel Joe und so weiter. Dir ist gewiss bewusst, dass es unter den Aristokraten immer Leute gab, die sich lieber mit Hitler eingelassen hätten als mit der Gegenseite. Und die gibt es wohl immer noch. Völlig fehlgeleitet, wenn man mich fragt.«

Die breite Öffentlichkeit wird wohl nie erfahren, dass der Zweite Weltkrieg um ein Haar anders ausgegangen wäre. Ich weiß, wovon ich rede, da ich dabei war. Aber das ist nicht der rechte Zeitpunkt, um über meine Rolle in dieser beängstigenden Geschichte zu berichten. Ich sage nur: Unsere Wissenschaftler hatten die Nase vorn. Doch es hätte auch anders ausgehen können. Vielleicht ist es besser, wenn das ein Geheimnis bleibt. Mich packt das Grauen, sobald ich nur daran denke. Sollte eine Verbindung zwischen Elderby und dieser Sache bestehen, sind die Zustände hier nicht weiter verwunderlich.

»Hörst du mich noch?«, fragt Mitch.

»Ja, ich bin ganz Ohr.«

»Die Amerikaner mischen sich natürlich auch ein, die führen irgendetwas im Schilde. Grundgütiger, ich habe neulich gehört, sie hätten Hitler angeblich irgendwo in Südamerika versteckt. Das ist natürlich Kokolores. Aber man darf ihren Einfluss nicht unterschätzen.«

»Aber wir waren doch deren Alliierte, nicht die Nazis«, wende ich ein.

»Sie haben jetzt aber das Sagen, junger Francis«, erwidert Mitch. »Die möchten über alles die Kontrolle behalten. Und wie sich zeigt, haben die Russen auch ein lebhaftes Interesse an der Weltherrschaft. Gefällt den Amis natürlich gar nicht. Und so sah es vor dem Ersten Weltkrieg auch schon aus. Das passiert, wenn man zu viel Macht hat. Dann möchte man bei allem das letzte Wort behalten.«

»Kurz gesagt, wir sollten den Amerikanern nicht trauen?«

»Stimmt haargenau, junger Mann. Das hat sich seit 1776 nicht geändert.«

Natürlich kommen mir nun Deedee und Chuck Starr in den Sinn.

»Du glaubst aber nicht, dass unsere Leute hier deshalb einen amerikanischen Agenten um die Ecke bringen würden, oder?«, frage ich. »Wenn er irgendwie im Weg ist?«

»Internationale Politik ist ein schmutziges Geschäft«, antwortet Mitch. »Amerika lässt derzeit die Muskeln spielen, und wir sind wie der Schulrabauke, der am Boden liegt, nachdem ein Jüngerer ihn verdroschen hat. Momentan herrscht schlechte Stimmung auf beiden Seiten des Atlantiks. Ich denke, es könnte alles Mögliche passieren, abgesehen von einem tatsächlichen Krieg. Aber der kann sich auch im Verborgenen abspielen. Wir, die Amerikaner, die Russen und die Überreste des ›Dritten Reichs‹.«

»Ich hatte gehofft, davon gäbe es keinerlei Überreste«, sage ich.

»Das ist ein Irrtum. Wie gesagt: Hierzulande gab es an einigen Stellen reichlich Unterstützung für den Faschismus. Und so etwas kann sich länger halten, als man glaubt.«

»Was denkst du über diesen Cummins?«

»Den kenne ich nicht, aber ich kann mich erkundigen«, antwortet Mitch. »Du tust jedenfalls gut daran, ihm nicht zu vertrauen. Man könnte glauben, nach einem Weltkrieg herrsche in unserem Land so viel Einigkeit wie nie zuvor. Doch dem ist nicht so. Es gibt jede Menge geheime Bündnisse, Intrigen und Verschwörungen, auch auf höchster Ebene. Was nichts Neues ist, doch ich fürchte, Churchill gelingt es nicht mehr, die alle im Zaum zu halten. Zu seiner Blütezeit wären da Köpfe gerollt, aber er hat den Biss verloren, und die Männer da oben versuchen jetzt, ihn auszumanövrieren. Halte mich auf dem Laufenden, ja? Von Catterick aus bin ich im Nu bei dir, falls nötig.«

»Ein elender Mist ist das alles! Was soll ich denn jetzt machen?«, frage ich.

»Erst einmal die Ruhe bewahren. Zur Not versteck dich. Aber versuch, so viel wie möglich herauszufinden. Zum Glück spielen Vernunft und Anstand noch immer eine Rolle. Ich werde mich auch für dich umhören. Aber wenn ich hier Verstärkung anfordern soll, muss ich über alles im Bilde sein, was in diesem Elderly vor sich geht.«

»*Elderby,* Mitch.«

»Ach ja, richtig. Jetzt wünsche ich dir aber erst einmal viel Glück. Sosehr ich dich mag, Francis, muss ich doch gestehen, dass ich dich nie wirklich in der Rolle des Helden gesehen habe.«

Schönen Dank auch, denke ich. Stets eine Freude zu hören, was für eine Enttäuschung man ist.

»Du kennst mich doch, Mitch. Ich stecke voller Überraschungen.«

»*Und* du steckst ordentlich in der Patsche.« Er lacht herzhaft und hustet dann. »Du kannst mich jederzeit anrufen, aber nicht vom Revier aus und nur mit Telefonen, die vertrauenswürdigen Menschen gehören. Hast du das verstanden?«

»Ja. Ich werde mir alle Mühe geben.«

»Sagen wir, wenn ich bis morgen um diese Zeit nichts von dir gehört habe, gehe ich vom Schlimmsten aus.«

Das ist wieder mal typisch für die englische Oberschicht. Man könnte meinen, er spräche über eine verspätete Lebensmittellieferung, nicht über meine unbedeutende Existenz. Ich weiß, dass sie bisher nicht besonders erfolgreich war, aber sie ist nun mal meine ganz eigene, und trotz aller Fehltritte bin ich stolz darauf, wie weit ich gekommen bin.

»Bestimmt gibt es für einen mutigen Burschen wie dich posthum noch eine Auszeichnung. Falls es schlecht ausgehen sollte«, fügt Mitch eilig hinzu.

»Ja, mein Vater wird stolz auf mich sein«, bemerke ich sarkastisch.

»Na, das will ich doch hoffen! Natürlich ist es ein Jammer, dass dein vorzeitiges Dahinscheiden nötig ist, um solche Gefühle in dem alten Knaben wachzurufen, aber so ist er nun einmal.«

Allmählich reicht es mir. Ich weiß, dass Mitch auf meiner Seite ist. Aber meine Laune war selbst dann noch besser, als ich kopfüber von der Decke hing und in den Magen geboxt wurde. Unterzutauchen erscheint mir immer verlockender.

»Hoffen wir mal, er bleibt enttäuscht«, sage ich.

»Gewiss doch. War nett, dich all die Jahre gekannt zu haben. Halt die Ohren steif, Francis. Ich lege mich hier mal ins Zeug und sehe zu, dass wir Ordnung in diesen Wahnsinn bringen können. Wiedersehen.«

Ich will gerade »Au revoir« oder etwas ähnlich Albernes erwidern, als er auflegt und ich allein mit dem Hörer in der Hand im Hinterraum einer Bäckerei stehe und mich hundsmiserabel fühle. Wenigstens kann es kaum noch schlimmer kommen, vermute ich.

»Sind Sie fertig mit Ihrem Anruf, Inspector?«, ruft Wally von vorne.

»Ja, bin sofort bei Ihnen!«

Als ich in den Laden zurückkomme, stelle ich fest, dass Wally mit dem Rücken zu mir steht und sich mit jemandem unterhält. Er ist nicht sonderlich groß, aber selbst dankbarer Abnehmer seiner schmackhaften Pasteten und Naschereien, weshalb er über eine gewisse Leibesfülle verfügt.

Als es mir gelingt, hinter ihm hervorzuspähen, erblicke ich Miss Dean. Bill der Setter scharwenzelt begeistert um sie herum.

»Wo um alles in der Welt haben Sie gesteckt, Inspector Grasby?«, ruft Deedee aus. »Bleakly ist seit drei Stunden nicht eingeschlafen, weil er sich solche Sorgen um Sie macht.« Sie mustert mich von Kopf bis Fuß, was mich erstaunt, bis mir einfällt, dass ich noch in den Wildhüterklamotten stecke. Die Unterhaltung mit Mitch hat mir den Rest gegeben. Unter solchen Umständen kann es schon mal vorkommen, dass man etwas zerstreut ist.

»Wie haben Sie mich gefunden?«, frage ich barscher als beabsichtigt.

»Ach, im Dorf weiß doch jeder alles über jeden. Ethel hat Sie früher am Tag hier gesehen. Kann nicht schaden, mal nachzusehen, dachte ich mir. Haben Sie eine Leidenschaft fürs Backen entwickelt?«

Deedee lächelt mich zuckersüß an. Sie ist eine sehr hübsche junge Dame – hatte ich das schon erwähnt? Aber in ihren kornblumenblauen Augen liegt jetzt eine stählerne Härte. Schon wieder ein Anlass zur Sorge.

Ich bedanke mich überschwänglich bei Wally, dann brechen Deedee und ich auf, damit der gute Mann endlich Feierabend machen kann. Sie ist mit dem alten Polizeiwagen gekommen, wie ich sehe.

»Zurück aufs Revier, Inspector?«, fragt Deedee beim Einsteigen.

»Nein, aber könnten Sie mich vielleicht zu meinem Auto fahren?«

»Oh, wo steht es denn?«

»An einem Weg unweit der Kirche«, antworte ich so leichthin wie möglich, damit Miss Dean nicht nachfragt. Schließlich könnte sie mir genauso gut ein Messer zwischen die Rippen bohren wie jede andere Person hier. Vor allem, wenn ich bedenke, was ich gerade von Mitch erfahren habe.

Als wir uns der Anhöhe nähern, fällt mir etwas ein, und ich taste hastig meine rechte Seite ab.

»Ach, verdammt!«, entfährt es mir.

»Was ist los, Inspector?«, fragt Deedee.

»Ach, nichts.« Mir ist gerade aufgefallen, dass mir mein Revolver abhandengekommen ist. Natürlich, wie denn auch nicht? Männer, die einen kopfüber von der Decke baumeln lassen, legen keinen Wert darauf, dass man bewaffnet ist.

Ich bemerke, dass Deedee an ihrer Lippe nagt.

»Stimmt etwas nicht, Miss Dean?«, frage ich.

»Ich muss Ihnen etwas gestehen.« Sie wirft mir einen Blick zu, während sich das alte Auto den Abhang hinaufquält. »Ich weiß, Sie haben gehört, dass ich mich mit Lord Damnish getroffen habe. Aber es gibt dafür einen Grund.«

»Aha.« Abwarten scheint mir die richtige Taktik zu sein.

»Ich habe es für Bleakly getan«, fügt Deedee hinzu.

»Gute Güte, was ist in Sie gefahren? Bleakly könnte Ihr Großvater sein!«

Sie sieht mich verwundert an. »Ach so – nein, ich meinte, Sergeant Bleakly hat mich gebeten, mich mit dem Lord anzufreunden. Um Informationen zu sammeln.«

Das ergibt etwas mehr Sinn.

»Verstehe«, erwidere ich etwas erleichtert.

Ich weiß einfach nicht, woran ich bei Deedee bin. Doch ich brauche dringend weitere Verbündete außer Mitch und seine Leute. Wenn ich mich nicht irre, könnte Miss Dean genau die richtige Person an meiner Seite sein. Ich kann Ihnen gar nicht sagen, wie vielen klugen und unglaublich mutigen Frauen ich während des Krieges begegnet bin. Viele Männer haben den Fehler begangen, das andere Geschlecht zu unterschätzen, die Nazis inklusive – zu ihrem Nachteil. Jedenfalls bin ich gespannt, was Deedee mir gleich noch offenbaren wird.

»Haben Sie denn etwas herausgefunden?«, frage ich.

»Dass er seiner Frau nicht vertraut. Das merkt man schnell, wenn man mit ihm spricht.«

»Hier traut niemand niemandem«, erwidere ich.

»Wie meinen Sie das?«

»Ich habe den Eindruck, dass vieles nicht so ist, wie es scheint. In Elderby, meine ich.«

»Na, warum haben Sie das nicht früher gesagt? Da wäre ich nie drauf gekommen.« Ein umwerfendes Lächeln wird mir zuteil.

Was immer es mit Deedee auf sich hat – sie wäre ein Hauptgewinn. Sie ist schlau, witzig und mutig. Ich bin mir zwar nicht sicher, ob es sinnvoll ist, mit fast dreißig noch zu studieren, aber ich fände die Welt sehr langweilig, wenn wir alle gleich wären.

Jetzt ist ihr anzusehen, dass sie noch einmal fieberhaft über meine Bemerkung nachdenkt. Dann sagt sie: »Ach herrje, das ist aber nicht schon wieder eine Anspielung auf Bleakly, oder? Ich habe meine Prinzipien!«

»Nun, dann klären Sie mich doch bitte auf. Sie scheinen sich für Bleaklys Befehle ganz schön ins Zeug zu legen, da fragt man sich schon, warum.«

Sie seufzt tief und schüttelt den Kopf. »Ich war nicht ganz aufrichtig, Inspector – weder Bleakly noch Ihnen gegenüber. Doch inzwischen habe ich mit Reverend Croucher gesprochen, und er hat mir geraten, mich zu offenbaren.«

»Auf diesen Herrn würde ich an Ihrer Stelle nicht hören.«

»Nun, aber er ist ja ein Mann Gottes, Inspector.«

Mir fällt wieder ein, dass ich Croucher hinter der Kirche heftig mit jemandem habe streiten hören, kurz bevor mich irgendein Schuft halb erwürgt hat. Sofort tut mir wieder alles weh. Ich habe in Elderby schon allerhand einstecken müssen und bin sicher, dass meine Rippen gebrochen sind. Wahrscheinlich funktioniere ich nur noch durch Adrenalin. Im Krieg habe ich oft erlebt, wie Männer mit gebrochenen Gliedmaßen unbeirrt weiterkämpften.

Prompt durchfährt mich ein so heftiger Schmerz, dass ich zusammenzucke.

»Oje, was ist los?«, fragt Deedee besorgt.

»Nichts. Sprechen Sie ruhig weiter.«

Sie wirft mir einen zweifelnden Blick zu, fährt dann aber fort: »Ich bin nicht, wer ich zu sein scheine, Inspector. Und allmählich fühle ich mich schuldig, dass ich Sie getäuscht habe.«

»Ach, wirklich?«, sage ich mit gespieltem Erstaunen.

»Und als wäre das nicht schlimm genug, habe ich auch noch versagt.«

»Fahren Sie hier in das kleine Waldstück«, weise ich sie an. »Da können wir ungestört reden, und dort steht auch mein Wagen.«

Als Deedee den Motor abstellt, tritt ein kurzes Schweigen ein, und wir beobachten, wie von Osten pechschwarze Wolken heranziehen.

Schließlich sage ich: »Fangen Sie am besten ganz von vorn an, Miss Dean.« Angesichts der Umstände ist ein förmlicher Umgangston angeraten. Zum Glück lässt der Schmerz in meinen Rippen etwas nach.

»Ich arbeite für das amerikanische Außenministerium, Inspector.« In Deedees blauen Augen glänzen jetzt Tränen.

Das erscheint mir plausibel. Aber ich warte schweigend ab.

»Und ich muss Ihnen leider sagen, dass Charles Starr nicht einfach nur ein Kriegsheld war, der in ein englisches Dorf verzogen war.«

»Nicht zu fassen.« Ich weiß natürlich, was gleich kommt, halte es aber für zweckmäßig, verblüfft zu wirken. Denn wie soll denn auch der junge Grasby, Pferdebefreier, Wettkünstler und Bonvivant, bereits den Durchblick haben?

»Er steckte mit den Kommunisten unter einer Decke«, platzt Deedee heraus. »Den Sowjets.«

»Was?« Jetzt bin ich wahrhaftig überrascht.

»Man hatte ihn nicht als echte Gefahr eingeschätzt und deshalb mich auf ihn angesetzt. Er war mein erster Auftrag, und ich habe versagt.«

»Sie sollten ihn im Auge behalten?«

»Ja.« Tränen rollen ihr jetzt über die Wangen, und sie wirkt absolut aufrichtig.

»Was hat er denn getan?«

»Sie wissen ja bereits von diesem Buch, an dem er gearbeitet hat. Meine Regierung hätte darin wohl in sehr schlechtem Licht dagestanden – Ihre im Übrigen auch. Aber das Ganze wurde nicht als so gefährlich eingeschätzt, dass man jemanden mit mehr Erfahrung hergeschickt hätte. Man hielt Starr für … na ja, etwas versponnen.«

»Es ging um den Krieg, oder? In dem Buch, meine ich.«

»Genau. Vor allem darum, wie großartig die Russen seien und dass die Amerikaner Nazigrößen haben entkommen lassen. Aber da war noch mehr …«

»Ja?«, hake ich nach.

»Ich dürfte Ihnen das alles gar nicht erzählen.« Sie schaut zum Fenster hinaus.

»Nun sind Sie schon so weit gekommen, Deedee.« Jetzt ist Freundlichkeit das Mittel der Wahl.

Als sie sich wieder zu mir wendet, sieht sie bedrückt aus. »Mr Starr hatte den Verdacht, dass hier in Elderby etwas ganz Finsteres vor sich geht. Nach einem Abendessen bei den beiden war er etwas betrunken, und als Elizabeth schon zu Bett gegangen war, hat er mir davon erzählt.«

»Denken Sie, er wusste, dass Sie in Elderby waren, um ihn im Auge zu behalten?«

»Nein, das glaube ich nicht. Sondern eher, dass er vom Krieg sehr geschädigt war. Er witterte überall Bedrohungen.«

Womit der gute Chuck durchaus nicht unrecht hatte, wenn ich an Mitchs Bericht denke. Und der Krieg hat uns allen übel mitgespielt. Doch jetzt ist nicht der richtige Zeitpunkt für Spitzfindigkeiten.

»Jedenfalls trifft Sie keine Schuld, Deedee«, sage ich. »Die Situation ist von Ihren Leuten falsch eingeschätzt worden, dafür können Sie nichts.«

Sie seufzt wieder. »Anfänglich dachte ich wirklich, er bilde sich nur etwas ein. Aber inzwischen habe ich in Elderby allerhand gehört und gesehen. Chuck hatte recht, hier laufen irgendwelche seltsamen Dinge ab. Das haben Sie ja auch schon gemerkt, obwohl Sie noch nicht lange hier sind.«

Nun, wenn sich Leichen häufen, macht man sich schon seine Gedanken, nicht wahr? Hält die junge Dame mich für einen Volltrottel? Ich zucke möglichst unbeteiligt mit den Schultern, doch das alles macht mich so nervös, dass die Geste wohl nicht überzeugend ausfällt. Weshalb Deedee prompt das Thema wechselt und ich wütend auf mich selbst bin.

»Sie haben Schmerzen. Was ist passiert, während Sie verschwunden waren?«, fragt sie.

»Ach, da hat nur etwas gezwickt«, antworte ich, bin aber kurz versucht, auszupacken und ihr alles haarklein zu erzählen. Doch etwas hält mich davon ab. Daisy Dean – wenn das überhaupt ihr echter Name ist – scheint mir alles andere als naiv und hilflos. Ich weiß noch genau, wie sie meinen Angreifer im Wald in die Flucht gejagt hat.

»Haben Sie jemandem erzählt, was Sie von Starr erfahren hatten?«

Mir ist unklar, weshalb ich diese Frage überhaupt stelle. Das ist, als würde ich einen Kerl mit Sturmhaube, Sträflingskleidung und einem Sack mit der Aufschrift »Beute« fragen, ob er vorhat, mich auszurauben. Er würde gewiss verneinen.

»Nein, niemandem.« Deedee beißt sich auf die Lippe. »Bis auf Reverend Croucher, aber der ist doch als Seelsorger zum Schweigen verpflichtet, oder?«

»Das stimmt. Über ihn müssen Sie sich gewiss keine Sorgen machen.«

Es ist verdammt schwer, aufrichtig zu klingen, wenn man sicher ist, dass einen jemand hinters Licht führen will. Doch obwohl ich nach wie vor glaube, dass Deedee mir einiges verschweigt, erscheint mir ihr Bericht über Starr einleuchtend.

Danach bemühe ich mich wortreich, Deedee zu beruhigen

und zu trösten, und sie wirkt recht dankbar. Aber wer weiß schon, was sie wirklich über mich denkt? Und obwohl ich noch nicht allzu viel erfahren habe, steht eines für mich fest: Sie ist eine verdammt gute Agentin.

*****

**Kommando und Stab (Nord)**

**Garnison Catterick**

**Catterick**

**North Yorks. (durch Boten)**

**19. Dezember 1952 CTCS/1004234/52**

**zu Händen Superintendent A. Juggers**

**Polizeirevier York**

MEMO

gemäß Dienstvorschrift D 67 B (12)

Sir,

bitte beachten Sie, dass Inspector Francis Grasby **unter keinen Umständen** über den Mord an Sergeant D. Maskill oder die Ergebnisse seiner Obduktion informiert werden darf.

Sgt. Maskill war für den militärischen Geheimdienst Ihrer Majestät in einer Angelegenheit von nationaler Bedeutung im Einsatz.

Dieses Memo ist entsprechend oben genannter Dienstvorschrift **STRENG GEHEIM.**

(Zur Kenntnisnahme: Assistent Chief Constable Harold Ainsworth)

**Mit freundlichen Grüßen**

**M.C.E. Langton (Major)**

# 32

Insgeheim hatte ich gehofft, dass diese Schurken, die mich aufgehängt haben wie eine Schweinehälfte, mich von dem launischen Austin befreit hätten. Doch daraus wurde nichts, er steht unbekümmert in dem verschneiten Wäldchen.

Bei meiner Inspektion des Wagens finde ich, wie zu erwarten war, meine Pistole nicht wieder, dafür aber meine übrigen Sachen, inklusive der Landkarte, die mich an diesen Ort geführt hat. Die Entführer besaßen sogar genug Anstand, mir meine Brieftasche zu lassen. Angesichts von deren Identität ist das aber wohl auch das Mindeste.

»Wollen Sie heute noch aufs Revier?«, fragt Deedee.

»Nein, ich verzichte dankend. Offen gestanden könnte ich einen Drink gebrauchen. Dieser Tag hatte es in sich.«

»Das kann ich mir vorstellen!«

»Allerdings würde ich gern ein paar Worte mit Bleakly reden. Könnten Sie ihm ausrichten, dass er in den Beggar kommen soll?«

»Selbstverständlich, Inspector.« Deedee errötet ein wenig. »Sie sagen ihm aber nichts von … Sie wissen schon.«

»Auf keinen Fall. Ich stehe tief in der Schuld der USA. Ohne Ihre Landsleute gäbe es mich wahrscheinlich nicht mehr.«

Das ist die Wahrheit. Obwohl ich Amerikaner gelegentlich als etwas zu laut, großspurig und dreist empfunden habe, waren sie im Kampf oft die Ruhe selbst. Einmal steckte ich mit einem verwegenen Sergeant aus New Jersey in einem Schützenloch. Wie Sie sich wahrscheinlich vorstellen können, war ich in heller Panik, aber der Mann erzählte so witzige Geschichten, dass ich mich beruhigte.

Kaum eine Stunde später starb er bei dem Versuch, einen Kameraden zu retten, was mich heute noch traurig macht. Der Mann hat ungeheuren Mut bewiesen ohne Rücksicht auf seine eigene Sicherheit. Und so scheinen mir Amerikaner zu sein: wagemutig und furchtlos.

Deedee wendet den Wagen, rattert den Abhang wieder hinunter, und ich sehe ihr nach. Ich habe sie gebeten, niemandem zu sagen, wo ich mich gerade aufhalte. Nachdem sie sich mir ein wenig geöffnet hat, will ich mich ihr gegenüber auch entgegenkommender zeigen. Es könnte sich bezahlt machen. Ein altes Sprichwort der Beduinen besagt, man solle jede helfende Hand ergreifen, wenn man sich in der Wüste verirrt hat. Das wird von jetzt an mein Motto sein. Ich werde hier doch wohl durchhalten, bis Mitch einen Plan ausklamüsert hat, oder?

Ich mache einen kleinen Umweg und fahre zur Kirche, im Vertrauen darauf, dass mein Gefährt hangabwärts keine Marotten hat. Dort ist kein Licht zu sehen. Croucher wird sich wohl in seinem Pfarrhaus aufhalten oder wo immer er sonst seine Freizeit verbringt. Glaube ich, was Deedee mir erzählt hat? Teilweise ja, obwohl das alles ungemein sonderbar ist.

Just als ich St. Thomas's-on-the-Edge hinter mir lasse, zuckt ein riesiger Blitz auf, gefolgt von einem Donnerschlag biblischen Ausmaßes. Als ich am Fuße des Hügels ankomme, prasseln Hagelkörner aufs Autodach wie kleine Metallkugeln.

Kurz darauf nähere ich mich dem Beggar. Beinahe hätte ich den Wagen direkt davor abgestellt, entscheide mich aber dagegen. Stattdessen fahre ich um die Ecke und parke ihn hinter einem knallroten Transporter, auf dem in weißer Schrift steht: Bicksbeys Umzüge.

Es ist nicht weit zum Pub. Aber nicht nur finde ich den Hagel ausgesprochen ungemütlich, ich bin auch unbewaffnet und fühle mich ziemlich angreifbar. Deshalb sprinte ich los wie früher auf dem Cricket-Feld und schütze mein Gesicht mit der Schirmmütze. Die Luft riecht so frisch wie häufig bei Gewittern, der Himmel ist immer noch pechschwarz. Angeblich sollen Wintergewitter in den North York Moors ein denkwürdiges Ereignis sein. Und das wird mir offenbar gerade zuteil.

Ich öffne die Tür und trete ins behagliche Innere des Pubs. Bleakly erwarte ich noch nicht hier. Ich könnte wohl mit Fug und Recht behaupten, dass ich heute genug Überraschungen erlebt habe und mich so schnell nichts mehr aus der Fassung bringt. Aber weit gefehlt. Denn am Tresen, mit einem Mann ins Gespräch vertieft, der seine Hosenbeine an den Knöcheln mit Schnur umwickelt hat, steht unbestreitbar mein Vater. Lang und dünn, wie er ist, wirkt er in diesem Ambiente wie ein Stützpfeiler für die niedrige Decke.

Ich setze meine Mütze ab, und als hätte er einen sechsten Sinn – bei meinem alten Herrn ist alles möglich –, dreht er sich just in dem Moment um.

»Du passt dich den Einheimischen an, wie ich sehe«, bemerkt er, nachdem er mich gemustert hat. »Was ist dir denn widerfahren? Du siehst ja regelrecht ramponiert aus.«

Nachdem ich meiner Verblüffung über seine Anwesenheit Ausdruck verliehen habe, bin ich gefasst genug, um meinem lieben Herrn Papa einen Drink anzubieten.

»Whisky, bitte. Und zwar einen großen, mein Sohn«, sagt er.

Ethel blickt auf und beäugt uns neugierig. »Ist das Ihr Vater, Inspector?«

Bevor ich zugeben kann, dass es sich leider so verhält, ergreift mein Erzeuger das Wort.

»Ich hatte gehofft, dass er in meine Fußstapfen und die seines Großvaters tritt. Aber er wollte unbedingt zur Polizei. Wie

Sie sehen, hat es sich immerhin finanziell gelohnt. Man beachte die Flicken an seinen Ellbogen.« Er grinst sarkastisch.

»Heute Mittag sah er noch besser aus. Ich habe ihn gesehen, als ich die Fenster geputzt habe«, sagt Ethel, bevor sie sich wieder ihren Flaschen zuwendet.

Ich deute auf den Tisch, der am weitesten vom Tresen entfernt ist, gleich neben dem Kamin, und mein Vater verabschiedet sich von seiner neuen ländlichen Bekanntschaft.

»Was um alles in der Welt machst du hier?«, erkundige ich mich, nachdem wir uns niedergelassen haben.

»Darf ein Vater seinem Sohn nicht zu Hilfe eilen?« Seine Worte gehen beinahe unter im Donnergrollen, und die Fenster werden regelrecht bombardiert mit Hagelkörnern. Die Lampen im Pub flackern und erlöschen.

»Siehst du, was du angerichtet hast? Der Herr da oben ist gar nicht zufrieden mit dir«, bemerke ich.

»Sei lieber nicht so blasphemisch, Francis. Wer in solchen Schwierigkeiten steckt wie du, sollte es sich mit Gott nicht verscherzen.«

»Wieso vermutest du, dass ich in Schwierigkeiten stecke?«

»Weil ich stark *vermute,* dass dir dieser Zustand angeboren ist. Zumindest ist es so, seit du alt genug bist, dir selbst die Haare zu kämmen.«

Es erstaunt mich stets aufs Neue, wie mühelos es meinem Vater gelingt, mich bei jeder sich bietenden Gelegenheit herunterzuputzen. Er muss gar nicht nachdenken, es geschieht wie von selbst.

Ich beuge mich zu ihm und sage leise: »Hör zu, du bist hier nicht in Sicherheit. Ich möchte, dass du nach diesem Whisky sofort nach York zurückfährst.«

»Du liebe Zeit, Elderby war ein idyllisches Örtchen, als ich zuletzt hier war«, empört er sich. »Kaum erscheinst du auf der Bildfläche, geht es hier drunter und drüber. Deine Mutter hatte ein Wort für Leute wie dich, ein schottisches, aber es ist mir entfallen.«

Ethel bringt unsere Drinks und eine Kerze.

»Das erinnert an den Krieg, nicht?«, sagt sie. »Na, machen wir's uns gemütlich.« Sie stellt die Gläser auf den Tisch, hält die Kerze ins Kaminfeuer, um sie anzuzünden, und steckt sie in einen Halter. »So, lasst uns etwas Licht ins Dunkel bringen.« Ethel lacht und kehrt zum Tresen zurück.

»Gefällt mir viel besser hier als früher«, sagt mein Vater.

»Na klar, du kennst dich in diesem Dorf ja auch ziemlich gut aus, wie?«

Als hätte ich nichts gesagt, fährt er fort: »Der Pub gehörte früher einem üblen Halunken. McGill hieß der. Grober Kerl.«

Das kann kein Zufall sein. Es gibt sicher keine zwei Familien dieses Namens in Elderby.

»Und wie beabsichtigst du nun, mir zu helfen?«, frage ich.

Ich glaube nicht, dass ich meinen Vater jemals habe zwinkern sehen, aber jetzt ist es so weit. »Einen Geistlichen hält doch jeder für harmlos.«

»Und nutzlos.«

»Na bitte. Das hätte ich mir denken können. Wenn der barmherzige Samariter dir eine helfende Hand reichen wollte, würdest du ihn wohl dafür verspotten. Überleg doch mal – ich kann deine Augen und Ohren sein.« Er sieht sich im Raum um, der jetzt von flackernden Kerzen auf allen Tischen beleuchtet ist. »Gewiss hast du den armen Mitch dazu gezwungen, für dich den Kopf hinzuhalten. Er hat Hämorrhoiden, wusstest du das?«

Eine weitere fesselnde Enthüllung von Reverend Grasby.

»Wie gut, dass ich das jetzt weiß. Dann werde ich künftig immer ein Kissen zur Hand haben, für den Fall, dass er sich setzen möchte.«

Mein Vater kippt sich den Whisky in einem Zug hinter die

Binde. »Schmeckt wie Gift. Woher hat sie diesen grausigen Fusel? Wenn ich eine Sache von deiner Mutter gelernt habe, dann die Wertschätzung für feinen Scotch.«

Meine Mutter hat dir noch viel mehr beigebracht, du undankbarer Griesgram, denke ich. Außerdem kann Ethel nichts für die Rationierungen. Aber ich verkneife mir einen Kommentar.

»Was deine Last auch sein mag, mein Sohn, ich werde sie mit dir gemeinsam tragen. Wie Simon von Cyrene.« Mein Vater lächelt verzückt.

»Den hat man gezwungen, Jesu Kreuz zu tragen!«

»Das ist ein unwichtiges Detail – du weißt, wie ich das meine.«

Bevor wir in die x-te theologische Debatte geraten können, geht zum Glück die Tür auf, und Sergeant Elphinstone Bleakly tritt in Erscheinung. Er trägt seine Uniform und ein langes schwarzes Cape, von dem reichlich Hagelkörner zu Boden rieseln. Trotz meines allgemeinen Misstrauens bin ich erfreut, den alten Knaben zu sehen.

»Ist übel da draußen.« Er schüttelt sich wie ein nasser Hund. »Ich fühle mich so fürchterlich, wie Sie aussehen, Sir«, sagt er zu mir.

»Ha!« Mein Vater biegt sich vor Lachen.

»Habe ich etwas Lustiges geäußert?«, erkundigt sich Bleakly verwirrt.

»Verzeihung, Sergeant. Aber dass jemand meinen Sohn ›Sir‹ nennt, amüsiert mich sehr.«

»Schönen Dank auch, Vater. Du bist mir wirklich eine große Hilfe.«

Sarkasmus gilt angeblich als minderwertigste Form des Humors, aber derlei Nonsens schenke ich keine Beachtung.

Ich mache Bleakly und meinen Vater miteinander bekannt und bestelle eine weitere Runde Drinks. Da sich Grasby senior offenbar nach Elderby aufgemacht hat, ohne vorher seine Bank zu besuchen, übernehme ich erneut die Zeche. Ich bin etwas verwundert darüber, dass Bleaklys Lieblingsdrink Gin Tonic ist. Diesen eigenartigen Cocktail habe ich bislang nur bei älteren Damen gesehen, aber der Sergeant berichtet, er und seine Kameraden hätten sich damit im Dschungel die Malaria vom Hals gehalten. Er scheint Geschmack daran gefunden zu haben und überdies zu glauben, dass sich das Getränk bald allgemeiner Beliebtheit erfreuen wird. Ich denke, damit liegt er gründlich schief, und was Alkohol und Pferde angeht, habe ich ein sicheres Händchen – nun ja, abgesehen von einem gewissen Vorfall natürlich.

»Kann ich offen sprechen?«, fragt Bleakly mit Blick auf meinen Vater.

Grundsätzlich würde ich mich in puncto Diskretion nicht für meinen Erzeuger verbürgen. Als Kind hatte ich einmal eine grässliche Verstopfung und musste deshalb einen Einlauf ertragen. Der Herr Pfarrer verlor vier Tage lang kein Wort darüber, nutzte mein Elend jedoch beim nächsten Sonntagsgottesdienst für eine Schauergeschichte, für die sogar Heilige und Apostel bemüht wurden. Jetzt allerdings bin ich mir recht sicher, dass er den Ernst der Lage erkennt und den Mund hält. Weshalb ich Bleakly bejahend zunicke.

»Ich hatte unseren Mann am Telefon«, sagt er.

»Welchen Mann?«

»Den ohne Namen.« Der Sergeant zieht lächerlich bedeutungsschwanger die Augenbrauen hoch.

Ich habe wohl gerade ein Brett vorm Kopf, denn ich weiß wirklich nicht, von wem er redet. »Erklären Sie mir bitte, wen Sie meinen, Bleakly.«

Er beugt sich weit vor, und mein Vater tut es ihm gleich. Wir sehen sicher aus, als planten wir eine Verschwörung.

»Cummins«, flüstert der Sergeant.

»Ach, verdammt«, sage ich. Jetzt habe ich ein echtes Problem. Bleakly weiß nichts von dem Zigarettenstummel, der von Cummins stammen könnte. Oder vom jungen Damnish.

»Wer ist dieser Cummins?«, erkundigt sich Grasby senior.

»Erkläre ich dir später, Vater.«

Er zuckt verdrossen mit den Schultern.

»Und was wollte er, Elphinstone?«, frage ich.

»Wir sollen uns die ganze Nacht bereithalten, vor allem in den frühen Morgenstunden, Sir. Irgendetwas ist wohl im Schwange.«

»Weiß Juggers Bescheid?«

»Danach habe ich nicht gefragt. Cummins hat das Sagen, das sehen Sie doch gewiss genauso.« Der Sergeant wirkt etwas erstaunt über meine Frage. »Wir sollen das Dorf überwachen, für alle Fälle.«

Verflixt. Das kommt alles sehr plötzlich. Können wir Cummins trauen? Ich bin mir nicht sicher. Und was soll heute Nacht in Elderby passieren? Ich habe das Gefühl, dass mir etwas bevorsteht, wofür ich nicht gewappnet bin. Das habe ich schon einmal empfunden, damals, als ich es mit einem der bösesten Männer der Weltgeschichte zu tun bekam. Diese Geschichte tut hier nichts zur Sache, aber ich war jedenfalls genauso entsetzt und geriet in Panik.

»Mir scheint, als hättest du dich diesmal wirklich übel reingeritten, Sohn«, bemerkt mein Vater hilfreich. »Wo befindet sich hier die Toilette?«

Ich sehe dem geistergleichen alten Knaben nach, als er sich Richtung WC entfernt, und nutze die Gelegenheit, um Bleakly reinen Wein einzuschenken. »Ich muss Ihnen schnell etwas erzählen, Bleakly.«

»Ja, was ist?«

»Hardy und Thomas haben mich heute entführt. Hätte Wildhüter McGill nicht eingegriffen, dürften Sie jetzt zweifellos in einem weiteren Mordfall ermitteln.«

Bleakly schaut mich an, als wären mir Hörner gewachsen. »Haben Sie ihre Gesichter gesehen?«

»Nein, beide trugen Masken. Säcke mit Augenlöchern, genauer gesagt.«

»Und woher wollen Sie dann wissen, dass es Thomas und Hardy waren?«

»Ich habe sie an ihren Stiefeln erkannt«, antworte ich. »Wer außer diesen beiden läuft hier im Dorf mit blank polierten Stiefeln herum?«

Bleakly sieht erst perplex aus, dann wütend.

»Ja, ich weiß«, sage ich. »Schwer zu verdauen, wie?«

»Mir fehlen die Worte.« Er trinkt einen kräftigen Schluck und dann gleich noch einen.

»Und wir wissen, wer uns die beiden geschickt hat, nicht?«

»Cummins.«

»Exakt.«

»Was sollen wir jetzt tun?«, fragt Bleakly.

»Ich habe einen Plan, brauche aber mehr Zeit dafür. Unterdessen müssen wir den Schein wahren und weitermachen wie bisher, die Stellung halten.«

»Sie glauben aber nicht, dass der Tod von Mr Starr mit alldem zu tun hat, oder?«

»Es wäre erstaunlich, wenn nicht, oder?«, erwidere ich.

»Das stimmt wohl, ja. Aber was um alles in der Welt hat Cummins vor?«

»Das weiß ich leider noch nicht«, antworte ich. »Lumley hat miterlebt, wie Cummins von den Deutschen gefangen genommen wurde. Wer weiß, was der durchgemacht hat und welche Folgen das bei ihm hatte.«

»Aber das ist ein Komplott!«, empört sich der Sergeant. »Eine Verschwörung gegen die Polizei, und dann geht es auch noch um Mord! Ich hätte nie geglaubt, dass ich so etwas einmal erleben muss.«

Ich sehe ihn eindringlich an. »Na, kommen Sie, Bleakly. Sie wissen doch, wie es läuft. Wir Soldaten sind nur kleine Rädchen im Kampf gegen das Böse – oder gegen das Gute. Die Drahtzieher sitzen hinter den Kulissen.«

»Und ich dachte, ich könnte in Elderby eine ruhige Kugel schieben, bevor ich in Rente gehe.« Bleakly seufzt tief.

»Und *ich* dachte, ich sollte hier nur ein paar harmlose Diebe zur Strecke bringen. Weit gefehlt.«

Mein Vater kehrt zurück und reibt sich die Hände. »Was habe ich verpasst?«

»Nichts. Nur einen kleinen Plausch unter Polizisten.«

»Sie können auf keinen Fall aufs Revier zurück, Inspector«, verkündet Bleakly.

»Ich wusste es. Schon wieder suspendiert.« Grasby senior schüttelt ergeben den Kopf.

»Und auch nicht zu Hetty Gaunt«, fügt der Sergeant hinzu.

Ich sehe meinen Vater an, der jetzt eingehend die Wand betrachtet.

»Unter normalen Umständen würden Mrs Bleakly und ich Sie natürlich beherbergen. Aber es sind wohl kaum normale Umstände, wie? Ehrlich gesagt, überrascht es mich, dass Sie sich überhaupt im Pub blicken lassen, Sir.«

»Elphinstone, ich wurde zweimal attackiert, seitdem ich hier bin. In beiden Fällen war weit und breit keine Menschenseele zu sehen. Ich denke, die werden es nicht wagen, mich in der Öffentlichkeit zu überfallen.«

»Weshalb Sie mich hierher bestellt haben«, schlussfolgert Bleakly.

»Messerscharfe Logik.«

»Das Ganze hat auch sein Gutes«, bemerkt mein Vater.

»Und das wäre?«

»Ich kann dein Zimmer bei Hetty übernehmen. Wenn ich mich recht erinnere, ist sie eine hervorragende Köchin.«

Bleakly blickt ziemlich verwirrt, ich verstimmt. Mitten in dieser Zwangslage fällt meinem Vater nichts Besseres ein, als eine einstige Liebschaft wieder zum Leben erwecken zu wollen.

»Er kennt Hetty von früher«, erkläre ich dem Sergeant.

»Ach, das ist nett.« Nachdem er sich einiges von seinem Gin Tonic einverleibt hat, fügt er hinzu: »Ich hatte übrigens gerade eine Idee, was Ihre Unterbringung angeht.«

»Prächtig«, erwidere ich. »Was haben Sie im Sinn?«

»Das Haus von Mr Powell am Dorfrand. Meine Frau war für ihn tätig.«

»Ganz wunderbar«, sage ich, während mein Erzeuger skeptisch aussieht.

»In welcher Weise tätig?«, hakt er nach.

»Hat sich um den Haushalt gekümmert und dergleichen«, antwortet Bleakly. »Der Kerl war ein Schuft, aber er hat meiner Frau leidgetan. Sie hat ein weiches Herz.«

»Und weiter?«, dränge ich. Vor dieser ominösen Nachtschicht würde ich gern noch an einem sicheren Ort eine Mütze Schlaf nehmen.

»Er ist vor einer Woche gestorben. Tragische Angelegenheit. Hatte vergessen, dass er Bleichmittel in eine Whiskyflasche gefüllt hatte. Kam nach Hause und nahm einen kräftigen Schluck. Dr. Starr hat getan, was sie konnte, aber ihm war nicht mehr zu helfen.«

An dieser Stelle wäre seitens eines Geistlichen zweifellos ein Gebet für die Seele des Verstorbenen angebracht oder zumindest eine Äußerung des Mitgefühls.

Stattdessen sagt mein Vater: »Was für ein Trottel. War wohl nicht mehr ganz richtig im Oberstübchen.« Er tippt sich an die Stirn.

Ich überhöre das geflissentlich und frage: »Und in Mr Powells Haus könnte ich unterkommen?«

Bleakly nickt. »Seine Tochter lebt in London. Der scheint es vorerst einerlei zu sein, was mit dem Haus geschieht. Kam zur Beerdigung und war wieder weg, noch bevor Croucher den Segen gesprochen hat.«

»Croucher?«, wiederholt mein Vater.

»Der Dorfpfarrer«, erklärt Bleakly.

»Ah ja.« Mein alter Herr strafft sich und setzt eine offizielle Miene auf. So sah er vermutlich auch aus, als er sich mit König George V. angelegt hat.

»Was ist?«, frage ich argwöhnisch.

»Ach, nichts. Nur ein Gedanke.«

Ich achte nicht weiter auf ihn, sondern bespreche mit Bleakly, wie ich Mr Powells Haus erreichen kann, ohne dabei beobachtet zu werden.

Ein weiterer Donnerschlag scheint das ganze Pub zu erschüttern, und just in diesem dramatischen Moment tritt meine Vermieterin in Erscheinung. Hetty Gaunt, mit schwarzer Melone und schwarzem Cape, wirkt überraschend unberührt von dem heftigen Unwetter. Lediglich die rote Feder an ihrem Hut sieht etwas zerfleddert aus.

»Hetty!«, ruft mein Vater, während sich ein begeistertes Lächeln auf seinem Gesicht ausbreitet. Er erhebt sich, um die Dame zu begrüßen, die früher … nun, was immer sie auch für ihn gewesen ist.

»Cyril. Nicht zu glauben«, lautet die Erwiderung. »Ich habe gehört, dass du angeblich hier bist, wollte mich aber mit eigenen Augen überzeugen.« Auch Mrs Gaunt strahlt jetzt sonnig.

Mein Vater tritt zu ihr und tut etwas, was ich bei ihm selten erlebt habe: Er umarmt Hetty herzlich. Dabei sagt er: »Du hast dich kein bisschen verändert!«

Sonderbare Äußerung. Ich schätze Hetty Gaunt auf etwa siebzig. Dann muss sie wohl früher ziemlich furchterregend ausgesehen haben.

»Bitte, setz dich doch zu uns.« Mein Vater beeilt sich, ihr einen Stuhl zurechtzurücken, damit sie neben ihm Platz nehmen kann, und veranlasst Bleakly, näher zu mir zu rutschen. Nachdem sie sich niedergelassen hat, erkundigt sich mein Herr Papa eifrig: »Immer noch das gleiche Gift wie damals, Hetty?«

Es wundert mich nicht im Geringsten, dass sie Gift trinkt. Irgendetwas kann nicht stimmen mit einer Person, die ihr Haus so einrichtet wie diese Dame.

»Ja, eine Bloody Mary, bitte. Gern eine große.«

Mir wird klar, warum die beiden sich offenbar bestens verstehen.

»Sei so gut und besorge den Drink, ja, mein Sohn?«, sagt mein Vater, ohne den Blick von meiner Vermieterin zu wenden.

Während ich am Tresen stehe und Ethel mit der Bestellung beschäftigt ist, sinne ich darüber nach, ob es wohl mein Schicksal ist, ständig anderen zu Diensten zu sein. Dabei fällt mein Blick aufs Fenster. Normalerweise kann man aus einem beleuchteten Raum draußen im Dunkeln kaum etwas erkennen. Doch da der Pub derzeit nur von Kerzen erhellt ist, sehe ich eine Gestalt, die stocksteif auf der anderen Straßenseite steht. Und leider ist diese Person auffällig groß und trägt eine Polizeiuniform. Es handelt sich zweifellos um Hardy.

So ruhig wie möglich bezahle ich die Bloody Mary – die ein kleines Vermögen kostet, so viel sei gesagt – und kehre damit zu unserem Tisch zurück. Die angeregte Unterhaltung zwischen Hetty und meinem Vater unterbreche ich mit den Worten: »Keiner verlässt seinen Platz.«

Alle sehen mich irritiert an.

»Was ist denn jetzt schon wieder?«, fragt Bleakly.

»Hardy steht draußen vor der Metzgerei. Und scheint zu warten.«

»Ich hoffe, er trägt sein Cape bei dem Wetter«, sagt Bleakly.

»Darauf wollte ich nicht hinaus, Elphinstone.«

»Ach so – ja, richtig!« Der Sergeant scheint sich an den Bericht über meine Erlebnisse in der Salzfabrik zu erinnern.

Doch diese Wendung der Ereignisse hat eine eigenartige Wirkung auf den guten Mann. Er gähnt, schmatzt mehrmals, seine Lider flattern, und bevor man bis drei zählen kann, sackt sein Kopf zur Seite, und er ist eingeschlafen.

»Trinker, wie?«, bemerkt mein Erzeuger wenig mitfühlend. »Vermutlich sturzbesoffen.«

»Er hat ein Leiden«, erklärt Hetty.

Ich habe auch ein Leiden – und zwar fürchterliche Angst. Hardy hat zweifellos Wind davon bekommen, dass ich mich im Beggar aufhalte, und beobachtet den Eingang. Äußerst ungünstig, wo ich mich gerade klammheimlich verdrücken wollte.

Ich tue das sehr ungern, aber ich rüttle Bleakly kräftig an der Schulter.

# 33

Es gelingt mir, den schläfrigen Sergeant aus seinem Schlummer zu erwecken, aber das bleibt nicht ohne Folgen. Er springt so abrupt auf, dass der Tisch umkippt und der Inhalt der Gläser sich auf Hetty und meinen Vater ergießt.

»Weg mit euch, ihr Mistkerle!«, brüllt Bleakly mit erhobenen Fäusten.

Ich erwarte einen Aufruhr im Pub, aber hier scheint man an Elphinstones Anfälle gewöhnt zu sein, und sämtliche Gäste tun, als wäre nichts gewesen. Einzige Ausnahme ist mein alter Herr.

»Dieser Bursche ist eine Gefahrenquelle«, schimpft er, während er seine Kleidung abwischt. »Sogar du wärst ein besserer Sergeant als der.«

»Ich bin Inspector, Vater«, erwidere ich.

»Ach ja, stimmt.« Er scheint sich zu besinnen. »Aber Sie sollten das in den Griff bekommen, Sergeant. Holen Sie sich ärztlichen Rat, Mann.«

»Sie sollten wissen, dass ich mir diese Krankheit im Dienst für mein Vaterland zugezogen habe.« Bleakly wendet sich mit angriffslustiger Haltung meinem Vater zu, was mich – trotz der Umstände – ziemlich erheitert.

»Du bist ein knurriger alter Kerl geworden, Cyril«, bemerkt Hetty.

Daraus entnehme ich, dass sie Reverend Grasby seit geraumer Zeit nicht mehr zu Gesicht bekommen hat.

Während die beiden Männer sich herausfordernd anstarren wie Platzhirsche, kommt mir eine Idee. Ich sehe mich um und entdecke zwei junge Burschen, die in einer Ecke Karten spielen.

Kurz entschlossen schlendere ich zu den beiden hinüber. »Hört mal, Jungs«, sage ich. »Wollt ihr euch ein bisschen Geld verdienen?«

Nach kurzem Zögern nicken beide erfreut, während erneut ohrenbetäubendes Donnern zu vernehmen ist.

»Nimmt nur ein paar Minuten in Anspruch«, füge ich hinzu, »aber ihr müsst dafür in den Hagel raus.«

»Was zahlen Sie?«, fragt der Gewitztere der beiden.

»Wie wär's mit einem Fünfer für euch zusammen?«

Er spuckt in seine Hand und drückt die meine.

Ich weiß, das alles kostet mich einen Haufen Geld. Aber ich werde meine Ausgaben in York einreichen, wenn endlich der Alltag wieder einkehrt. Meine Finanzlage behalte ich stets sorgfältig im Auge, wie Sie wissen.

Ich wende mich Ethel zu. »Könnte ich vielleicht Ihren Hintereingang benutzen?«

Sie beäugt mich erstaunt. »Sie haben ja allerhand seltsame Ideen. Aber von mir aus …«

Ethel zeigt mir, dass aus dem Keller eine Tür zu einem kleinen Hof führt. Von dort aus gelangt man zu einer Nebengasse. Der ideale Fluchtweg.

»Und nicht vergessen, Ethel«, schärfe ich ihr ein, »wenn jemand reinkommt, der nach mir fragt – und das gilt für *alle*! –, haben Sie mich nicht gesehen, ja?«

»Das ist alles mächtig aufregend«, erwidert sie. »Ich halte Ihnen die Daumen.«

Ich instruiere meine neuen Angestellten und überreiche ihnen den versprochenen Fünfpfundschein. Die beiden beäugen ihn, als hätten sie noch nie einen zu Gesicht bekommen. Was vermutlich auch der Fall ist.

Als ich zum Tisch zurückkehre, haben sich die beiden Herren zum Glück eines Besseren besonnen und benehmen sich zivilisiert. Der Tisch wurde wieder aufgestellt, und Hetty kehrt mit Schaufel und Handfeger die Scherben auf.

»Elphinstone, wir müssen von hier verschwinden«, dränge ich. »Wie weit ist dieses Haus entfernt?«

»Wenn wir uns beeilen, circa zehn Minuten Fußmarsch«, antwortet er. »Wird aber mühsam werden, mit dem ganzen Schnee und Hagel.«

Im Moment würde ich jede Strapaze in Kauf nehmen, um Hardy und Thomas zu entkommen. Und natürlich könnte ich Bleakly bitten, sie mit einem Auftrag zu beschäftigen. Aber mittlerweile bin ich nicht nur der Überzeugung, dass sie keine Polizisten sind – wie ich schon von Anfang an vermutet hatte –, sondern auch, dass sie eigenmächtig handeln. Was dann dem armen Bleakly zusätzliche Schwierigkeiten bereiten würde.

Er nickt, als ich meinen Plan erkläre, aber mein Vater reibt sich zweifelnd das Kinn.

»Was ist los?«, frage ich.

»Du hast gesagt, es seien *zwei* zwielichtige Kerle.«

»Ja, weshalb?«

»Glaubst du nicht, dass einer von denen am Hinterausgang herumsteht?«

Verdammt! Darauf hätte ich gleich kommen sollen – was auch für Bleakly gilt. Aber Sie wissen, wie mein Tag aussah, und mein Kollege hat ein Schlafproblem und wollte sich gerade eben noch eine Keilerei mit einem Geistlichen liefern. Zu meinem Leidwesen muss ich zugeben, dass Grasby seniors Einwand berechtigt ist.

»Hast du einen anderen Vorschlag?«, frage ich.

»Ich gehe nach hinten. Gib mir etwa fünf Minuten«, antwortet mein Vater.

»Was hast du vor?«

Er befingert sein Kollar. »Die beiden scheinen finstere Gesellen zu sein, aber du glaubst nicht, was man hiermit bewirken kann. Niemand will es sich mit dem Allmächtigen verderben. Abgesehen von dir natürlich.«

Ich muss gestehen, dass ich mächtig stolz bin auf meinen alten Herrn – so sehr, dass meine Unterlippe plötzlich zu zittern droht. Doch meine schottische Mutter missbilligte öffentliche Zurschaustellung von Gefühlen, und das hat sich mir eingeprägt. Deshalb drücke ich meinem Vater nur die Hand und wünsche ihm viel Glück.

Hetty jedoch rinnen Tränen über die Wangen, und sie fällt ihm um den Hals.

»Gib gut auf dich acht, Cyril. Du weißt, wo du mich findest.« Sie wischt sich die Augen. »Wir haben uns gerade erst wiedergefunden, ich will dich nicht gleich verlieren.«

Das ist zu viel für mich. Meine Dankbarkeit wandelt sich im Nu zu Groll, und ich hoffe, Thomas brät dem Reverend gehörig eins über. Wusste meine Mutter von dieser Angelegenheit zwischen den beiden in Elderby? Denn eine Angelegenheit war es zweifelsohne. Doch dann rufe ich mich zur Ordnung und sage mir, dass das alles bestimmt stattgefunden hat, bevor meine Mutter auf den Plan trat.

»Ja, vergiss nicht, dass Hetty auf dich wartet«, sage ich mit bissigem Unterton. Die Vorstellung, wie sich dieses ungleiche Paar seiner Leidenschaft hingibt, während Cecil krächzend über ihnen herumflattert, ist eine Zumutung.

Mein Vater marschiert los und verschwindet durch die Tür hinter der Bar, ohne sich noch einmal umzudrehen.

»Er war immer schon ein eindrucksvoller Mann«, bemerkt Hetty sinnend.

»Können Sie voraussehen, wie es mit ihm weitergeht? Per Wahrsagerei oder was Sie da so machen?«, frage ich.

Bleakly verzieht das Gesicht, und Hetty wirft mir einen undurchdringlichen Blick zu.

»Um Cyril mache ich mir die geringsten Sorgen. Bei Ihnen sieht das schon anders aus, junger Mann.« Sie steht auf, greift nach Hut und Cape und verlässt den Hanging Beggar. Gewiss, um sich auf ein lauschigeres Wiedersehen mit meinem Erzeuger vorzubereiten.

Bleakly schüttelt den Kopf. »Ich würde mich nicht in Dinge einmischen, die ich nicht verstehe«, lässt er verlauten.

»Ich verstehe meinen Vater seit fast vierzig Jahren nicht und bin immer noch hier. Was ihn angeht, erschüttert mich so schnell gar nichts«, erwidere ich indigniert. Nach einem Blick auf meine Omega füge ich hinzu: »Wir geben ihm noch ein paar Minuten, dann schicke ich die Jungs raus.«

Wie das in solchen Situationen zu sein pflegt, kommen mir fünf Minuten wie fünf Stunden vor. Doch dann ist die Zeit für meine Lockvögel gekommen. Ich nicke ihnen kurz zu, und sie stürzen sich hinaus in Donner, Blitz und Hagel. Ich beobachte das Geschehen aus dem Augenwinkel, und die beiden machen ihre Sache gut. Der eine schubst den anderen, und es entsteht eine überzeugende Keilerei. Hardy bleibt weiter stehen, blickt sich aber unbehaglich um, als überlegte er, was zu tun sei. Schnell scheint sich jedoch ein wüstes Handgemenge zu entwickeln, das polizeiliches Eingreifen erfordert. Und so muss sich Hardy – wahrscheinlich zum ersten Mal in seinem Leben – wie ein echter Constable benehmen und für Ruhe und Ordnung sorgen. Als er die beiden kleineren Männer packen will, leisten sie heftigen Widerstand. Mutige Burschen, das muss man ihnen lassen.

»Abmarsch für uns, Elphinstone«, verkünde ich.

»Lassen Sie mich vorausgehen, Sir, ich kenne den Weg.«

Und wir wagen uns hinaus.

Die Hagelkörner auf den schneebedeckten Straßen machen sie noch schwerer begehbar. Ab und an späht der Mond zwischen den Wolken hervor, aber meist kann ich Bleakly vor mir kaum erkennen. Der alte Bursche ist ziemlich flott zu Fuß, was ich nicht erwartet hatte. Als wir nach rechts in eine weitere Gasse abbiegen, schaue ich mich um, aber niemand scheint uns zu folgen. Wenn Thomas tatsächlich am Hinterausgang herumlungerte, hat Grasby senior den Kerl erfolgreich weggelockt.

»Hier entlang!«, ruft Bleakly und klettert über einen Gartenzaun.

Kaum der richtige Zeitpunkt, um zimperlich zu sein, und so folge ich ihm, noch immer verblüfft über Bleaklys Tempo und Gelenkigkeit. Nun ja, bei den Chindits überlebt man nicht grundlos.

Plötzlich befinden wir uns auf offenem Ackerland. Ein Blitz zuckt auf, und hinter einigen Bäumen kann ich kurz die Umrisse von Holly House erkennen. Ich bin völlig durchnässt, und meine Augen brennen, doch es könnte mir kaum gleichgültiger sein.

Gerade als alles problemlos zu laufen scheint, sehe ich, wie Bleakly ausrutscht. Es sieht ein wenig nach Ballett aus, als er eine Art Pirouette vollführt. Doch statt graziös zu landen, geht er unsanft zu Boden und stößt einen Schrei aus.

Ich eile zu ihm. »Können Sie gehen?«, frage ich und strecke ihm die Hand hin.

»Ich muss es versuchen«, stöhnt er mit schmerzverzerrtem Gesicht.

Es gelingt mir, ihm aufzuhelfen. Doch ab sofort werden wir nicht mehr so schnell vorwärtskommen.

»Wie weit ist es noch?«, schreie ich gegen den Donner an.

»Ein paar Hundert Meter. Aber Sie müssen mich stützen.«

Mit mir als Krücke stolpern wir mühsam über ein Feld, einen kleinen Hügel hinunter und einen Weg entlang.

»Es ist gleich dahinten«, bringt der wackere Bleakly ächzend hervor.

Wir bewältigen den Rest der Strecke zu einem Gebäude, das man eher als Bruchbude denn als Cottage bezeichnen könnte. Mit seinem schiefen Dach und den morschen Holzwänden könnte es auch aus einem Märchen stammen. Ich drücke gegen die aufgequollene Eichentür, die zum Glück nachgibt – ich hasse es, Türen einzutreten, das ist unter meiner Würde –, und wir wagen uns hinein.

Es ist natürlich stockfinster im Inneren, doch durch das Mondlicht und die aufflackernden Blitze kann ich erkennen, dass wir uns in einem schmalen Flur befinden. Ich ziehe Bleakly durch eine Tür linker Hand, hinter der ich das Wohnzimmer vermute. Damit liege ich zwar richtig, doch die Vokabel ist nicht ganz passend. Der Raum wäre treffender beschrieben als muffiges Mausoleum. Uralte Ohrensessel, eine große Kohlenschütte aus Messing, eine Chaiselongue mit Schonbezug, eine Schusterpalme in einem Tontopf. Sieht aus wie vor siebzig Jahren hier. Vermutlich hielt Mr Palmer nicht viel davon, mit der Zeit zu gehen.

Ich bugsiere Bleakly auf die Chaiselongue, wo er sich ungelenk niederlässt und auf einen Ellbogen stützt wie eine unpässliche Witwe.

»Ich habe mir das Knie verdreht«, verkündet er kläglich.

»Mir fällt nichts ein, was ich für Sie tun könnte«, muss ich zugeben. »Außer es Ihnen so bequem wie möglich zu machen.«

»Ja, wir stecken ganz schön in der Klemme.«

»Haben Sie zufällig Streichhölzer bei sich?« Ich habe keine Ahnung, wo meine abgeblieben sind.

Bleakly zuckt zusammen, als er sich bewegen muss, fördert aber unter seinem Cape eine Schachtel zutage. Es scheint zwar hier grundsätzlich Strom zu geben, aber das Licht funktioniert ebenso wenig wie im Pub. Zu meiner Freude entdecke ich eine große Sturmlaterne, und es gelingt mir, sie anzuzünden, sodass der Raum kurz darauf in flackerndes warmes Licht getaucht ist.

»Sie sind ordentlich blass im Gesicht, alter Knabe«, bemerke ich.

»Der verfluchte Dschungel«, erwidert Bleakly. »Der war die Hölle. Bin nicht mehr derselbe seither. Ein bisschen Kälte, und ich bin steif wie ein Brett. Kriecht mir sofort in die Knochen, wissen Sie? Und jede Verletzung dauert doppelt so lang wie früher, bis sie verheilt ist.«

Das nehme ich ihm sofort ab. Ich habe viele Geschichten von den Chindits gehört. Bleakly ist ein klassisches Beispiel dafür, wie der Krieg seine Männer ruiniert hat, geistig und körperlich. Wobei Elderby nun auch nicht gerade das Paradies auf Erden ist.

»Ein Telefon gibt es hier wohl nicht?«, erkundige ich mich.

»Nein. Mit so etwas wollte der alte Powell nichts zu schaffen haben. Den musste man schon zur Anschaffung von Elektrizität überreden. Er meinte, das sei der Anfang vom Ende, und bald wäre die ganze Welt über solche Leitungen verbunden, und es gäbe keine Ländergrenzen mehr.«

»Vielleicht war er nicht ganz bei Trost«, gebe ich zu bedenken.

»Ach, ich weiß nicht. Er hatte seinen Grips schon noch beisammen. Konnte jedenfalls gut feilschen.«

Bleakly versucht sich aufzurichten, schreit aber auf vor Schmerzen.

Ich hole mein durchweichtes Päckchen Zigaretten aus der Tasche und halte es Bleakly hin.

Er nickt dankend. »Für gewöhnlich habe ich nichts übrig für Zigaretten, aber da unsere Lage ganz und gar nicht gewöhnlich ist …«

Ich zünde ihm eine an, und er pafft, wie es Männer zu tun pflegen, die normalerweise Pfeife oder Zigarren rauchen.

»Erstatten Sie mir genauen Bericht über Cummins' Befehle, Elphinstone«, fordere ich ihn auf.

Bleakly hustet und gähnt. »Wir sollen um drei Uhr im Revier antreten. Dann … Tja, ich weiß es nicht. Cummins hat sich ziemlich bedeckt gehalten am Telefon.«

»Sie wissen nicht mehr, als dass irgendetwas passieren soll?«

»Nein.«

»Und er wird erwarten, dass Sie dort sind.«

»Selbstverständlich, das ist unser Auftrag.«

Ich überlege angestrengt, wie ich jemandem eine Nachricht übermitteln könnte, ohne Thomas und Hardy in die Fänge zu geraten. Die beiden werden inzwischen bemerkt haben, dass ich aus dem Beggar entkommen bin, und uns wahrscheinlich schon auf den Fersen sein. Glücklicherweise wissen nur zwei Leute von meinem Aufenthaltsort: mein Vater und Hetty Gaunt. Ob die beiden hierherkommen werden? Damit ist kaum zu rechnen. Mein Vater war immer schon etwas begriffsstutzig bei allem, was nichts mit der Kirche zu tun hat. Und nicht einmal da erwies er sich als sonderlich schlau. Weshalb mich seine Idee für das Ablenkungsmanöver auch so überrascht hat. Nun ja, einen guten Einfall hat wahrscheinlich jeder mal im Leben.

»Die werden schnell eins und eins zusammenzählen«, sagt Bleakly, als hätte er meine Gedanken erraten.

»Wie ich ausgebüxt bin, meinen Sie?«

»Ja, und sie werden auch schnell dahinterkommen, wer der Reverend ist.«

»Wie denn das? Nicht einmal er ist so dämlich, das auszuplaudern«, wende ich ein.

»Jetzt hören Sie mal, Sir, Sie beide gleichen sich wie ein Ei dem anderen. Sie sehen aus wie eine jüngere Version von ihm, das erkennt jeder auf den ersten Blick.«

Daran hatte ich bislang keinen Gedanken verschwendet.

Aus meiner Perspektive sind mein Vater und ich völlig verschieden. Doch ich muss zugeben, dass die Zeichnung in meinem Zimmer bei Hetty Gaunt etwas anderes sagt. Als er jung war, sah er mir tatsächlich ähnlich. Wir haben die gleiche Statur, wenn auch unterschiedliche Haarfarben. Und mittlerweile ist sein Haupthaar ohnehin grau.

»Sie denken aber nicht, dass die ihm etwas antun werden, oder?«, frage ich beunruhigt.

»Schauen Sie doch, was die mit Ihnen gemacht haben«, antwortet Bleakly. »Das sind skrupellose Kerle, die blind Befehle ausführen. Ich lege keinen Wert darauf, von denen an den Füßen aufgehängt zu werden, kann ich nur sagen.«

Noch eine Sorge. Die vermehren sich mit Lichtgeschwindigkeit. Wäre ich wegen meines Vaters nicht so beunruhigt, würde ich womöglich einfach hierbleiben und das Beste hoffen. Auf Mitch Parsley ist Verlass, und wenn jemand Ordnung in dieses Chaos bringen kann, dann er. Aber jetzt habe ich Angst, dass Hardy und Thomas – ob sie nun Kommunisten, Faschisten oder unsere eigenen Geheimdienstleute sind – meinen Vater unter Druck setzen, um an mich heranzukommen. Obwohl ich mir nicht erklären kann, weshalb Cummins mich aus dem Weg schaffen möchte. Das ist alles ungemein undurchsichtig.

»Wir müssen Miss Dean benachrichtigen«, sagt Bleakly.

»Was schlagen Sie vor, Rauchzeichen?«

Er seufzt. »Hinter dem Haus gibt es einen Fußpfad, der zum Grundstück eines Farmers gehört. Sein Haus ist nur einen knappen Kilometer entfernt, und er hat ein Telefon.«

Ich überlege. Natürlich kann ich nicht tatenlos hier herumsitzen, so viel steht fest. Und Bleakly wird den Weg nicht schaffen. Ich bin mal wieder zur falschen Zeit am falschen Ort, und so bleibt mir nichts anderes übrig, als diese unangenehme Aufgabe zu übernehmen.

»Powell war ein Trinker, oder nicht?«, frage ich.

»Trinker ist gar kein Ausdruck. Ich habe noch nie jemanden erlebt, der solche Mengen an Alkohol in sich hineingeschüttet hat. Eigentlich hätte er schon vor Jahren ins Gras beißen müssen. Grenzt an ein Wunder, dass es so lang gedauert hat.«

Im flackernden Licht halte ich Ausschau nach Flaschen, die Alkohol enthalten könnten. Ich bin kein Feigling, aber jetzt brauche ich einen Schluck für die Nerven. Vergeblich sehe ich mich nach einem Schrank oder Regal im Raum um.

Ich gehe nach draußen in den Flur. Hinter einer Tür entdecke ich ein Schlafzimmer. Ein Messingbett steht darin mit einer Matratze ohne Bettzeug. Die nächste Tür führt in die Küche mit einem alten Herd und einer Metallspüle. Auf schmutzigen Tellern haben sich Schimmelschichten gebildet, und ich frage mich, wann Mrs Bleakly zuletzt für Powell im Einsatz war.

Der erste Küchenschrank enthält angeschlagenes Geschirr, im zweiten befindet sich ein Sammelsurium aus Kerzen, Hosenklammern, einer Teedose, einem Hammer, leeren Flaschen und Schraubgläsern, einer Rolle Schnur und so weiter und so fort. Als ich die Schränke wieder schließe, kommt mir eine Idee. Ich schnappe mir den Hammer und stecke ihn in die Hosentasche. Besser als gar keine Waffe, sollte es brenzlig werden.

Der dritte Küchenschrank erweist sich als ergiebiger. Dort entdecke ich eine halb volle Flasche mit einem verblassten handbeschrifteten Etikett. Zur Not würde ich jetzt sogar Holunderwein trinken, aber die Whiskyflasche daneben lockt mich deutlich mehr. Ich schraube sie auf und nehme ein paar kräftige Schlucke. Das Zeug brennt im Hals, und da erst fällt mir wieder ein, wie Powell zu Tode gekommen ist. Nach einem Moment heller Panik kann ich allerdings den Whiskygeschmack identifizieren. Ich nehme die Flasche mit und reiche sie Bleakly.

»Um die Schmerzen zu betäuben«, sage ich.

»Ist aber kein Bleichmittel, oder?«

Der Mann ist besonnener als ich. Nachdem ich ihm versichert habe, dass es der echte Stoff ist, genehmigt sich der Sergeant ein paar Schlucke.

»Also der Pfad hinter dem Haus und nicht weiter als einen knappen Kilometer?«

»Wahrscheinlich sogar weniger«, antwortet Bleakly.

»Und wenn ich Deedee nicht erreiche – ähm, also Miss Dean?«

»Lumley ist ein guter Kerl, mit ihm können Sie auch sprechen.«

Natürlich, er hat recht. Ich sage Bleakly vorerst Lebewohl und breche auf.

Als ich aus dem Haus trete, schlägt mir immer noch Hagel ins Gesicht, aber der ist gerade meine geringste Sorge. Vorsichtig schaue ich mich um, doch zum Glück ist weit und breit keine Menschenseele zu sehen. Der Pfad verschwindet nach einigen Metern in einem dunklen Waldstück, und ich trabe los. Herrje, das ist schlimmer als die Grundausbildung bei der Armee. Da hatte man wenigstens seine Kameraden um sich, die einen ermutigen konnten, und lief nicht Gefahr, in Gefangenschaft zu geraten. Mit Schaudern denke ich wieder an meine Misere in der Salzfabrik zurück.

Ich habe einmal gelesen, dass es während eines Gewitters besonders gefährlich ist, sich zwischen Bäumen aufzuhalten. Aber da ich aktuell an jedem Ort in Gefahr schwebe, spielt das auch keine Rolle mehr. Vielleicht ist es eben mein Schicksal, vom Blitz getroffen zu werden.

Ich lege an Tempo zu und spüre mit jedem Schritt, wie der Hammer in meiner Hosentasche an meinen Oberschenkel schlägt. Je schneller ich das Ganze hier hinter mich bringe, desto besser. Das Waldstück habe ich bewältigt, jetzt befinde ich mich wieder auf offenem Ackerland. Immer wieder drehe ich mich um, für den Fall, dass sich jemand an meine Fersen geheftet hat. Aber die Luft scheint rein zu sein.

Da ich seit Längerem keinen Sport mehr getrieben habe und außerdem dem Rauchen zugetan bin, komme ich ordentlich ins Keuchen, meine Beine schmerzen, und meine Lunge brennt. Gerade würde ich einiges für den launischen Austin geben. Doch immerhin kommt jetzt eine Farm in Sicht. Hilfe ist also nah, das spornt mich an.

Als ich näher komme, wundere ich mich allerdings, dass nichts auf die Anwesenheit von Tieren verweist, nicht einmal ein Geruch. Außerdem ist weder im Farmhaus selbst noch in den Nebengebäuden Licht zu sehen. Nirgendwo ein Hinweis auf menschliches Leben. Auf dem Hof sehe ich nur gesprungene Fenster, aus den Angeln gebrochene Türen und verrostete landwirtschaftliche Geräte. Ich bleibe stehen und stütze die Hände auf die Knie, um zu Atem zu kommen.

Zunächst bin ich verwirrt und überlege, weshalb Bleakly mich hierhergeschickt hat. War er schon länger nicht hier und wusste nichts vom Schicksal der Farm? In Dörfern wie diesem weiß allerdings jeder alles. Wenn eine Familie ihr Zuhause – noch dazu eine große Farm – verliert, würde das überall für Gesprächsstoff sorgen. Außerdem ist Bleakly bei der Polizei. Aber vielleicht stimmt wirklich etwas nicht mit ihm, er hat immerhin diese Schlafkrankheit.

Doch dann fällt mir siedend heiß etwas ein. Bevor ich das Haus verließ, hatte Bleakly gesagt, er wolle nicht an den Füßen aufgehängt werden. Im Pub hatte ich darüber aber kein Wort verloren, sondern lediglich gesagt, ich sei von Thomas und Hardy – die ich an ihren blank polierten Stiefeln erkannt hätte – entführt und misshandelt worden. Was mich wieder zurück zu der Frage bringt: Weshalb hat der Sergeant mich hierhergeschickt?

Vor Wut über meine eigene Dummheit kommen mir fast

die Tränen, und ich fühle mich sehr verletzlich. In Windeseile renne ich zurück zu Powells Haus und schaue mich dabei ständig um, weil ich fürchte, Thomas und Hardy könnten hinter einem Baum hervorspringen. Als ich mich dem verfallenen Haus nähere, begrüßt mich das Flackern der Sturmlaterne im Fenster und schenkt mir ein wenig Hoffnung.

Angst ist eine seltsame Sache. Es ist bemerkenswert, wie schnell man sich einreden kann, eine Gefahr sei vorüber – oder erst gar nicht da gewesen. Das habe ich im Krieg nur zu häufig getan. Vielleicht hat Bleakly wirklich nicht gewusst, dass die Farm verlassen ist? Und vielleicht habe ich meine Folter vorhin im Pub doch genauer beschrieben? Ich muss mich entscheiden, und wie üblich zögere ich nicht. Dieses Haus kann immer noch genauso gut ein Zufluchtsort sein wie eine Falle. Ich stürme hinein und eile ins Wohnzimmer. Doch die Chaiselongue ist leer, die Whiskyflasche steht daneben auf dem Boden.

»Elphinstone!«, schreie ich, bekomme aber keine Antwort.

Das könnte alles Mögliche bedeuten, sage ich mir. Vielleicht hat uns jemand verfolgt und gewartet, bis ich weg war, um sich Bleakly zu schnappen. Hatten sie es womöglich auf *ihn* abgesehen? Ich sinke auf die Chaiselongue und suche nach Erklärungen, aber im Grunde kenne ich die Wahrheit. Sergeant Elphinstone Bleakly ist Teil des ganzen Komplotts – worum auch immer es dabei geht –, und ich wurde getrogen. Und jetzt sitze ich zu allem Überfluss auch noch in der Falle.

Der Hagel trommelt aufs Hausdach, aber trotz des Lärms höre ich das Motorgeräusch sofort. Scheinwerferlicht huscht an den Wänden des verwahrlosten Zimmers entlang.

Es gibt kein Entkommen.

# 34

In der klassischen Pose, die wir alle aus Kinofilmen kennen, stehe ich mit erhobenem Hammer hinter der geschlossenen Wohnzimmertür und warte. Mein Plan mag sich als nutzlos erweisen, aber ich habe nicht die Absicht, kampflos aufzugeben. Und ich muss zugeben, dass meine Entschlossenheit mich beflügelt. Was sehr menschlich ist, wissen Sie. Ich finde es immer wieder erstaunlich, wie viel Mut und Kraft wir angesichts vermeintlich unüberwindbarer Hindernisse aufbringen können.

Ich höre, wie die Haustür behutsam aufgedrückt wird. Wer da auch zu mir stoßen wird, Freund oder Feind, bemüht sich offenbar, möglichst wenig Lärm zu machen. Ich straffe mich, umfasse den Hammer fester und mache mich bereit, jemandem damit eins überzuziehen.

Dabei versuche ich angestrengt, die Luft anzuhalten, was schwerfällt, wenn man bis auf die Knochen durchgefroren ist. Es grenzt an ein Wunder, wenn meine klappernden Zähne mich nicht sofort verraten.

Jemand geht vorsichtig den Flur entlang und bleibt dann stehen, vermutlich um sich in dem dunklen Flur zu orientieren.

Am liebsten würde ich einfach den Hammer schwingend hinausrasen. Aber falls Thomas und Hardy zu zweit erschienen sind, wird dieser Vorstoß lediglich mit meinem schnellen Ableben enden. Die beiden fackeln nicht lange.

Die leisen Schritte nähern sich meiner Tür, und obwohl ich vor Kälte zittere, bricht mir der Schweiß aus.

Das Warten ist die Hölle. Ich erwäge, in lautes Gebrüll auszubrechen, um den Gegner zu erschrecken und mir so einen Vorteil zu verschaffen. Doch dieser Impuls stammt aus grauer Vorzeit, wo wir es ständig mit gefährlichen Tieren zu tun bekamen. Keine zeitgemäße Methode.

»Inspector Grasby, sind Sie da drin?«

Es dauert ein paar Sekunden, bis ich die Stimme erkenne, was an meiner Erwartung liegt, wie Sie sich denken können. Wenn man auf eine bestimmte Gefahr fixiert ist, kann es erstaunlich schwer sein, eine Wendung zum Guten zu begreifen.

Noch immer misstrauisch, umklammere ich den Hammer, während ich frage: »Deedee, sind Sie das?«

»Natürlich, wer denn sonst?« Sie öffnet die Tür und betritt das Wohnzimmer.

Die junge Amerikanerin sieht mich einigermaßen entsetzt an. Immerhin stehe ich nach wie vor da, als wollte ich ihr den Schädel einschlagen.

»Was um Himmels willen … Ich bin es doch!« Sie weicht erschrocken zurück.

»Sind Sie allein?«

»Ja, wieso denn auch nicht?«

Auf diese Frage fallen mir diverse Antworten ein, für die jetzt aber nicht der rechte Zeitpunkt ist. Ich lasse den Hammer sinken, er entgleitet mir und fällt zu Boden. Was ich dann tue, lässt sich wohl nur mit meiner Erleichterung erklären: Ich falle Deedee um den Hals und breche in Tränen aus.

»Sie Ärmster!«, sagt sie so tröstend, als wäre sie keine knapp dreißigjährige Studentin, sondern meine Mutter. »Sie müssen Furchtbares durchgemacht haben. Das tut mir so leid für Sie.«

Ich lasse sie los und bitte hastig um Verzeihung für mein unangemessenes Betragen.

»Es gibt keinen Grund, sich zu entschuldigen«, erwidert Deedee. »Das ist ein großes Problem bei euch Engländern – ihr seid so zugeknöpft, dass ihr eure Gefühle nie zum Ausdruck bringen könnt. In Amerika ist das ganz anders.«

»Das kann ich mir vorstellen.«

»Aber jetzt müssen Sie sich zusammenreißen, Inspector. Wir sind in einer üblen Lage.«

Erfreulicherweise beschließt mein Gehirn, seine Tätigkeit wieder aufzunehmen.

»Wie haben Sie rausgefunden, wo Sie mich finden können?«, frage ich.

»Hetty Gaunt kam zu mir«, antwortet Deedee. »Sie war so aufgelöst, dass ich anfangs gar nicht verstanden habe, was sie mir sagen wollte. Redete lauter wirres Zeug. Sie erwähnte sogar Ihren Vater.«

»Sind Sie dem zufällig irgendwo begegnet?«

»Wieso das denn? Ich habe den Mann noch nie gesehen. Und warum sollte er in Elderby sein?«

Unvermittelt spüre ich einen stechenden Schmerz in der Brust. Um die eigene Sicherheit besorgt zu sein ist das eine. Aber die Sorge um meinen Vater fühlt sich ganz anders an – eine tief sitzende, bedrohliche Angst vor Verlust, vermischt mit Trauer und Schuldgefühlen. Mein Vater und ich haben wahrlich eine wechselhafte gemeinsame Geschichte. Aber ich bin alles, was er noch hat, und für mich gilt das umgekehrt genauso. Vorhin ist er durch die Hintertür des Pubs marschiert, nur um mir zu helfen. Wer weiß, was danach aus ihm geworden ist.

»Inspector.« Deedee reißt mich aus meinen Gedanken und sieht mich auffordernd an. »Wir müssen uns beeilen, abtauchen und Pläne schmieden. Es hat sich alles schneller entwickelt als erwartet.«

»Was denn überhaupt?«

»Die Waffen werden schon heute Nacht geliefert. Und morgen wird man damit zur Garnison in Catterick aufbrechen.«

»Catterick?«, wiederhole ich perplex. »Wieso um alles …«

»Sie sind doch bestimmt mittlerweile dahintergekommen, was sich hier abspielt, oder nicht?«, fragt Deedee.

»Zumindest ist mir klar geworden, dass Elderby nicht nur ein harmloses Dörfchen ist«, antworte ich.

»Die planen einen faschistischen Militärputsch, Inspector! Sie sammeln sich hier und fahren dann zur Garnison. Die Salzfabrik soll ihr Hauptquartier werden, und sie haben jede Menge Unterstützer, überall.«

Heiliger Strohsack, das ist wohl das Letzte, was die Welt gebrauchen kann. Hätte ich Cummins doch nur eine Kugel in den Kopf gejagt, als ich die Gelegenheit dazu hatte. Das klingt brutal, ich weiß, aber wie ich hoffe, haben Sie nicht erleben müssen, was ich erlebt habe. General Sherman hatte schon recht: Krieg ist die Hölle.

»Aber wie konnten die das so lange unbemerkt planen?«, frage ich. »Cummins hat sogar Juggers, meinen Chef, da hineingezogen, den habe ich immer für so unerschütterlich wie den Felsen von Gibraltar gehalten.«

»So funktioniert das eben in diesem Land«, antwortet Deedee mit abfälligem Unterton. »Mit einem Nicken und einem Zwinkern werden allerlei Dinge einfach durchgewinkt. Der Adel hat hier immer noch viel zu viel Macht. Ihr glaubt, ihr hättet eine Demokratie, aber der Schein trügt. Großbritannien ist vielleicht alle fünf Jahre einen Tag lang demokratisch. Und es ist doch bekannt, dass hier in Wahrheit nicht die Politiker regieren, sondern jede Menge raffinierte Beamte hinter den Kulissen.«

Schönen Dank auch für die Vorlesung. Allmählich wünsche ich mir, auch in Yale studiert zu haben, dann wäre etwas aus mir geworden. »Scheint ein grauenhaftes Land zu sein«, bemerke ich, mehr als nur ein bisschen gekränkt durch diese verbale amerikanische Attacke auf eine Nation, die mir so am Herzen liegt, dass ich nicht nur einmal mein Leben für sie aufs Spiel gesetzt habe.

»Tut mir leid, dass ich so harsch bin«, erwidert Deedee. »Aber das ist nun mal eine Tatsache. In den USA gibt es solche Leute auch, aber unser System ist schwerer infiltrierbar. Versuche gab es reichlich, das können Sie mir glauben.«

»Mir ist noch immer nicht klar, wer hier alles die Finger im Spiel hat«, sage ich.

»Nun, Sie wissen aber, was sich seit Kriegsende ereignet hat, nicht wahr? Die Sowjetunion hat sich halb Europa unter den Nagel gerissen. Viele einflussreiche Leute fürchten, dass sich das so lange fortsetzen wird, bis die Russen in den Londoner Clubs das Sagen haben, in den vornehmsten Vierteln wohnen und ihre Kinder auf britische Eliteinternate schicken. Können Sie sich das vorstellen?«

»So weit wird es nie kommen, absoluter Kokolores«, entgegne ich. »Sollte Russland den Boodle's Club erobern, nehme ich das nächste Schiff nach Amerika.«

»Einige glauben, da sollten Sie Ihr Ticket jetzt schon kaufen«, bemerkt Daisy Dean.

Ich muss zugeben, dass ich zunehmend weniger Gefallen daran finde, mich von ihr belehren zu lassen. Obwohl sie natürlich recht hat: Große Teile von Osteuropa befinden sich mittlerweile unter kommunistischer Herrschaft. Und dass Churchill davon nicht begeistert ist, weiß jeder.

»Nun, deshalb werde ich mich aber gewiss nicht auf die Seite von Faschisten schlagen, Deedee.«

»Hier wird nach dem Prinzip ›Der Feind meines Feindes ist mein Freund‹ gehandelt«, setzt sie ihre Rede fort. »In Ihrer Regierung und Ihrem Militär haben sich Personen eingenistet, die Nazis als Bollwerk gegen den Kommunismus betrachten und das ›Dritte Reich‹ wieder zum Leben erwecken wollen. Die Nazis sollen Stalin in die Schranken weisen, während wir uns raushalten können. Bislang sind die Anhänger dieses Plans nur eine Minderheit, aber sie sind nicht nur in Ihrem Land tätig, Inspector, es gibt sie anderswo auch.«

»Großer Gott, was für ein Irrsinn. Das ist doch, als lade man Attila den Hunnenkönig zum Abendessen ein – nein, schlimmer noch!« Ein passenderer Vergleich fällt mir aber in diesem ganzen Durcheinander nicht ein.

»Das sagen Sie mal Ihren elitären Führungsriegen«, lautet die Erwiderung.

Mir fehlen die Worte.

Jetzt schaut Deedee sich verwundert um. »Wo steckt eigentlich Sergeant Bleakly?«

»Das wissen Sie nicht?«

»Mrs Gaunt sagte mir, er sei bei Ihnen.«

»War er auch.« Ich überlege, wie ich ihr das beibringen soll. Aber da Bleakly bereits mit Thomas, Hardy und etwaigen anderen Komplizen hierher unterwegs sein könnte, sollten wir endlich tun, was Deedee verlangt hat, und von hier verschwinden. »Ich erkläre es Ihnen unterwegs«, sage ich deshalb. »Jetzt erst mal nichts wie weg hier.« Ich hebe den Hammer vom Boden auf.

»Wollen Sie das Haus reparieren?«, bemerkt Deedee.

»Ich habe keine andere Waffe.«

Sie seufzt. »Ich hätte welche für Sie. Aber die sind alle bei Mrs Gaunt.«

»Im Ernst?«

»Ja, unter meinem Bett.«

Jetzt schlägt's dreizehn. Ich habe neben einem kleinen Waffenarsenal übernachtet, ohne einen blassen Schimmer davon zu haben. Und wie sich gerade herausstellt, bin ich auch in vielerlei anderer Hinsicht im Dunkeln getappt.

»Gehen wir«, verkündet Deedee, und ich presche voraus, um ihr wie der Gentleman, der ich bin, die Haustür zu öffnen. Doch als ich hinausspähe, erblicke ich doch wahrhaftig nur wenige Meter entfernt die wuchtige Silhouette von Thomas. Einen Moment lang sind wir beide starr vor Überraschung, dann stürzt er sich blitzschnell auf mich, und ich finde mich unter dem massigen Leib des unechten Constables wieder. Er hebt die Faust, um sie mir ins Gesicht zu dreschen, doch in dieser Sekunde ertönt ein ohrenbetäubender Knall, der im Flur des alten Hauses widerhallt.

Thomas erschlafft, und als er zur Seite kippt, sehe ich ein kreisrundes Loch in seiner Stirn.

Ich rapple mich hoch. Deedee hält die Beretta noch in der Hand. Unwillkürlich will ich sie trösten, es ist schließlich kein Pappenstiel für eine junge Frau, jemanden erschießen zu müssen. Doch sie spurtet an mir vorbei nach draußen und läuft auf den Wagen zu, mit dem sie hergekommen ist.

»Beeilen Sie sich!«, schreit sie.

Es ist geradezu beängstigend, wie schnell man alles vergessen kann, was man bei der Armee gelernt hat. Ich müsste längst im Auto sitzen, stehe aber noch immer mit offenem Mund in der Gegend herum. Als ich mich endlich in Bewegung setze und zu dem Wagen renne, saust etwas an meinem Kopf vorbei, dann höre ich den Knall eines Schusses.

Ich werfe mich auf den Beifahrersitz, Deedee rast sofort los, die Tür fällt dabei zu, und ich büße um ein Haar mein Bein ein, das es noch nicht ins Auto geschafft hat.

Als ich mich aufrichte, sehe ich eine Gestalt vor uns im Scheinwerferlicht – Hardy auf einem Knie, der auf uns zielt. »Runter!«, schreit Deedee, während sie das Gaspedal durchtritt.

Mehrere Dinge passieren gleichzeitig. Die Windschutzscheibe zerbricht, kalter Wind fegt herein, ich spüre Glassplitter an der Wange. Ein dumpfes Geräusch ertönt, und Deedee stößt einen Schrei aus. Es ist ein wild entschlossenes Gebrüll.

In meiner geduckten Position kann ich nicht nach draußen schauen, spüre aber, wie der Wagen auf dem vereisten Boden schlingert und sich querstellt. Ich blicke zu Deedee auf, die ruckartig das Lenkrad herumreißt und uns wieder auf Spur bringt. Dabei stöhnt sie allerdings vor Schmerz.

Ich richte mich auf und schaue durchs Rückfenster. Auf dem Weg liegt eine reglose Gestalt im Schnee.

»Sie haben Hardy überfahren«, stelle ich fest.

Deedee verzieht das Gesicht. »War nicht zu vermeiden.«

»Sind Sie verletzt?«

»Ja, Sie müssen gleich übernehmen. Ich habe mir übel das Handgelenk gezerrt. Könnte sogar was gebrochen sein.«

Dennoch sind wir noch einmal glimpflich davon gekommen. Um ein Haar hätten meine vermeintlichen Constables uns ins Jenseits befördert. Stattdessen sind sie jetzt tot, dank der bemerkenswerten Daisy Dean.

Sie hält an, und wir tauschen die Plätze, während sie ihr Handgelenk umklammert.

»Wohin jetzt?«, frage ich, als ich Gas gebe.

»Zur Kirche. Fahren Sie zur Kirche«, antwortet Deedee eilig.

Im Dorf ist es stockfinster. Das gesamte Stromnetz sei lahmgelegt, berichtet Deedee. Unwillkürlich frage ich mich, ob wirklich das Unwetter die Ursache ist oder ob es womöglich einen bedrohlicheren Grund gibt.

»Parken Sie hinter der Kirche«, weist Deedee mich an, als wir unser Ziel erreichen.

Ich befolge widerspruchslos den Befehl der erstaunlichen Dame.

# 35

Als wir aussteigen, ist der Donner nur noch entfernt zu hören, und statt Hagelkörnern fallen dicke Schneeflocken vom Himmel. Der Wind scheint kälter geworden zu sein. Wirklich garstiges Wetter.

Deedee marschiert zielstrebig los, obwohl sie sichtlich Schmerzen hat. Ich folge ihr wie ein Hündchen und muss gestehen, dass ich meiner Rolle als Nebendarsteller zusehends überdrüssig werde. Leider passiert mir das immer wieder. Dabei wäre ich auch gern einmal jemand, der bewundernde Blicke für seine Heldentaten erntet. Aber die Mannschaft ist immer nur so stark wie der schwächste Spieler, pflegte unser Sportlehrer im Internat zu sagen. Als wir das Tor zum Kirchhof öffnen, wünsche ich mir allerdings, diese Weisheit wäre mir nicht eingefallen. Denn wenn ich das schwächste Glied in der Kette bin, was soll dann aus uns werden?

Ohne anzuklopfen, stürmt Deedee in das Gotteshaus. Croucher wird vermutlich vor Schreck einen Herzkasper bekommen.

Darüber muss ich nicht lange mutmaßen, denn der Reverend steht im Licht einer einzigen flackernden Kerze am Altar.

»Croucher, haben Sie irgendetwas, womit ich mein Handgelenk bandagieren kann?«, fragt Deedee in verblüffend respektloser Manier.

»Ist es gebrochen?«, erwidert der Pfarrer mit einer tiefen, entschiedenen Stimme, die nicht zu ihm zu gehören scheint. Der

Mann strahlt plötzlich Autorität aus, ganz anders als der jämmerliche Bursche, mit dem ich es in den letzten Tagen zu tun hatte.

»Vielleicht, ich bin nicht sicher. Aber schießen sollte ich wohl noch können.«

Augenblick mal, denke ich mir. Jetzt würde ich doch gern mal erfahren, was hier gespielt wird.

»Ich sehe, Sie sind am Leben, Inspector Grasby«, sagt Croucher jedoch, bevor ich meine Frage stellen kann. Es ist regelrecht unheimlich. Ich stehe zweifellos demselben Mann gegenüber, aber er wirkt vollkommen verändert: größer, kraftvoller, entschlossener. Und in der jetzt erstaunlich tiefen Stimme meine ich einen leichten walisischen Akzent zu erkennen.

»Ja, darüber bin ich auch hocherfreut«, gebe ich zurück. »Mich würde aber brennend interessieren, was hier vor sich geht. Sie sind eindeutig nicht der Mann, für den Sie sich ausgegeben haben.«

Croucher holt einen Karton unter dem Altar hervor. »Wer ich bin, spielt keine Rolle. Seien Sie einfach auf eine schwierige Nacht gefasst.«

Wie Sie wissen, hatte ich bereits einen mörderisch anstrengenden Tag. Und ich werde den Teufel tun und mir das Wort verbieten lassen. Ich bin immerhin Inspector.

»Nein, so läuft das nicht«, erkläre ich deshalb energisch. »Miss Dean ist Ausländerin, und Sie sind angeblich Pfarrer. Von uns dreien bin ich die einzige Person mit offiziellen Befugnissen. Außerdem haben Sie mich bei den Ermittlungen in einem Mordfall belogen, und Ihre Komplizin hat gerade zwei Männer getötet. Sie werden sich jetzt erklären, oder ich verhafte Sie beide.«

»Das nenne ich Dankbarkeit«, bemerkt Deedee grimmig. »Da rettet man einem Mann das Leben und wird dafür bedroht.«

Croucher fördert ein Stück Stoff aus dem Karton zutage, reißt es entzwei und bedeutet Deedee, näher zu kommen. Dann holt er eine kleine schwarze Lederschatulle aus seiner Tasche, klappt sie auf und entnimmt ihr eine Spritze. Aus einer Ampulle zieht er mit der Spritze Flüssigkeit, hält sie hoch und klopft leicht dagegen, während er Deedee auffordert, ihren Pullover hochzurollen. »Das hilft gegen die Schmerzen, aber ich kann Ihnen nicht zu viel Morphium geben. Sie dürfen nicht schläfrig werden.« Mit sicherer Hand führt er die Injektion durch und spricht unterdessen weiter.

»Sie waren bei der Armee, Inspector. Sie wissen doch, dass man dort nur erfährt, was man zwingend wissen muss.« Er umwickelt das verletzte Handgelenk mit dem Stoff. »Könnte jetzt etwas wehtun«, sagt er zu Deedee, als er den Verband verknotet. Sie verzieht zwar das Gesicht, gibt aber keinen Laut von sich.

»Aber wir stecken gemeinsam in dieser Situation, Croucher. Da sollte ich wohl im Bilde darüber sein, wer meine Verbündeten sind.«

Croucher seufzt, während er den Verband überprüft. »Erinnern Sie sich aus Kriegszeiten noch an die SOE?«

Das kann man wohl sagen! Der Special Operations Executive gehörten die mutigsten, selbstlosesten und verlässlichsten Menschen an, die ich jemals kennengelernt habe. Sie führten geheimdienstliche Sabotageaktionen hinter den feindlichen Linien aus, viele Mitglieder dieser Spezialtruppe büßten dabei ihr Leben ein. Ach ja, und sie alle waren ausnahmslos verrückt, Männlein wie Weiblein. Kein Feind war seines Lebens sicher, wenn die in der Nähe auftauchten.

»Die SOE zu vergessen dürfte schwerfallen«, antworte ich.

»Das wissen Sie vielleicht nicht, aber sie wurde 1946 aufgelöst«, fährt Croucher fort.

»Nein, wusste ich tatsächlich nicht.«

»Doch seit Churchill wieder im Amt ist, will er sie neu begründen. Natürlich gibt es die üblichen Einwände, von wegen, er sei ein alter Kriegstreiber.« Croucher zündet sich eine Zigarette an.

»Wofür will er die Truppe denn einsetzen?«

»Um das Geschehen im Auge zu behalten. Wir haben alle im Krieg gelitten. Aber einige kehrten mit sehr merkwürdigen Ideen zurück.«

Er hat natürlich recht. Ich kenne etliche Männer, die das Grauen des Krieges und die Zerstörungen ebenso wenig verkraftet haben wie die Erfahrung, Konzentrationslager zu befreien.

»Sie sprechen über Menschen wie Chuck Starr, oder?«

»Der arme Chuck«, wirft Deedee ein. »Er war eigentlich ein guter Kerl. Hat nur die falschen Schlüsse gezogen.« Dann tut Daisy Dean etwas, das mich erneut überrascht. Sie bringt eine Packung Zigaretten zum Vorschein, steckt sich eine zwischen die Lippen und zündet sie mit einem Zippo an. Ich habe sie noch nie zuvor rauchen sehen.

»Sie sollten Chuck Starr also umbringen«, sage ich.

Deedee blickt auf ihre Füße. »Das ist eigentlich intern. Aber nein, er muss jemand anderem in die Quere gekommen sein.«

»Dann arbeiten Sie doch nicht fürs Außenministerium?«

»Das kann ich Ihnen nicht sagen.« Sie nimmt noch einen Zug. »Chuck hat Geheimnisse verraten an ziemlich … nun, sagen wir, üble Personen. Wir haben versucht, ihn zurückzuholen, aber er hat einfach den Dienst gekündigt. Und in Elderby konnten wir ihn auch nicht gebrauchen, bei allem, was hier geschieht. Aber wie gesagt: Die Arbeit wurde uns von anderen abgenommen, Frank.«

Dass sie mich jetzt mit Vornamen anspricht, bringt mich ziemlich aus dem Tritt. Aber ich war selbst Soldat und habe auch Menschen getötet. Darauf bin ich alles andere als stolz, doch es war nun einmal nicht anders möglich. In dieser Hinsicht unterscheide ich mich kein bisschen von anderen Männern und Frauen, die ihre Arbeit tun, um ihr Land zu retten. Ich nicke, während ich fieberhaft versuche, das alles zu begreifen.

»Eine Frage habe ich noch«, sage ich. »Dann werde ich tun, was immer Sie von mir verlangen.«

»Reden Sie«, sagt Croucher müde.

»Warum hier? Warum in Elderby?«

Croucher wirft Deedee einen Blick zu. »Sie haben vom alten Lord Elderby gehört, vermute ich?«

»Ja.«

»Trotz allem, was die Leute gern über ihn erzählen, war er ein schlimmer Mensch.«

»Wieso das denn? Er wurde mir dargestellt wie ein Heiliger.«

»Im Gegenteil, er war Faschist«, sagt Deedee.

»Und noch dazu ein besonders eifriger«, fügt Croucher hinzu. »Ein kleines Dorf wie dieses erregt keine Aufmerksamkeit. Und dann die Nähe zur Garnison in Catterick. Dort wollen die ihren Putsch starten.«

Das überrascht mich, aber letztlich leuchtet es ein. Wenn man erst einmal die Tatsache akzeptiert hat, dass hierzulande offenbar ein faschistischer Umsturz stattfinden soll. Wer so etwas vorhat, hält sich tatsächlich am besten von London und dem Südwesten fern. Und Elderby liegt unweit der Küste, was strategisch sicher von Vorteil ist. Mir war zwar bekannt, dass vor dem Krieg einige Angehörige der englischen Oberschicht mit Hitler sympathisierten, aber ein derartiges Szenario hätte ich niemals vermutet. Und Catterick! Ich muss dringend Mitch informieren.

»Und das war dann wohl der Grund für Lord Elderbys verfrühtes Ende«, setze ich das Gespräch fort.

»Churchill hatte ihn schon lange im Auge«, bestätigt Croucher. »Zum Glück wurde der Lord aus dem Weg geschafft, bevor er noch mehr Schaden anrichten konnte.«

»Und dann hat man Damnish statt seiner eingesetzt?«

»Sie haben es erfasst«, bestätigt Deedee.

Ich denke einen Moment nach. Das scheint mir tatsächlich schlüssig.

»Wie der Vater, so die Tochter«, mutmaße ich.

»Sie sind wohl zu Recht Inspector geworden«, sagt Croucher. »Ich weiß nicht, wie, aber unseren Leuten ist es gelungen, die junge Lady Elderby und Damnish zusammenzubringen. Sie setzte ihre Machenschaften weiter fort, und durch die Informationen, die er uns geliefert hat, konnten wir etliche Nazis zur Strecke bringen. Sie schien nie Verdacht zu schöpfen.«

»Verstehe.« Ich muss wieder an die Begegnung mit Martha Thornlie vor der Bäckerei denken. »Lady Elderby wollte ihren gesellschaftlichen Status nicht verlieren und hätte deshalb jeden geheiratet, der genügend Geld mitbrachte«, denke ich laut. »Ihr Bruder ist auch nicht, wer er zu sein scheint. Aber wer war der Bursche im Kamin?«

»Das war mein Fehler«, gibt Croucher zu. Falls er etwas bereut, ist es ihm nicht anzumerken. »Wir haben geglaubt, unser Agent hätte Lady Damnishs Vertrauen gewonnen, doch das war offenbar nicht der Fall.«

»Aber warum ist der Mann im Kamin gelandet?«

»Da wollte wohl jemand den Verdacht auf den Hausherrn lenken«, antwortet Deedee. »Unser Plan war es, den Raum zu verwanzen, weil Lady Damnish von dort aus telefoniert. Aber sie war uns einen Schritt voraus, und unser Agent wurde ermordet.«

»Verdammt«, sage ich. »Aber nun zu Cummins. Welche Rolle spielt er bei dem Ganzen?«

»So weit sind wir noch nicht, Frank«, antwortet Deedee. »Wir wissen, was die vorhaben, aber nicht, wer die Köpfe des Komplotts sind. Und das liegt an dem Klassensystem in Ihrem Land, muss ich noch einmal betonen. Man kennt sich aus der

Eliteschule oder der Uni und hält zusammen. In der Regierung, beim Militär, der Polizei – sogar in der Justiz. Alles findet hinter verschlossenen Türen in Londoner Clubs und Herrenhäusern auf dem Land statt. Sich da einzuschmuggeln ist nahezu unmöglich.«

Ich würde gern fragen, ob die beiden schon einmal von Lady Winthorpe gehört haben. Die steckt garantiert mit dem Feind unter einer Decke. Ich weiß zwar, dass wir Wichtigeres zu tun haben, aber die Gelegenheit, jemanden anzuschwärzen, der einem geschadet hat, kann man schließlich trotzdem nutzen. Rache für das Pferdedebakel!

»Ich kenne jemanden beim Militär, dem ich vertrauen kann«, erkläre ich. »Ein alter Freund der Familie.«

Deedee und Croucher wechseln einen Blick, verziehen aber keine Miene.

»Und wer ist das?«, fragt Croucher.

»Lord Parsley – ich nenne ihn Mitch. Er hat eine hohe Position beim militärischen Geheimdienst inne. Ehrenwerter Mann. Ich kenne ihn schon mein Leben lang.«

Croucher schüttelt den Kopf. »Den Namen habe ich schon gehört, aber wir wissen nicht genug über ihn. Wir können nur denjenigen vertrauen, bei denen wir ganz sicher sind.« Er zögert. »Und selbst dann bleibt ein gewisses Risiko.«

»Kurz bevor ich hierherkam, habe ich mich noch mit Mitch betrunken«, sage ich.

»Mag sein, aber Sie müssen unsere Position verstehen«, entgegnet Croucher. »Wir können uns nur auf das verlassen, was wir absolut sicher wissen.« Der verwandelte Croucher schließt einen Moment lang die Augen. »Natürlich hätte Churchill härter durchgreifen können, als er wieder Premierminister wurde. Aber viele waren nicht bereit, ihm zu glauben, und er selbst wusste nicht, wem er vertrauen konnte. Dennoch machen wir Fortschritte.«

»Wir haben etliche Leute enttarnt, von denen wir das nie vermutet hätten«, fügt Deedee hinzu.

»Zum Beispiel Bleakly?«, frage ich.

»Ja, das ist einer der neuesten. Tut mir leid, Frank.«

Es fällt mir tatsächlich schwer zu akzeptieren, dass Elphinstone ein Verräter ist – vor allem, da er so treu bei den Chindits gedient hat. Doch Menschen sind nun einmal oft unergründlich.

»Und Juggers? Mein Vorgesetzter?«, frage ich.

Croucher zuckt mit den Schultern. »Das wissen wir nicht. Befolgt vielleicht nur Befehle von oben. Oder … na ja, Sie wissen schon.«

Ich würde jede Wette eingehen, dass der alte Knabe einer von den Guten ist. Kein Faschist würde jemals den Yorkshire Cricket Club unterstützen, und Juggers liebt ihn. Aber es ist alles so furchtbar verworren. Ich komme mir vor wie Alice im Kaninchenbau. Diesen Teil von *Alice im Wunderland* habe ich immer gehasst, weil dort plötzlich die ganze Welt kopfsteht. Und jetzt geht es mir wie Alice.

Ich zucke zusammen, als die Kirchentür plötzlich aufgeht. Hereingestapft kommt Finan Whales, der sich Schnee vom Kragen seines Wollmantels wischt.

»Schnell, halten Sie ihn fest, Croucher!«, schreie ich. »Der hat mich im Wald überfallen. Wäre Miss Dean nicht gewesen, hätte der Haschee aus mir gemacht!«

Zuerst bricht Croucher in schallendes Gelächter aus, dann Deedee.

Whales stampft vor Kälte abwechselnd mit den Füßen auf und blickt betreten. »Tut mir leid, dass ich Sie außer Gefecht gesetzt habe«, sagt er. »Aber wir wollten verhindern, dass Sie in die ganze Sache reingezogen werden. Und wussten offen gestanden auch nicht, für welche Seite Sie spielen.« Er sieht Croucher fragend an. »Sie haben ihn also eingeweiht?«

»Sagen wir mal, es hat sich absolut zweifelsfrei gezeigt, dass er nicht zu denen gehört«, antwortet Deedee. »Und wenn Sie mich darüber informiert hätten, was Sie vorhatten, und sich außerdem nicht unter dieser Mütze versteckt hätten, wäre Inspector Grasby einiges erspart geblieben. Das war schlampige Arbeit, Whales.« Deedee verschränkt sichtlich verärgert die Arme vor der Brust.

Nicht zu fassen. Whales gehört zu den Guten.

»Sie haben ordentlich zugeschlagen, Mann«, sage ich.

»Wir hatten angenommen, das würde jemanden wie Sie genug abschrecken«, äußert Croucher.

»Was soll das heißen?«

»Nun ja, Ihre Polizeiakte weist Sie nicht gerade als Helden aus, um ehrlich zu sein«, antwortet Whales. »Deshalb wollten wir Ihnen das alles ersparen. Wir wussten ja schon, dass es hier demnächst zur Sache gehen würde. Tut mir leid, ich hätte Sie informieren sollen, Miss Dean.«

Auch in meiner Armeeakte ist vieles nicht vermerkt, was bemerkenswert war, würde ich denen am liebsten mitteilen. Davon werde ich Ihnen ein andermal berichten. Wie die meisten Menschen, die sich für sehr klug halten, gehen diese drei Personen hier davon aus, dass alle anderen dümmer sind. Ein wirklich kluger Mensch jedoch ist sich stets darüber im Klaren, dass es immer Schlauere gibt als ihn selbst. Aus diesem Grund sind Helden nicht nur selten für ihre Intelligenz bekannt, sondern meistens auch tot. Ich überlasse es Ihnen, daraus Rückschlüsse zu ziehen.

»Und das ist alles?«, frage ich. »Mehr wissen Sie nicht?«

Whales nimmt mit seiner Pranke die schneebedeckte Mütze ab. »Wir wissen genug, um zu handeln, Inspector. Das wird heute noch kein großer Coup. Sie kommen mit vier Lastwagen, jeweils mit zwei Männern. Ein paar aus der Führungsriege werden vor Ort sein, das sind diejenigen, die uns interessieren.

Sie wollen sich einen Überblick über den Rüstungsstand verschaffen, und dann fahren alle zusammen zur Garnison in Catterick.«

»Aber was wollen Sie dort?«, wende ich ein. »Da haben die doch keine Verbündeten.« Als alle schweigen, blicke ich in die Runde, und mir wird klar, dass ich es noch immer nicht begriffen habe. »In der Garnison gibt es doch wohl keine Überläufer?«, frage ich schließlich betreten.

»Da die Operation in Catterick beginnt, gehen wir sicher davon aus, dass es dort in den oberen Rängen Drahtzieher und Unterstützer gibt«, antwortet Croucher. »Und in der Armee hat man seinem Vorgesetzten zu gehorchen. Es ist nicht schwer, Soldaten einzureden, dass sie das Richtige tun.«

Das darf alles nicht wahr sein. Als mir die Dimensionen dieser Verschwörung klar werden, kehrt ein alter unangenehmer Begleiter an meine Seite zurück: die Angst.

»Aber wieso ist nicht längst etwas gegen diese Machenschaften unternommen worden?«, frage ich.

»Der Premierminister fand es politisch riskant, ohne Beweise zu handeln. Und er muss das Parlament hinter sich haben«, antwortet Croucher schulterzuckend.

»So viel Vorsicht sieht Churchill aber nicht ähnlich.«

»Heutzutage muss er sich an die Regularien halten. Der Krieg ist vorbei, und er kann nicht mehr eigenmächtig Entscheidungen treffen«, erwidert Croucher. »Außerdem ist er alt und müde. Aber er hat noch einiges zu erledigen, bevor er sich zur Ruhe setzt.«

»Und dazu wollen wir heute Nacht beitragen?«

»Ein Stück weit, ja, Inspector. So Gott will.«

Als ich Croucher noch für einen Geistlichen hielt, war ich weniger von seiner Gläubigkeit überzeugt als jetzt.

»Okay«, sagt Deedee. »Dann lasst uns den Plan noch einmal durchsprechen.«

Mir ist immer noch nicht klar, was dieses »Okay« eigentlich bedeuten soll. Die Amerikaner machen unserer gemeinsamen Sprache den Garaus. In ein paar Hundert Jahren werden wir uns wahrscheinlich nicht mehr verständigen können. In York haben wir vor einiger Zeit einen sonderbaren alten Kerl verhaftet, der steif und fest behauptete, er käme aus der Zukunft. Er prophezeite, eines Tages würde jeder ein Gerät mit einem Bildschirm besitzen, auf dem das gesamte Wissen von Jahrtausenden abzulesen sei. Selbst wenn das so kommen sollte, bin ich mir aber sicher, dass die Menschheit es dennoch schaffen würde, alles zu verpfuschen. Doch das war natürlich nur ein Hirngespinst von diesem versponnenen Alten.

Wir setzen uns zusammen, und die drei erklären mir ihren Plan. Mein wichtigstes Anliegen ist allerdings: Wo um Himmels willen steckt mein Vater?

# 36

Es stellt sich heraus, dass keiner von den dreien weiß, was aus meinem mutigen Herrn Papa geworden ist. Was ist passiert, nachdem er den Hanging Beggar durch die Hintertür verlassen hat? Falls der mittlerweile mausetote Thomas dort draußen herumlungerte, hat mein Vater ihn vermutlich unter einem Vorwand weggelockt. Aber nachdem ich abgehauen war, kamen die falschen Constables gewiss ins Grübeln. Ich hoffe, mein alter Herr war gewitzt genug, sich schnell aus dem Staub zu machen. Aber wie ich ihn kenne, könnte er genauso gut in einem roten Anzug mit einer Fackel in der Hand die Hauptstraße entlangspaziert sein. Praktisches Denken liegt ihm nicht besonders.

Man berichtet mir, dass diese vier Lastwagen über die neue Straße nach Elderby gelangen sollen, die ich bei meiner Anreise übersehen hatte. Der Plan ist nicht, sie zu stoppen, sondern sie unbehelligt in die Salzfabrik fahren und dort Quartier beziehen zu lassen. Dann sollen wir für Aufruhr und Verwirrung sorgen und sie damit ablenken, sodass unsere Verstärkung, die kurz darauf eintreffen wird, alle leichter dingfest machen kann.

»Ich hätte eine Frage«, sage ich.

»Ja, Inspector?« Croucher ist eindeutig der Anführer.

»Warum lauern unsere Leute denen nicht gleich in der Salzfabrik auf? Was sollen wir vier schon ausrichten?«

»Einleuchtende Frage«, kommentiert Finan Whales.

»Ich weiß, Sie haben noch nicht viel Zeit in Elderby verbracht, Inspector«, sagt Deedee. »Aber den Dorfbewohnern entgeht rein gar nichts, und der Feind hat sicher Informanten hier und dort. Wir können nicht riskieren, dass sie vorzeitig etwas bemerken.«

»Und dann ist da noch Ingleby«, bemerkt Croucher.

»Ja, sein falsches Spiel habe ich inzwischen auch durchschaut.«

»Der tut, als würde er seine Schwester und den Faschismus hassen und so weiter. Aber das ist nur Tarnung.«

»Und er ist stinksauer, weil er nicht der nächste Lord Elderby geworden ist«, ergänze ich.

»Richtig«, bestätigt Deedee. »Bislang kennen wir seine genauen Pläne noch nicht. Aber jedenfalls hasst er Damnish, so viel steht fest.«

Ich denke an meinen Besuch in Inglebys Atelier auf der Briarside Farm zurück, und das unfertige Gemälde des Gebäudes mit der Kuppel fällt mir wieder ein. Eigentlich hätte ich es sofort erkennen müssen. Aber erst jetzt, in diesem Zusammenhang, fällt es mir wie Schuppen von den Augen.

»Er malt den Kreml«, sage ich. »Auf einer großen Leinwand.«

Croucher zuckt mit den Schultern. »Es ist bemerkenswert, was Ingleby alles anstellt, um andere zu täuschen, Grasby. Welcher Faschist würde schon den Kreml malen?«

Der Mann hat recht, das bringt uns gerade nicht weiter.

»Gut, ich erkläre jetzt, wie wir vorgehen«, beginnt Croucher. »Wir verstecken uns oberhalb der Salzfabrik am Berg – das Wetter wird uns dabei eine Hilfe sein. Sobald die Waffenlieferung eingetroffen ist, machen wir so viel Rabatz wie möglich. Wir haben Signalraketen, Rauchbomben und so weiter, um den Eindruck zu erwecken, dass eine ganze Armee über sie hereinbricht. Man hat mir zugesichert, dass das dann auch in Kürze passieren wird, aber zunächst müssen wir allein zurechtkommen. Danach haben wir hoffentlich ein paar Verräter enttarnt, von denen wir bislang noch nichts wussten.« In Crouchers Augen leuchtet jetzt Feuereifer.

»Und woher kommen dann unsere Leute – die Verstärkung?«, frage ich.

»Sie folgen dem Feind in einigem Abstand«, antwortet Croucher.

»Ich bin sicher, dass wir heute Nacht ein paar von denen schnappen werden«, sagt Whales. »Miese Verräter, die schamlos die Uniform der Königin tragen.« Er scheint angewidert ausspucken zu wollen, sich aber noch rechtzeitig daran zu erinnern, dass er sich in einer Kirche aufhält.

»Und dann ist da auch noch das Geld«, sagt Deedee.

»Was meinen Sie damit?«, frage ich.

»Laut unseren Geheimdienstinformationen soll auch eine große Menge Geld an die Faschisten übergeben werden, nicht nur die Waffen«, berichtet sie.

Ich zahle regelmäßig meine Steuern, wissen Sie. Es spottet jeder Beschreibung, dass wir einen Krieg führen, unsere Wirtschaft ruinieren und nun wahrhaftig in diesem Land Leute einen faschistischen Aufstand planen können, der offenbar von Verrätern aus höchsten Regierungskreisen finanziert wird. Woher stammt dieses Geld? Aus der Staatskasse?

Wir erörtern unsere Pläne weiter, und ich sinne darüber nach, dass ich ursprünglich nach Elderby geschickt wurde, um Farmdiebstähle aufzuklären, und nun in ein politisches Komplott von internationalen Dimensionen geraten bin. Aber das ist wieder einmal typisch für mein Leben. Man glaubt, auf das richtige Pferd gesetzt zu haben, und kehrt schwermütig und mit leeren Taschen nach Hause zurück. Dieses Gefühl kenne ich zur Genüge.

Als Nächstes verstauen wir zu dritt die Kisten mit unserer Ausrüstung im Wagen, Deedee kann wegen ihrer Hand nicht mitanpacken. Es schneit weiter so heftig wie in den Alpen. Als wir gegen neun Uhr mit dem Einladen fertig sind, ordnet Croucher an, dass wir uns noch eine Weile ausruhen.

Er und Deedee unterhalten sich unter der Kanzel, während sich Whales auf eine Gebetsbank legt, sofort einschläft und ohrenbetäubend schnarcht.

So abgebrüht wäre ich auch gern. Stattdessen bin ich – wie vor jedem Einsatz – ein Nervenbündel. Sei es eine gewöhnliche Hausdurchsuchung in York oder eine Operation mit dem Geheimdienst – ich bin immer schrecklich aufgeregt. Man könnte sich fragen, wieso jemand mit einem so angreifbaren Nervenkostüm überhaupt zur Polizei gegangen ist. Aber ich scheine mich trotz allem zur Gefahr hingezogen zu fühlen wie eine Motte zur Kerzenflamme. Und was der Motte blüht, weiß wohl jeder. Nun bin ich eben in diesen Schlamassel hineingeraten und muss meinen Teil beitragen. Aussitzen ist hier keine Option.

Dann bricht urplötzlich hektische Geschäftigkeit aus. Man überreicht mir eine Pistole und Munition. Die Marke kenne ich nicht, sie scheint osteuropäischen Ursprungs zu sein. Der neue Croucher stattet mich ferner mit einem Uniformmantel aus. Wenn diese Dinger nass werden, sind sie so schwer, als schleppte man eine ganze Schafherde mit sich herum. Da es aber erbärmlich kalt ist, schlüpfe ich dankbar hinein. In den Taschen stecken dicke Wollhandschuhe, die ich bei dem eisigen Ostwind ebenfalls gut gebrauchen kann.

Croucher – auf dessen Kommando ich nun erstaunlicherweise zu hören habe – hat erklärt, dass wir um spätestens drei Uhr auf unserer Position sein müssen. Wüsste ich, dass mein Vater in Sicherheit ist, würde ich wohl bei der Sache mitmachen und mich später im Getümmel unauffällig verdrücken, dieser Einsatz hier geht schließlich weit über Polizeiarbeit hinaus. Aber wie die Dinge stehen, muss ich befürchten, dass er gefangen genommen wurde – wenn nicht Schlimmeres. Hardy und Thomas haben bekanntlich nie lange gefackelt. Aber Daisy Dean ebenso wenig, wie sich gezeigt hat.

Mir bleibt nichts anderes übrig: Auf in den Kampf!

# 37

Für den Einsatz werde ich zusammen mit Deedee eingeteilt und bin froh darüber. Ich fühle mich für sie verantwortlich, immerhin hat sie mir in Powells Haus das Leben gerettet. Außerdem ist sie mit ihrer verletzten Hand beeinträchtigt – wenn man eine Frau so bezeichnen kann, die im Handumdrehen zwei durchtrainierte Bösewichte erledigt hat.

Wir fahren nicht durchs Dorf, sondern nehmen die Umgehungsstraße Richtung Pickering und biegen dort auf den Abzweig nach Elderby ab, um unbemerkt zu bleiben. Diese neue Straße hat nicht ein einziges Schlagloch, stelle ich verdrossen fest, weil mir meine Ankunft in Elderby wieder einfällt. Schließlich parken wir den Wagen an einem Weg, um von dort aus den Berg hinaufzusteigen und oberhalb der Salzfabrik Stellung zu beziehen. Es ist so kalt, dass unser Atem in gespenstischen Wolken um uns herumwabert. Croucher, der eine Armeewindjacke trägt, verkündet jetzt: »Wir brauchen knapp eine Stunde bis zu unseren Positionen. Ich hoffe, wir schaffen es rechtzeitig.«

Als wir losmarschieren, frage ich mich, ob er wohl glaubt, ich sei dieser Bergsteiger, der den Mount Everest bezwungen hat. Der Boden ist extrem rutschig, man findet kaum Halt, und der beißende Wind erschwert das Vorwärtskommen zusätzlich. Ich staune über Crouchers körperliche Leistung, denn trotz seiner schmalen Statur schleppt er zusammen mit Whales die

Materialkisten in strammem Schritt den Berg hinauf und flucht im Gegensatz zu mir kein bisschen. Wie sehr ich mich in ihm getäuscht habe. Nun ja, Croucher gehörte schließlich einer geheimen Spezialeinheit an. Da lernt man gewiss, verschiedene Rollen überzeugend zu spielen.

Nach dem mühsamen Aufstieg erreichen wir schließlich eine Stelle am Withernshaw Fell, von der aus das Gelände der Salzfabrik mitsamt allen Gebäuden zu erkennen ist. Ich hoffe inständig, dass niemand uns beobachtet. Wir haben kleine Taschenlampen, um uns zu orientieren, und sind auf dem weißen Hintergrund der Schneeflächen garantiert leicht zu entdecken. Wie mein Vater mir immer wieder unter die Nase reibt, neige ich dazu, mir Sorgen zu machen. Auch Deedees Verletzung beunruhigt mich, obwohl die junge Frau keinen Laut der Klage von sich gibt. Alle Achtung.

An diesem Punkt spalten wir uns auf, Croucher und Whales wollen sich näher an der Salzfabrik positionieren. Deedee dagegen stapft zielstrebig zu einer großen Stechpalme auf einem Plateau, die mit ihren roten Beeren wie eine Weihnachtsdekoration anmutet. Von hier aus können wir die Rückseite der Salzfabrik im Auge behalten, sind aber von unten unsichtbar, vermute ich. Dennoch ist mir schrecklich mulmig.

Ich werfe einen Blick auf meine Omega. Es ist drei Uhr, wir haben noch eine lange Wartezeit vor uns.

»Können Sie mir mal helfen?«, fragt Deedee. Sie tastet mit ihrer unverletzten Hand unter dem Busch herum, und ich habe plötzlich die Vision, dass sie gleich ein Maschinengewehr zum Vorschein bringt, um von hier oben reihenweise Männer umzunieten. Aber vermutlich geht nur mal wieder meine lebhafte Fantasie mit mir durch.

Als ich mich bücke, um ihr zu assistieren, bekomme ich jedoch etwas zu fassen, das sich als eine große Rolle Segeltuch erweist.

»Die ist zu unserem Schutz. Wir können uns draufsetzen und den Rest über uns ziehen«, erklärt Deedee und berichtet, dass Whales tagsüber das Gelände ausgekundschaftet und die Plane hier deponiert hat.

Ich bin dankbar für den behelfsmäßigen Unterschlupf, denn er hält den Wind einigermaßen ab, und wir können sitzen, ohne am Boden festzufrieren. Doch auch in dieser kurzen Ruhepause werde ich von Angst um meinen Vater geplagt und befürchte, dass für beide Grasbys heute das letzte Stündlein schlagen wird.

Die Gebäude der Salzfabrik sind dunkel, doch als der Mond hinter einer Wolke hervorkommt, erkenne ich die große Fläche, auf der ich bei meinem ersten Ausflug den Wagen mit der Antenne gesichtet habe. Natürlich hätte ich eine mobile Abhörstation auf den ersten Blick erkennen müssen. Aber die eigene Wahrnehmung ist häufig von Erwartungen geprägt. So etwas hier zu finden hätte ich für ebenso wahrscheinlich gehalten, wie meinem Großonkel in einem Bordell zu begegnen. Zum einen, weil seine Leidenschaft eher der Ornithologie galt als den Frauen, und zum anderen, weil er seit zehn Jahren tot ist.

Ich spüre Deedees Wärme, während wir hier dicht an dicht unter der Plane hocken.

»Ist Ihr Vater wirklich Whiskeyproduzent?«, frage ich.

»Ja, ist er. Und bevor Sie weiterfragen: Ich habe auch tatsächlich in Yale studiert.«

»Und dann sind Sie zum Geheimdienst gegangen.«

Sie wirft mir einen belustigten Blick zu. »Sie haben mir meine kleine Tarngeschichte also nicht abgenommen?«

»Keine Sekunde.«

»Dann sind Sie viel zu schlau, um Polizist zu sein«, erwidert sie.

»Augenblick mal, wir sind nicht alle betrunkene Idioten.«

Deedee lacht leise, und ich finde die Situation einen Moment lang recht behaglich, bis mir wieder einfällt, dass Daisy Dean vorhin einen Mann erschossen und einen anderen überfahren hat. So berückend diese Dame sein mag – gefährlich ist sie auf jeden Fall auch.

Wir plaudern eine Weile munter über das Leben im Allgemeinen und über Pferde. Nun ja, hauptsächlich rede ich, wie Sie der Themenwahl entnehmen können.

Als ich ein entferntes Dröhnen vernehme, werfe ich einen Blick auf meine Uhr. Es ist fünf vor vier, die Zeit ist im Nu vergangen. Aber so ist das immer. Man vergisst sie am schnellsten, wenn man Alkohol trinkt, ein gutes Buch liest oder sich in Gesellschaft einer interessanten Frau befindet.

»Da kommt der Konvoi«, flüstert Deedee und späht durch ein kleines Fernglas, das sie aus ihrer Tasche zutage gefördert hat.

Auch mit bloßem Auge kann ich die Scheinwerfer von mehreren Fahrzeugen erkennen, die sich auf der neuen Straße nähern. Wenn das der Konvoi ist, kann ich nur hoffen, dass unsere Verstärkung ebenfalls bald anrückt. Doch bevor ich Deedee dazu befragen kann, flackern in der Salzfabrik Lichter auf.

»Wer mag da drin sein?«, frage ich.

Deedee zuckt mit den Schultern. »Ich habe keine Ahnung.« Sie beobachtet angespannt weiter, wie die Lastwagen auf die ansteigende Straße zur Salzfabrik abbiegen.

Kennen Sie das Gefühl, wenn Ihnen schlagartig klar wird, dass etwas furchtbar schiefläuft? Ich merke das immer zuerst daran, dass meine Gesichtshaut kribbelt und mein Magen rumort. Beides passiert jetzt, als Deedee einen kleinen Aufschrei unterdrückt. Als ich ihrem Blick folge, sehe ich, aus welchem Grund. In einigem Abstand sind weitere Fahrzeuge zu erkennen – offenbar unsere Leute. Doch sie haben angehalten, bewegen sich nicht weiter.

»Es hat einen Unfall gegeben«, berichtet Deedee, während sie angestrengt durch das Fernglas starrt. »Ein Transporter ist umgekippt und blockiert die neue Straße. Verfluchter Mist, das war's mit unserer Verstärkung!«

»Dann müssen wir die Operation wohl abblasen, zu viert können wir es wohl kaum mit denen aufnehmen«, sage ich hoffnungsvoll.

Doch kaum habe ich das ausgesprochen, ist der Knall einer Explosion zu hören, und mir bleibt fast das Herz stehen. Während der Konvoi sich der Salzfabrik nähert, haben Croucher und Whales mit ihrem Spektakel begonnen. Sie zünden ein Feuerwerk von Raketen und geben Schüsse ab. Dabei verändern sie ständig ihre Position am Hang. Wahrscheinlich, um ein schwierigeres Ziel für etwaige Scharfschützen abzugeben und wie eine größere Truppe zu wirken. Sie scheinen auf die Fabrik zuzuhalten. Entweder die beiden haben den Verstand verloren, oder sie wissen nicht, dass keine Verstärkung kommen wird.

»Was sollen wir jetzt tun?«, frage ich.

Deedee beißt sich auf die Lippe. »Ich bin mir nicht sicher, aber wir können die beiden nicht im Stich lassen. Unser aller Leben steht auf dem Spiel.«

Zu diesem Schluss wäre ich auch allein gekommen.

»Und?«, hake ich nach.

»Haben Sie einen Vorschlag, Inspector?«

Ich setze die Denkermiene auf, die ich mir von meinem Vater abgeguckt habe. Sie besagt »Dieser Mann denkt angestrengt nach«, obwohl ich in heller Panik bin und am liebsten sofort das Weite suchen möchte.

Doch bevor ich einen Geistesblitz produzieren kann, saust eine fehlgeleitete Granate über uns hinweg, und aus der Salzfabrik sind plötzlich ebenfalls Schüsse zu hören, von wem auch immer. Die Lage wird vollkommen unübersichtlich.

»Wir müssen da runter«, verkündet Deedee.

»Was, in die Salzfabrik?«

»Ja! Wir müssen unseren Freunden doch beistehen!«, lautet die Antwort.

Ich könnte mir allerlei Orte vorstellen, an die ich mich gern begeben würde. Die Salzfabrik zählt nicht dazu. Und von Freunden kann nicht die Rede sein, ich kenne die beiden kaum. Dennoch will ich natürlich nicht als Feigling dastehen. Aber eines kann Ihnen sagen: Auch wenn man schon einmal eine Heldentat vollbracht hat, ist es alles andere als einfach, sich noch einmal dazu aufzuraffen. Doch davon werde ich Ihnen ein anderes Mal berichten.

Deedee stapft jetzt eilig den Hang hinunter, und mir bleibt nichts anderes übrig, als ihr zu folgen. Ich komme immer wieder ins Stolpern, rutsche aus, falle hin und bin schließlich völlig schneebedeckt, während Daisy Dean, die verletzte Hand eng an den Körper gepresst, so wendig den Abhang hinunterspaziert wie eine Bergziege.

Ich hoffe inständig, dass Croucher und Whales sich nicht in dieses Himmelfahrtskommando in der Fabrik gestürzt, sondern stattdessen den Rückzug angetreten haben.

»Ich sehe sie nirgendwo!«, schreit Deedee vor mir durch den Lärm.

Ich sinniere darüber, wie absurd es doch ist, dass ich Hitler überlebt habe, aber nun wohl an einem Berg in Yorkshire das Zeitliche segnen werde. Mein Vater wird die ganze Moritat sicher zu einer schreckensreichen Predigt verarbeiten. Falls er überhaupt noch lebendig genug ist, um jemals wieder zu predigen.

Dort unten herrscht jetzt das reinste Chaos. Schreie, Schüsse, Explosionen – wobei Letztere sicher darauf hinweisen, dass unsere Kollegen noch tätig sind. Was aber vermutlich dennoch eher zum vorzeitigen Ableben von Inspector Frank Grasby als zu seiner Rettung beitragen wird.

Was Deedee vorhat, ist mir schleierhaft. Sie spurtet weiter auf die Salzfabrik zu, die nicht nur von innen hell erleuchtet ist, sondern jetzt auch noch vom huschenden Licht diverser Taschenlampen angestrahlt wird.

Eine Kugel saust nicht weit entfernt von mir vorbei, während Deedee über eine Mauer klettert und aus meinem Blickfeld verschwindet. Auf der Freifläche, wo ich die Abhörstation gesehen hatte, sind jetzt die Lastwagen geparkt, und ich muss daran denken, wie Ingleby vorgab, mich gerettet zu haben. Ich wurde vorsätzlich getäuscht, und durch die Folter versuchte man, mich abzuschrecken, damit ich mich aus der Sache heraushalte.

Ich bewältige die letzten Meter und kraxle über die Mauer. Trotz der Handschuhe sind meine Hände fast steif gefroren, und ich frage mich, wie Deedee die Kletterei mit ihrer verletzten Hand bewältigen konnte. Aber vielleicht dämpft die Kälte den Schmerz, zusätzlich zu Crouchers Spritze.

Als ich auf dem Platz stehe, sehe ich mich um und erstarre vor Schreck. Ein paar Meter vor mir liegt Deedee inmitten des ganzen Tumults auf dem Rücken am Boden, vollkommen reglos.

»Deedee!«, schreie ich und renne zu ihr.

Sie sieht aus, als schliefe sie friedlich, aber auf ihrem beigen Pullover, der unter dem offenen Mantel zu sehen ist, breitet sich ein großer dunkler Fleck aus.

Als ich gerade ihr Handgelenk ergreifen will, um ihren Puls zu fühlen, höre ich eine Stimme hinter mir.

»Sie ist nicht mehr, alter Freund. So tot wie ein Dodo ist Deedee. So hast du sie doch genannt, oder?«

Ich fahre herum. Vor mir steht Mitch Parsley in einem eleganten Kamelhaarmantel, als wäre er gerade unterwegs zur Oper.

»Du kommst zu spät, Mitch!«, rufe ich aus, ebenso wütend über das Schicksal wie über das unpassend humorige Wortspiel. »Diese großartige junge Frau hat ihr Leben gelassen!«

Doch als ich seinen Gesichtsausdruck sehe, dämmert es mir. Der Mann, den ich schon seit meiner Kindheit kenne, lächelt.

»Du mochtest sie wohl, wie? So ein Pech aber auch, sie hat offenbar einen Querschläger abgekriegt.« Er greift in seine Tasche und fördert eine Packung Zigaretten der Marke President zutage. »Rauchen beruhigt, findest du nicht auch? Pfeife und Zigarren sind im Eifer des Gefechts unpraktisch.« Er zieht eine Zigarette aus der Schachtel und zündet sie mit einem Feuerzeug an.

Ich musste in den letzten Tagen etliche Schocks verkraften, aber das ist der schlimmste. Inmitten der lähmenden Trauer um Deedee wird mir siedend heiß klar, dass Mitch nicht hier ist, um jemanden zu retten. Unsere einzigen Verbündeten sind buchstäblich auf der Strecke geblieben. Lord Parsley – der Mann, der mich auf den Knien geschaukelt und mir meinen ersten Cricket-Schläger geschenkt hat; der Mann, mit dem ich vergnügliche, trinkselige Abende verbracht habe – ist ein Verräter.

Ich werfe einen Blick auf die tote Deedee und stürze mich dann wutentbrannt auf diesen Schuft.

Doch bevor ich ihn zu fassen bekomme, werde ich von kraftvollen Händen gepackt und zurückgerissen. Es ist mir beinahe gleichgültig. Die arme Daisy. So viel Leben lag noch vor ihr. Ich habe schon zahllose Freunde im Krieg verloren, junge Männer, die Frauen und Kinder und ein freudvolles Dasein hätten haben sollen, jetzt jedoch nur noch als Geister in meinem Kopf lebendig sind.

Mein Herz schmerzt, während ich von einem Unbekannten an den Lastwagen vorbeigezerrt werde, von denen einige Männer Munitionskisten abladen. Das Gefühl, Freund und Feind nicht mehr unterscheiden zu können, ist kein gutes, kann ich Ihnen versichern.

# 38

Die feuchte hohe Halle in der Salzfabrik ist von hellen Strahlern erleuchtet. Die meisten, die dort mit etwas beschäftigt sind, beachten mich nicht, während ich vorbeigezerrt werde, nur ein Mann starrt mich erbost an.

Eine Gruppe uniformierter Soldaten steht mit dem Rücken zu mir, und einen von ihnen erkenne ich sofort an seinen hängenden Schultern.

»Wenn das nicht Elphinstone Bleakly, der Verräter, ist«, sage ich, was mir einen Schlag auf den Kopf einbringt.

»Inspector Grasby. Sie sehen reichlich mitgenommen aus.« Er wendet sich einem seiner Komplizen zu. »Der junge Bursche hier hat sich als erstaunlich pfiffig erwiesen. Würde man gar nicht vermuten, oder?«

Ich muss gestehen, dass ich jetzt einigermaßen ausdrucksstark fluche. Das versuche ich für gewöhnlich zu unterlassen, aber manchmal muss man seinem Ärger Luft machen.

»Sie wissen, dass Deedee umgebracht wurde, Bleakly?«

Er zögert, das überhebliche Grinsen verblasst etwas.

»Diese junge Frau hat ein gefährliches Spiel gespielt und wusste, was sie tat«, erwidert er.

Ich will gerade die nächste Fluchtirade von mir geben, als Schreie zu hören sind, die in dem leeren Raum widerhallen. Kurz darauf werden Croucher und Whales hereingezerrt. Der tapfere Pfarrer nickt mir bedauernd zu.

»Na, wen haben wir denn hier? Sind das unsere Feuerwerker?«, fragt Bleakly spöttisch. »Aus Ihrer Verstärkung wird anscheinend nichts, wie?«

»Zum Teufel mit Ihnen!«, brüllt Whales und kassiert dafür einen Hieb in den Magen.

»Ihr Plan war wohl zum Scheitern verurteilt, scheint mir«, äußert Mitch. »Für wie dumm hält man mich?«

»So oder so bist du ein verdammter Verräter«, knurre ich.

Er fixiert mich. »Du hast im Krieg gekämpft, Francis. Hast du dich jemals gefragt, wofür?«

»Für mein Vaterland.«

»Nein, mein Bester. Für die Kommunisten. Für die elenden Arbeiter, die alles wollen, was wir besitzen, aber zu dumm oder faul sind, es sich auch zu er*arbeiten*. Wir hätten uns mit Hitler verbünden und Stalin vernichten sollen. Ja, und die verfluchten Amis auch.« Er verengt die Augen. »Als du noch ein Junge warst, habe ich deinen Eigensinn und deine Gewitztheit bewundert. Sosehr sich dein Vater auch bemüht hat, ist es ihm nicht gelungen, dich zu mehr Anpassung zu motivieren. Aber nun bist du offenbar trotzdem zum Mitläufer geworden, Francis.«

»Der Krieg ist vorbei«, erwidere ich. »Was du hier auch vorhast, mit dieser Farce wird bald Schluss sein. Und mit dir auch!«

»Die haben mir das Leben gerettet, weißt du? Die Deutschen, meine ich – im Ersten Weltkrieg.« Er tritt einen Schritt näher.

»Das ist sehr bedauerlich.«

Mitch steht jetzt so dicht vor mir, dass der Rauch seiner Zigarette in meinen Augen brennt, und bevor ich weiß, wie mir geschieht, packt er meine Hand und drückt die brennende Kippe darauf aus. Ich kann einen Schmerzensschrei nicht unterdrücken. Den als Echo mehrmals von den Wänden widerhallen zu hören ist kein Vergnügen.

»Noch ein letztes bisschen Schmerz für dich, Francis«, sagt Parsley. »Spaß macht mir das zwar nicht, aber du warst schon immer ein großspuriger Halunke. Und jetzt warst du einfach zur falschen Zeit am falschen Ort und überdies auch noch unfreiwillig nützlich für uns.«

Hinter ihm steht Bleakly, der nicht im Geringsten müde aussieht und breit grinst angesichts meiner misslichen Lage.

Parsley beugt sich zu einem seiner Komplizen in einem grünen Overall und raunt ihm etwas zu. Der Mann eilt davon.

»Ich verlasse diese kleine Party nur ungern, muss aber los.« Mitch wendet sich einem breitschultrigen Mann neben sich zu: »Gibbons, was machen wir nun mit diesen armen fehlgeleiteten Seelen?«

»Sie von ihrem Leid erlösen, Sir«, bellt Gibbons, dessen Haltung und Auftreten ihn ebenso eindeutig als Soldaten ausweisen wie Thomas und Hardy.

Ich werde auf die Knie gezwungen. Obwohl ich wohl gleich sterben werde, fühle ich mich seltsam losgelöst von allem. Das habe ich schon einmal erlebt, aber nicht so deutlich wie jetzt. Ich sehe meinen Vater vor meinem inneren Auge und meine geliebte Mutter. Ihr wiederzubegegnen wird mir eine Freude sein. Dann erscheint aus irgendeinem unerfindlichen Grund Bay Rum, ein Pferd, auf das ich einige Jahre gesetzt habe. Mein gepeinigtes Gehirn scheint mich mit glücklichen Bildern zu überfluten, um mich zu betäuben. Ich wusste bislang gar nicht, dass es über solche Tiefen verfügt.

»Letzte Wünsche, Francis?« Parsley hat zumindest so viel Anstand, etwas reumütig zu blicken, während er lächelt.

»Ja, dass du auf der Stelle tot umfällst«, lautet meine Antwort.

»Ich fürchte, du verwechselst uns beide. Das Ganze ist recht bedauerlich. Du hättest tun sollen, wozu ich geraten habe – im Außenministerium arbeiten. Ich hatte deinem Vater gesagt, dass ich dich da reinbringen könnte.«

Das höre ich zum ersten Mal. Schönen Dank auch, Papa.

Gibbons tritt mit ausdrucksloser Miene auf mich zu, zieht

eine Pistole aus dem Holster und überprüft, ob sie geladen ist. Dann zielt er auf meinen Kopf, und ich schließe die Augen.

Ein Schuss knallt. Sterben ist erstaunlich schmerzlos, ich spüre gar nichts davon. Allerdings klingeln mir noch die Ohren von dem Krach. Ich erwarte, gleich meine Mutter, den heiligen Petrus oder den Siegerring nach einem Pferderennen zu sehen.

Doch nichts dergleichen. Stattdessen bricht vollkommenes Chaos aus. Als ich die Augen öffne, stürmen dunkel gekleidete bewaffnete Männer herein, und zwar jede Menge. Trotz meiner Verwirrtheit kapiere ich, dass Mitch Parsley und seine Kumpane erledigt sind und ich noch quicklebendig bin. Unsere Verstärkung ist eingetroffen, wenn auch reichlich spät.

»Bleakly, die Taschen!«, brüllt Mitch, und beide schnappen sich eine große Ledertasche. Ich sehe, dass einige von ihren Leuten sich freiwillig ergeben. Vielleicht wollten sie in diese miese Verschwörung gar nicht hineingezogen werden und haben nur Befehle befolgt.

Gibbons windet sich neben mir vor Schmerzen, er hat scheinbar eine Kugel im Bein. Als ich aufschaue, starrt Bleakly auf mich herunter. »Sie haben echt Schwein gehabt, Mann. Hoch mit Ihnen, Beeilung!« Er richtet eine Pistole auf mich.

»Los doch, Bleakly!«, schreit Mitch über die Schulter. »Und bringen Sie Grasby mit!«

Bleakly drückt mir den Lauf der Pistole in den Rücken und schiebt mich vorwärts. Ich muss durch ein Loch in der Wand klettern, wo sich wohl früher ein Fenster befunden hat, während hinter uns das Pandämonium weitertobt.

Draußen auf dem großen Platz schaue ich zu der Stelle hinüber, wo die tote Deedee liegen muss, kann sie jedoch nirgendwo entdecken. Ich versuche, mir einzureden, dass ich durch die Kälte und die Strapazen die Orientierung verloren habe und an der falschen Stelle suche, kann das aber nicht recht glauben.

An einer Jaguarlimousine bleiben wir stehen, und Bleakly befiehlt mir barsch: »Einsteigen.« Da ich wohl keine andere Wahl habe, klettere ich auf die Rückbank. Dabei sehe ich im Fußraum etwas, das mich beinahe zu einem Aufschrei veranlasst, den ich aber im letzten Moment unterdrücken kann.

Parsley setzt sich ans Steuer. Bleakly wirft sich auf den Beifahrersitz, dreht sich blitzschnell um und richtet die Pistole auf meinen Kopf. »Eine falsche Bewegung, Grasby, und das war's für Sie.«

Der Wagen rast vom Hof und die schmale Straße ins Dorf hinunter, auf der wiederum kaum Schnee liegt. Schon bei meinem ersten Besuch in der Salzfabrik hatte ich mich über die geräumte Fahrbahn gewundert.

»Dieser Coup ist vorerst gescheitert, aber wir geben uns nicht geschlagen. Wir dürfen nur nicht geschnappt werden«, sagt der Lord zu Bleakly. »Unterwegs teilen wir das Geld auf.«

Erst jetzt kapiere ich, dass sie sich die hunderttausend Pfund unter den Nagel gerissen haben, mit denen der Putsch finanziert werden sollte. Vielleicht hatte Mitch es von vornherein darauf abgesehen. Er hat schon immer gern auf großem Fuß gelebt.

»Nehmen Sie die Waffe runter, Sergeant«, sagt jetzt eine Stimme. Es ist nicht meine.

# 39

Deedee hält Parsley die Pistole an den Kopf. Die junge Amerikanerin sieht wieder so kaltblütig und entschlossen aus, wie als sie Hardy überfahren hat. Als ich sie im Fußraum kauern sah, wäre ich um ein Haar in Ohnmacht gefallen, muss ich gestehen. Ich weiß zwar mittlerweile, dass Daisy Dean eine vielseitig begabte Frau ist. Aber eine Wiederauferstehung hätte ich ihr trotzdem nicht zugetraut.

»Tun Sie, was sie sagt!« Parsley hat den Kopf eingezogen. Es ist nie schön, mit einer Waffe bedroht zu werden.

»Wie um alles in der Welt haben Sie das gemacht, Deedee?«, frage ich. »Hat mir das Herz gebrochen, als ich Sie da liegen sah. Und das ganze Blut!«

Ich bin natürlich heilfroh, dass sie noch am Leben ist, wenn auch ein klein wenig empört, weil sie mir so einen furchtbaren Schrecken eingejagt hat.

»Alter Theatertrick«, sagt Deedee lässig. »Immer wieder erstaunlich, wie leicht man sich mit ein bisschen Kunstblut aus der Klemme helfen kann. Ist mir schon einmal geglückt, seither trage ich das Zeug immer bei mir.«

Ich versuche, mir eine geistreiche Erwiderung einfallen zu lassen, was mir jedoch nicht gelingt. Nun gut, es geht derzeit auch etwas hektisch zu. Ich will Deedee gerade fragen, was sie nun plant, als der Wagen abrupt nach links schlingert. Parsley scheint die Kontrolle verloren zu haben, und in der nächsten

Sekunde gibt es einen gewaltigen Aufprall. Deedee hat es irgendwie geschafft, die Pistole in der Hand zu behalten.

Einen Moment lang sind alle wie gelähmt. Starker Benzingeruch breitet sich aus, Rauch quillt in den Innenraum des Autos.

»Schnell, alle raus hier!«, schreie ich.

Deedee tastet auf ihrer Seite nach dem Griff und befreit sich, ich muss meine Tür auftreten, hechte ins Freie und rapple mich hoch. Wir sind im Dorf, stelle ich blinzelnd fest, und Parsley ist gegen eine Gartenmauer gefahren, vielleicht sogar mit Absicht. Als ich mich umschaue, entdecke ich ihn nirgendwo und vermute kurz, dass er durch die Windschutzscheibe geschleudert worden ist. Doch als Deedee zu mir gelaufen kommt, stürzt er plötzlich aus dem Wagen und rennt durch einen der Vorgärten davon, in jeder Hand eine Ledertasche.

»Wir müssen ihn schnappen!«, schreit Deedee, doch in diesem Augenblick beginnt der Motor des alten Jaguar, bedrohlich zu knacken, und es riecht brenzlig.

Elphinstone Bleakly ist auf seinem Sitz nach vorne gesackt und liegt reglos da. Entweder ist er bewusstlos, oder er hat wieder einen seiner Schlafanfälle. Obwohl meine Technikkenntnisse beschränkt sind, weiß ich doch, dass Feuer und Benzin gar keine gute Kombination sind.

»Schnell weg!« Ich ziehe Deedee in sichere Distanz zum Wagen.

»Meinen Sie, Sie können ihn noch rausholen?«, fragt sie.

Ich erwäge gerade, es zu versuchen, als ein ohrenbetäubender Knall die Nacht zerreißt. Das Auto explodiert ein erstes und dann ein zweites Mal, Flammen schlagen zum Himmel hoch und erhellen die dunkle Straße.

Die Druckwelle hat uns beide zu Boden geworfen, und als ich mich hochgerappelt habe, schaue ich zu dem brennenden Wagen hinüber und überlege, ob ich Bleakly noch retten kann.

Doch für ihn kommt jede Hilfe zu spät, das muss ich mir jetzt eingestehen.

Ich fühle mich elend, während ich hilflos zusehe, wie durch die Hitze nacheinander die Reifen platzen. Die Fenster der umstehenden Häuser sind zersprungen, und ein alter Mann im Morgenmantel und mit Nachtmütze auf dem Kopf steht fassungslos in seinem Vorgarten.

Deedee ist ebenfalls aufgesprungen. »Los, Inspector, wir müssen Parsley folgen. Er ist da lang.« Sie sprintet los, die Pistole in der Hand wie einen Staffelstab.

Ich bin völlig erschöpft und bezweifle, dass ich mithalten kann. Doch als ich mich umsehe, fällt mir im Feuerschein ein großer Umzugswagen auf, und ich erinnere mich schlagartig, dass ich hinter ihm am Vorabend meinen Wagen geparkt habe. Das scheint eine Ewigkeit zurückzuliegen. Ich laufe hinüber, und tatsächlich steht mein braver Austin noch genau dort, wo ich ihn zurückgelassen habe.

Als ich hineinspringe, stelle ich dankbar fest, dass Nachlässigkeit auch einmal belohnt werden kann. Natürlich sagt einem jeder, man solle Schlüssel nicht im Schloss stecken lassen. Manchmal zahlt es sich aber offenbar aus, nicht auf andere zu hören.

Als ich den Motor starte, ertönt prompt wieder ein Knall aus dem Auspuff, der aber harmlos ist im Vergleich zu dem ohrenbetäubenden Lärm der letzten Stunde. Die Bewohner von Elderby fürchten wahrscheinlich, der Krieg sei wieder ausgebrochen. Wobei ich nicht weiß, wie viel sie in diesem Dörfchen damals davon mitbekommen haben.

Als ich an dem brennenden Auto vorbeifahre, das zu Elphinstone Bleaklys Grab geworden ist, höre ich im Geiste die Stimme meines Vaters.

*Man erntet, was man sät.*

Ich hasse es, Menschen sterben zu sehen, ob Freund oder

Feind. Aber so ist es nun mal, und ich bin tatsächlich der Ansicht, dass Böses bestraft wird. Was diesen mutigen Chindit dazu veranlasst hat, sich auf die Seite unseres einstigen Familienfreundes zu schlagen, werden wir wohl nie erfahren. Aber ich bin sicher, dass Bleakly mir, ohne mit der Wimper zu zucken, beim Sterben zugesehen hätte. Und ich vermute beinahe, das gilt auch für Cummins, dem im Auftrag von Churchill nur daran gelegen war, diesen Putsch zu verhindern.

Menschen sind merkwürdige Wesen.

Als ich um die nächste Ecke biege, sehe ich Deedee vor mir rennen wie eine Profisprinterin und halte an, sobald ich sie eingeholt habe.

»Schnell, er läuft hoch zur Kirche!«, schreit sie, während sie ins Auto springt. Ich gebe Gas, und kurz darauf sichten wir Parsley mit den beiden Taschen. Als er sich umdreht und den Wagen entdeckt, lässt er eine fallen, um schneller vorwärtszukommen, und spurtet weiter den Hang hinauf.

Plötzlich tauchen blinkende Lichter am Himmel auf, und wir hören ein dumpfes Dröhnen, das mir irgendwie bekannt vorkommt. Ich halte an und beuge mich aus dem Fenster. Dann dämmert es mir. Das ist einer dieser neumodischen Hubschrauber. Ich habe erst ein Mal so einen zu Gesicht bekommen, einen amerikanischen Sikorsky. Unglaublich praktische Gerätschaften, mit denen man überall starten und landen kann.

»Er will mit einem Hubschrauber flüchten«, sagt Deedee düster.

Ich beginne, den Austin zu wenden.

»Was zum Teufel machen Sie da?«, fragt Deedee.

Sie scheint vergessen zu haben, dass dieses Auto nur im Rückwärtsgang den Hang hinaufzubewegen ist. Doch bevor ich wieder beschleunigen kann, reißt sie die Tür auf und verkündet: »Ich muss diese Geldtasche retten, die kann nicht einfach da liegen bleiben.« Sie steigt aus, beugt sich aber noch einmal durchs Fenster. Der große Kunstblutfleck leuchtet dunkelrot auf ihrem Pullover.

»Sie sind ein echt guter Kerl, Frank Grasby«, sagt Daisy Dean.

Das finde ich eigenartig, doch bevor ich etwas erwidern kann, rennt Deedee so energisch los, dass rings um sie her Schnee in die Luft stiebt.

Die Blinklichter am Himmel nähern sich rasch. Verflucht, ich muss mich beeilen!

Ich starte meine absurde Rückwärtsfahrt den Hang hinauf, was den Motor zu gequältem Heulen veranlasst. Auf der steilen Strecke ist der Wagen schwer zu steuern, und ich gerate mehrmals bedrohlich ins Schlingern, komme jedoch zum Glück heil oben an.

In St. Thomas's-on-the-Edge linker Hand ist kein Licht zu sehen, und ich frage mich, was wohl aus Croucher und Whales geworden ist. Doch mit diesen Gedanken darf ich jetzt keine Zeit verschwenden. Neben dem mir bekannten Waldstück befindet sich eine große Lichtung, der sich der Hubschrauber nähert – das soll wohl der Landeplatz werden.

Mit dem Austin kann ich hier nicht weiterfahren. Ich steige aus und renne los, um Parsley zu erreichen, bevor er sich aus dem Staub machen kann, komme aber im Schnee viel langsamer vorwärts als die sportliche Deedee. Sorgen macht mir auch, dass ich unbewaffnet bin, was für den Lord vermutlich nicht gilt.

Als ich ihn auf der Lichtung entdecke, muss ich gegen den heftigen Windschwall der Rotoren anrennen, denn der Hubschrauber landet gerade. Das Dröhnen lässt nach, die Rotoren kommen zur Ruhe, als ich keuchend auf Parsley zulaufe.

Er fährt herum, zieht blitzschnell eine Pistole aus seinem Schulterholster und zielt auf mich.

»Du bist heute schon einmal dem Tod entgangen, Francis. Das wird kein zweites Mal passieren.«

»Jetzt ist Schluss, Sir.«

Als ich diese Stimme höre, würde ich am liebsten jubeln vor Freude. Drei Männer sind aus dem Hubschrauber gestiegen. Zwei tragen Militäruniformen und haben Waffen auf Parsley gerichtet. Der dritte ist Superintendent Juggers.

»Sie glaubten wohl, mich getäuscht zu haben, Lord Parsley. Aber einem alten Hasen wie mir macht man so schnell nichts vor.«

Zu mir gewandt sagt mein Chef: »Welch eine Freude, Sie zu sehen, Grasby. Wobei ich gestehen muss, dass mich dieses Gefühl bei Ihrem Anblick nicht immer erfasst hat. Ich wusste jedenfalls, dass Parsley bevorzugt per Hubschrauber die Flucht ergreift, der gierige Schuft. Bleakly und ihm ging es vor allem um das Geld bei diesem ganzen Komplott.« Er beobachtet mit finsterer Miene, wie Parsley in den Helikopter verfrachtet wird.

Am liebsten würde ich Juggers' Hängebacken küssen, vermute aber, dass ich mir damit einen Kinnhaken einhandeln würde.

»Alles in Ordnung mit Ihnen, junger Mann? Keine Verletzungen oder dergleichen?«, erkundigt sich mein Vorgesetzter verblüffend fürsorglich.

»Nein, Sir.« Ich brenne darauf, ihm die ganze furchterregende Geschichte haarklein zu erzählen. Und jede Menge Fragen hätte ich auch zu stellen. Aber zweierlei lässt mir keine Ruhe: Ich muss Deedee finden. Noch drängender allerdings: Was ist aus meinem Vater geworden? Mir wird unversehens die Kehle eng, und ich erkläre hastig: »Entschuldigen Sie, Sir, aber ich muss dringend einiges erledigen!«

Und damit mache ich kehrt und flitze zu meinem Auto zurück.

# 40

Ich war davon ausgegangen, Deedee irgendwo am Hang zu begegnen, unterwegs zu mir, um mir nach Rettung der Ledertasche zu Hilfe zu eilen. Doch in ganz Elderby keine Spur von Daisy Dean, ebenso wenig von Reverend Grasby.

Nach scharfem Nachdenken beschließe ich, beide vermisste Personen am naheliegendsten Ort zu suchen: bei Hetty Gaunt.

Ich parke vor dem Haus und eile auf das düstere Gebäude zu. Das Herz schlägt mir bis zum Hals vor Angst, eine schlechte Nachricht zu bekommen. Als ich an die Tür klopfe, höre ich Cecil krächzen wie wild, dann steht Hetty im Morgenmantel vor mir.

»Sie sehen schrecklich aus«, bemerkt sie statt einer Begrüßung. »Kommen Sie rein. Aber Ihr Bad für diese Woche hatten Sie schon, vergessen Sie das nicht.«

»Wo ist mein Vater?« Recht ungehobelt dränge ich mich an ihr vorbei und stürme in das pechschwarze Wohnzimmer. Und dort, neben einer fast leeren Flasche Sherry, sitzt mein Erzeuger und sieht mich mit geröteten Augen an.

»Was für ein infernalischer Lärm. Wir konnten nicht schlafen«, sagt der griesgrämige Lulatsch.

»Wir?«

»Nun, Hetty und ich, was denkst du denn?«

Meine Vermieterin setzt sich neben ihn, und mir entgeht nicht, dass Cecil sich auf der Schulter meines Vaters niederlässt, sich an seine Wange schmiegt und einen zufriedenen Laut von sich gibt, der auch von einer Katze stammen könnte. Mein alter Herr sieht aus wie Franz von Assisi in einem alten Morgenrock mit Tartanmuster.

»Gott sei Dank, du bist am Leben und offensichtlich unversehrt, Vater«, sage ich.

»Ich habe mir von dem Polizisten, der dir solche Sorgen machte, den Weg zeigen lassen und den Kerl so lange wie möglich beschäftigt. Aber er hatte es eilig. Scheint dich nicht erwischt zu haben, wie?«

»Hat sich aber mächtig bemüht.« Im Nachhinein wird mir klar, dass Bleakly von Anfang an vorgehabt haben muss, mich in das Haus von Mr Powell zu locken, um mich dort zu erledigen. Das konnte er schließlich schlecht im Revier oder auf der Hauptstraße tun. Ich hielt mich für schlau, habe ihm aber letztlich in die Hände gespielt. Zum Glück wurde sein Plan durch eine beherzte Person vereitelt. Was mich zu meiner nächsten Frage bringt.

»Mrs Gaunt, haben Sie zufällig Daisy Dean gesehen?«

»Ja, sie war vor fünf Minuten noch hier. Hat ihre Sachen gepackt und ist mit einem großen Wagen losgefahren. Das hier soll ich Ihnen geben.« Mrs G schiebt mir einen Brief über den Tisch.

Ich öffne ihn und fühle mich plötzlich hundemüde. Dafür habe ich auch allen Grund. Ich lese den Brief, der in einer geschwungenen, ordentlichen Handschrift verfasst wurde.

*Lieber Frank,*
*es war sehr schön, Sie kennenzulernen. Sie gereichen sich selbst und Ihrer Polizei zur Ehre und sind ein wahrer englischer Gentleman.*
*Es tut mir leid, dass ich aufbrechen musste, ohne mich zu verabschieden. Aber vielleicht kreuzen sich unsere Wege wieder einmal in der Zukunft. Das hoffe ich.*

*Ich habe in meinem Zimmer etwas für Sie hinterlegt. Ihre Moral wird Ihnen in die Quere kommen, aber schenken Sie ihr einfach keine Beachtung. Nutzen Sie es weise – nicht für Pferdewetten! –, und gönnen Sie sich ein gutes Leben. Sie haben eine Frau und Kinder verdient, eine Familie. Sorgen Sie dafür, Inspector!*
*Alles Gute für Sie*
*Deedee*

*P.S. Denken Sie daran, dass niemand von dem Geld weiß. Haben Sie keine Skrupel, es zu benutzen, jeder braucht mal ein bisschen Glück.*

Ich eile nach oben. Die Tür zu Deedees Zimmer ist angelehnt, und ich stürme hinein. Und da steht tatsächlich die Ledertasche mit dem Geld.

Erschöpft setze ich mich aufs Bett. Der Duft von Deedees Parfüm hängt noch in der Luft.

Ach, verdammt!

## *Epilog*

**TELEGRAMM**
VON GARNISON CATTERICK – STOP – AN W S CHURCHILL – DOWNING STREET – STOP – OPERATION ELDERBY ERFOLGREICH – STOP – VERHAFTEN KOMPLIZEN – STOP – MEHR IN KÜRZE – STOP – CUMMINS – STOP

Und das war's. Eine merkwürdige Stelle für das Ende dieses ersten Teils meiner Memoiren, das gebe ich zu. Dennoch erscheint es mir passend.

Seit den Ereignissen jener Nacht in Elderby hat es keine Versuche eines faschistischen Putschs in England oder anderswo mehr gegeben. Churchill erreichte ein hohes Alter, nachdem er diese Aufgabe erledigt und seine Amtszeit beendet hatte. In den folgenden Jahren beobachtete man jedoch besorgt, wie die Sowjetunion in Osteuropa immer mehr Macht gewann. Am Ende läuft es darauf hinaus, dass man sein Bestes gibt und auf das Beste hofft. Doch ich möchte gar nicht daran denken, wie sich das alles noch entwickeln mag, seit es Nuklearwaffen gibt.

In der Fortsetzung meiner Memoiren werden Sie Arthur Juggers ebenso wiederbegegnen wie meinem Vater und der wundervollen Daisy Dean – ja, und auch Hetty Gaunt.

Was Croucher und Whales betrifft – die habe ich nie mehr wiedergesehen, weiß aber, dass sie die Nacht in der Salzfabrik überlebt haben.

Lady Damnish und ihr Bruder Ingleby wurden verhaftet und der Verabredung zum Mord angeklagt. Obwohl nie aufgeklärt wurde, wer den Mann im Kamin von Holly House getötet hatte, weiß ich mittlerweile, dass es sich um einen Agenten vom MI5 handelte, dem eine Nadel durch den Hals ins Gehirn gebohrt worden war. Obwohl ich das damals nicht vermutet hätte, könnte ich mir heute vorstellen, dass die Hausherrin die Tat selbst begangen hat. Die Geheimdienstleute gingen davon aus, dass der Agent ihr Vertrauen gewonnen hatte, aber sie war ihnen mindestens zwei Schritte voraus.

Charles Starr hatte seinen Einsatz begonnen, kam seinem Arbeitgeber aber dann in die Quere. Er trank zu viel und wurde zum Risiko, was sein Ende zur Folge hatte. Sein Tod wurde als »Unglücksfall« in den Akten vermerkt. Von seiner Frau, Dr. Elizabeth Starr, habe ich nie wieder gehört, mich aber oft gefragt, wie viel sie wusste.

Martha Thornlie bin ich wahrhaftig vor sechs Jahren zufällig in York begegnet. Sie war ein wenig molliger geworden, aber ich erkannte sie auf Anhieb wieder. Martha berichtete mir, dass sie Lady Damnish in den Tagen vor dem Mord in Holly House mehrfach im Gespräch mit einem Mann im Park gesehen hatte. Die junge Frau hatte gewiss gut daran getan, das Weite zu suchen. Damals wollte sie mir sicher aus Vorsicht so wenig wie möglich erzählen, mir aber dennoch einen Tipp geben. Angst kann schrecklich sein – wie Sie miterleben konnten.

Da seine Gattin im Gefängnis saß und der Skandal ihm mächtig zusetzte, verbrachte Lord Damnish – der das Richtige für sein Land getan hatte, indem er seine Frau und deren Bruder an die Regierung verriet – den Rest seines Lebens in Südfrankreich. Als er zwölf Jahre später an einem Schlaganfall verstarb, wurde sein Sohn zu Lord Damnish. Harry unternahm mehrere Versuche, sich Lord Elderby nennen zu dürfen. Ich bezweifle jedoch, dass er damit jemals Erfolg haben wird.

Das Vermögen seines Vaters hat er jedenfalls beträchtlich reduziert. So etwas kommt vor. Tja, Väter und Söhne …

Der tapfere Chindit Elphinstone Bleakly wurde still und heimlich beerdigt, sein Tod als gewöhnlicher Autounfall dargestellt. Er hat posthum noch einen tadellosen Ruf, denn man vertuschte die ganze Sache. Das Vertrauen in die Polizei muss schließlich erhalten bleiben, nicht wahr?

Alles in allem hatte es den Anschein, als sei nichts gewesen. Das Geschehen in der Salzfabrik wurde in der Presse als Brand dargestellt, der sich aufgrund starker Schneefälle nicht weiter ausgebreitet habe. Ich erhielt eine interne Belobigung für meine Leistungen »im Dienste Ihrer Majestät«. Überdies wurde mir fest zugesichert, dass ich niemals in Hull Streifendienst machen müsse.

Und was Elderby betrifft – das Dörfchen besteht natürlich fort wie eh und je. Vor etwa einem Jahr machte ich in einem Anfall nostalgischer Stimmung mit meinem neuen Morris Marina einen Ausflug in die North York Moors. Das Dorf war noch genau wie damals, nichts hatte sich verändert. Als ich allerdings im Beggar einkehrte, fand ich Ethel dort nicht mehr vor. Ich trank ein Glas und ging wieder, aber die Ereignisse jener Tage vor Weihnachten 1952 standen mir deutlich vor Augen.

Letztlich starben Menschen, das Leben anderer wurde zerstört – und das alles für nichts und wieder nichts. Unser einstiger Freund Lord Mitch Parsley wanderte nach Kanada aus. Vermutlich hatte er irgendeinen raffinierten Handel gemacht – Informationen gegen Freiheit. Sein Name blieb ebenfalls unbefleckt; allerdings kam er knapp ein Jahr später ums Leben. Es hieß, er sei betrunken von einem Balkon gestürzt, doch ich habe da so meine Zweifel. Nach wie vor finde ich es schockierend, von jemandem verraten und betrogen worden zu sein, dem man so nahestand. Er hätte mich skrupellos getötet. Deshalb trauere ich nicht um ihn.

Und was ist aus dem Geld geworden?, höre ich Sie fragen.

Nun, das ist eine andere Geschichte. Eine von vielen, die ich für die Nachwelt niederschreiben werde.

Frank Grasby
York, März 1976

## *Danksagung*

Mein herzlicher Dank gilt allen bei Transworld, vor allem meinem Lektor Finn Cotton und meiner Korrektorin Lorraine McCann. Den Verlag zu wechseln fühlt sich ein bisschen an wie der erste Schultag, aber bei Transworld wurde mir der Neuanfang leicht gemacht.

Lieben Dank an meine Frau, weil sie einen Mann erträgt, der in Gedanken ständig mit irgendeinem Romanplot beschäftigt ist.

Ich danke von Herzen meinem Freundeskreis, der mich in schwierigen Zeiten immer aufheitert – ihr wisst, wer gemeint ist.

Großen Dank ebenfalls an meine Agentin Jo Bell von Bell Lomax Moreton für ihre grenzenlose Begeisterung und Ermutigung.

Auch dem *Police and Prison Museum* in Ripon, North Yorkshire, danke ich sehr.

Und zuletzt gilt mein Dank dem Teil meiner Familie, der aus Yorkshire kommt. Meine Mutter stammte aus Hull, mein Großvater Cyril Pinkney aus Sutton, was damals ein Dorf am Rand der Stadt war. Dank diesen beiden liebe ich die Grafschaft seit jeher und habe ihr schon unzählige Besuche abgestattet.

FSC
www.fsc.org
MIX
Papier | Fördert gute Waldnutzung
FSC® C083411

Das bei der Produktion dieses Buches entstandene $CO_2$ wurde durch die Finanzierung von Klimaschutzprojekten kompensiert: climate-id.com/17531-2110-1001/de

Die englische Originalausgabe erschien 2023 unter dem Titel ›Murder at Holly House‹ bei Transworld Publishers, London.



1. Auflage 2025

Amsterdamer Straße 192, 50735 Köln, info@dumont-buchverlag.de

Übersetzung: Sibylle Schmidt
Lektorat: Maya Doering
Umschlaggestaltung: Lübbeke Naumann Thoben, Köln
Satz: Fagott, Ffm
Gesetzt aus der Albertina und der JohnDoe
Druck und Verarbeitung: CPI books GmbH, Leck
Gedruckt auf säurefreiem und chlorfrei gebleichtem Papier
Printed in Germany
ISBN 978-3-7558-0016-3

www.dumont-buchverlag.de